POUR LA VICTOIRE

Une nouvelle de Déjouer le système

Brenna Aubrey

Traduit par Suzanne Voogd

SILVER GRIFFON ASSOCIATES
ORANGE, CA, USA

Design de la couverture : (c) Sarah Hansen, Okay Creations
Photographie de la couverture : (c) Lindee Robinson Photography
Mannequins de la couverture : Destiny Mankowski et Ahmad Kawsan

Contenu édité par Eliza Dee, Clio Editing.
Mise en forme et corrections S.G. Thomas
Traduction française : S. Voogd
Révision française : Valérie Dubar

ISBN 978-1-940951-37-9
Silver Griffon Associates
P.O. Box 7383
Orange, CA 92863
www.BrennaAubrey.fr

Pour les merveilleux hommes pas si petits de ma vie. Vous êtes tout pour moi.

REMERCIEMENTS

Il y a tant de personnes envers lesquelles je suis reconnaissante pour le rôle inestimable qu'elles ont joué en m'aidant à la création de ce livre. À mes premières lectrices, Kate McKinley et Sabrina Darby, qui n'ont pas mâché leurs mots et n'ont pas hésité à me pousser à améliorer l'histoire. À ceux qui m'ont aidé avec mes recherches : Mia Kayla, Kate Pearce et M. Pearce, Mimi Strong et Jennifer Lewis. À mon équipe de production, grâce auxquels tout est beau et brillant : Sarah Hansen, Lindee Robinson, Chasity Jenkins-Patrick, Eliza Dee et l'incroyable S.G. Thomas. Merci aux fabuleuses dames dans le département du soutien moral : Tessa Dare, Courtney Milan, Carey Baldwin, Leigh Lavalle, Natasha Boyd, et les filles géniales du Fast Draft Club™.

Je souhaite envoyer d'immenses mercis à tous ceux qui commentent mes livres, qui en parlent dans leurs blogs et qui font connaître mon travail. Je ne pourrais pas faire ceci sans vous. Je me sens honorée que vous aimiez ces histoires et ces personnages autant que moi. Vos mails, vos tweets et vos messages sur Facebook et sur mon blog sont très importants et je chéris vos pensées et vos paroles aimables.

Les derniers remerciements sont pour ceux qui ont fait le plus de sacrifices pendant que je produisais ce livre : ma famille. Pardon, maman pour l'absence subite d'appels téléphoniques et merci d'avoir été si compréhensive quand je travaillais dans l'urgence. C'est difficile d'avoir une relation longue distance avec ceux que l'on aime tant et de voir en plus le travail limiter le peu de temps que nous avons. À mon merveilleux et incroyable partenaire dans la vie. J'ai jeté le dé et fait un Nat 20 quand je t'ai rencontré. Je t'aime tant mon chéri. Merci de m'avoir donné la possibilité de faire le travail de mes rêves. Et beaucoup de gros mercis et de bisous pour mes deux pas-si-petits gars qui ne m'ont pas beaucoup vue dernièrement. Je promets que cela ne durera qu'un tout petit peu plus longtemps, et bientôt vous souhaiterez me voir beaucoup moins. PS Arrêtez de grandir si vite, s'il vous plaît !

Chapitre Un
April

— APRIL, RÉVEILLE-TOI *MAINTENANT* . TON cul est sur Internet.

La voix paniquée de Sid transperça plusieurs couches de sommeil jusqu'à m'atteindre.

Je grognai et j'enfouis ma tête sous l'oreiller. Hier, j'avais demandé à ma colocataire de s'assurer que je sorte du lit à temps ce matin, par toute tactique qu'elle estimerait nécessaire, sauf des glaçons. Je ne pensais pas qu'elle se servirait de phrases qui ne veulent rien dire.

— Sid, va-t'en.

Elle posa la main sur mon épaule et me secoua.

— Non, sérieusement, tu dois voir ça.

— Ne me touche pas, grommelai-je. Je peux dormir cinq minutes de plus.

— Non, tu ne le peux pas. April, il y a une vidéo de sexe au Comic-Con et je suis à peu près sûre que tu es dedans.

Je m'assis en clignant des yeux, la vue encore brouillée.

— Qu'est-ce que... *quoi* ?

Je n'avais presque pas dormi du week-end et avec toutes les stimulations, l'alcool et la débauche, j'étais à présent complètement vidée, épuisée.

Et je devais commencer mon travail à Draco Multimedia aujourd'hui.

Je fronçai les sourcils en regardant ma colocataire. Je l'aurais bien accusée de plaisanter, mais Sid ne ferait jamais une blague aussi élaborée. Et elle n'utiliserait jamais le mot S-E-X-E sans une bonne raison.

— D'accord, recule et parle lentement. Il est encore café-moins-le-quart.

Sid soupira, manifestement frustrée par mon air endormi.

— J'étais sur Tumblr où je suivais le 'tag' du Comic-Con, et cette vidéo de gens qui couchaient ensemble n'arrêtait pas d'apparaître. Je l'ai fermée tout de suite à chaque fois parce que – beurk – qui a envie de voir ça ? Mais à un moment, j'ai vu la fille d'un peu plus près et elle était vêtue de ce qui ressemblait à mon costume d'elfe : le costume que tu m'as emprunté.

Sa voix était devenue aiguë comme si elle était excitée ou paniquée. C'était presque aussi efficace que les glaçons pour me réveiller.

Je balançai une jambe hors du lit, toujours à moitié réveillée quand ses paroles me passèrent dessus comme un tsunami. J'eus une sensation de malaise au creux de l'estomac et l'impression qu'elle n'avait aucun rapport avec mon week-end agité.

— S'il te plaît, dis-moi que tu plaisantes.

Sid se dirigea vers l'écran de son ordinateur en faisant de grands gestes et elle l'orienta de façon à ce que je puisse le voir. Elle pointa du doigt deux formes figées. Une femme tournant le dos à la caméra et nue des pieds à la taille chevauchait un type assis sur une chaise. Elle avait un tatouage distinctif au creux de son dos, un affreux motif de crâne et de serpent.

Mes entrailles se glacèrent soudain. Mon tatouage. Mon ancien acte de rébellion me regardait depuis l'écran, se moquant de moi.

— Alors, ce n'est pas toi ?

Je déglutis.

— Euh.

— Saperlipaupiette ! Api, c'est partout. Ça a été repris par des centaines de blogs. C'est sur Twitter, Facebook, partout.

Je bondis du lit. L'édredon et les draps tombèrent sur le sol en s'entortillant autour de mes jambes, me faisant presque tomber.

— Noooooon !

Sid aurait été la dernière personne à laquelle j'aurais souhaité montrer cette vidéo. Elle était pure comme la neige. J'étais presque à cent pour cent certaine qu'elle était vierge et cette fille chantait – elle chantait ! – pendant qu'elle nettoyait la maison comme une putain de Cendrillon. Et j'aurais pu parier que quand je n'étais pas là, elle demandait aussi aux animaux de la forêt de lui passer le balai.

Contrairement à Sid, j'avais déjà couché avec quelqu'un avant, même si je n'étais pas une experte. Et la seule et unique fois que je m'étais lâchée pour prouver que je n'étais pas toujours sage et que j'avais baisé anonymement, cela avait fini par être affiché partout. Que se passait-il, bon sang ?

Mon corps s'éveilla de panique et de peur, l'adrénaline parcourant mes veines et la nausée me retournant l'estomac. Ce n'était pas possible ! Pas aujourd'hui ! Aucun jour, mais surtout pas aujourd'hui. Sans que je le lui demande, Sid cliqua sur le bouton 'play' et je subis un visionnage du sexe le plus chaud que j'avais eu au cours de mes quelque vingt-deux ans.

Je restai enracinée sur place en regardant toute la scène se dérouler. J'avais été saoule, mais pas au point de ne pas me rendre compte de ce que je faisais. Mon jugement était gravement altéré quand je buvais, comme le prouvaient cette vidéo hallucinante et le tatouage mentionné précédemment. Les larmes aux yeux, je me promis de ne plus jamais au grand jamais boire une goutte de plus... car étant donné ma progression, la fois suivante le monde allait sans doute imploser.

Ou peut-être seulement mon monde.

J'appuyai la paume de mes mains contre mes tempes en faisant passer mes doigts dans mes cheveux.

— La Terre à April... quelqu'un s'est vengé de toi ou quoi ? Que se passe-t-il ?

J'inspirai en tremblant, n'arrivant pas à croire ce qu'il m'arrivait.

— Oh mon Dieu. Oh mon Dieu. *Oh mon Dieu* . C'est un cauchemar.

— As-tu couché avec quelqu'un au Comic-Con, April ?

Je me retournai pour lui faire mon meilleur regard de dédain. Sa bouche forma un 'o' et elle leva les sourcils. Elle poussa un soupir de désapprobation et elle ajusta l'épaisse monture noire de ses lunettes.

— Euh, qui était-ce ?

Merde, ma réponse allait seulement empirer les choses. J'essayai de me raccrocher à n'importe quoi.

— Euh... eh bien...

Réfléchis vite. Trouve quelque chose, bon sang !

— C'était... Il...

— Tu ne le sais plus, hein ?

Mon Dieu, j'étais la pire 'coquine' qui soit. Je ravalai de la bile en faisant un geste de la main vers l'ordinateur.

— Efface-moi ça !

Après tout, c'était elle la plus geek de nous deux. Elle passait des heures devant son ordinateur. Elle devait savoir comment faire disparaître cette vidéo.

Sid fronça les sourcils.

— Je ne peux pas.

La nausée commençait à monter. Sid ne mentirait jamais pour m'apprendre une bonne leçon.

— Quoi... pourquoi ? Pourquoi ne peux-tu pas, putain ?

— Parce que, espèce de mal élevée, ce n'est pas mon compte. La vidéo a été mise en ligne par quelqu'un d'autre avec le tag #Comic-Con. J'ai suivi ce tag depuis, euh... tu sais, contrairement à toi, la non-geek indigne, je n'ai pas eu la chance d'y aller. Et c'est une bonne chose, car on dirait un lieu de perdition !

Mise en ligne par quelqu'un d'autre ? Comment était-ce possible ? L'avais-je accidentellement mise en ligne sur le cloud ? Et puis, qu'était donc ce 'cloud' et comment fonctionnait-il ? Avais-je été piratée par quelqu'un comme ces pauvres actrices, dont les photos de nus, avaient été éparpillées sur Internet ?

J'étais sur le point de vomir. De dégueuler partout.

— L'ai-je... l'ai-je mise en ligne depuis mon téléphone ?

— Alors c'est ta vidéo ? April ! Pourquoi t'es-tu filmée couchant avec un type au hasard ? Et comment se fait-il que tu ne saches pas qui il est ?

— Il était déguisé en chasseur de primes, celui du jeu...

— Falco.

— Oui, bref. Quoi qu'il en soit, il portait cette armure, et le casque. Et... et...

J'eus un haut-le-cœur.

— Oh merde, je vais vomir.

— Trop d'alcool, April ! cria Sid au moment où je courus tout droit vers les toilettes.

Des souvenirs vagues me parvinrent. C'était le dernier soir du Comic-Con, il y avait deux jours à peine. Malgré l'alcool, je me souvenais que le sexe avait été incroyable. Les souffles chauds, la transpiration dans mon costume d'elfe, la sensation de mains habiles glissant sous mes vêtements et me serrant si fort les hanches qu'elles avaient été douloureuses le lendemain. Il n'avait parlé qu'en chuchotant, et cela avait été d'autant plus sexy.

L'alcool et cet épisode torride m'avaient aidé à oublier pendant un moment. Avant cette nuit-là, je m'étais continuellement sentie mal à cause de la terrible nouvelle que j'avais reçue la veille. Je chassai mes larmes brûlantes en clignant des paupières et je repoussai cette pensée.

Merde. Je me serrai le ventre et j'attendis, mais rien ne monta. Mes intestins se tordirent en nœuds encore plus serrés. C'était mon premier jour de travail en tant qu'assistante au bureau du directeur financier et il fallait que je commence dans ces circonstances ? Et si les gens au travail avaient vu la vidéo ? Et si ceux qui connaissaient mon costume avaient compris que c'était moi ? Les questions virevoltaient dans ma tête et me donnèrent le tournis. Comment allais-je pouvoir me concentrer aujourd'hui ?

Je trébuchai jusqu'au lavabo pour m'asperger le visage d'eau et des gouttelettes glaciales trempèrent mes tempes, coulant le long de mon cou et dans ma chemise de nuit. Puis je me confrontai au miroir, examinant les rougeurs sur ma peau pâle et les nouveaux cercles sombres sous mes yeux bleus. Au-dessus de mes yeux, j'avais des sourcils parfaitement arqués, grâce au relooking avant le Comic-Con. Je passai une main dans mes cheveux bruns. J'avais une mine affreuse. Je me sentais encore pire. Comment avais-je atterri dans cette situation ?

Ah oui, je m'étais soûlée pour noyer l'humiliation et j'avais laissé cela affecter le peu de bon sens que j'avais – encore une fois. Clairement, l'alcool et April ne faisaient pas bon ménage et créaient plutôt une combinaison dangereuse. Cela menait aux tatouages laids et au sexe anonyme avec un type casqué au pénis énorme et aux abdos plus durs que tous ceux que j'avais un jour pu sentir contre mon corps.

Je m'étais rendue au Comic-Con pour mon travail et il avait été une espèce de geek adorant Dragon Epoch que j'avais dragué parce que c'était ce que la gentille, ennuyeuse et docile petite April ne ferait jamais. Elle n'irait jamais chercher un type en costume au hasard pour le baiser. Mais April saoule n'était pas une gentille fille.

Apparemment, c'était comme Dr Jekyll et Miss Hyde quand il était question d'alcool.

Dix minutes plus tard, après avoir sauté dans la douche et m'être séchée, je retournai dans notre chambre. Sid était toujours assise à son ordinateur, fixant l'écran la bouche ouverte.

— Mmm, marmonna-t-elle quand je m'arrêtai à côté d'elle.

Elle regardait encore une fois cette fichue vidéo.

— Éteins-moi ça. Le fait que tu regardes en continu devient un peu flippant.

— Ce n'est pas la vidéo, c'est un gif que quelqu'un a fait à partir de la vidéo.

Je me penchai vers l'écran et j'examinai le gif animé de mon bassin qui tournait sur les jambes musclées du gars tandis qu'il enfonçait ses doigts dans mes hanches – en boucle. Une vague de chaleur me traversa quand je me souvins de la sensation de son corps. Mon plaisir remémoré s'évanouit à la seconde où des lettres oscillantes apparurent au-dessus de nous : 'Des geeks en cosplay copulant à l'état sauvage'.

Merde... C'était de pire en pire.

Je me redressai.

— Ferme cette putain de fenêtre ou je te mets un virus troyen sur l'ordinateur !

Sid me jeta un regard de pitié quand je me retournai et que je me dirigeai vers mon placard.

— C'est soit un virus, soit un cheval de Troie, pas les deux.

— M'en fous. Maintenant, dis-moi s'il te plaît que tu as des idées pour enlever cette chose d'Internet.

— Comment veux-tu que je fasse ?

Je me figeai, la main posée sur ma jupe de travail la plus chic et sur le pull court assorti.

— Tu veux dire que tu ne le peux pas ?

— April, elle s'est répandue partout sur le net. Il y a des memes, des gifs. C'est partout sur les réseaux sociaux. Tu ne m'as pas écoutée ? C'est partout. Je ne peux pas l'enlever.

Je me laissai tomber sur mon lit, toujours enveloppée dans ma serviette. Mon estomac plongea dans mes talons. Je me frottai les tempes en essayant de retarder l'arrivée d'un mal de tête dû au stress.

— Merde.

Sid tourna sur sa chaise de bureau pour me faire face. Elle était menue et mignonne comme une petite souris, avec une peau d'olive, des cheveux bruns et des yeux comme de l'onyx poli encadrés par des lunettes sombres qui dominaient son visage.

Elle croisa les bras sur sa poitrine modeste et leva un épais sourcil sombre en me regardant.

— Tu sais, ce n'est vraiment pas si terrible. Personne n'a pu te reconnaître. Tu es vêtue comme la princesse Alloreah'la de Dragon Epoch – perruque violette, oreilles pointues, couverte de maquillage à paillettes. Je pense même que le type que tu... euh, tu sais... qu'il ne sait pas qui tu es. Et il porte un casque, vous portez la majorité de vos vêtements – sauf sur tes fesses. Alors il y a peu de risques que les gens vous reconnaissent.

— Eh bien... heureusement. Mais quand même...

Avec ma jambe, je poussai un tas de livres sur la théorie de l'économie – ma dernière passion – puis je posai ma tenue sur le lit et je me dirigeai vers la commode. Je ne pensais pas que les amis qui connaissaient mon tatouage ringard soient du genre à suivre le tag #ComicCon sur les réseaux sociaux. J'étais peut-être 'intello' et 'ennuyeuse', mais je n'étais pas une geek des jeux vidéo. Et en général, mon tatouage restait couvert. J'attendais d'avoir le courage de faire enlever cette horreur au laser.

La plus grosse erreur de ma vie...

D'accord, peut-être la deuxième plus grosse erreur de ma vie. Je soupirai.

— Alors... combien de temps pour que tout cela se tasse ? demandai-je en me baissant pour attraper une culotte et un soutien-gorge propres. Je levai la culotte à la lumière – une culotte en dentelle bleu marine – et je décidai de ne pas la prendre, la reposant dans le tiroir avant de sortir un string. Cette jupe révélait toute marque de culotte. C'était très étrange de voir que mon cerveau cherchait au-delà de la panique à trouver une certaine forme de normalité, pinaillant pour chaque vêtement que je choisissais de porter. Mais je savais qu'il fallait que j'essaie de dépasser cette humiliation cosplay d'une façon ou d'une autre et que j'espère contre tout espoir qu'elle s'estompe rapidement.

Scarlett O'Hara disait toujours : 'demain est un autre jour', pour moi, 'demain' allait commencer dans environ trente minutes. Il fallait que je reprenne mes esprits, ou du moins que j'agisse comme si j'avais réussi à le faire. Être promue à travailler avec un directeur de l'entreprise était un très grand honneur pour une stagiaire. J'avais besoin de sa recommandation pour être prise en école de commerce, et je n'avais pas l'intention de me rater. Pas maintenant. J'avais travaillé trop dur trop longtemps.

— Plus. Jamais. D'alcool, récitai-je en m'asseyant sur le lit et en enfilant mes habits.

Sid ricana devant son ordinateur.

— J'ai déjà entendu ça.

Je lui tirai la langue, bien qu'elle ne puisse pas me voir, car elle me tournait le dos.

— Qui sait quelle MST tu as récupérée pendant ta petite escapade ?

Je fis la grimace.

— Il portait un préservatif, idiote.

— Ah, d'accord. Je suppose que tout va bien, alors.

— Sid, s'il te plaît... la suppliai-je en enfilant mes bottes.

Elle fit encore une fois tourner sa chaise, les mains sur les hanches, et elle affecta ce ton maternel qu'elle aimait utiliser.

— April... Explique-moi ça encore une fois parce que je suis vraiment perdue. Cela te ressemble si peu de faire quelque chose de ce genre. Ton cerveau a-t-il été enlevé par des aliens ? Parce que, tu sais, le Comic-Con serait vraiment l'endroit idéal pour cela.

Je soufflai et je m'appuyai contre le mur.

— Ma mère m'a appelé pendant que j'étais là-bas.

Son visage s'assombrit brusquement.

— Oh mince. Et que voulait la méchante sorcière de la côte ouest ?

Je serrai la mâchoire en luttant contre le sentiment douloureux renouvelé.

— En fait, elle m'appelait de Las Vegas. Elle s'est mariée. Encore une fois.

Sid écarquilla les yeux.

— Oh, crotte de merde. Pour la quatrième fois ? Tu as à peine eu le temps de rencontrer le dernier mari avant que ce soit terminé...

Puis elle sembla se souvenir d'un détail essentiel. Heureusement, car je n'avais aucune envie de le lui expliquer.

— Oh non... ne me dis pas que... elle n'a pas...

— Gunnar et elle sont maintenant mari et femme, dis-je d'une voix étranglée. N'est-ce pas adorable ?

Le visage de Sid était pure pitié. Cela m'aurait rendue complètement furieuse de recevoir un tel regard de quelqu'un d'autre qu'elle.

Ouais, j'étais ce genre de ratée. Celle, dont l'ex petit ami épousait sa mère – la même mère qui n'avait pas le bon sens de comprendre que cela pouvait me blesser. D'ailleurs, si elle pouvait s'en rendre compte, elle ne s'en serait pas souciée.

Le terme 'mère' ne pouvait être appliqué à elle que dans le sens le plus scientifique, c'est-à-dire qu'elle m'avait porté pendant neuf mois avant de me donner naissance. Depuis ce moment-là, Jennifer Alden n'avait sans doute pas pensé deux fois à moi le même jour.

— Je suis désolée, Api. C'est vraiment un – un...

— Un enculé ?

— Un gros méchant ! Je le déteste. Et ta mère craint, elle aussi.

Je levai les sourcils. Ma gentille Sid était très énervée pour parler aussi vulgairement. Ou peut-être était-ce ma mauvaise influence. April Weiss, la pire 'mauvaise fille' qui soit corrompait à présent la personne la plus pure et la plus adorable... je clignai des yeux, soudain à nouveau submergée, les yeux brûlants.

Elle inclina la tête.

— Oh, Api. Pleure pas, s'il te plaît. Grr, si j'étais du genre violent, elle aurait des ennuis. J'ai toujours détesté la façon dont elle se sert de toi. Comme lorsqu'elle t'emmène faire du shopping et qu'elle te met la pression afin que tu payes. Elle est vraiment ignoble.

Je me forçai à ravaler mes larmes et je me mis à remplir mon nouveau sac Kate Spade avec tout l'essentiel : mon ordinateur portable, téléphone, portefeuille et, bien sûr, ma liseuse pour la pause.

Sid me regarda d'un air inquiet. Je sentis le poids de son regard et quand je me redressai, mes yeux rencontrèrent les siens. Elle parla d'un ton doux et compatissant :

— Alors, une fois qu'elle t'a appelée... tu es allée au bar, tu t'es soûlée et tu as dragué Falco le chasseur de primes ?

— Pas... exactement.

Elle leva un sourcil, m'encourageant sans mots à continuer cette histoire sordide. Je me dis qu'il valait mieux avouer tout de suite. C'était comme d'arracher un pansement : j'allais subir toute la douleur d'un coup. Je poussai un soupir et je cédai.

— J'étais au bar. J'avalais une vodka après l'autre, alors les autres stagiaires ont voulu savoir ce qui n'allait pas.

— Par 'les autres stagiaires', tu veux dire la Reine des Méchantes ?

On échangea un regard. Sid avait rencontré Cari une fois et elles ne s'étaient pas bien entendues. C'était compréhensible. Cari était un goût qui ne pouvait être acquis qu'avec le temps. Et beaucoup ne l'acquéraient jamais.

— Elle est vraiment méchante. Je ne sais pas pourquoi tu traînes avec elle, insista Sid.

— Je te l'ai dit, c'est pour des raisons de survie. Elle est le genre de personne que je préfère avoir de mon côté plutôt que contre moi. En outre... je pense qu'elle a ses propres problèmes. Je me sens mal pour elle parce que son frère jumeau a été tué. C'est tellement horrible.

Sid hocha la tête.

— Je suis d'accord, personne ne mérite ça. Mais parfois, je ne comprends pas pourquoi tu supportes son comportement.

Je détournai le regard, mes joues se mettant à brûler. La moitié du temps, je n'étais pas fière de mon comportement quand j'étais avec Cari. J'avais fait des choses que je regrettais. Des choses que j'aurais aimé annuler. Comme cette aventure.

— Quoi qu'il en soit, avec tout l'alcool que j'avais en moi, j'ai avoué à Cari pourquoi j'étais mal et elle m'a consolée. Elle a même dit que Gunnar ne me méritait pas. Puis elle a affirmé que j'étais un peu trop sainte-nitouche et que c'était pour cela que je n'arrivais pas à garder un petit ami.

— Ce n'était pas une consolation, c'était une provocation. Et je suppose que dans ton ivresse tu as pensé que c'était une bonne idée de sortir et de prouver au monde que tu n'étais pas une sainte-nitouche ?

Son analyse correcte de la situation montrait à quel point elle me connaissait. Même si nous avions fréquenté des écoles différentes, nous avions été amies pendant le lycée et nous avions également été colocataires pendant les quatre années d'université.

Sid avait été plutôt solitaire dans son lycée. Elle avait un petit groupe d'amis, mais tout le monde s'en prenait souvent à eux. Moi, au contraire, j'étais un caméléon social qui avait le don de paraître intégré sans l'être vraiment. Je l'avais adopté très tôt : un enfant qui n'avait jamais sa place avait besoin de cet outil particulier pour survivre. Mais il s'avérait que souvent, l'intégration se faisait au prix de ma véritable identité, et je n'étais pas fidèle à moi-même.

— Oui, elle m'a irritée. Eh oui, c'était sans doute son but, mais je me sentais déjà mal de toute façon et il y avait ce type canon à l'autre bout du bar, avec son costume et son casque.

— Comment pouvais-tu savoir qu'il était canon ?

Je me frottai la tempe.

— Il aurait pu avoir un visage de gorille sous le casque, je ne le sais pas. Mais son corps était vraiment fabuleux. Il était grand et solide.

— Vous avez beaucoup parlé ?

Je haussai les épaules en essayant de mettre de côté ma panique et de raisonner les événements de cette nuit-là. Je ressentis encore une fois la froide excitation d'être assise avec lui et de lui parler, planifiant ce qu'il se passerait ensuite : du sexe anonyme, ce qui ne me ressemblait tellement pas et qui était si dangereux. Je m'étais rebellée contre les paroles de Cari, car elles avaient été si proches de ce que ma mère m'avait dit six mois avant. *J'espère que ma relation avec Gunnar n'est pas trop étrange pour toi… nous ne faisons que nous amuser. S'il y a bien quelqu'un qui sait donner du bon temps à un gars, c'est ta maman MILF* . La bile me brûlait encore la gorge au souvenir humiliant de ses paroles au téléphone, aux larmes que j'avais retenues jusqu'à ce qu'elle raccroche.

— Un peu. Nous avons parlé en buvant. J'étais ivre et je riais bêtement, puis je l'ai invité à me suivre dans ma chambre.

— Pourquoi ?

Je levai les yeux au ciel.

— Pour jouer aux devinettes. Pourquoi, à ton avis ?

— April…

Je grimaçai.

— Cela faisait longtemps que je n'avais couché avec personne. Une femme a des besoins. S'il te plaît, ne me juge pas, sinon je ne te dirais pas ce qu'il s'est passé.

— Eh bien, d'après ton premier rôle dans un porno, je vois très bien ce qu'il s'est passé. Ce que je ne comprends pas, c'est pourquoi tu l'as filmé.

Je ramassai mes habits sales en poussant un soupir et je les jetai dans ma panière à linge.

— Parce que quelque part, dans mon ivresse, j'étais en manque et échauffée par le corps de ce type. Et… j'étais excitée, tu vois ? Je n'avais encore jamais fait quelque chose de ce genre. Alors je me suis dit, qu'est-ce qui pourrait rendre cette aventure encore plus excitante ? Et l'idée m'est venue subitement. J'ai posé mon téléphone et appuyé sur le bouton pour filmer. Puis je l'ai attaqué à l'endroit où il était assis sur la chaise.

— Tu as tout enregistré ? La vidéo ne fait que cinq minutes, et même moi je sais que… enfin que cela a dû prendre plus de temps.

— Il a dit qu'il voulait me coucher sur le lit. Je me suis levée et j'ai éteint le téléphone.

— Et comment se fait-il que tu ne saches pas qui c'est ? Il n'a jamais enlevé son casque ?

— Il allait le faire, mais je lui ai dit de le garder. Je ne voulais pas savoir qui il était. C'était plus excitant de cette façon. Et puis... quand nous sommes allés sur le lit, il m'a posée sur le ventre, il a éteint les lumières et il a enlevé le casque. Je n'ai pas cherché à découvrir son identité. C'est tout l'intérêt du sexe anonyme.

Elle écarquilla les yeux.

— Euh, si tu le dis. Était-ce... plus excitant de cette façon ?

J'eus une bouffée de chaleur en me souvenant de son poids, de ses mains et de sa bouche au creux de mon dos, de la sensation lorsqu'il s'était enfoncé en moi.

— Oui.

— Penses-tu qu'il savait qui tu étais ?

Mon Dieu, j'espérais bien que non. Ce serait une personne de plus à gérer au sujet de la catastrophe de la vidéo virale. Mais il n'avait aucun moyen...

— Je portais la perruque violette et mon visage était entièrement couvert par la peinture à paillettes que tu m'as donnée. Je suis presque certaine qu'il ne saurait pas me reconnaître dans une foule.

— Et il sait que tu as filmé, n'est-ce pas ?

Mon estomac se noua et je la regardai, hésitant à l'admettre.

— Euh...

Elle se décomposa.

— Mince, April. Tu as filmé et tu ne le lui as pas dit ?

Je cachai mon visage dans mes mains, principalement pour éviter son regard insistant.

— Je t'ai dit que je n'avais plus de jugeote. Mais je peux jurer que ce n'était pas pour la montrer à qui que ce soit. C'était juste une idée folle, comme d'acheter un souvenir ringard après des vacances fabuleuses. J'avais l'intention de l'effacer plus tard.

Elle pinça les lèvres comme une grand-mère désapprobatrice.

— Trop tard pour ça.

Je me redressai et je la regardai.

— Tu as des idées pour limiter les dégâts ?

— Les méchantes t'ont vue flirter avec Falco, n'est-ce pas ?

Je clignai des yeux en me souvenant vaguement être passée à côté du box où elles étaient assises. Je tenais Falco par la main et je leur faisais coucou de l'autre.

— Oui... si elles voient la vidéo, elles sauront que c'est moi. Mais je pense qu'elles couvriront mes arrières.

Elles étaient mes amies... superficiellement, en tout cas. Je pouvais compter sur elles pour garder mon identité secrète, non ?

Sid quitta sa chaise et se laissa tomber sur le lit à côté de moi en jetant un bras autour de mes épaules. Je la regardai, la gorge brûlante. Qu'allais-je bien pouvoir faire ?

— Tu dois arrêter de la laisser t'atteindre de cette façon.

Je savais qu'elle parlait de ma mère et pas de Cari.

— Et Gunnar...

— Gunnar peut crever. J'espère ne plus jamais le revoir.

— Mais tu y seras sans doute obligée maintenant. Thanksgiving, Noël, Hanukkah – ou bien les fêtes-tu avec ton père ?

Si j'avais le choix, je préférais passer les fêtes sans compagnie. Je regardai mes genoux, me sentant terriblement seule. Son bras me serra plus fort autour des épaules.

— Gunnar n'est rien pour toi, seulement une partie très courte du passé. Tu n'es sortie avec lui que pendant…, quoi ? Quelques mois ?

— Un an.

Je l'avais rencontré à la fin de ma deuxième année de fac et nous étions sortis ensemble tout au long de ma troisième année. Mon association d'étudiantes et sa fraternité étaient liées et les gens trouvaient que nous formions un beau couple…

Elle fit un geste coupant du plat de la main.

— D'accord, bref. De toute façon, il ne t'intéressait pas tant que ça.

— Je t'ai… je t'ai déjà raconté ce qu'il m'a dit quand j'ai rompu avec lui ? Que j'étais un rat de bibliothèque ennuyeux et que j'étais trop classique au lit. Quel trou du cul !

Elle inspira puis elle souffla, cherchant sans doute des mots pour me réconforter.

— Il essayait sûrement de cacher ses propres complexes. Ta mère est la pire coupable dans cette affaire. Elle aurait dû s'en rendre compte…

— Elle ne se rend compte des sentiments de personne d'autre qu'elle. Même si j'avais dit quelque chose, ce qui n'est pas le cas, elle se serait fait croire à elle-même que son dernier mariage ne me pose absolument aucun problème.

Et je savais que si j'avais dit quelque chose, elle m'aurait traitée d'égoïste qui s'immisce dans son bonheur.

— Je suis tellement lâche, grognai-je.

— Tu cherches à maintenir la paix, April. Tu es une fille de parents divorcés. C'est courant, étant donné ta situation familiale. Tu n'as jamais voulu faire de vagues, car tu as eu l'impression que leur amour était conditionnel.

— 'L'amour' de ma mère est entièrement conditionnel. Et papa... n'est jamais là. Heureusement que j'ai une amie comme toi.

Ma gorge se serra et j'appuyai ma tête sur son épaule.

— Tu es la meilleure. Je t'aime.

— Je t'aime aussi, cul de poulet.

— Arrête de m'appeler comme ça.

— Jamais.

J'enlevai une poussière de ma jupe. Il fallait que je me lève, que je me maquille et que je parte, mais je n'étais pas du tout motivée.

Sid pinça la bouche comme si elle venait de manger un citron salé.

— Alors... ça veut dire que Gunnar est ton beau-père maintenant.

Le goût désagréable était revenu dans ma bouche. Notre moment d'amitié était passé.

— Ta gueule, Sid.

Elle frissonna.

Je me penchai en avant et je me cachai le visage dans les mains, les coudes reposants sur mes genoux.

— Bon sang, il faut que je me concentre. Je dois commencer à mon nouveau poste à Draco aujourd'hui.

— Ça commence aujourd'hui ? Oh, crotte d'elfe ! J'avais oublié. Le timing n'aurait pas pu être pire.

— Effectivement, dis-je en marmonnant entre mes doigts.

Travailler avec le directeur financier, c'était le poste de mes rêves. Une bonne évaluation de sa part pouvait m'aider à entrer dans n'importe quelle école. Harvard... Stanford... Ou mon premier choix, UCLA.

— Je ne crois pas être capable de penser à autre chose...

— Pourquoi ne pas te concentrer sur ma jalousie ? Tu vas travailler dans l'entreprise qui fait mon jeu vidéo préféré.

Sid était une gameuse pure et dure, et elle en avait parlé pendant des jours quand je lui avais permis de faire le tour du campus quelques mois auparavant. Elle jouait constamment à Dragon Epoch et elle me renseignait sur ce qu'il se passait dans le jeu bien que je n'ai jamais trempé plus que le petit orteil dans l'environnement du jeu vidéo. J'étais intéressée par autre chose.

— Tu peux garder tes joysticks, Sid. J'ai mes livres.

Elle se mit à rire.

— Andouille, Dragon Epoch ne se joue pas avec un joystick !

— Ouais, ouais. Bref. Faut que j'y aille. S'il te plaît, si tu peux trouver un moyen de gérer ça... ?

— Je ne sais pas du tout comment cela a pu arriver sur Internet, sauf si tu l'as synchronisé avec le cloud et que tu as été piratée.

Je soupirai en me demandant si j'avais appuyé sur le bouton 'partager' la seule et unique fois que j'avais regardé la vidéo. Maintenant qu'elle était en ligne, elle se répandait comme une traînée de poudre. Mon estomac se retourna encore une fois. Beurk. Beurk de beurk.

Je supposai que l'important n'était plus de savoir comment cela était arrivé, car le 'pourquoi' de la chose était entièrement dû à ma propre stupidité. En plus de mon abstention à l'alcool, j'allais ajouter l'achat d'un téléphone non connecté sur la liste des choses que je devais faire pour me racheter. Plus de vidéos. Pas de photos. Et pas de réseaux sociaux. C'était fini.

Je me levai et je me rendis à la salle de bains pour finir de me maquiller.

***

Je me garai dans le parking de Draco Multimedia Entertainment avec quarante-cinq minutes d'avance. La meilleure façon de montrer mon enthousiasme pour mon nouveau travail, c'était d'arriver tôt, avec le sourire et l'envie de commencer. Et plus je travaillais dur aujourd'hui, plus je pouvais chasser mes pensées négatives et paniquées à cause des événements de la matinée. Cela me rongeait, volait en rond dans ma tête comme des moucherons au crépuscule, et peu importe mes efforts pour m'en débarrasser, ils revenaient pour m'irriter encore plus.

J'avais travaillé chez Draco au cours des six derniers mois en tant que stagiaire non payée, mais j'avais récemment obtenu une promotion, sans doute grâce à mon travail dans le département marketing. Et ce poste était parfait. D'après la rumeur, l'entreprise allait bientôt entrer en bourse, alors j'allais assister à une grande partie du processus depuis l'intérieur du bureau du directeur financier. Ajouter cela à mon CV donnerait envie aux écoles de commerce de s'incliner devant moi et de me supplier de venir m'inscrire.

Draco occupait un bâtiment original en forme de château, couvert de bas en haut de vitres réfléchissantes. J'aimais cette architecture, car elle reflétait la mission de l'entreprise : ouvrir un environnement fantastique complet en toile de fond pour son jeu. L'intérieur était lumineux et spacieux, avec des plafonds hauts et un aménagement open space à chaque étage divisé par département. Après être entrée dans le hall, décoré par des présentations des jeux produits par Draco, je traversai mon ancienne section. Seule une poignée de personnes du marketing étaient présentes à cette heure de la journée. Il n'y avait personne que je connaissais vraiment, et surtout pas d'autres stagiaires, qui se glissaient en général par la porte d'entrée quelques minutes avant le début du travail.

Je secouai ma tête à cette pensée. Tout le monde avait été aimable, mais visiblement envieux de mon nouveau poste. C'était agréable d'être l'objet de leur admiration.

D'habitude, j'essayais tellement de m'intégrer que je suivais ce que faisait le reste du groupe. En particulier Cari, qui s'était autoproclamée meneuse du groupe. Heureusement, elle était gentille avec moi, sûrement parce que mon père était plus riche que le sien.

Non pas que cela m'importe vraiment. J'aurais préféré un père moins riche qui passe plus de temps avec moi et qui ne se débarrassait pas de moi auprès de ma mère narcissique. Mais les gens comme Cari trouvaient cela important, alors j'avais pu entrer dans son cercle.

L'astuce résidait entièrement dans l'air d'appartenir au groupe, car je n'étais jamais membre d'un groupe. J'étais un caméléon social, changeant toujours pour me fondre dans le paysage. Cela me définissait bien. Cependant, les caméléons avaient un défaut majeur : ils ne se faisaient pas remarquer. Et dans les affaires, en particulier à mon nouveau poste, j'allais devoir faire précisément cela. Me faire un nom pour pouvoir recevoir cette recommandation tant désirée.

Je poussai les doubles portes qui menaient au grand atrium devant les bureaux des directeurs de l'entreprise. Cet endroit était calme également, mais il y avait un autre assistant stagiaire : le geek qui travaillait pour le PDG de l'entreprise, le super beau génie Adam Drake. Adam, comme mon nouveau patron et la plupart des autres directeurs de l'entreprise, était jeune, ambitieux et il avait eu beaucoup de succès dès le début. À mon âge, il dirigeait déjà sa propre start-up qui en l'espace de quatre ans allait devenir une affaire à plusieurs millions de dollars et bien engagée à entrer en bourse. Entendre parler de ses prouesses me donnait souvent l'impression d'être une fainéante.

— Hé, Charlie, dis-je en m'arrêtant à son bureau.

— Euh, c'est Charles, en fait, corrigea-t-il en ajustant ses lunettes de hipster cerclées de noir.

— Oh, je suis désolée. Je crois que cela fait des mois que je t'appelle par le mauvais prénom.

Il haussa les épaules en laissant lentement glisser son regard sur ma poitrine. Je croisai les bras pour couvrir mes seins. L'idée d'être exposée dans une vidéo aux yeux de tout le monde m'avait ébranlée. Chaque fois que le souvenir menaçait de revenir en force, je devais baisser la tête et me concentrer sur le présent. C'était presque impossible.

Charles finit par se rappeler où se trouvaient mes yeux.

— Ça peut arriver. Je me suis dit que puisque nous allions travailler ensemble pendant un moment, il valait mieux te le dire maintenant.

Je jetai un coup d'œil en direction du bureau du directeur financier.

— Est-ce que, euh, M. Fawkes est arrivé ?

Jordan Fawkes, mon nouveau patron, était encore plus jeune qu'Adam et il s'était associé à lui pour créer l'entreprise. C'était étrange d'être plus intimidée par eux parce qu'ils étaient jeunes. Leur succès fou m'évoquait peut-être mes propres insuffisances.

Charles fit un sourire condescendant.

— Pour commencer, aucun des directeurs ne se fait appeler autrement que par son prénom. Tout est décontracté ici. Y compris la tenue vestimentaire, dit-il en jetant un regard appuyé sur ma jupe et mon pull élégants.

Je gigotai sur place et je fis passer mes longs cheveux derrière mon épaule.

— C'est le premier jour. On ne peut jamais faire *trop* bonne impression, dis-je en murmurant un de mes aphorismes toujours présents.

J'avais pour habitude d'accrocher des citations et des truismes trouvés dans mes livres sur des tableaux et des post-its collés à mon ordinateur et au miroir de ma salle de bains. Cela m'aidait. Cela me guidait. Mes livres étaient les mentors que je n'avais jamais eus en mes parents.

— Quoi qu'il en soit, Jordan arrive généralement tôt, mais comme c'est le lundi après Comic-Con, tu te rendrais service en l'évitant avant midi. Il t'enverra sans doute chercher son déjeuner. J'ai sa commande Subway régulière.

J'essayai de ne pas faire la tête. Je ne dis rien, bien sûr, car dans les situations comme celle-ci, je savais qu'il valait mieux ne montrer aucune irritation et aucune émotion négative. *Souris et supporte tout*.

Mais aller chercher le déjeuner ? Je n'avais pas pour ambition de devenir serveuse. Il me fallait une expérience solide dans les affaires pour écrire mon essai de candidature. Et j'avais entendu dire que Jordan Fawkes était un businessman rusé et malin. Le bruit courait que l'entreprise devait autant son succès à son directeur financier qu'à l'ingéniosité de son PDG en programmation et innovation virtuelle.

Malgré tout, je voulais me rendre agréable et si je devais commencer par Charles et son attitude condescendante, alors il me faudrait en passer par là. Mon nouveau patron ne pouvait pas être pire que ce petit con.

— Dois-je faire quelque chose ? Peut-être entrer et ranger son bureau ou...

— Ne touche surtout pas à son bureau ni à ses affaires, sauf s'il te le demande. Tu n'as qu'à... attendre là.

Il pointa du doigt une zone d'attente aménagée avec des fauteuils à l'air très confortable pour les visiteurs et la clientèle qui attendaient de rencontrer une des huiles.

— Tu es sous les ordres de Susan, son assistante salariée, et elle n'est pas encore là.

Je reportai mon regard sur lui.

— Ne puis-je rien faire pour toi ?

Il leva les sourcils.

— Ouais, en fait...

Je me penchai vers lui, désireuse de travailler et d'impressionner mon nouveau collègue.

— Je bois mon café latte avec du lait écrémé et deux sucres. Et ne va pas le chercher dans notre café. Il n'est pas bon. Il y a un Starbucks au bout de la rue. Très chaud, d'accord ?

Je me redressai en résistant à l'envie de lui jeter un regard noir, et avec un peu de résignation dans mes épaules voûtées, je me tournai pour aller chercher sa commande. Il y avait une hiérarchie ici, et ce Charlie se considérait manifestement au-dessus de moi.

Je revins vingt minutes plus tard avec son café et le mien. Cette fois-ci, lorsque je passai l'entrée, le département marketing était habité, et quelques stagiaires avec lesquels j'avais travaillé me firent un signe de la main en souriant. Cari se précipita vers moi, suivie par son énorme masse de cheveux blonds. Elle portait une tenue provocante : une minijupe plissée à carreaux qui s'arrêtait largement au-dessus de la moitié de ses cuisses, avec une blouse blanche moulante et des chaussettes longues. Selon elle, cette tenue était sa version de l'écolière coquine. Elle n'était absolument pas adaptée à un environnement professionnel.

Elle observa ma tenue en hochant la tête avec approbation.

— Tu fais très adulte aujourd'hui, pour ton nouveau poste ! Comment ça va ? Tu veux que je t'aide à porter ça ?

Je souris, un peu mal à l'aise en me souvenant des commentaires de Sid à son sujet ce matin.

— Ça va, merci.

Elle me jeta un regard curieux du coin de l'œil en ouvrant les doubles portes.

— Alors, nerveuse ? Tout se passe bien ?

J'hésitai un instant puis je la regardai à mon tour en ralentissant le pas.

— Que se passe-t-il ? Pourquoi me poses-tu toutes ces questions ?

Elle grimaça.

— J'ai, euh, je me suis connectée à Facebook ce matin...

Ma main qui portait le café *ultra-chaud brûlant du feu de mille soleils* de Charlie trembla et un peu de café s'échappa par le couvercle, brûlant le dos de ma main.

— Merde, dis-je sans savoir si c'était à cause de la douleur ou parce que Cari savait que c'était moi dans la vidéo.

— Euh. Je ne veux pas en parler, marmonnai-je.

— Je, euh... Pourquoi est-ce sur Internet ?

— Je ne sais pas. J'ai dû appuyer sur un bouton et l'enregistrer sur le cloud. Je n'en ai pas la moindre idée. Et t'ai-je déjà dit que je ne voulais pas en parler ?

Je me tournai et je me dirigeai vers l'atrium et le bureau de Charlie, souhaitant me débarrasser au plus vite de ce gobelet de lave bouillante.

— Alors, que vas-tu faire ?

— Je ne crois pas qu'il y ait grand-chose que je peux faire, répondis-je amèrement.

Mais peut-être que si... Si j'arrivais à avoir Cari de mon côté, sa loyauté empêcherait tous les autres d'en parler. Même si dernièrement son comportement avait été désagréable, j'allais devoir être sa meilleure amie. Cari devenait rapidement un gros moucheron que je n'arrivais pas à chasser. En fait, j'allais devoir faire de la lèche à ce moucheron.

— Puis-je, euh, te demander de me couvrir auprès des autres ?

Cari sourit.

— Ingrid était la seule au bar avec nous, et elle était si saoule qu'elle ne se souvient même pas que c'était toi. Je ne dirai pas un mot. Je sais que tu dois être angoissé. Je ferai tout ce qu'il faudra pour t'aider. Déjeunons ensemble, d'accord ?

Un sentiment de soulagement déferla sur moi, j'en eus presque le tournis. Heureusement que Cari était de mon côté.

— Très bonne idée, dis-je.

Je n'avais pas entièrement confiance en elle – je n'avais jamais eu entièrement confiance en elle. Mais elle n'avait aucune raison de me dénoncer, et elle était assez intelligente pour savoir que cela pouvait se retourner contre elle. J'allais trouver un moyen de conserver sa loyauté. Il était temps que le caméléon change encore de couleur.

Cari s'écarta rapidement de moi avant que je pénètre dans l'atrium, où je posai vivement le neutronium incandescent sur le bureau de Mister Hipster. Je secouai la main dès qu'elle fut libérée.

— Mmm, brûlant. Exactement comme l'aime ton nouveau patron, dit Charlie. Il est ici, d'ailleurs, et la première chose qu'il a grognée, c'était un venti triple espresso, sans crème, sans sucre.

Je me figeai. Il devait se foutre de ma gueule, putain. Aucun sourire espiègle n'apparut. Charlie désigna le bureau de Jordan avec son pouce.

— Dépêche-toi, petite. Il a la gueule de bois après avoir fait la fête toute la semaine au Comic-Con et il n'est pas de très bonne humeur.

Merde. Merde. Merde. La journée commençait fabuleusement bien. Bordel. Je fis demi-tour et je sortis par la porte en buvant une longue gorgée de mon café à présent tiède. Une fabuleuse et affreusement longue journée.

Sérieusement, aurait-elle pu être pire ?

Chapitre Deux
Jordan

L A PAUSE DÉJEUNER ÉTAIT BIEN ENTAMÉE, MAIS J'AVAIS perdu l'appétit. Au lieu de manger, je fis les cent pas au fond de mon bureau, regardant la verdure et cette étrange fontaine géante en marbre sphérique de notre jardin intérieur par les immenses baies vitrées. Pendant que j'avais été appelé pour une réunion impromptue, ma nouvelle stagiaire avait laissé le déjeuner sur ma table de travail, avec un petit message ponctué par un smiley. J'avais tout de suite froissé le papier et je l'avais jeté en boule de l'autre côté de la pièce. Personne ne souriait dans ce bureau ni dans les bureaux près du mien.

Je marchai à grandes enjambées vers ma table et j'ouvris mon ordinateur portable pour regarder encore une fois la vidéo incriminante. J'avais été si choqué lorsque Weston, des relations publiques, nous l'avait montrée quinze minutes auparavant, que j'avais à peine eu le temps de remarquer s'il y avait des détails révélateurs. Je ne m'étais pas non plus rendu compte du buzz créé.

Il suffisait de taper 'Comic-Con sexe cosplay' dans la barre de recherche Google pour la trouver dans les cent premiers résultats. Sur tous les réseaux sociaux imaginables. *Putain de merde* .

Je cliquai sur play et j'examinai l'avant et l'arrière-plan de la chambre d'hôtel ordinaire : des meubles standard et peu d'objets personnels. Me forçant à ignorer le couple passionné au milieu de l'écran, je cherchai le moindre détail qui pouvait aider mon patron à découvrir nos identités. Il avait déjà vu mon badge d'employé dans le coin de l'écran, mais le nom était hors de vue. Heureusement, car je risquais gros. Adam allait péter une durite s'il apprenait que c'était moi. Il piquait déjà une crise à ce sujet, et à présent j'étais dans la position peu enviable de devoir mentir à mon meilleur ami pour sauver ma peau. La rage impuissante se remit à me brûler.

Entendre les bruits de la fille dans la vidéo commençait à m'exciter, et la colère se mêla bientôt au désir. Je ne pouvais pas rester assis et écouter ces bruits délicieux sans être émoustillé. Cela m'évoqua immédiatement la sensation de sa peau sous mes mains, la façon dont son corps était tombé contre le mien. Je serrai la mâchoire en essayant de me reprendre.

J'examinai encore une fois son petit cul serré et cet étrange tatouage. April Weiss, une des plus canon du dernier arrivage de stagiaires était à présent le fléau de mon existence.

Qu'est-ce qu'il m'avait pris ?

Je n'avais pas réfléchi. C'était le problème. J'étais saoul et j'avais profité de mon anonymat au bar. Personne n'avait su qui j'étais dans mon armure et mon casque, et pendant que je m'enivrais gaiement, cette délectable stagiaire dans son legging moulant et son dos nu s'était installée à côté de moi en supposant que je ne savais pas qui elle était.

Et j'en avais profité.

Et pourquoi pas, d'ailleurs ?

Sauf qu'elle était stagiaire dans mon entreprise et que les stagiaires, m'avait prévenu mon patron, étaient strictement interdites. Mais alors que nous étions assis au bar, elle m'avait raconté que le sexe anonyme la faisait fantasmer. Et j'étais quelqu'un qui avait satisfait un certain nombre de fantasmes dans la vie.

C'était dans ma nature d'être aussi généreux et altruiste.

Bon, d'accord, pas tout à fait. Je devais admettre que j'avais voulu la goûter depuis la première fois que j'avais posé le regard sur elle, à l'automne dernier. Mais parce qu'elle était hors limite, je m'étais retenu. Dans mon état d'ivresse, j'avais raisonné que si elle ne le découvrait jamais, je pouvais me débarrasser de ce désir et nous saurons tous les deux passer à autre chose, sans causer de dégâts.

Sauf qu'il était maintenant évident qu'il y avait eu des dégâts. Je ne savais pas comment interpréter l'existence de la vidéo. Je ne pouvais que supposer qu'elle venait d'elle. Mais pourquoi ? Et pourquoi ne pas m'avoir dit qu'elle filmait ?

J'avais été pris par l'action et agréablement ivre, mais j'aurais cru remarquer quelque chose de ce genre. Sauf s'il s'agissait d'une sorte d'arnaque. Sauf si elle avait su exactement qui j'étais et qu'elle cherchait à me faire chanter...

Je secouai la tête en essayant de trouver quoi faire, l'esprit en ébullition. Devais-je la renvoyer immédiatement ? Fallait-il faire intervenir un détective privé ? Et les notifications de retrait ? Puisque la vidéo me représentait, je pouvais exiger qu'elle soit retirée, mais je risquais d'être exposé. Pas possible.

Frustré, je serrai les poings et je frappai la table. Cette vidéo allait déclencher un enfer. Il me fallait un plan, et vite.

Comme s'il avait entendu mes pensées, Adam, mon meilleur ami et mon patron, entra en trombe dans mon bureau sans frapper, laissant la porte se refermer derrière lui.

Je fermai mon ordinateur portable avec une grimace, refoulant une montagne de culpabilité.

Adam paraissait juste furieux et, non plus enragé comme avant. Son visage avait retrouvé une teinte normale au lieu du rouge profond de tout à l'heure. Il s'avança vers mon bureau et il s'y assit, chevilles croisées et bras serrés contre son torse.

J'évitai son regard en massant les muscles raides de ma nuque.

— Cinq minutes ne vont pas me suffire à trouver comment gérer la situation, tu sais, dis-je.

Il serra les dents et il détourna le regard, l'air aussi frustré que je l'étais.

— Dis-moi juste à quel point la situation est mauvaise – réellement. Tu as travaillé avec les banques d'investissement pendant toute cette histoire d'introduction en bourse. À quelles répercussions pouvons-nous nous attendre ?

Je ravalai la première réponse – la plus honnête – qui me vint à l'esprit. Ça va se casser la gueule. Les banquiers et leur armée d'assureurs étaient une bande superstitieuse et anxieuse. Dès l'instant où ils apprendraient qu'une sextape impliquant des employés de Draco faisait le buzz sur Internet, ils se retireraient plus vite qu'un gamin de dix-huit ans baisant sa copine mineure.

Je m'éclaircis la gorge et je formulai une réponse prudente.

— Je ne sais pas. Nous devons établir un plan pour limiter les dégâts. Ils n'aiment pas les scandales, en particulier les scandales sexuels.

J'inspirai puis je soufflai. Les merdes que j'allais devoir débiter pour tranquilliser Adam allaient s'épaissir.

— Nous devons immédiatement découvrir les coupables. Mon prochain coup de téléphone sera pour cette entreprise de sécurité sur Internet dont je me sers...

Je levai une main et j'essayai d'étouffer ma panique.

— Ho, partenaire. Je t'ai dit que j'allais m'en occuper et c'est ce que je vais faire. Laisse-moi gérer, d'accord ? Je vais m'occuper de tout. Mais... nous devons également faire attention avant d'accuser n'importe qui sans avoir de preuves. Il ne faut pas que nous nous rendions coupables de harcèlement sexuel. Il est peut-être temps de contacter notre avocat.

Adam fit la grimace.

— Bon sang. Entre l'affaire de meurtre-suicide de l'année dernière et celle-ci, je vais devoir l'engager à plein temps.

Je clignai des paupières, surpris que dans ma panique je n'eusse pas envisagé la situation dans le contexte des événements de l'année passée. Un joueur dévoué à notre jeu avait été pris de colère et il s'était rendu à la maison de sa petite amie, car elle avait trafiqué son avancée dans le jeu. Il avait sorti un pistolet et il avait tiré sur elle, puis il avait retourné l'arme contre lui. Les parents avaient rendu son addiction à Dragon Epoch responsable de ses actions et ils avaient raconté cela à tous les médias qui voulaient bien les écouter. Et, bien sûr, ils avaient porté plainte. Ces événements, ajoutés à d'autres, plus profonds et plus personnels, avaient beaucoup affecté Adam.

Et maintenant ceci, à cause de moi. Quel genre d'ami pourri étais-je pour rajouter cela ?

— C'est peut-être une bonne idée. Tu pourrais te renseigner sur le fait d'employer Joseph à plein temps, dis-je.

Il secoua la tête.

— Au moins, il n'est pas encore trop tard afin que nous nous retirions de l'OPI. Nous pourrions attendre que tout cela se calme... attendre un meilleur moment. Nous avons fourni le formulaire S1 au gouvernement, mais il arrive très souvent qu'une entreprise fasse marche arrière avant l'entrée en bourse.

Il allait falloir me passer sur le corps.

Tous mes muscles se raidirent. Je bondis de ma chaise et je fis de grands pas vers la fenêtre pour regarder cette fichue fontaine. Une respiration longue et profonde. Inspirer le bon, expirer le mauvais.

Cela faisait des années que je travaillais sur ce projet, assurant une comptabilité méticuleuse et documentant tout ce que l'entreprise avait fait depuis sa création. Cela avait été mon but depuis le début et j'avais passé au moins un an à supplier et à amadouer Adam pour qu'il soit partant.

Il était évident que la dernière chose que souhaitait un PDG maniaque, c'était d'ôter une part du gâteau de l'entreprise et de donner ce pouvoir à un conseil d'administration. Pendant très longtemps, il n'avait pas voulu en entendre parler, alors que le jour de l'introduction en bourse, il allait devenir milliardaire.

Mais il s'était alors concentré sur son nouveau projet préféré, pour lequel il avait besoin de liquidités afin de le développer. J'avais saisi ma chance pour le convaincre. Enfin. *Enfin*, il avait accepté. On peut faire confiance à Adam pour être motivé par son imagination ingénieuse à la place de l'augmentation de son compte bancaire. C'était une caractéristique admirable, mais je ne la partageais pas avec lui. Ce qui expliquait pourquoi nous travaillions bien ensemble.

J'allais devoir faire attention. Les banquiers n'étaient pas les seuls à être vite effrayés.

Je jetai un coup d'œil sur Adam.

— Puis-je te demander de me laisser du temps pour trouver un plan ? Je fais régulièrement des réunions avec ces banquiers depuis des mois. J'ai fait de la lèche, bu et mangé et charmé comme un dingue. Je ne crois pas que la situation soit si grave.

Adam leva les sourcils et son regard sombre soutint le mien. Ouais, il me connaissait depuis longtemps. Nous étions bons amis depuis notre première année d'université. Il le savait quand je racontais n'importe quoi et aujourd'hui j'atteignais des records.

— Tu as deux semaines et j'annule tout si les choses ne se présentent pas bien.

Je faillis hurler de frustration.

— Pourquoi pas un mois ? Il y a beaucoup de banquiers... certains d'entre eux sont loin.

Il continua à me fixer du regard et je sus à l'avance ce qu'il allait dire.

— Deux semaines, Jordan. Ensuite, j'arrête tout.

Putain de merde.

Adam se redressa en décroisant les bras. Je serrai si fort la mâchoire que j'en avais mal à la tête. Sans rien dire de plus, le patron tourna les talons et sortit de la pièce en fermant la porte avec fermeté. J'attrapai le bloc-notes sur mon bureau et je le jetai dans la direction par laquelle il était parti. Le bloc-notes frappa la porte fermée puis glissa jusqu'au sol.

Bon sang. Cela empirait à chaque minute qui passait. Tout avait commencé comme un lundi de gueule de bois ordinaire avant de dégénérer jusqu'à cette situation pourrie. J'étais à présent une star d'Internet anonyme dans une sextape célèbre et j'étais sur le point de faire couler le plus gros projet de mon entreprise depuis sa fondation.

Et tout cela parce que je m'étais bourré la gueule et puis, dans mon ivresse, j'avais décidé que ce serait une bonne idée de baiser la stagiaire dans son costume d'elfe.

Je n'allais plus jamais boire, putain. Jetant un regard noir vers la porte qu'Adam avait fermée, je sursautai quand j'entendis soudain frapper. Cela signifiait que ce n'était pas Adam qui revenait me donner de nouveaux ultimatums.

— Entrez, grognai-je.

La porte s'ouvrit lentement, centimètre par centimètre. Une tête sombre passa dans l'entrebâillement. Et la voilà, la cause de cette situation misérable : Mademoiselle April Weiss.

Ses cheveux bruns soyeux tombèrent sur ses épaules quand elle me jeta un regard timide. Ce matin, j'avais regardé son cul en me souvenant à quel point cela avait été bon de me la faire, ivre ou pas. Me rappeler ses gémissements profonds dans mon oreille et la sensation de... merde. Je ne savais pas si je devais être excité ou énervé. J'étais les deux.

Car, elle avait tout filmé et posté sur Internet.

Ses grands yeux bleu sombre croisèrent mon regard. Ils posaient une question.

— Salut, Jordan. Je voulais juste m'assurer que je ne m'étais pas trompée pour la commande de ton déjeuner. Charles a dit que tu prenais un Subway le lundi.

Son regard se posa sur le repas que je n'avais pas touché et la porte s'ouvrit en grand. Elle était à présent dans le bureau, portant cette jupe moulante et ce pull fin et serré qui collait à ses seins rebondis. Je serrai le poing. Deux semaines auparavant, j'avais baisé une mannequin : huit fois en trois jours. Cette fille-ci n'avait rien de spécial, que ce soit un bon coup ou pas. Je détournai le regard et je déglutis.

— Je n'avais pas faim, grognai-je.

J'étais si furieux que je ne pouvais même pas la regarder.

Elle faillit trébucher sur le bloc-notes que j'avais jeté par terre. Elle fronça ses sourcils sombres en ramassant le bloc-notes et elle se dirigea vers la table, les épaules légèrement voûtées, comme si mon rejet de ce fichu sandwich donnait une image de sa performance dans son nouveau travail. Mes yeux revinrent à son visage, attirés comme des aimants. Elle était magnifique : le teint éclatant, les cheveux brillants et ces yeux bleus. Des traits parfaits. La dame des RH qui répartissait les stagiaires avait dû fumer du crack quand elle avait assigné celle-ci à mon bureau. C'était comme jeter un appât aux requins.

J'avais su qu'elle allait être mon assistante et que c'était risqué de faire quoi que ce soit, mais quand elle avait dit 'anonyme', cela avait été trop tentant. Anonyme, ouais, mais visionné par des milliards de personnes. J'examinai ses traits sereins à la recherche de preuves qu'il y avait une conspiratrice sans cœur en dessous.

Lentement, April commença à remettre la nourriture dans le sac.

— Je vais ranger ceci et le mettre au frigo dans la salle de repos pour plus tard.

Je poussai un soupir, je me levai et je sortis en trombe du bureau sans lui jeter un autre regard. Je me dirigeai tout droit vers le bureau d'Adam. Maggie, son assistante, essaya de se débarrasser de moi, mais je fonçai pour la dépasser et j'entrai.

Weston, le type de la publicité, se trouvait là et il lui montrait quelque chose sur sa tablette. Weston leva la tête, manifestement offensé que j'interrompe son moment privé avec le patron. Il n'était pas mon plus grand fan, et le sentiment était partagé. J'avais besoin du temps d'Adam, moi aussi. Adam avait dû le voir immédiatement à mon visage, car il se redressa et il rendit la tablette à Weston qui parut découragé.

— Nous pourrons voir le reste plus tard. Merci, vieux, le congédia Adam.

Weston me jeta un regard noir quand il passa près de moi et je haussai les épaules. Lorsque la porte se referma, je m'éclaircis la gorge.

— Deux semaines, ce n'est pas assez long…

— Eh bien…

Il m'interrompit avant que je lève la main pour l'arrêter.

— *Mais*… si tu insistes, alors s'il te plaît, pour l'amour de Dieu, envoie-moi de l'aide et enlève-moi la stagiaire ? Mon assistante est enceinte et tout le temps malade, et je ne peux pas faire du baby-sitting de stagiaire. Nous avons une entreprise multimillionnaire, peut-être milliardaire. Nous pouvons nous permettre d'engager un professionnel pour gérer la situation…

— Je t'obtiendrai ce dont tu as besoin, mais la stagiaire doit rester là pour l'instant.

Je fus pris de court.

Merde. Il fallait que je me débarrasse de cette fille, mais je ne pouvais pas éveiller les soupçons en disant qu'elle représentait autre chose qu'une perte de temps.

— Je vais être trop occupé pour lui apprendre quoi que ce soit.

Adam regarda ailleurs comme si la conversation l'ennuyait déjà, ce qui m'irrita, et si je n'avais pas été à moitié paniqué, j'aurais dit quelque chose.

— Je dois beaucoup à son père, d'accord ? Il m'a engagé à Sony Online. Elle veut entrer en école de commerce et acquérir de l'expérience en travaillant dans ton bureau est une occasion en or pour elle. J'ai de bonnes raisons. Fais-moi confiance, OK ?

Je luttai contre l'envie de lever les yeux au ciel. C'était typique. Adam avait ses raisons mystérieuses de faire ce qu'il faisait et il ne partageait que rarement ces raisons avec des êtres inférieurs – même son putain d'ami et associé.

Je grinçai des dents.

— Je ne suis pas là pour occuper les petites filles riches et gâtées. Et puis... tu ne connaissais même pas son nom. Tu l'as juste appelée Blanche Neige. Maintenant, elle est soudain devenue la fille de ton ancien patron ?

Adam haussa les épaules.

— Elle ressemble à Blanche Neige... Écoute, David Weiss, son père, m'a envoyé un mail l'année dernière en demandant si sa fille pouvait faire son stage ici. J'ai dit bien sûr et j'ai parlé d'elle aux ressources humaines. Jusqu'à l'hiver dernier, quand je l'ai vu à l'audience du Congrès, je ne savais pas que Blanche Neige était sa fille. Ce qui est plutôt drôle, parce que Weiss signifie 'blanc' en allemand.

— Ouais, hilarant. Maintenant, au sujet de s'en débarrasser...
Il se raidit.

— Je ne vais pas le faire. Je sais que cette situation est stressante pour nous tous. J'engagerai qui tu veux, d'accord ? Mais laisse-la simplement... je ne sais pas moi... te suivre partout, te faire le café, travailler sous toi pendant un moment.

Oh, fabuleux. *Travailler sous moi... bien sûr*. Il y avait plusieurs choses que je l'imaginais faire 'sous moi', mais le travail n'en faisait pas partie. Je l'étudiai pendant un moment, observant la façon dont il s'agrippait au bord du bureau. C'était parfois difficile de déchiffrer Adam, mais je le connaissais assez pour savoir qu'il était tendu. Il valait mieux que je n'insiste pas.

— Très bien, mais je ne suis pas obligé d'être agréable avec elle.

Adam haussa les épaules.

— T'es un sale rat, tout le monde le sait.

Je lui fis un doigt et il sourit pour la première fois depuis le visionnage de l'affreuse vidéo. Pendant ce temps, je réfléchis à toute vitesse afin de trouver un moyen de m'extirper de tout ce bazar.

Une autre partie de mon cerveau se demanda si ce n'était pas une bonne chose. Si April travaillait dans mon bureau, j'allais pouvoir la surveiller, trouver pourquoi elle avait filmé. Si j'avais un pouvoir sur elle grâce à la recommandation pour l'école de commerce, alors j'avais une influence qui pouvait l'empêcher de me faire du chantage. Du moins, c'était ce que j'espérais. Et cet espoir était une boule de plomb froide et écœurante au creux de mon ventre.

J'inspirai profondément avant de souffler.

— Très bien, comme tu veux. Je te promets que je vais m'occuper de tout ceci, mais tu dois avoir foi en moi.

Il serra la mâchoire et il hocha la tête.

— J'ai confiance. Je vais avoir confiance. C'est juste que... parle aux banquiers. Tâte le terrain et découvre s'ils ont l'intention de nous jeter aux lions ou pas.

Je me raidis, déterminé :

— Personne ne va nous jeter aux lions. Il faudra me passer sur le corps.

Il leva un sourcil brun.

— Pas très encourageant.

— Ouais, c'était un choix de métaphore pourri.

Adam regarda sa montre.

— J'ai une réunion avec les programmeurs maintenant. Mais j'ai besoin que tu me rejoignes en recherche et développement tout à l'heure : le nouvel équipement prototype est arrivé. Nous le testons et nous faisons une petite démo.

— Personne n'a le temps pour ça, rétorquai-je. J'ai des incendies à éteindre ici.

— Eh bien, puisque tu vas aller parler aux banquiers, et que c'est pour acheter et développer ceci que nous essayons d'augmenter le capital, ce serait bien que tu puisses le voir en action.

C'était effectivement peut-être utile pour ma course.

— C'est une très bonne idée. Il faudrait que je prenne des photos, peut-être que je filme. Nous pourrions l'ajouter au concours de beauté.

Adam fronça les sourcils.

— Je ne parle pas le jargon 'business'.

Notre partenariat associait l'esprit brillant et l'imagination d'Adam à mon sens des affaires. Mais j'étais aussi fasciné par les nouveaux développements en cours que lui. Ce n'était peut-être pas ma seule motivation, contrairement à lui, mais des choses de ce genre m'enthousiasmaient toujours – quand je ne portais pas le poids du monde sur mes épaules.

— C'est juste le nom que nous donnons à l'étape où nous montrons l'entreprise aux assureurs en essayant de les convaincre que notre corporation est un bon investissement. C'est vraiment le moment idéal de leur en mettre plein la vue et de détourner leur attention de... euh, d'autre chose.

— D'accord, je te vois là-bas à seize heures. Prends Blanche Neige.

Bon sang. Étais-je vraiment coincé avec cette fille ?

Il me suivit en dehors du bureau et je bifurquai pour entrer dans le mien pendant qu'il se rendait à sa réunion.

À la minute où je passai la porte, je m'arrêtai net. Blanche Neige – euh, ma nouvelle stagiaire – était penchée en avant, son cul rond et délicieux tourné vers le haut. Elle traînait un lourd carton rempli de dossiers sur le sol.

Après avoir pris une fraction de seconde pour admirer la vue – y compris le string jaune qui dépassait du haut de sa jupe – je remarquai que son pull court était remonté, révélant le tatouage. J'avais tracé les contours de ce tatouage avec ma langue. Il avait été délicieux, ce tatouage très reconnaissable. Très mémorable et *compromettant*.

Je claquai la porte avec tant de force que le mur entier en trembla. La fille faillit sauter au plafond, trébuchant dans ses bottes à talons hauts et me regardant avec de grands yeux bleus magnifiques écarquillés de surprise.

— Ah. Euh, pardon, Jordan. C'est juste que j'ai remarqué ce carton sur le sol là-bas et cela faisait très désordonné, alors je me suis dit que... oh, maintenant je me souviens que Charles a dit qu'il ne fallait probablement pas que je touche à tes affaires.

Je fronçai les sourcils. À quoi jouait-elle ? avait-elle fait exprès de me montrer ce tatouage ? Essayait-elle de me provoquer et de me rappeler le dossier qu'elle avait sur moi ? Une petite boule de rage monta dans ma gorge.

Je parlai en serrant les dents.

— As-tu la moindre idée de ce qu'il se passe dans ces bureaux aujourd'hui, mademoiselle Weiss ? Pourquoi les directeurs sont-ils agités ? As-tu remarqué quoi que ce soit ?

Elle fronça les sourcils, serrant nerveusement les mains.

— Euh... des gens disent qu'il se passe quelque chose d'étrange, mais personne ne sait ce que c'est.

— Eh bien, tant mieux. Mais tu sais quoi ? Je vais te dire ce que c'est, et tu ne dois pas en parler aux autres petites stagiaires, compris ? En ce moment, une vidéo avec des gens vêtus comme des personnages de Dragon Epoch fait le tour d'Internet, et au moins un des participants est un employé de cette entreprise.

Elle se figea, devenant blanche comme un linge. Son surnom lui allait comme un gant maintenant. Ce serait mentir de dire que ce n'était pas agréable de la voir terrifiée à ce point. Furieux comme je l'étais en ce moment, je voulais qu'elle soit morte de peur. Elle ne jouait plus dans une association étudiante. Je savais faire le dur et je n'allais pas être influencé par un joli minois.

— Tu ne... serais pas au courant, hein, mademoiselle Weiss ?

Elle me regarda puis elle détourna les yeux. Elle commença à trembler et sembla sur le point de s'évanouir.

Je marchai lentement vers elle, mais elle ne me regarda pas. Son regard se posa sur le sol et elle pencha la tête en avant, ses longs cheveux sombres tombant devant son visage. Je tournai autour d'elle comme un prédateur. Elle déglutit visiblement, totalement pétrifiée.

Bien.

— Je... commença-t-elle tout en tremblant.

— Chut. Ne dis rien. Tu vas faire tout ce que je dis et tu vas le faire pour *hier*. La première chose dont tu dois te souvenir, c'est que le code vestimentaire de ce bureau est décontracté, et ce serait mieux pour toi que tu ne montres pas ton tatouage. Compris ?

Elle sursauta, levant subitement la tête.

— O-oui. Oui.

— Et l'autre participant de la vidéo ? soufflai-je.

Je me tenais derrière elle à présent, parlant au-dessus de son épaule. C'était très intimidant, j'en étais certain. Mais je le fis surtout pour qu'elle ne voie pas mon visage. Je devais être sûr qu'elle ne sache pas que c'était moi.

April resta silencieuse un moment – un moment intense – pendant que j'attendais derrière elle, sentant la chaleur de son corps tout près du mien, sentant l'odeur de ses cheveux, de son cou pâle. Elle sentait bon, comme le miel. Son odeur monta jusqu'à mon nez et je me souvins – encore une fois – d'avoir enfoui mon visage dans ces cheveux doux, dans ce cou. Même en le regardant maintenant, j'étais fasciné par la peau blanche, la dentelle délicate des veines bleues en dessous, le minuscule grain de beauté sombre juste sous ses cheveux. Mon corps entier réagissait pour elle. *Bordel de merde* .

— Je, je n'en ai aucune idée. C'était... c'était un type au Comic-Con.

Sa voix tremblotait, elle était nerveuse.

Le soulagement que je ressentis à ce moment-là faillit me couper les jambes. Dieu merci. Au moins, j'avais ça. Il me fallait quand même nettoyer tout ce bazar, mais au moins ce n'était pas mon boulot que je risquais.

— Je devrais te virer tout de suite, grognai-je.

Elle me fit face.

— S'il te plaît. Je ne sais pas ce qu'il s'est passé. J'ai juste...

— Chut...

Je levai un doigt que je posai sur ses lèvres. Elles étaient rose foncé, rebondies, douces. Incroyable de les avoir senties autour de ma...

Bon sang . Je fis un pas en arrière.

— Je veux que ce carton de dossiers soit organisé, indexé et hors de ce bureau avec une description complète de chaque feuille de papier avant que tu partes aujourd'hui. C'est compris ?

Elle cligna des paupières.

— Euh, oui. Bien sûr, oui.

— Alors, fais-le. *Maintenant*.

Elle retourna au carton avec un petit bond, sur le point de se pencher encore une fois.

— Va chercher un fichu chariot pour le sortir d'ici. Pff.

Elle sortit de mon bureau avec les jambes tremblantes sans même me regarder.

Je me frottai la nuque, décidant de me trouver ailleurs à son retour.

Cependant, elle fut trop rapide pour moi et elle revint une minute plus tard, poussant le chariot à travers le bureau d'un air découragé.

Je grognai encore une fois.

— Tu dois me rejoindre en recherche et développement à seize heures. Autrement, tu travailles là-dessus jusqu'à ce que ce soit terminé et tu ne rentreras pas chez toi avant.

Elle hocha immédiatement la tête.

— Oui. Oui, monsieur. Je suis...

— Pas un mot. Fais-le, c'est tout.

Je tournai les talons et je sortis en trombe, me dirigeant vers la cafétéria pour manger de la nourriture dégueulasse pendant qu'elle dégageait de mon bureau.

Chapitre Trois
April

OH MERDE. *MERDE* . PUTAIN. BORDEL. J'ÉTAIS FICHUE, tellement fichue. Plus encore que je ne l'avais été cette nuit brûlante au Comic-Con. Merde. Putain. *Bordel* . Le sexe avait été le meilleur que j'avais jamais eu, mais il ne valait pas tout ceci.

Le meilleur sexe au monde ne valait pas la peine si cela finissait par me ruiner la vie. Maintenant, Jordan savait que j'étais la fille de la vidéo et il pouvait le révéler quand il voulait. Et après tout, il pouvait le faire si je merdais ou simplement s'il décidait que c'était dans son intérêt.

Comment cette journée de travail avait-elle pu dégénérer aussi vite ? Ce matin, j'étais impatiente d'oublier le bazar de cette vidéo et de commencer un nouveau travail. J'étais enthousiaste et j'avais hâte, je souhaitais faire bonne impression à mon nouveau patron – mon très beau et jeune nouveau patron.

J'avais dû me rappeler plusieurs fois à l'ordre pour ne pas le fixer bêtement quand je lui avais apporté son café. Ce ne serait pas bien d'avoir le béguin. En fait, cela pouvait vraiment me nuire.

Il avait levé les yeux vers moi, des yeux à demi-fermés à cause de la gueule de bois manifeste. Mais il était si beau, même avec le regard vitreux et un teint légèrement verdâtre. Avec ses cheveux châtains et ses yeux noisette qui paraissaient parfois verts, parfois bruns, parfois gris. Je me demandais s'ils changeaient de couleur en fonction de son humeur ou des vêtements qu'il portait. Je passai au moins une heure à songer à ses yeux.

C'était avant que tout devienne un enfer. Il m'avait alors parlé comme s'il voulait que je disparaisse le plus vite possible.

Des heures plus tard, quand j'étais enfoncée dans les dossiers jusqu'aux coudes, je décidai qu'il me fallait démissionner tout de suite, tant qu'il me restait encore un peu de dignité. Ils ne pouvaient plus rien me faire après les faits... si ? J'allais être en sécurité si je démissionnais.

Mais si j'abandonnais ce stage avant son terme, mon conseiller à l'université n'allait pas pouvoir me trouver une nouvelle place parce que j'étais déjà diplômée. J'avais été placée ici avant de terminer mes études et j'étais restée pour avoir la chance d'obtenir la très recherchée recommandation.

Alors je ne pouvais pas démissionner et laisser tomber cela.

J'avais les mains qui tremblaient et j'avais abandonné avant de murmurer mon vieil adage. QFS ? Que ferait Scarlett O'Hara ? Elle n'abandonnerait jamais. Elle se battrait jusqu'au dernier souffle. Elle l'avait fait. Encore et encore.

Mais je n'étais pas comme Scarlett. Je n'avais pas son courage. Je cédais à chaque fois. Parce que c'était plus facile. Je ravalai des larmes de frustration et je m'appliquai à mon travail jusqu'à ce que Charles m'appelle depuis son bureau.

— Hé, April. Tu es attendue en recherche et développement.

Oh, merde. Je jetai un coup d'œil à l'horloge. Il était quatre heures et quart. Merde ! Jordan m'avait dit d'y être à seize heures et j'étais en retard. Il allait sûrement me virer. Il me détestait déjà. Vraiment, pourquoi étais-je encore là ?

J'y songeai en marchant depuis mon bureau jusqu'au département de recherche et développement, qui se trouvait de l'autre côté du complexe. Quelque part en chemin, Cari et Ingrid, une autre stagiaire, m'emboîtèrent le pas.

— Hé, superstar, dit Cari avec un clin d'œil irritant. Comment se passe ton premier jour chez les grands ?

Je haussai les épaules.

— Ça va.

J'accélérai le pas en regardant ma montre. Mince, j'étais tellement en retard.

— Où vas-tu si vite ? demanda Cari en accélérant aussi.

— Je suis censée être en R et D maintenant. Jordan rencontre d'autres directeurs au sujet d'un nouvel équipement qui vient d'arriver...

Cela piqua la curiosité de Cari.

— D'autres directeurs ? Comme Adam, tu veux dire ? Adam sera là ?

Je réprimai un soupir. Alors que j'étais d'accord avec elle pour dire que le PDG de l'entreprise était incroyablement beau, je commençais à être mal à l'aise à cause de l'obsession de Cari. Au départ, c'était juste pour plaisanter. Nous faisions des commentaires sur les vêtements qu'il portait et sur l'apparence de son cul en jean lors des vendredis en tenues décontractées, mais cela avait commencé à devenir bizarre quand j'avais découvert qu'il avait une petite amie – et que cette petite amie était quelqu'un avec qui nous avions travaillé pendant des mois : Mia Strong.

Cari avait refusé de l'accepter, car elle avait toujours eu l'impression d'avoir une espèce de droit sur lui. J'avais cru que c'était un béguin innocent, au début, mais après la révélation de sa relation avec Mia, elle avait été furieuse que Mia se soit immiscée et lui ait 'volé sous son nez'.

Je ne crois pas que cela se soit vraiment passé de cette façon, mais Cari était devenue de plus en plus instable au cours de l'année passée. J'avais supposé que c'était à cause de la perte de son frère quelques mois avant le début de son stage, mais c'était difficile à dire, car je ne la connaissais pas tellement bien. Quoi qu'il en soit, sa fixation sur Adam se transformait en haine déterminée envers Mia.

Pendant que nous travaillions avec elle, Mia était toujours restée très réservée, mais elle ne m'avait pas déplu. Puis elle était tombée malade – vraiment malade – et j'avais ouvert ma grande bouche à une fête et dit des choses stupides. Cari avait critiqué l'apparence de Mia et j'avais été d'accord avec elle. Mia l'avait entendu et je m'étais sentie morte de honte, mais elle avait géré la chose avec grâce et détermination. Lorsque c'était arrivé, j'avais souhaité que le sol s'ouvre sous mes pieds et m'engloutisse. Un peu comme cette journée-ci, pour être honnête.

Je haussai les épaules en réponse à la question de Cari.

— Je ne sais pas. Je ne sais même pas si Adam est là aujourd'hui.

Sa tête se tourna vers moi, manifestement choquée.

— Tu veux dire que tu travailles juste en face de son bureau et que tu ne l'as pas vu ? Je le suivrais partout si je travaillais là.

Cet aveu ne me surprenait pas.

— Non. J'avais trop à faire. Je suis ici pour travailler, pas pour mener une enquête sur les hommes de l'entreprise.

En outre, je trouvais personnellement que Jordan était plus attirant qu'Adam. Son regard de braise avait quelque chose, cet éclat dans ses yeux noisette. Cet homme débordait de sex-appeal.

Quand il s'était tenu près de moi aujourd'hui, j'avais été terrifiée, pourtant j'avais aussi incroyablement conscience de lui, à tous les niveaux. L'odeur de son eau de Cologne subtile. La sensation de son souffle chaud dans ma nuque. Sa taille imposante et sa carrure solide au-dessus de moi. J'étais presque tombée à genoux pour le supplier. Et pas pour mon travail. Je déglutis, en me demandant ce qui m'arrivait. Ma libido était en surrégime et je ne pouvais en attribuer la faute qu'à l'homme mystère sexy du Comic-Con.

Hélas, j'espérais personnellement que ce ne serait pas le meilleur sexe que j'aie de ma vie, sinon j'allais devoir ranger toute ma lingerie sexy. J'allais peut-être devoir courir dans tous les sens au Comic-Con de l'année prochaine avec un casque de Falco, l'essayant sur tous les hommes comme le prince charmant l'avait fait pour Cendrillon avec sa pantoufle de verre.

— Je viens avec toi, couina Cari.

— Moi aussi ! dit Ingrid comme un écho.

— Je ne sais pas si c'est quelque chose où vous avez le droit de venir.

Cari me jeta un regard indéchiffrable, puis elle haussa les épaules.

— Ils pourront me jeter à ce moment-là. Il vaut mieux demander le pardon plutôt que la permission !

Nous passâmes la double porte du département de recherche et développement, qui était aménagé comme un gigantesque entrepôt avec divers terminaux et bureaux. Cette zone était utilisée pour tester les nouveaux logiciels et le matériel informatique. Comme ils avaient parlé de prototypes d'équipement, je devinai que dans ce cas précis, c'était du matériel qu'ils allaient tester.

Un groupe de personnes se trouvait de l'autre côté de l'entrepôt, et j'aperçus la grande silhouette de Jordan parmi eux. Je me dépêchai tout en essayant de marcher sans que mes bottes à talons résonnent sur le sol. Quand j'eus presque rejoint le groupe, il se retourna, me jeta un regard noir et regarda sa montre avec insistance, avant de retourner son attention sur la démonstration devant nous.

Adam Drake se tenait devant un écran géant dans ce qui était appelé le quartier général : un immense moniteur vidéo qui permettait à plusieurs personnes de voir ce qu'il se passait. Le jeu vidéo diffusé était évidemment Dragon Epoch.

Près d'Adam, deux testeuses de jeux étaient perchées sur des plates-formes circulaires, branchées à un équipement étrange avec des harnais autour de leur taille. Chaque femme portait des lunettes et des tennis assortis avec, comme Adam l'expliqua, des capteurs spéciaux qui suivaient tous leurs mouvements dans le monde virtuel. Je reconnus une des testeuses comme étant la fiancée d'Adam, Mia. L'autre était plus petite et une longue tresse rousse tombait dans son dos.

Derrière elles, leurs personnages étaient affichés à l'écran. Quand les femmes marchaient, couraient ou gesticulaient sur leurs plates-formes, leurs personnages les imitaient en temps réel. Quand Mia décrivait un grand arc avec son bras droit, son personnage, Eloisa – c'est ce qui était écrit au-dessus – faisait de même à l'écran devant nous, avec un délai presque indétectable.

Adam offrit des explications à la petite foule :

— Ces capteurs permettent au jeu d'interpréter les signaux du langage corporel du joueur afin de transmettre des commandes au personnage dans le jeu. Au lieu d'utiliser un clavier ou une manette, le joueur peut se servir de cet équipement et de ses propres gestes. Ce que les joueurs voient dans leurs lunettes, c'est une image en trois dimensions de l'environnement du jeu. Dans le scénario montré ici, Mia est un mage et Katya joue une guérisseuse, alors leurs sorts sont différents.

Il se tourna vers Mia.

— Jette un sort de feu, dit-il.

Elle fit un grand geste circulaire avec le bras droit puis un mouvement rapide du poignet. Sur le grand écran devant elles, le personnage fit la même chose et une boule de feu géante apparut entre ses mains. Elle la jeta devant elle, comme un ballon de plage.

— Katya, en tant que guérisseuse, utilisera ce même geste pour obtenir un effet différent.

Katya était la fille avec la tresse qui m'évoquait une version rousse de Katniss, des *Hunger Games*. Elle fit exactement le même geste que Mia, et les mains de son personnage se mirent à briller d'une énergie verte que je supposai avoir le pouvoir de guérir. Le personnage de Mia fut baigné dans cette énergie. Une phrase apparut dans la fenêtre de dialogue en bas de l'écran : *Eloisa a été entièrement guérie !*

Le groupe murmura, impressionné. Même moi j'étais impressionnée alors que je n'étais pas une joueuse. Imaginer que les gens étaient capables de communiquer leurs intentions par le mouvement dans les jeux en ligne était incroyable. Cela annonçait des changements stupéfiants pour le futur du jeu vidéo.

Adam leva une paire de lunettes ressemblant à celles que portaient les deux femmes.

— Nous regardons l'action sur une surface en deux dimensions, mais une fois que les prototypes seront universellement adoptés, les joueurs verront l'environnement du jeu en trois dimensions. Les joueurs des classes de mêlée, comme les guerriers et les mercenaires – auront des représentations de leurs armes à porter et à utiliser en combat. Tout comme le lancement des sorts, certains mouvements seront équivalents à des gestes de combat spéciaux pour ces personnages.

Nous continuâmes à regarder Eloisa et Persephone – le personnage de Katya – se battre l'une contre l'autre. Adam expliqua que cela faisait plus de deux ans qu'elles jouaient ensemble, car elles s'étaient rencontrées dans la version bêta du jeu d'origine. Je n'avais jamais pensé que Mia était une gameuse.

Je la regardai pendant la démo. Elle semblait heureuse et en bonne santé, balançant les bras et gesticulant en cassant virtuellement la figure à son amie. À la fin, elle gagna le duel.

Le groupe applaudit. Mia et Katya enlevèrent leurs lunettes. Elles semblaient avoir fait de l'exercice. La foule commença à se disperser en parlant, mais j'étais trop intéressée par ce qu'il se passait devant cet écran vidéo. Mia faisait un grand sourire à Adam qui lui sourit à son tour en la regardant d'un air que je ne pouvais décrire autrement que de l'adoration pure. Il y avait cet éclat dans ses yeux sombres et il ne la quitta pas des yeux. Elle dit quelque chose en levant un sourcil et inclina la tête d'un air espiègle, et il rit, passant un bras autour de sa taille et chuchotant dans son oreille. Quoi qu'il ait dit, cela la fit rire et rougir à la fois.

C'était comme la dernière fois que je les avais vus ensemble – à cette même fête où j'avais fait ces remarques affreuses. La façon dont ils se regardaient comme s'il n'y avait personne d'autre au monde. Comme si le monde entier pouvait disparaître, et que tant qu'ils étaient ensemble, tout irait bien. Ils seraient heureux.

J'eus le cœur serré. Un jour, je voulais qu'un homme me regarde de cette façon. Et quand je le regarderais, j'aurais ces mêmes sentiments dans mon cœur. J'avais une boule dans la gorge.

Cari se pencha vers moi d'un air de conspiratrice et marmonna :

— Beurk, elle me rend malade.

Je me redressai, en m'écartant d'elle. Je savais exactement de qui elle parlait. Elle critiquait régulièrement les vêtements et l'apparence de Mia, alors que c'était ridicule, car il était évident que Mia était une femme magnifique, même quand elle était malade.

Les moqueries de Cari avaient augmenté depuis leurs fiançailles. Elle avait passé des heures à râler au sujet de la taille de la bague de fiançailles de Mia.

— *C'est au moins trois carats. Merde, pourquoi les filles ternes aux cheveux bruns ont-elles autant de chance ? Je veux un multimilliardaire. Je veux* ce *multimilliardaire* , grognait-elle.

— Elle semble heureuse. En bonne santé, répondis-je avec neutralité en lui rappelant que Mia avait eu une maladie potentiellement mortelle.

Elle s'en était sortie et Adam était resté auprès d'elle pendant cette épreuve. Il semblait être un type parfait et elle avait l'air de le mériter. Apparemment, tout le monde ne voyait pas les choses de cette façon.

Ingrid acquiesçait à tout ce qui sortait de la bouche de Cari, tout comme le reste du troupeau. J'avais souvent fait semblant moi aussi. Je me demandais combien d'entre elles étaient vraiment d'accord et combien, comme moi, avaient trop peur de s'affirmer et de la contredire, avec le risque qu'elle se venge sur nous.

— Mais qu'a-t-elle de spécial ? Pourquoi l'a-t-il choisi, elle ? Gémit Cari.

Je luttai contre mon envie de lever les yeux au ciel et Ingrid se pencha vers nous.

— Elle n'est pas si fabuleuse. Elle est grande, fine et jolie, je suppose, mais elle est tellement plate.

Ma mâchoire tomba et je me sentis mal. Cette pauvre femme avait survécu à un cancer du sein. Elle avait sûrement dû endurer des opérations chirurgicales et elles se moquaient de sa silhouette ? Les femmes étaient si cruelles entre elles parfois, et ces deux-là étaient ignobles. Et j'étais ignoble de les avoir supportées aussi longtemps.

— Excusez-moi, il vaut mieux que j'aille voir le patron pour savoir si je dois faire quelque chose, mentis-je.

Pour être honnête, approcher Jordan figurait tout en bas de la liste de choses que je voulais faire, étant donné notre confrontation précédente et le fait qu'il savait que j'étais la personne de cette fichue vidéo. Pourtant, il me fallait une excuse pour m'éloigner de cette conversation qui me donnait la nausée.

Cari fronça les sourcils et je me dis qu'elle avait compris que j'étais irritée. Je lui fis mon sourire habituel pour tout cacher en espérant que cela suffisait, puis je m'approchai discrètement de Jordan.

Il ne m'avait pas remarquée, car il discutait avec quelqu'un à côté de lui. Cari me regardait, alors il valait mieux que je donne l'impression de parler à Jordan. Je m'éclaircis la gorge.

— Excusez-moi.

Jordan jeta un coup d'œil par-dessus son épaule, puis il se tourna et continua sa conversation. Je levai les sourcils et je grinçai des dents. J'allais rester là jusqu'à ce qu'il fasse attention à moi, bon sang.

Il se retourna soudain et dit :

— Weiss, va prendre des photos de Mia et Kat avec leur équipement. J'ai une vidéo de la démonstration d'Adam, mais j'ai besoin de photos. Vas-y et demande-leur de le remettre afin que tu les prennes en photo.

— Euh, d'accord...

— Je suppose que tu as ton Smartphone ? Tu sembles en être une grande fan...

Il dit cela d'un ton appuyé. Mon visage et mon cou se mirent à brûler et j'évitai son regard.

Puis il leva la main et claqua des doigts juste devant mon visage.

— Vite, monte avant qu'elles partent ! Et envoie-moi les photos par mail. Ensuite, retourne à ton travail de classement.

Venait-il vraiment de claquer des doigts ? J'étais si morte de honte – et à vrai dire, si terrifiée – que je ne pus pas parler, même quand j'ouvris la bouche. Il s'était déjà retourné vers l'autre personne qui se trouvait être une très belle femme : tailleur de couturier, chaussures Jimmy Choo, un balayage coûteux de ses cheveux blonds. Elle était sur son trente-et-un. Qui était-ce ? Je ne l'avais encore jamais vue avant. Peut-être sa petite amie du jour ?

Je fulminai en sortant mon téléphone – celui dont je m'étais servie pour filmer l'homme mystère et moi en plein acte. Je me dirigeai vers les grands écrans et le trio qui se tenait devant et qui plaisantait encore.

Ils interrompirent leur conversation, puis ils se tournèrent et me regardèrent quand j'apparus.

— Euh, salut.

— Salut April, dit Adam.

Mia me regarda puis elle détourna les yeux, se souvenant manifestement de mes remarques offensantes quelques mois plus tôt à la fête.

— 'lut, murmura-t-elle.

Adam pointa la rousse du doigt.

— April, voici Kat. Elle travaille dans les tests. April est l'assistante de Jordan maintenant.

Mia se retourna vers moi en levant ses sourcils fins.

— Ah bon ? Tu travailles pour Jordan ? Que Dieu soit avec toi, dit-elle en faisant semblant de faire le signe de croix, comme si elle était un prêtre et qu'elle me bénissait.

Kat éclata de rire.

— Ouais, qu'as-tu merdé pour avoir ce poste ?

Je me mordis la lèvre. Apparemment, je n'avais pas reçu le mémo comme quoi Jordan avait la réputation d'être désagréable au bureau. Kat et Mia semblaient en savoir beaucoup plus que moi.

Adam leur jeta un regard d'avertissement.

— J'ai travaillé avec le papa d'April chez Sony pendant un moment. Elle a travaillé si longtemps dans le marketing, que je me suis dit qu'elle pourrait apprécier le changement.

J'ouvris la bouche, choquée. Je n'en avais eu aucune idée. Et maintenant, je me rendais compte pourquoi je travaillais dans le bureau du directeur financier. Pas pour mon mérite. Je m'étais fait des illusions en pensant que c'était parce que j'avais travaillé dur que j'avais eu ce poste.

Je me demandais si mon père avait un rapport avec ma situation : il avait peut-être demandé à Adam de me donner de l'avancement. Je savais qu'il se sentait coupable désormais. Peut-être pensait-il que le montant très généreux qu'il me versait chaque mois ne suffisait pas à l'absoudre.

Cela faisait très longtemps que papa et moi nous n'avions pas communiqué de façon significative. Il était perdu dans son travail et le peu de temps qu'il lui restait, il le passait avec sa nouvelle famille. J'avais toujours l'impression d'être une pensée après coup. Alors au lieu de me donner de l'attention, il m'arrosait d'argent. Et maintenant, je supposais qu'il tirait également des ficelles.

Je jetai un rapide coup d'œil par-dessus mon épaule en espérant que Cari n'avait pas entendu le commentaire d'Adam. Mais non, elle observait attentivement cette interaction et elle semblait avoir tout entendu. J'étais mal à l'aise qu'elle connaisse d'autres points faibles chez moi. Elle en savait déjà largement assez pour me couler.

Je levai mon téléphone.

— Euh, Jordan voulait des photos de vous avec l'équipement, si ça ne vous dérange pas ? Je promets de ne prendre que vos bons profils.

Adam se tourna vers elle et il leur expliqua doucement quelque chose que je ne pus pas entendre. Elles hochèrent toutes deux la tête et enfilèrent les lunettes avant de remonter sur les plates-formes. Kat prit la pose d'une super héroïne, montrant ses biceps et imitant Hulk. Mia rit et la taquina en dansant devant elle avec les poings levés comme une boxeuse pendant que je prenais les photos.

— D'accord, levez les yeux, s'il vous plaît, et souriez.

Elles posèrent bras dessus bras dessous. Mia leva le poing et dit :

— Girl Power !

— Ouais, acquiesça Kat.

Jordan et la blonde s'approchèrent du groupe. Adam se tourna vers la magnifique compagne de Jordan et sourit.

— Hé, Lindsay, je suis content que tu aies pu venir.

— Tu nous as montrés des choses plutôt impressionnantes, Drake. J'ai sorti mon chéquier. Où dois-je signer pour investir ?

Elle rit.

— Et tu es magnifique aujourd'hui, Mia. Comment vas-tu ?

Adam, Mia et Lindsay continuèrent à bavarder. Ils semblaient tous si bien se connaître que je me demandais si cette Lindsay était la petite amie de Jordan. Elle paraissait de cinq à sept ans plus âgée que lui. Le bad boy était peut-être en train de se caser. Ils formaient un couple attirant, bien que cette pensée m'irrita tellement que je ne m'y attardai pas.

Au bout de quelques minutes, Adam dit quelque chose à Mia en l'embrassant sur la bouche puis lui, Jordan et Lindsay s'éloignèrent pour parler à des types du développement.

Je me retournai vers Mia. C'était une femme très belle, grande et fine avec des cheveux bruns courts et des yeux marron. Ses yeux se fixèrent sur moi quand elle sembla se rendre compte que j'attendais toujours.

— Hé, Mia, commençai-je nerveusement en rangeant mon téléphone dans la poche. Puis-je, euh...

— Bonjour, Mia, dit Cari en se cognant contre moi. Elle jeta un bras autour de mon épaule et je me raidis. April et moi nous étions justement en train de parler de toi.

Mia pinça les lèvres.

— C'est drôle, je n'avais pas les oreilles qui sifflent.

— Je crois... commençai-je.

— Oui, nous disions que tu as l'air très bien, tout compte fait. Je veux dire, tu as l'air beaucoup mieux qu'avant.

Mes joues se mirent à brûler et Mia et Kat échangèrent un long regard.

— Et puis, je voulais voir ta merveilleuse bague de plus près. Tu as tellement de chance. Puis-je ?

Elle tendit la main.

Mia marqua une pause puis, en hésitant, elle montra l'anneau afin que Cari puisse le voir.

— Waouh, Mia. C'est juste waouh. Tu vis vraiment un conte de fées.

Je regardai Cari, bouche ouverte, et je m'écartai d'elle. Mia s'était déjà tournée vers Katya et elles commencèrent à s'éloigner en parlant doucement entre elles. Je fis un pas en avant et Cari posa une main sur mon bras.

— Hé, April. On devrait traîner ensemble. Peut-être ce soir...

— J'ai ce projet infernal à faire... pour mon patron diabolique.

Je regardai dans la direction de Jordan. La blonde et lui quittaient l'entrepôt et Adam partait dans l'autre sens avec les développeurs.

Je me raccrochai à cela pour me débarrasser de Cari.

— Oh, regarde, Adam s'en va...

Cari tourna les talons et elle fit signe à Ingrid de la rejoindre.

— Faut que j'y aille, à plus !

Ingrid et elle suivirent Adam et son groupe, comme je m'y étais attendue.

Je la regardai partir sombrement. J'avais laissé Cari gâcher une occasion de m'excuser auprès de Mia. Alors que j'avais pensé à toutes ces choses que je voulais lui dire, en plus. Comment je n'aurais pas dû dire ce que j'avais dit, comment j'étais désolée de l'avoir blessée. Je serrai les dents, frustré, et je me tournai pour sortir de l'entrepôt d'un air découragé.

Prendre mes responsabilités pour mon mauvais comportement envers elle m'aurait aidé à me sentir bien, même si c'était effrayant. Je ne savais pas du tout si Mia allait rejeter mes excuses, rire ou autre chose. Mais j'étais fâchée d'avoir permis à Cari d'avoir si facilement saboté ma tentative. Je savais également qu'au fond, j'étais trop poule mouillée pour m'exprimer devant Cari. Je ne faisais pas de vagues. Les choses avaient toujours été ainsi.

En grandissant, devoir passer d'un parent réticent à l'autre une semaine sur deux m'avait appris que si je voulais m'intégrer, je devais dire ce qu'ils voulaient entendre, et avec le sourire.

Le pire, c'est qu'il s'agissait peut-être de ma dernière occasion pour m'excuser auprès de Mia, puisque l'avenir de mon emploi était extrêmement incertain. Je me dis que je devais également des excuses à Jordan. Peut-être arriverais-je à trouver le courage pour celles-là.

Pendant tout le trajet jusqu'à son bureau, je planifiai un magnifique discours dans ma tête. Il semblait poétique et parfait, comme une autre de mes héroïnes de livres préférés, Anne Shirley de *Anne... la maison aux pignons verts* .

En préparant ses merveilleuses excuses, elle avait charmé la vieille commère du village, Rachel Lynde, qui avait eu des préjugés contre l'arrivée de la nouvelle orpheline. Je pouvais le faire. Mes mots, tout comme ceux d'Anne, allaient devoir venir du cœur. Je pouvais certainement y arriver.

Ce ne fut qu'avec une main légèrement tremblante que je frappai à la porte fermée du bureau de Jordan. Il grogna pour m'indiquer d'entrer.

Anne aimait poser un genou à terre pour présenter ses excuses. Je ne souhaitais pas aller si loin, mais je fis attention à me tenir bien droite devant son bureau. Heureusement, il était assis cette fois : il était beaucoup moins intimidant de cette façon. Je serrai les mains devant moi.

— Alors ? As-tu obtenu les photos ?

— Oui, elles sont déjà dans ta boîte mail. Je voulais juste…

— Et les dossiers ? Qu'en est-il des dossiers ?

— J'en suis environ à la moitié. Je vais rester tard et les finir, mais…

— Alors que fais-tu ici ? Retournes-y. Il est cinq heures, bon sang.

— Euh, je voulais d'abord dire quelque chose, s'il te plaît. Si tu peux me laisser parler.

Il se leva, fronçant les paupières et serrant les dents. Il fit lentement le tour de son bureau, s'assit dessus et croisa ses bras puissants. J'oubliai l'idée de ne pas être intimidée. Je déglutis.

Il leva un sourcil puis il leva le poignet pour regarder sa montre.

— Tu as trois minutes. À partir de maintenant.

Je clignai des yeux. Rachel Lynde avait-elle chronométré Anne pendant son discours ? En panique, les mots se dispersèrent de ma bouche dans n'importe quel ordre.

— Je voulais juste dire que je sais que tu ne me connais pas du tout, mais j'ai toujours essayé de faire de mon mieux. J'ai… euh… j'ai eu quelques écarts de conduite dernièrement et j'ai fait des erreurs graves que je regrette profondément, mais je veux faire ce qu'il faudra et cela inclut cette situation avec la vidéo.

Je savais que je radotais, mais je ne pus pas m'en empêcher. J'inspirai profondément pour continuer.

— Je ne fais jamais ce genre de choses. Je n'ai jamais rien fait de tel. Je veux dire, le sexe était incroyable – je ne pensais pas que cela pouvait être si bon –, mais avec tous les problèmes que cela a causés...

Ma voix s'affaiblit pendant un moment en voyant le sourire arrogant qui s'attarda sur ses lèvres. Oh, mon Dieu, je n'arrivais pas à croire que j'avais dit cela. C'était si pathétique.

— Je... je n'ai jamais eu l'intention de blesser qui que ce soit, de faire du tort à l'entreprise. Je n'étais pas en grande forme à la Convention. Il y avait cette histoire... je ne veux pas rentrer dans les détails, mais ma famille est assez perturbée et j'ai laissé tout cela me bouleverser et j'ai fait quelque chose de vraiment stupide. Et je me sens affreuse d'avoir entraîné l'entreprise là-dedans, alors...

— Temps écoulé ! M'interrompit-il.

Il n'avait pas quitté sa montre du regard pendant tout mon discours. Je déglutis encore une fois.

— Weiss, tu viens de me dire absolument rien. Tout ce que j'ai entendu, c'était 'bla, bla, bla.'

Il leva la main en l'ouvrant et en la fermant comme un bec-de-canard.

— Retourne au travail.

Je pris une inspiration douloureuse. Cela m'avait beaucoup coûté. J'avais passé vingt minutes à rassembler mon courage pour tout dire.

Mes joues brûlèrent.

— Je démissionne, dis-je.

Ses traits magnifiques ne changèrent pas d'un iota.

— Quoi ?

— J'ai dit que je démissionnais.

— Non.

— Si. Je te donne ma démission et tout ce que je demande, c'est que tu gardes mon identité secrète aussi longtemps que possible. Afin que je puisse trouver ailleurs un autre poste de stagiaire.

Il se leva et il me surplombait. J'étais de taille assez moyenne – bon, d'accord, je faisais un mètre soixante-deux. Lui, il faisait au moins un mètre quatre-vingts, probablement plus.

— Tu ne feras pas de stage ailleurs, parce que tu ne démissionnes pas.

— Je viens juste de le faire.

— Non, tu as dit 'bla, bla, bla.'

Il ouvrit encore sa fichue main. J'eus envie de la frapper.

— Maintenant, sors d'ici et va finir ces maudits dossiers.

— Mais...

— Et tu n'as pas le droit de parler de cette vidéo à qui que ce soit. Ignore son existence.

J'ouvris et je fermai la bouche plusieurs fois, certaine de ressembler à une carpe. Il s'avança vers moi, se tenant à moins de trente centimètres. Puis il se baissa et me regarda dans les yeux. Il aurait pu me dire n'importe quoi, tout ce que je pus faire, ce fut de chanceler à cause de son odeur délicieuse. Son parfum était chaud, comme la cannelle, et sec comme la sauge blanche qui poussait dans les collines côtières en Californie du Sud. Mes narines me chatouillèrent.

Il fronça les sourcils.

— Arrête ce regard de poisson et va trier les dossiers.

Je fermai la bouche, je pivotai sur les talons et je sortis de la pièce. Qu'est-ce qui... quoi ?

Il partit une heure après notre conversation, sans même dire au revoir, hochant simplement la tête dans ma direction quand il passa à côté de moi. Je restai assise, perdue dans mes pensées pendant quelques heures de plus alors que je finissais ma tâche pénible.

Voilà qui était intéressant. Mes excuses à la Anne Shirley n'avaient pas fonctionné sur lui... à moins que ? Peut-être m'aurait-il renvoyée, sinon ? Je n'en étais pas tout à fait sûre. Tout ce que je savais, c'est que j'avais révélé beaucoup trop d'informations sur moi. Des informations que j'aurais aimé ne pas porter à sa connaissance.

Mes excuses avaient peut-être été si pathétiques qu'il avait pris pitié de moi et qu'il avait décidé de ne pas me renvoyer. Enfin, dans tous les cas j'avais toujours mon travail, même si je ne savais sans doute jamais pourquoi.

Chapitre Quatre
Jordan

BON SANG, CETTE FEMME ÉTAIT TERRIBLE POUR MA pression sanguine. J'avais eu envie de l'étrangler pendant son petit discours – d'accord, sauf quand elle avait dit à quel point le sexe avait été bon. Alors cette pas-si-pauvre petite fille était allée s'encanailler et elle avait fait une bêtise. Je connaissais son genre. Une femme qui avait besoin de boire pour se lâcher avant de se mettre à pleurer en se tordant les mains quand elle se rendait compte que les conséquences de ses actes avaient blessé d'autres personnes.

En fait, je ne connaissais que trop bien son genre. Je serrai fort le volant de la voiture sur le chemin du retour, tendu et furieux. Je n'étais pas aidé par le fait qu'elle était si belle : ce corps de rêve, ce visage d'ange, ces yeux bleus. Je disais à mon cerveau d'arrêter de le remarquer, mais mon corps n'avait pas encore reçu la note de service. Chaque fois qu'elle entrait dans une pièce, des réactions instantanées me frappaient : ce beau cul, ces seins fabuleux, ces cheveux brillants. Et je me souvenais alors comment un rapide coup d'un soir ne m'avait donné qu'un avant-goût de ce que je ne pouvais plus voir. Au lieu de me débarrasser de l'envie, ce qui avait été mon plan d'origine, je la voulais encore plus qu'avant.

Je me frottai vivement le front en essayant de la chasser de mes pensées.

En plus, j'avais une tonne de travail à faire ce soir-là. J'aurais aimé me détendre un peu, mais je ne pouvais pas me permettre de dépenser du temps et de l'énergie.

Il fallait que quelque chose change. Ce style de vie devait changer. Les coups d'un soir insignifiants. Les fêtes où j'étais bourré. Le mode de vie d'une star du rock. Est-ce que tout cela en valait la peine ? Est-ce que cela me plaisait encore ? Tout me paraissait creux et insatisfaisant. Sans doute devenais-je juste trop vieux.

Il faisait nuit quand j'arrivai à la maison, mais j'attrapai une bouteille de bière et je sortis sur la terrasse à l'arrière de ma maison qui donnait directement sur le sable de la meilleure plage de surf de Newport Beach, une zone très recherchée de Orange County.

J'aimais toujours terminer ma journée avec le bruit de la mer. Même s'il me restait encore des heures de travail, j'avais besoin de cela maintenant. La soirée résonnait de gens qui se baladaient sur la piste cyclable et la promenade pavées parallèles à la rive. J'étais caché de leur vue, sous ma terrasse couverte. Leur conversation allait et venait, mais le rythme toujours présent de l'océan était ce qui me calmait.

Mon téléphone sonna et je le regardai.

Salut Roméo. Ça fait un moment que je n'ai plus de nouvelles.

C'était Lyla, la mannequin avec qui j'étais récemment 'sorti'. Son texto était accompagné par une jolie photo de sa superbe poitrine. Je souris, je me léchai les lèvres et j'envisageai la chose pendant quelques minutes. Une bonne partie de jambes en l'air aurait pu être une distraction agréable de mes pensées concernant la stagiaire inatteignable et incroyablement frustrante.

Lyla était du genre à ne pas s'offusquer si l'on passait directement aux choses sérieuses avant de me laisser retourner à mon travail. Je dus admettre être fortement tenté. Mais avant de me permettre d'autres pensées de ce genre, je tapai ma réponse.

Désolé, ma belle. J'ai une tonne de travail. Un autre soir, peut-être ?

Sa réponse arriva moins d'une minute plus tard.

Mais j'ai envie de baiser ce soir. :(

Eh bien merde, moi aussi. Mais mes actes irréfléchis du week-end m'avaient vraiment fait réfléchir. J'avais merdé. Incontestablement. Et d'une façon ou d'une autre, tout avait fini sur Internet.

À cause de cela, j'avais dû mentir à mon meilleur ami ; le meilleur ami qui avait traversé quelques crises majeures l'année passée. Maintenant, mes agissements stupides avaient encore ajouté du poids sur ses épaules. En inspirant profondément, je réprimai la culpabilité qui me faisait douter de moi-même et de mon objectif tenace de faire entrer l'entreprise en bourse.

Mes carrés de chocolat préférés me manquent.

Je lui fis plaisir en soulevant mon tee-shirt et en prenant une photo pour elle que j'envoyai avec le message :

Il faudra te contenter de ça pour l'instant. Désolé, bébé.

Sa réponse me fit sourire et me poussa presque à appuyer sur le bouton d'appel pour lui demander de venir.

Je viens de lécher l'écran. Sans commentaire.

Avant de pouvoir me contrôler, l'image de cette stagiaire qui me léchait surgit dans mon esprit : sa tête sombre bougeant le long de mon torse. Le sexe avait été chaud, mais j'avais gardé mes habits tout le long. Je n'aurais vraiment pas été contre le fait qu'elle me lèche le torse. Et ma...

Mais à quoi pensais-je ? N'avais-je donc rien appris au cours des vingt-quatre dernières heures ?

Je commençais à douter de moi – au point d'envisager l'impensable. Pour me punir de ma stupidité, j'allais arrêter les coups d'un soir, et même ne plus me bourrer la gueule. Bon sang, si je perdais mon poste de directeur financier, j'allais peut-être rejoindre un monastère.

Je rentrai dans la maison en soupirant et je sortis mon ordinateur portable pour m'enterrer dans la paperasse que j'avais emportée à la maison. Il fallait que je relise les documents légaux qui avaient été présentés par nos banques d'affaires afin de voir quelles failles ils pouvaient essayer d'exploiter. Il me fallait également appeler le type de la sécurité Internet pour découvrir ce qu'il pouvait faire contre cette vidéo, s'il y avait quelque chose à faire.

Cependant, une fois que quelque chose faisait le buzz, essayer de l'arrêter, c'était comme de pisser dans un violon. Il existait des recours comme les demandes de retrait. Mais le risque d'être exposé rendait ces recours assez contestables.

Le fait qu'elle ne connaissait pas l'identité de son partenaire sexuel m'aidait, mais je dus encore me demander si elle ne le savait vraiment pas et si elle n'avait aucun moyen de le découvrir. Et si elle le découvrait, que ferait-elle ? Pourquoi avait-elle mis la vidéo en ligne pour commencer ? Si je lui posais directement la question, elle se rendrait compte que je savais qu'elle l'avait fait et non pas son partenaire. Elle n'était pas stupide – je l'avais bien compris – et elle pouvait sans doute le découvrir. Je ne devais pas en prendre le risque. J'allais devoir repérer ses raisons d'une façon plus détournée.

Après avoir épluché le jargon légal pendant environ une heure, je me fis à manger et j'appuyai sur le bouton de 'rappel' de l'application du répondeur de mon téléphone. Il y avait d'autres femmes dans ma vie que je ne pouvais pas éternellement remettre à plus tard.

— Ce n'est pas trop tôt, fut la première chose que dit Hannah en décrochant.

— J'ai une vie, tu sais. Je ne suis pas ta permanence téléphonique personnelle pour les devoirs.

— Je sais où tu as enterré les corps, Jordan. Ne plaisante pas avec moi.

— C'est plutôt que tu sais où je cachais mes joints et c'est ça que tu utilisais pour me faire du chantage, espèce de peste.

— Ouais, bref. J'ai besoin d'aide pour ça. Je t'ai envoyé le problème par mail. Donne-moi juste une piste.

— Comment se passe la fac, d'ailleurs ? Ça fait déjà deux semaines que tu y es et je n'ai pas de nouvelles depuis que tu as commencé.

Elle marqua une pause avant de répondre d'une voix trop forte et trop joyeuse :

— Ça se passe super bien !

Ah. Cela m'inquiéta, mais je savais qu'il était inutile de le lui demander directement. Hannah avait toujours aimé faire croire que tout était parfait pour elle, même lorsque ce n'était pas le cas. Malheureusement pour elle, elle n'était pas très bonne actrice.

— Tu rencontres beaucoup de gens nouveaux ? Des garçons que je dois aller frapper ?

— Ha. Ha. Je me concentre sur mes études, merci. Mais ce cours d'économie est le fléau de ma vie. Déjà.

J'ouvris mon ordinateur portable et je ressortis son mail.

— Alors, cette question est assez basique, Banna.

J'utilisai son vieux surnom, juste pour l'embêter. Le privilège du grand frère.

Elle souffla à l'autre bout.

— Le cours est obligatoire pour ma culture générale, mais nous n'avons pas tous géré des portefeuilles d'actions avec ce que nous gagnions à la boutique de surf à l'âge de quinze ans.

— Dommage que tu ne puisses pas être un génie comme moi. C'est tellement moche, la rivalité entre frères et sœurs. Essaie de ne pas te ronger de l'intérieur.

— Mouais... en parlant de la boutique... maman m'a dit quelque chose qu'elle a appris par Madame Nolan.

— Ah, comment va Madame Nolan ?

— Maman l'a conduite à ses traitements. Elle semble aller mieux. Mais cette dernière fois, elle a dit à maman que Cyndi allait divorcer.

Je marquai une pause. Je fus d'abord interpellé par le nom, puis par la nouvelle. Je ne savais pas du tout quoi faire de cette information. En fait, je ne savais pas du tout ce que cela me faisait ressentir. Au fond de moi, j'aurais dû éprouver une sorte de satisfaction en apprenant qu'elle était malheureuse, mais ce ne fut pas le cas. Cela voulait-il dire que j'avais dépassé tout cela – que j'étais passé à autre chose ?

— Tu es toujours là ?

— Ouais. Je ne sais pas pourquoi tu as choisi de me raconter ça.

— Sais pas. Je pensais que tu aurais aimé le savoir. Elle a été ta petite amie pendant un million d'années.

— C'était il y a un million d'années. J'ai eu beaucoup de petites amies depuis.

— Ah bon, c'est comme ça que tu les appelles ? Je suis désolée, mais si tu couches avec quelqu'un pendant deux semaines, ça ne fait pas d'elle ta petite amie. Tu devrais peut-être envisager de te caser.

— Pourquoi le ferais-je ? J'ai vingt-cinq ans et je vis comme une rockstar.

— Ah oui, tu fous en l'air ta jeunesse et tes affreux millions mal acquis.

— Est-ce que papa a encore déblatéré ses conneries marxistes ?

Elle soupira.

— D'accord, je te taquine, mais... ça devient ridicule. Quand allez-vous vous parler calmement ?

Je grinçai des dents. Elle savait que ce n'était pas une bonne idée d'aborder ce sujet avec moi. D'un autre côté, j'avais merdé en évoquant papa le premier.

— Nous n'avons rien à nous dire. Alors, en ce qui concerne tes devoirs...

— Mon vieux, en parlant de problèmes... j'allais oublier. J'ai vu une vidéo qui fait le buzz sur Internet. Des gens vêtus comme des personnages de Dragon Epoch...

Ah non. Non. L'idée que ma petite sœur m'avait vu baiser me donna soudain la nausée.

— Je ne vais pas parler de ça, et toi non plus si tu veux de l'aide pour tes devoirs, Miss.

— Très bien. Mais sais-tu qui c'était ?

— Alors ton e-mail disait que tu devais connaître l'élasticité du marché, n'est-ce pas ?

— Même à trois cents kilomètres d'ici, tu restes un intello.

— Ne mords pas l'intello qui t'aide à faire tes devoirs.

— Ouais, ouais.

On parla encore pendant vingt minutes avant que je raccroche et que je regarde le téléphone pendant longtemps en essayant de digérer la conversation... la nouvelle de l'échec du mariage de Cyndi, les événements dingues de la journée en général. J'avais mal à la tête, mais il me restait encore des heures de travail.

J'appelai mon gars de la sécurité Internet et je passai un appel téléphonique à celui qui s'occupait de m'informer. Je devais découvrir ce qu'April Weiss avait l'intention de faire : ce qui la motivait, pourquoi s'était-elle filmée en pleine session de sexe et pourquoi avait-elle mis cela en ligne. Et si elle avait des dossiers sur moi, était-elle le genre de personne à s'en servir ?

Je lui demandai donc de rassembler des informations sur elle. Il me fallait des dossiers à moi aussi. Car j'étais le genre de personne à m'en servir pour obtenir ce que je voulais. Et ce que je voulais vraiment, c'était éloigner son corps tentant qui me mettait l'eau à la bouche. Mais comme je ne pouvais pas encore l'obtenir – pour l'instant –, j'avais besoin d'un avantage. Juste au cas où.

Aucun coup d'un soir – même pas un chaud bouillant – ne valait toute cette merde. En tout cas, c'était ce dont j'essayais de me convaincre.

Au moins, ma dernière relation sexuelle avant cette nouvelle période d'abstention avait été putain de bonne. Quand elle serait partie, j'allais prendre le temps de savourer le souvenir. Jusque-là, il me fallait le chasser de mon esprit et ne pas m'y attarder.

En attendant, je pouvais m'amuser en rendant sa vie infernale.

Chapitre Cinq
April

J E ME RÉVEILLAI LE LENDEMAIN AU MILIEU D'UN TAS DE SACS de ma virée shopping tardive de la veille. Sid, qui était allée se coucher avant que je rentre à la maison – comme d'habitude – et qui s'était levée longtemps avant moi – ce qui n'était pas inhabituel non plus – n'était pas au courant des complications de la situation concernant la vidéo.

Quand je finis par me réveiller, elle était impatiente d'avoir des nouvelles.

— Ce n'est pas vrai... il savait que c'était toi ?

Je soupirai.

— Il a vu mon tatouage et il l'a reconnu d'après la vidéo.

Sid secoua la tête.

— Ben dis donc, ce tatouage est une erreur qui te coûte cher, et qui sait quand seront les prochaines répercussions ?

— Ouais, ouais, je ferai faire le truc au laser quand j'aurai le temps. Il faut juste que je me motive.

Sid indiqua la pile de sacs.

— Alors, c'est quoi tout ça ? La thérapie par le shopping ?

— Ha, non. Ce sont de nouveaux vêtements : que des chemisiers longs et des pulls qui ne remonteront pas dans le dos et même quelques combinaisons. Je ne prends pas de risques. C'est déjà assez terrible que Jordan sache que c'est moi et qu'il me permet encore de travailler là pour une raison ou pour une autre. Je suis certaine que si quelqu'un d'autre le découvrait, je le payerais très cher.

— Mais les méchantes savent que c'est toi, n'est-ce pas ? Penses-tu que l'une d'entre elles dira quelque chose ?

Je secouai la tête.

— Cari m'a dit qu'elle me soutient.

Sid fronça les sourcils.

— Tu penses que... en dehors de toi, quelqu'un d'autre a eu accès à ton téléphone pendant le week-end ?

— Pas moyen. Je suis peut-être idiote, mais même moi je sais qu'il ne faut pas donner accès à mon téléphone. Même toi, tu n'y as pas accès.

— Eh bien, c'est bon à savoir. Elles ne sont pas sympas. En particulier Cari : cette fille est comme Regina George.

— Qui ?

Sid leva les yeux au ciel.

— Tu dois voir plus de films, Api. Tu lis trop.

— Ça n'existe pas, lire trop !

— Bref... Regina George était la chef de la clique des filles populaires dans le film *Lolita Malgré Moi* . Cari me fait penser à elle.

Je me levai et je commençai à enlever les étiquettes de mes nouveaux habits, attrapant la poubelle pour les y jeter.

Sid se frotta un sourcil d'un air pensif.

— Après les cours, j'ai passé une grande partie de l'après-midi à revoir cette fichue vidéo.

Je fronçai les sourcils.

— Pourquoi ? Tu as à ce point besoin d'éducation sexuelle ?

Elle me jeta un regard noir.

— Je cherchais des indices... je sais par exemple comment les directeurs ont découvert que c'était une employée dans la vidéo.

— Comment ?

Elle se dirigea vers son ordinateur et refit apparaître l'affreuse vidéo. Mais au lieu de me forcer à la regarder, elle appuya sur pause peu après le démarrage.

— Tu vois là ? Tu as posé ton téléphone pour filmer après avoir enlevé tes sous-vêtements on dirait... et le téléphone se trouve juste à côté de ce badge, ici.

Je me penchai et mon regard suivit son doigt.

Bordel de merde. Elle avait raison. C'était un badge de chez Draco. Du genre que nous utilisions tous pour entrer dans le bâtiment et pour nous déplacer sur le campus. Il était lié au système de sécurité de l'entreprise. Ils nous les avaient fait porter en même temps que les pass à la convention. Je me penchai encore pour y voir de plus près. Si mon nom se trouvait là-dessus...

— Le nom est caché – ironiquement, par tes sous-vêtements. Mais c'est comme ça qu'ils le savent. Ils ont vu ton badge.

Je me redressai.

— Ah... dis-je pour exprimer la compréhension, pourtant j'étais encore perdue. Car ce n'était pas mon badge. Mon badge y ressemblait beaucoup, mais le logo de l'entreprise, le nom et tout le reste étaient imprimés en bleu sur mon badge pour marquer mon statut de stagiaire non payée. Les badges des employés normaux étaient imprimés en lettres noires avec un logo noir – comme sur ce badge.

Le type vêtu comme Falco le chasseur de primes. L'homme avec les mains brûlantes et la queue énorme. Ce type était un employé de Draco.

J'inspirai profondément, je bloquai l'air, puis je soufflai. Putain. J'étais tellement dans la merde. La situation empirait à mesure que le temps passait.

Car la personne était sans doute furieuse que cette vidéo de lui en pleine relation sexuelle ait été postée sur Internet. Tôt ou tard, ce type allait découvrir qui j'étais et il allait vouloir savoir pourquoi j'avais mis son travail en danger pour rien. J'allais devoir le trouver avant. Mais je ne savais pas du tout comment.

— En parlant d'accès à ton téléphone, il était complètement déchargé alors je l'ai branché pour toi ce matin quand je me suis réveillée. L'écran affichait cinq appels manqués et deux messages de ta mère sur le répondeur.

— Oui, je sais.

Sid s'arrêta.

— Tu ne vas même pas écouter tes messages ?

— Non. Je vais les effacer. Quoi qu'elle veuille, je suis sûre que son nouveau copain peut s'en occuper. Gunnar est un fils de riche alors il pourra acheter tout ce qu'elle désire. Elle ne m'appelle que quand elle veut quelque chose. Et je ne suis pas d'humeur à me disputer avec elle.

— Tu ne te disputes jamais avec elle, April. Tu la supportes, c'est tout.

— Tu vois ? C'est une bonne façon d'éviter tout ce bazar. Si elle n'arrive jamais à me joindre, alors je n'aurai pas à être dégoûtée par moi-même parce que je ne lui ai pas tenu tête – encore une fois.

Sid hocha la tête.

— Tu n'as pas tort. Hé, ma mère veut savoir quand tu reviendras dîner.

Sid avait souvent pitié de moi quand on parlait de ma mère. Elle aimait offrir sa propre mère, qui était une femme adorable, en remplacement.

— Oh, ce serait super. J'aimerais remanger de la nourriture perse, mais je ne sais même pas quand j'aurai le temps de quitter ce travail infernal pour faire autre chose que manger et courir. Et ce serait vraiment trop impoli.

Sid haussa les épaules.

— De toute façon, je suis sûre qu'elle va bientôt remplir notre congélateur.

— Miam. J'espère qu'elle refera ce truc délicieux avec les grenades et les noix.

— *Fesenjān* . Je ferai la demande.

Je me levai et, les épaules voûtées, j'ouvris mon ordinateur portable pour vérifier mes mails. En parlant de mères... il y avait un autre mail de Rebekah là-dedans. Je n'avais toujours pas répondu au précédent.

Le titre de celui-ci était : *Infos Droit de naissance Israël* . Ma belle-mère s'inquiétait de mon terrible manque d'éducation en ce qui concernait mon héritage culturel et dernièrement elle s'était donnée pour mission de me faire participer au plan familial. Ma demi-sœur Sarah allait fêter sa bar-mitsva dans quelques années, et j'étais certaine que Rebekah imaginait une grande famille heureuse rassemblée dans la synagogue pour la célébration.

Ou peut-être pensait-elle que j'étais un mauvais modèle pour sa fille. Sarah m'idolâtrait. Même si elle n'avait que dix ans, c'était agréable. Il y avait au moins quelqu'un sur cette planète qui pensait que j'étais plutôt géniale. Malgré tout, je soupirai en cherchant comment répondre à la question de Rebekah qui souhaitait savoir si oui ou non, j'allais au temple avec eux. La religion semblait être encore une autre barrière entre eux et moi. Cela me mettait de côté, me rendait différente de ceux que j'aurais dû appeler ma famille proche.

Je me laissai tomber contre le dossier de la chaise en soupirant, puis j'ouvris un autre navigateur Internet et je cherchai le programme en question sur Google. Je pouvais peut-être faire un voyage en Israël et à mon retour, cette fichue vidéo serait effacée d'Internet pour toujours.

Quand il neigera en été , comme le disait ma grand-mère allemande. Ou *quand les poules auront des dents* , comme je le disais, moi.

Après un rapide petit-déjeuner, je me vêtis pour le travail en prenant soin de ne porter que des habits qui me couvraient bien. Étant donné que j'avais une seconde chance offerte par mon patron grognon et pourtant remarquablement compréhensif, j'allais faire tous les efforts nécessaires pour être la meilleure assistante qui soit.

Mais le patron devenait de plus en plus renfrogné à chaque jour qui passait. Il cherchait la petite bête pour tout ce que je faisais. Je luttai pour rester calme, pour ne jamais montrer mes émotions, mes doutes. Les gens comme Jordan Fawkes pouvaient sentir la peur et je savais que je devais faire de mon mieux pour la cacher.

Pendant ce temps, quand je ne stressais pas pour le travail, je me prenais la tête au sujet de Falco. Mon esprit était assailli de questions vitales comme 'qui était-il' et 'savait-il qui j'étais' et surtout 'était-il furieux contre moi'.

Malgré tous les problèmes causés, je n'arrivais pas à chasser cette nuit de mes pensées. Je ne savais pas si c'était à cause de certains talents spéciaux ou, euh, de son équipement, ou du côté défendu de la liaison, mais elle avait été tellement fabuleuse. Qui aurait pu croire qu'un geek de Comic-Con – et un employé de Draco, apparemment – pouvait être si incroyable au lit ? Peut-être bien que les quelques types avec lesquels j'avais été avant étaient très mauvais.

Chaque jour que je passais à Draco, je songeais à tous les collègues masculins que je croisais dans les couloirs ou chez qui je devais déposer des choses pour le travail. Était-ce lui ? Ou lui ? La seule information dont je disposais, c'était qu'il était grand et qu'il remplissait très, très bien le costume de Falco le chasseur de primes. Et il avait été si sexy quand il avait chuchoté de sa voix atone et terne.

Oh, et son bâton avait été immense, je ne l'avais pas oublié non plus. Comment le pouvais-je ?

Mon patron infernal ainsi que l'inquiétude constante au sujet de Falco me rendaient folle. C'est pourquoi je n'aurais pas dû être surprise qu'une semaine plus tard, un jour particulièrement affreux, je craque presque à mon bureau. Susan dut m'appeler plusieurs fois pour attirer mon attention.

Enfin, je clignai des paupières et je m'assis toute droite.

— Hé... qu'y a-t-il ? Tout va bien ? dit-elle.

Susan était une femme d'apparence banale, mais très gentille et drôle d'environ trente-cinq ans. Elle avait des cheveux blonds courts et des yeux verts. J'avais l'impression qu'elle portait des boucles d'oreilles originales tous les jours de l'année. Je ne l'avais encore jamais vue porter deux fois les mêmes. Elle avait expliqué qu'elle les choisissait en fonction de son humeur de la journée. À ce moment-là, il s'agissait de deux tétines pour bébés : une rose et une bleue. La veille, son mari et elle avaient entendu le battement du cœur pour la première fois et elle était folle de joie, montrant à tout le monde des photos indéchiffrables de l'échographie.

— Je ne sais pas combien de temps je vais encore pouvoir le supporter... dis-je d'une voix tremblante. Elle soupira.

— Eh bien, en général il n'est pas très agréable avec les stagiaires, si cela peut te rassurer.

Ce ne fut pas le cas.

— Le week-end dernier, je pense qu'il ne s'est pas passé une heure sans qu'il m'envoie un texto. Je devais lui envoyer des dossiers ou rechercher quelque chose qu'il pouvait faire lui-même avec Google et quelques mots-clés.

— Ah. Peut-être souhaite-t-il simplement s'assurer que tu apprennes tout ce dont tu as besoin ?

Je retins ma frustration. Toutes les heures, presque à la minute près ?

— Est-ce habituel qu'il te fasse conduire sa voiture au lavage, prendre ses vêtements au pressing et qu'il crie si le café que tu lui apportes n'est pas assez chaud ?

Susan fronça les sourcils.

— Il ne m'a jamais demandé de faire ça, mais il a sans doute l'impression qu'il a la responsabilité de te faire faire plein de choses.

Je déglutis. L'autre matin, il avait sorti un thermomètre pour mesurer la température du café que je lui avais apporté. *Soixante degrés, Weiss ? Qu'est-ce que c'est, une boisson d'été rafraîchissante ? Je t'ai dit extra chaud. Ne t'arrête pas en chemin pour discuter avec tes copines quand tu portes mon café. Bon sang, pourquoi ne pas y ajouter des glaçons, tant que tu y es ?'*

J'avais montré mes dents avec mon sourire de souffrance maintenant familier qui signifiait : 'j'ai envie de t'étriper.' Ensuite, j'avais ramassé le café et j'étais sortie de la pièce, le jetant dans la poubelle la plus proche. Je m'étais précipitée dehors pour retourner au Starbucks en retenant mes larmes. J'avais dû courir en talons pour revenir assez vite au bureau et cela n'avait pas suffi.

Puis lors de ma deuxième course, j'avais cassé mon talon à mi-chemin et le café – et moi – avions fait un vol plané. La troisième fut la bonne, mais après je dus m'enfermer dans les toilettes pour pleurer pendant une bonne demi-heure.

À partir de ce jour-là, j'avais une paire de baskets dans mon bureau réservées spécialement pour courir chercher le café et j'avais développé une sorte de course lente qui me permettait d'avancer sans que le liquide bouillant déborde et me brûle les mains. *Note pour moi-même : apporter des gants que je rangerais dans mon bureau à côté des baskets.*

— Tu as l'air exténuée, ma pauvre, continua Susan.

— J'ai veillé tard pour préparer les dossiers sur chaque banquier d'affaires.

Elle fronça les sourcils en tripotant son bracelet anti-nausée.

— Quels dossiers ?

— Eh bien, Jordan voulait que je prépare les dossiers avec les coordonnées de tous les banquiers, les clauses de leurs contrats...

Susan me regarda comme si j'arrivais de Mars.

— Il a déjà tout cela.

Mon visage s'assombrit et elle sembla se dépêcher de le couvrir en ajoutant :

— Mais... Il a peut-être peur que ses informations soient incomplètes et tu vérifies tout pour lui. D'après la rumeur, le projet d'entrée en bourse ne se passe pas bien à cause du scandale de la sextape.

J'écarquillai les yeux et mon ventre se noua.

— Ah. Vraiment ?

Susan hocha la tête et les tétines pour bébés dansèrent sur ses oreilles. Elle baissa la voix.

— Oui. Il paraît qu'Adam a pété un câble quand le scandale a été révélé et il voulait interrompre l'entrée en bourse. Jordan a travaillé là-dessus pendant des années. Adam lui a donné deux semaines pour voir s'il peut quand même rattraper le coup, alors Jordan est manifestement très contrarié. Je pense que tu pourrais bien être devenue la cible de ses frustrations.

Je détournai les yeux d'un air coupable. Il était logique que je sois la cible – et pas pour la raison qu'elle pensait –, mais Susan ne pouvait pas le savoir. J'avalai la boule de plomb qui s'était formée dans ma gorge et je chassai quelques nouvelles larmes. Ce n'était pas bon. Pas bon du tout.

Je savais qu'il fallait un gros investissement et au moins deux années de dur labeur pour préparer une entreprise à son entrée en bourse. Et il était très difficile d'avoir les banques d'investissement à ses côtés, en particulier pour un directeur financier jeune et relativement inexpérimenté comme Jordan.

— Oui, les banquiers ne sont pas vraiment ravis qu'un employé de la compagnie soit impliqué. Comme ce sont eux qui garantissent les premières actions au moment où l'entreprise devient publique, leur risque financier est assez conséquent.

Je hochai la tête. Quand une offre publique initiale ne se passait pas parfaitement, une entreprise pouvait être lourdement touchée. C'était arrivé très récemment à quelques grosses entreprises. Elles avaient été évaluées à un certain prix et puis le prix de leurs actions avait chuté à la seconde où les entreprises faisaient l'OPI, leur faisant perdre des millions, voire des milliards.

Et cela pouvait arriver à Draco, à cause de ma stupide vidéo de sexe. *Merde*.

Pas étonnant que Jordan me regarde comme s'il avait envie de me bouffer.

Je me penchai vers elle.

— Alors c'est pour cela qu'il s'est rendu à toutes ces réunions et qu'il a pris autant d'appels en vidéoconférence ? J'étais...

— Je déteste interrompre cette petite séance de commérages, mais serait-ce trop vous demander que de travailler ?

On sursauta toutes les deux et l'on se retrouva face à face avec le sujet de notre discussion. Mon regard glissa le long de la silhouette puissante de Jordan. Il était habillé en costume cravate – comme presque chaque jour depuis le retour du Comic-Con. Il paraissait aussi épuisé que moi. Non pas que cela le rende moins séduisant.

Il laissa tomber une pile de courriers sortants sur le bureau devant nous, tourna les talons et entra dans son bureau.

Les mains tremblantes, je triai les enveloppes.

— Il manque les adresses sur celles-ci...

J'attrapai une enveloppe lavande sans adresse. Une lettre d'amour ?

Un post-it sur lequel il avait griffonné 'maman' était collé dessus.

— Ah oui, j'avais oublié que c'était l'anniversaire de sa mère cette semaine ! Je n'ai même pas eu à le lui rappeler, dit Susan en cherchant l'adresse sur son ordinateur.

J'attrapai un stylo, prête à remplir l'enveloppe.

— Il te fait acheter des cartes et des cadeaux à sa place ?

— Pour les filles avec qui il sort, parfois. Il sort avec tellement de femmes différentes qu'il n'arrive sans doute pas à s'en souvenir. Mais il ne me le fait jamais faire pour sa famille. Il fait tout cela par lui-même.

Pour les filles avec qui il sort, parfois . Ha, tu m'étonnes.

Je songeai à la blonde avec laquelle il parlait en R et D.

— Il draguait une blonde à la démo, la semaine dernière. Lindsay. C'est sa petite amie ?

Susan rit.

— Non, non. Même pas. C'est une amie d'Adam. Jordan ne reste pas vraiment assez longtemps dans une relation pour qu'elles puissent s'appeler des 'petites amies'. Il est peut-être un peu superficiel et malavisé, mais c'est vraiment un gentil surfer au fond.

Je pinçai les lèvres. Elle me lut l'adresse et je l'écrivis sur l'enveloppe. Sa mère vivait à San Luis Obispo, environ à quatre cents kilomètres au nord d'Orange County.

— Il est très proche de sa famille, en fait. Sauf de son père. Il se passe quelque chose d'étrange avec son père.

Elle secoua la tête.

— Enfin, patiente un peu. Je suis sûre qu'il se calmera bientôt.

Je me dépêchai d'écrire les adresses du courrier restant tout en gardant un œil inquiet sur sa porte. Je ne voulais surtout pas qu'il ait besoin d'un autre café.

Pour une fois, je parvins à sortir de là à temps. Cela me fit espérer qu'il me laisse tranquille pendant le week-end.

Cet espoir fut cependant anéanti lorsque Susan m'appela tard dans l'après-midi du samedi.

— S'il te plaît, April. J'ai vomi toute la journée. J'ai tellement le tournis que j'arrive à peine à tenir debout, alors conduire...

J'inspirai profondément avant de souffler.

— Susan, je suis prise ce soir. Je sors avec des copines.

— Je te promets que cela ne te prendra pas plus d'une demi-heure pour y aller, d'attraper les papiers sur mon bureau et de les porter jusque chez lui. Il habite tout près. Il est à Newport Beach – The Wedge.

Je connaissais la zone. C'était chez les riches à la pointe de la péninsule de Balboa. J'inspirai profondément en souhaitant désespérément refuser. Mais il se trouvait que mes plans de la soirée allaient me conduire à Newport Beach. Il suffisait que je récupère le dossier puis que je passe le poser. Le vrai problème était de voir mon patron bestial un samedi soir.

Je voulus dire non, mais ma bouche – comme toujours – fit le contraire.

— Très bien. Il me faudra quelques minutes. Je dois m'habiller.

— Ce n'est pas hyper urgent. Merci beaucoup. Je t'en dois une, April !

Je raccrochai puis je commençai à me parler. Sid arriva à la maison peu de temps avant que je parte, jetant son sac de livres sur son lit. Elle se tourna pour me regarder en sifflant.

— Pourquoi es-tu sur ton trente-et-un ?

Je portais une jolie petite robe noire et mes Christian Louboutin en cuir verni.

— Je rejoins les filles de Phi Kappa dans une boîte. Mais souhaite-moi bonne chance. Je dois aller porter des papiers à la Bête.

Elle leva les sourcils.

— Il te fait travailler un samedi soir ?

— C'est un service pour Susan, soupirai-je.

Elle me jeta un regard entendu, mais ne dit heureusement rien sur mon incapacité à dire non.

— On se rejoint près de la jetée de Newport. Pourquoi ne viendrais-tu pas avec moi ?

— Je danse comme un canard. C'est trop gênant.

Sid avait été élevée dans un environnement très protégé. Son père venait du Moyen-Orient et il était traditionaliste, donc Sid n'avait pas eu le droit de sortir avec des garçons au lycée, ce qui avait conduit à une vie sociale malaisée à la fac – encore plus malaisée que la mienne.

— Bon, eh bien, je pars traîner avec les filles pendant une heure ou deux et je vais danser un peu.

— Sans boire ?

— Carrément. Je te l'ai dit : l'alcool ne touchera plus jamais mes lèvres. Apparemment, c'est ma kryptonite, mais au lieu de me rendre faible, l'alcool me rend bête comme mes pieds.

J'attrapai mon sac de tous les jours et j'en sortis mon porte-monnaie que je fourrai avec mon téléphone dans un petit sac à main Louis Vuitton.

Sid remua les sourcils.

— Tu es sexy. Peut-être que si tu restes sobre, tu rencontreras un gentil garçon au lieu d'un pauvre con.

— Je vais sûrement m'ennuyer au bout de quinze minutes de danse et m'asseoir aux toilettes pour lire un e-book sur mon téléphone.

Sid rit.

— Tu peux rire, mais je l'ai déjà fait avant de filer à une heure plus acceptable.

— Pourquoi ne dis-tu pas simplement que tu n'as pas envie d'y aller ?

Je fis un geste de la main et je me regardai une dernière fois dans le miroir.

— Oh, tu me connais. Je suis les autres et je donne l'impression d'être comme elles, et après je fais mon truc.

— Tu as peut-être besoin d'une nouvelle philosophie.

Je soupirai.

— Tu as sans doute raison, dis-je avant de passer la porte pour suivre la foule, encore une fois.

Il me fallut une bonne demi-heure pour rouler jusqu'à Draco, convaincre les agents de sécurité de me laisser entrer, trouver les papiers que Susan avait décrits et conduire jusqu'à sa maison. J'avais suivi le GPS de mon téléphone pour me diriger dans les rues étroites au bout de la péninsule, où les maisons étaient collées les unes aux autres et donnaient sur la plage populaire et bondée.

Je frappai à sa porte à sept heures moins le quart et il ouvrit une minute plus tard. Je dus lutter pour empêcher ma mâchoire de tomber, car Jordan était en maillot de bain : un short long et coloré qui commençait assez bas sur ses hanches et rien d'autre. Pas de tee-shirt. Pas de chaussures.

Pas de respiration – pour ma part.

Il. Était. Magnifique. Un torse musclé et bien développé. Je voyais les découpures de chaque muscle. Il n'était pas exagérément gonflé, mais chaque muscle était ferme et clairement défini, même cette délicieuse petite vallée qui séparait ses carrés de chocolat de ses hanches, plongeant sous la taille de son short. Son torse était légèrement poilu, de ses pectoraux tendus jusqu'à son ventre plat. Il avait un corps de surfer, complet avec un léger bronzage, quelques grains de sable sur son tibia et des cheveux mouillés.

J'eus instantanément la bouche sèche. Je pouvais commencer à haleter comme un chiot à n'importe quel moment. J'avais aussi envie de le lécher comme un chiot.

Je le haïssais, mais j'avais envie de le lécher. Il était divinement léchable.

Il me regardait avec un regard de totale incompréhension.

— Qu'est-ce que tu fiches ici ?

Je rougis en me rendant compte que j'étais restée plantée là pendant une demi-minute à admirer sa beauté avec de grands yeux. C'était Adonis en mode surfer. En plus, il ne s'était pas rasé alors sa mâchoire était légèrement soulignée par sa barbe naissante, le rendant encore plus appétissant.

Sans voix, je lui tendis l'enveloppe, craignant que ce qui pouvait sortir de ma bouche à ce moment-là sonne comme 'de, euh, ah.'

Jordan me la prit des mains sans même la regarder.

— Où est Susan ? aboya-t-il.

— Elle est malade. Elle m'a demandé de passer déposer ça. Bon, eh bien... au revoir alors !

Je fis un pas en arrière.

Il fit un pas en avant, observant ma petite robe noire et mes jambes. À l'endroit où son regard m'effleurait, j'aurais pu jurer que c'était presque tangible, comme si ses mains caressaient mon corps. Son regard remonta très lentement vers le mien, en s'attardant sur mon décolleté. J'avais chaud partout où ses yeux s'étaient posés.

— Où vas-tu, vêtue de cette façon ?

Je m'éclaircis la gorge en essayant de la rendre moins sèche.

— J'ai des amies dans une boîte près d'ici. Je vais les rejoindre maintenant.

Je dus me forcer à arracher mon regard à son tatouage tribal en forme de vagues stylisées qui semblaient fluctuer autour de son biceps rebondi. Mon Dieu, qu'il était beau ! Pas étonnant que toutes les mannequins le désirent.

Il changea de position en secouant la tête.

— Non.

Je mis une minute à arrêter de baver mentalement. Je le regardai dans les yeux en fronçant les sourcils.

— Attends, quoi ?

Il agita la main devant mon visage.

— Weiss, ici la Terre. Il faut atterrir. Tu restes là et tu m'aides avec ça.

— Mais tu n'as pas...

— Je n'étais pas obligé. Je suis le patron. Ce que je dis doit être fait. Compris ?

Je restai bouche bée. Quelle espèce de con ! Connard... connard de merde.

Oh mon Dieu. Je le haïs tellement à ce moment-là.

— Mais mes amies m'attendent.

Il me toisa, ouvrant plus grand la porte sans céder.

— Tes amies n'écriront pas ta recommandation pour l'école de commerce.

Abattue, je courbai l'échine. Il avait gagné... avant même le début de la bataille.

J'entrai dans sa maison de bord de mer et je le suivis dans le salon. Je vis l'eau scintillante de l'océan Pacifique à travers la porte vitrée coulissante qui donnait directement sur une des plus célèbres plages de Californie du Sud. Les vagues s'abattaient sans arrêt et il y avait des surfeurs qui prenaient les vagues dans les derniers rayons du soleil. La planche de Jordan était posée contre le mur de la petite terrasse. Cela expliquait le maillot de bain.

La maison n'était pas grande – comme la majorité des maisons de Wedge –, mais elle valait plusieurs millions. Jordan me fit signe de ne pas bouger, puis il sortit sur la terrasse couverte à l'arrière, attrapa sa planche de surf et la rangea sur un support au plafond à côté d'une planche de paddle et d'un kayak. Je regardai rouler les muscles de son dos en mouvement.

J'avais la gorge serrée, sèche. Je donnai l'ordre à mon désir de se calmer. Plus ils étaient beaux, plus ils risquaient d'être dangereux et néfastes. Je me forçai à me souvenir de Gunnar. Il avait été comme cela. Pas aussi fabuleux que Jordan, mais tout de même une belle prise. Il suscitait les convoitises de toutes les filles sur le campus. Jusqu'à ce qu'il m'ait complètement humiliée de diverses façons.

J'avais l'intention de ne plus faire confiance à ces sensations chaudes et agréables dans mes parties intimes quand je voyais un homme sexy – particulièrement un homme à moitié nu. J'en avais terminé avec les beaux garçons. *Plus jamais*.

Il était bien possible, que Falco, mon homme mystère faisant également partie de la variété des corps canon et abdos durs soit un gentil employé réservé et ringard de Draco. Peut-être était-ce un testeur de jeux ou un programmeur. Certainement pas un play-boy comme Jordan avec un train de vie de rockstar.

Jordan ajusta la planche de surf, puis il s'étira pour redresser la pagaie du kayak. Ce type aimait clairement les sports nautiques et à en juger par son corps, il les pratiquait activement. Je détournai le regard, irritée par moi-même, et je sortis mon téléphone pour prévenir mes amies que je ne viendrai pas. J'appuyai sur le bouton 'envoyer' environ deux secondes avant qu'il entre et qu'il me jette un regard insolent.

— Tu viens d'envoyer un texto à ton petit ami pour lui dire que tu ne viendrais pas ? demanda-t-il d'une voix monocorde.

Je rangeai mon téléphone de mes mains tremblantes, essayant de contenir la fureur et la rage impuissante que je ressentais à ce moment-là. Je devais laisser tomber une soirée à moitié sympathique avec les filles pour être aux ordres de ce connard toute la nuit. Il aurait au moins pu être agréable.

— Je n'ai pas de petit ami. Mais j'ai envoyé un texto à mes amies.

— Ah. Alors il a rompu avec toi à cause de la vidéo ?

Je rougis.

— Je crois que tu m'avais donné l'ordre de ne jamais en parler – quelle que soit la chose à laquelle tu fais référence.

Il leva les sourcils.

— Très bien. Tu écoutes, finalement.

— Cela fera-t-il partie de ma recommandation pour l'école de commerce ?

— Peut-être bien.

Je secouai la tête et je le regardai d'en bas.

— Tu pensais vraiment que j'avais un petit ami ? Et que je l'avais trompé avec Falco le chasseur de primes ?

Son visage demeura indéchiffrable.

— Tu es une fille sympa, Weiss. Précisément le genre de fille auxquelles on ne devrait jamais faire confiance.

Sa mâchoire carrée se tendit alors et il plissa les yeux à cause d'une nouvelle colère ou d'un autre outrage perçu.

— Mets-toi à l'aise. Tu vas rester là pendant un moment. Et je vais aller m'habiller.

— Oh, Dieu merci, marmonnai-je doucement.

— Pardon ?

Il tourna les talons avant de monter les marches.

— Oh, rien... rien. Je parlais toute seule.

Il fronça les sourcils, secoua la tête et partit.

Avec un long soupir, je m'enfonçai dans le grand canapé blanc. Je levai la tête pour regarder le plafond cathédrale avec ses fenêtres de toit lumineuses. La pièce était décorée avec goût et professionnellement, en blanc sur blanc, avec du verre, du métal chromé et de minuscules touches de couleur ici et là, un tapis bouclé bleu profond et des peintures et un décor discrets avec l'océan pour thème. C'était agréable, mais je ne voyais rien de très personnel. La maison aurait très bien pu être une location de luxe.

Je regardai le ciel bleu pur qui s'assombrissait un peu plus à chaque minute qui passait. Comment allais-je survivre plusieurs mois à ce traitement ? Chaque aspect de ma vie lui appartenait-il jusqu'à ce qu'il m'écrive la recommandation – s'il l'écrivait un jour ?

Est-ce que cela valait vraiment toute cette peine et cette souffrance pour supporter cet enfoiré arrogant ? Jane Eyre l'avait fait. Son patron, M. Rochester, avait été un gros connard, lui aussi. Mais elle était bêtement tombée amoureuse de lui.

Il n'y avait aucune chance que cela m'arrive. Il était plus probable que je le tue si je parvenais à trouver un moyen de cacher son corps. Ce corps solide, parfaitement musclé avec une légère trace de bronzage. Il avait dû porter de la crème solaire, car il n'était pas aussi bronzé que je l'aurais supposé pour quelqu'un qui passait autant de temps dehors...

— À quoi peux-tu bien rêver ?

Je revins brusquement à la réalité et je le trouvai debout devant moi. Il était vêtu d'un jean et d'un tee-shirt étiré sur son torse large et ses épaules solides. Je pouvais voir le bord de son tatouage dépasser sous la manche gauche moulante : des vagues stylisées dans trois teintes de bleu différentes.

— La Terre à Weiss. À quoi penses-tu ?

Gênée, j'arrachai mon regard à son bras, incapable de le regarder.

— Crème solaire, bafouillai-je.

— La crème solaire ?

— J'étais – euh, je me demandais juste pourquoi tu n'étais pas plus bronzé.

Il leva les sourcils.

— Parce que j'ai rarement le temps de me mettre à l'eau, dernièrement. Aujourd'hui était une rare exception – pendant les quarante-cinq minutes que cela a duré.

— Ah, dis-je.

Il se pencha et il ramassa l'enveloppe que je lui avais portée.

— J'ai des rapports à terminer et il fallait m'apporter ces dossiers parce que la réunion a été décalée à lundi matin.

Il me jeta un regard froid.

— Si je dois passer mon temps à réparer tes bêtises, alors le moins que tu puisses faire, c'est de m'aider.

Il n'avait pas tort. Après tout, j'étais responsable de toute l'urgence de la situation qu'il devait gérer. Je me penchai en avant et j'attrapai un bloc-notes vide et un stylo posés sur la table basse, prête à prendre des notes pendant qu'il passait les pages en revue.

— Pourquoi ne m'as tu pas virée ? finis-je par demander après un long moment durant lequel je rassemblai mon courage pour l'interroger sur la chose qui tournait en rond dans ma tête depuis deux semaines.

Il leva les yeux de ses dossiers après une longue pause.

— Sans doute parce que je pense qu'une personne peut-être compétente même si elle a merdé – gravement merdé.

Il me fixa de ses yeux noisette intense qui scintillaient presque comme de l'ambre. La main posée sur sa cuisse musclée forma un poing.

— Cela étant dit, tu aurais dû réfléchir à l'éventuelle perte de ton poste de stagiaire avant ta petite sexcapade et surtout avant de décider de la filmer.

J'ouvris la bouche puis je la refermai. Je me demandai comment il savait que c'était moi qui avais filmé la scène. Puis je me souvins de la courte partie finale de la vidéo qui me montrait en train de me retourner pour attraper le téléphone et l'éteindre. Je supposai que cela avait été un assez gros indice.

— C'était une terrible erreur de discernement.

— Tu as besoin de discernement si tu veux réussir dans les affaires, Weiss. Tu ne peux pas te laisser prendre par le feu de l'action. Même si *le sexe était incroyable* , dit-il avec un sourire étrange sur le visage.

Il semblait prendre plaisir à me mettre mal à l'aise.

Je hochai la tête en rougissant, me sentant comme une petite fille grondée devant toute la classe, sur le point de se faire frapper les doigts par la règle du maître d'école. Rochester avait si souvent crié contre Jane Eyre, mais elle avait eu le courage de dire ce qu'elle pensait et ils étaient devenus amis.

Je n'avais pas ce courage, et je ne pensais pas devenir un jour une amie de Jordan Fawkes. Mais j'étais bien décidée à arranger les choses si je le pouvais.

— Il y a quelque chose que tu ne sais peut-être pas au sujet de... de cette chose dont je ne suis pas censée parler.

Son visage resta complètement neutre, mais son regard était plus méfiant.

— Ah bon ? Quoi donc ?

— Le type... je suis à peu près sûre que c'était un employé, lui aussi.

Était-ce mon imagination, ou bien son visage était-il devenu tout pâle ?

— Mais si tu ne sais pas qui c'est, comment peux-tu le savoir ?

— À cause du badge dans la vidéo. Ce n'est pas le mien. Il n'est pas de la bonne couleur.

— Alors tu penses que c'est le sien ?

— C'est logique. Je suis certaine que lui non plus n'avait aucune idée de mon identité. Et il n'a aucune raison de se dénoncer, alors je pense que le secret sera gardé. Je pensais... je pensais juste que tu devais le savoir.

— Alors c'est pour cela que tu as mis la vidéo en ligne ? Tu pensais qu'il n'y avait aucun risque que vos identités soient révélées ?

Sa question me stupéfia.

— En fait... c'était un accident.

Arg, April... bonne façon de prouver à ton patron que tu es encore plus nulle que ce qu'il pensait.

— Comment fait-on pour mettre une vidéo en ligne par accident ?

Je me mordis la lèvre avec tant de force que ce fut douloureux.

— J'ai, euh, je n'en ai aucune idée. J'avais beaucoup bu ce week-end-là. Je pense l'avoir partagée par accident. Je suis tellement mauvaise avec les nouvelles technologies que c'est un miracle si je n'ai pas encore déclenché par erreur un missile nucléaire en appuyant sur le mauvais bouton de la mauvaise application.

Il continua à m'observer et son regard fixe me troubla. J'essayai de ne pas gigoter. Je finis par poser mes mains sur mes genoux et je les regardai au lieu de me laisser distraire par la beauté de mannequin pour sous-vêtements de Jordan.

— Waouh, Weiss. C'est, euh... je ne sais pas du tout quoi faire de cette information, putain.

Il regarda les papiers dans ses mains, puis il dit :

— Merde... j'ai laissé mon ordi à l'étage. Va me le chercher.

J'ouvris la bouche puis je la refermai, perplexe et encore une fois furieuse. Cet homme me provoquait constamment. Il me regarda comme s'il s'attendait à ce que je réponde. Je me levai et je me dirigeai vers l'escalier.

— Où se trouve ta chambre ? demandai-je.

Il fronça les sourcils en regardant mes chaussures à talons.

— Enlève tes chaussures. Tu vas rester ici un moment.

— Ça va. Je préfère les garder, dis-je en serrant les dents.

— La première chambre sur la gauche en haut des escaliers.

Je montai les marches et je me glissai dans sa chambre en allumant. Cette pièce était complètement à l'opposé du reste de la maison. Sa chambre avait beaucoup de choses à dire sur lui. Il y avait des photos de lui au mur, sur lesquelles il posait adolescent, avec une planche de surf et de nombreux rubans et trophées. Il avait une rangée de livres sur une étagère au-dessus de son bureau, traitant essentiellement de la bourse et des affaires, mais il y avait quelques livres d'économie théorique également. Je notai mentalement les titres de ceux que je n'avais pas encore lus.

Son lit était fait soigneusement et il était curieusement normal. Je ne m'y attendais pas de la part de ce play-boy millionnaire. Pas de miroir au plafond ni de boule à facettes. Pas d'accessoires de bondage. Il avait peut-être une autre chambre pour cela. Un petit rire de dérision faillit m'échapper à cette idée.

Je me dirigeai vers le bureau où son ordinateur portable était posé au milieu de classeurs et de dossiers bien rangés et étiquetés avec précision couvrant au moins les cinq dernières années. Quand j'attrapai l'ordinateur, je m'arrêtai un instant en remarquant la photo de famille posée sur un coin du bureau. Ils étaient cinq sur la photo qui semblait avoir été prise lors de sa remise de diplôme universitaire à Caltech. Sa mère et son père se tenaient de chaque côté de lui, son père avec un visage austère et sa mère faisant un sourire si grand que l'on voyait à peine ses yeux. Il y avait deux autres personnes sur la photo : un adolescent et une préadolescente avec des boucles blondes. Je me penchai pour la regarder de plus près.

— Tu l'as trouvé ?

Je me redressai en sursautant et je jetai un regard coupable vers la porte. Combien de temps avais-je passé ici ? Et surtout, depuis combien de temps se tenait-il là à me regarder fouiner dans sa chambre ?

Il m'observait, paupières baissées, et mon visage brûla furieusement. Il soutint mon regard pendant un moment avant d'examiner la pièce, comme pour s'assurer que je n'avais rien volé.

— Pardon. Je me suis laissée déconcentrer, marmonnai-je.

Le visage sans expression, il tendit la main vers son ordinateur et je le lui portai. Il me le prit, mais il ne sortit pas de l'embrasure de la porte, me faisant signe de passer devant lui. C'était peut-être parce qu'il n'avait pas confiance pour que je reste un seul instant de plus dans sa chambre.

Je le frôlai en passant, consciente de la chaleur de son corps, de l'odeur de l'océan sur sa peau. Ma poitrine effleura brièvement la sienne et je m'arrêtai en levant les yeux vers lui. Je le vis déglutir. Je parvenais à peine à respirer dans cette atmosphère chargée de tension. Nous nous trouvions tout juste à quelques centimètres l'un de l'autre.

Mon cœur battit dans ma gorge, mais je ne savais pas si c'était l'effet de sa proximité ou la peur de sa réaction.

J'humectai lentement mes lèvres sèches.

— Je, je suis désolée... Il...

Il se raidit.

— Vas-y Weiss. Descends. *Maintenant* , dit-il d'une voix glaciale.

Je réprimai un petit cri en tournant les talons et en me précipitant dans les escaliers comme un poulain paniqué.

Chapitre Six
Jordan

JE M'APPUYAI CONTRE LE MONTANT DE LA PORTE ET JE LA regardai partir, passant une main sur mon visage pour ne plus mater son cul. Apparemment, il me fascinait. Et cette taille étroite... la courbe gracieuse du bas de son dos jusqu'à son cul rebondi dans cette robe noire moulante. Mon Dieu, elle était à tomber. Je me demandai pour la énième fois si je n'avais pas perdu la raison en la gardant ici ce soir-là.

J'appelai en bas des escaliers pour lui faire savoir que je passais aux toilettes et je me dirigeai d'un pas résolu vers ma salle de bains. Je mettais toujours une éternité à pisser quand j'étais dur. Et, putain, il avait suffi qu'elle s'appuie contre moi et qu'elle lèche sensuellement ses lèvres pulpeuses afin que cela arrive.

Bon sang, l'avoir ici à un mètre de mon lit avait été une très mauvaise idée. Quand j'étais entré dans la chambre, la première chose que j'avais voulu faire, c'était de la pousser sur le lit et de la coincer sous moi.

Je fermai les yeux et je finis mes affaires avant de me laver les mains et de m'asperger de l'eau froide sur le visage. Il fallait que ça tienne lieu de douche froide. Cela faisait deux semaines que j'avais décidé de m'abstenir de sexe et ce n'était pas facile. En particulier avec cette petite stagiaire canon qui était ma prisonnière pour la soirée.

La décision de la forcer à rester avait été idiote, mais comment pouvais-je la laisser partir ainsi vêtue ? Elle allait devoir chasser les prédateurs avec un bâton, et tant que je pouvais exercer un contrôle là-dessus, cela n'arriverait pas. Tant que j'étais son patron, j'avais ce contrôle.

Si je ne pouvais pas l'avoir, personne ne l'aurait. Au moins tant qu'elle travaillait pour moi. Si je devais souffrir de mon abstinence, elle aussi. Après tout, c'était elle qui avait commencé tout ce bazar. Que ce soit un accident ou pas.

Et franchement, qui peut bien mettre en ligne une vidéo sans s'en rendre compte ? Elle aurait pu appuyer sur le bouton partager quand elle était saoule, mais elle l'aurait retrouvé sur son profil plus tard – sauf si elle était sur une plate-forme qui ne tolérait pas les fichiers indécents. Alors la vidéo aurait pu être effacée par le fournisseur.

Mais ce genre de contenu se répandait plus vite qu'une MST dans une association étudiante.

Je fronçai les sourcils en me séchant les mains. Je ne savais pas si elle avait voulu mettre la vidéo en ligne ou pas, mais dans tous les cas elle méritait la privation pour tous les problèmes qu'elle avait causés. Et j'étais celui qui allait infliger sa punition. Je me regardai dans le miroir. Adam avait raison : j'étais un vrai rat.

Quelques minutes plus tard, certaines parties de mon corps maintenant complètement sous mon contrôle – du moins pour le moment – je me rassis sur le canapé du salon.

Elle était debout près de la porte vitrée où elle regardait le coucher de soleil, et je me forçai à ne pas fixer ce derrière attirant en attrapant mes formulaires et en les rassemblant sur une planchette à pince. Je levai la tête quand elle se retourna et qu'elle marcha vers moi, chancelant toujours sur ses talons ridiculement hauts qui lui faisaient des jambes spectaculaires. *Détourne le regard, Fawkes... Bon sang !*

— Ces chaussures ne peuvent pas être confortables. Enlève-les.

Elle se glissa dans le fauteuil à côté du canapé.

— Je ne veux pas les enlever.

Elle me jeta un coup d'œil, comme pour tester ma réaction. Puis elle insista en croisant les chevilles et en remuant le pied de dessus. Ah, elle voulait donc jouer ?

— J'insiste.

Elle leva les sourcils.

— J'ai bien peur de devoir te décevoir. Je garde mes chaussures. Toute la nuit.

Toute la nuit . Elle me transmettait un message très clair. Elle n'avait pas confiance en moi... comme si le fait de garder ses chaussures la protégeait de mes penchants pervers. Mais je savais très bien que Blanche Neige n'était pas aussi pure que le sous-entendait son surnom. Sous la réserve calme qu'elle montrait à tout le monde, une diablesse attendait d'être à nouveau libérée... avec mes lèvres, mes mains, ma langue.

Si seulement cela pouvait se reproduire. Je soupirai en m'agitant, frustré par ma réaction.

— J'ai besoin que tu me cherches des trucs sur Google.

Elle leva ses sourcils bruns et elle attrapa l'ordinateur portable. Dès qu'elle l'ouvrit, il s'anima avec la musique de connexion de Dragon Epoch. J'avais encore une fois laissé le programme ouvert.

Lorsqu'elle se rendit compte de ce que c'était, elle rit.

— Je vois que tu ramènes ton travail à la maison d'une façon très littérale... je ne savais pas que tu jouais à Dragon Epoch.

Je m'appuyai contre le dossier, incapable d'arracher mon regard à ce pied qui remuait.

— Bien sûr que j'y joue. C'est la première règle des affaires, Weiss. Connais ton produit. Tu dois savoir à quoi il sert. Tu dois savoir qui l'utilise.

Elle eut un rictus.

— Des fans de Comic-Con et des geeks boutonneux.

Je secouai la tête en riant.

— C'était peut-être le cas dans les années quatre-vingt, mais pour notre jeu, presque la moitié des joueurs sont des joueuses. Et de tous les âges. Nos joueurs sont des ados, des jeunes de vingt ans, même des gens à la retraite. Il y a de jeunes couples mariés qui ne peuvent pas se permettre de sortir alors ils jouent au jeu pour se divertir et pour passer du temps ensemble. Des étudiants avec trop de temps, même des familles entières qui jouent avec leurs enfants ou leurs proches qui vivent loin de chez eux.

— Waouh. Et... et tous les directeurs y jouent ?

— Oui. Pourquoi pas ? C'est un jeu amusant. Tu devrais essayer avant de critiquer, Weiss. Comme je l'ai dit, apprends à connaître ton produit. Tu ne t'es jamais connectée au compte d'essai que nous donnons aux stagiaires ?

Une tache de couleur s'étala lentement sur son visage.

— Euh. Il se peut que... j'aie perdu ce code de connexion quelque part. Je dois avouer...

Sa voix s'estompa puis elle haussa les épaules.

Mon regard se posa sur son décolleté, le long de ses belles jambes, jusqu'à ce fichu pied qui remuait.

— Tu es pleine d'aveux. De quoi s'agit-il cette fois ?

Elle me jeta un regard presque craintif, comme si l'information qu'elle devait partager avec moi allait sceller son sort – comme si tout le reste de ce que je savais ne suffisait pas, mais que cette confession allait entraîner le coup fatal.

— Je, euh, je ne suis pas vraiment adepte de jeux vidéo.

— Eh bien, en tant que patron, je t'ordonne de commencer. En outre, je veux que tu conçoives et que tu imagines trois options différentes pour un projet sur lequel tu vas travailler. Je choisirai parmi ces trois-là celui que je veux que tu fasses.

Elle bougea les lèvres et elle s'agita, mal à l'aise, baissant les yeux en direction du bloc-notes sur ses genoux. Elle hocha simplement la tête et elle se mit à prendre des notes, puis elle arracha la feuille et elle la plia.

Je changeai de position en détournant les yeux de ses chevilles délicates et en me demandant ce qu'elle savait. Elle m'avait avoué savoir que son partenaire sexuel de la vidéo était un employé, et elle semblait honnête en disant qu'elle n'était au courant de rien de plus. C'était ça, ou bien elle était très bonne actrice.

Mais qui pouvait avoir confiance en une femme qui se filmait en pleine action sans dire à l'homme qu'il était filmé ? Le sentiment habituel de rancœur et de culpabilité se mit à déborder en bouillonnant. Cette sextape avait presque tout gâché – elle pouvait encore tout gâcher. Tous mes espoirs et mes objectifs ne tenaient qu'à un fil.

Et pourtant... je voulais encore la baiser. Bon sang, que j'en avais envie ! Pendant que mes yeux parcouraient les formulaires et les documents ennuyeux et que je continuais à lui aboyer des ordres, une partie plus basse et primitive de moi l'imaginait penchée contre le dos de mon canapé ou étalée sur le comptoir de ma cuisine... n'importe où, vraiment. Nue. Se tortillant. Murmurant mon prénom.

Je n'avais même pas eu l'occasion de la voir entièrement nue. Je l'avais baisée à en être à bout de souffle et pourtant je n'avais pas touché ses seins doux et ronds. Je ne les avais pas goûtés.

Putain. Je fermai les yeux et je les frottai à travers mes paupières. Elle bâilla bruyamment et je l'entendis se lever. J'ouvris brusquement les yeux. Même si je n'avais vraiment pas besoin d'elle ici, il n'y avait pas moyen que je la laisse partir maintenant, que ce soit une torture d'abstinence sexuelle ou pas. Que j'aie besoin d'elle n'avait aucune importance.

La tourmenter ? C'était autre chose. Car à présent c'était devenu un jeu pour moi. Je voulais la pousser à bout, voir jusqu'où je pouvais la plier avant qu'elle se brise. Avant que son apparence calme et ce masque plaisant volent en éclats et que le chat sauvage en dessous apparaisse.

En fait, cela devint ma nouvelle mission dans la vie.

— As-tu quelque chose à boire ? Je suis en train de m'endormir.

— Il y a de l'eau en bouteille au frigo. Des boissons énergétiques, aussi. Et, oh, apporte-moi une bière tant que tu y es.

Une bière ne pouvait pas faire de mal…

Elle fit la grimace et elle me jeta un regard noir. Je faillis ricaner. *Bien*. Elle se tourna pour partir et elle trébucha soudain, perdant l'équilibre.

Avant même que j'aie le temps d'y penser, je bondis du canapé et je l'attrapai pour éviter qu'elle tombe la tête la première contre ma table basse en verre. Je fermai les bras autour de son torse et je l'écartai du danger pendant qu'elle jurait.

— Mon talon est resté coincé dans ce fichu tapis bouclé !

Quand elle se redressa, mes bras la serrèrent plus fort au lieu de la relâcher.

— Je t'avais bien dit d'enlever ces chaussures.

Elle inclina la tête pour me regarder et elle fronça les sourcils. Avec ses talons de huit centimètres, elle ne faisait que dix centimètres de moins que moi et le haut de sa tête atteignait mon nez.

— Non. Je ne veux pas.

Je pinçai les lèvres et je vis le défi naître dans ses yeux. Même si c'était frustrant, c'était bon de la voir me tenir tête. Elle ne le faisait pas aussi souvent qu'elle le devait.

Nous nous regardions à présent dans les yeux et cela devenait gênant. Elle se déplaça contre moi et mon enfoirée de queue décida que c'était le moment idéal pour se redresser. Je vis qu'elle l'avait remarqué, car son regard changea. Ses yeux s'assombrirent tout en se dilatant et sa respiration accéléra brusquement.

— Tu peux me laisser partir, maintenant, dit-elle d'une voix plus voilée que d'habitude.

Mes bras se serrèrent impulsivement, se rebellant à l'idée de la lâcher, ne souhaitant pas abandonner leur récompense. La sensation de son corps appuyé contre le mien était simplement trop agréable. Trop proche de ce que j'avais désiré toute la soirée.

— Je ne peux pas faire ça.

— Pourquoi pas ?

— Parce que je ne sais pas si tu es en sécurité... pas avec ces échasses à tes pieds.

Elle déglutit et je fus soudain très curieux de voir comment elle allait gérer la situation. Allait-elle relever le défi ou céder ? Pouvais-je la briser si rapidement ?

Elle changea lentement de position, frottant délibérément sa cuisse contre mon érection. La foudre traversa brusquement mon corps et les coins de sa bouche remontèrent, formant un sourire entendu qui montrait qu'elle savait exactement ce qu'elle faisait.

Elle prenait la situation en main et elle gagnait, putain. *Bien joué, Miss Weiss*.

Je serrai les bras et je l'attirai contre moi. Ma main se posa sur l'arrière de sa tête tandis que je penchai la mienne vers elle. À présent, c'était moi qui exerçais le contrôle – ce fut le mensonge que je me racontai en poussant ma langue dans sa bouche.

Chapitre Sept
April

IL M'EMBRASSAIT. MON PATRON. L'HOMME QUE JE HAÏSSAIS. Ce type superbe en short de bain avec le corps de surfeur. *Il* m'embrassait.

Mes lèvres gonflaient sous la pression de son baiser vorace qui força ma bouche à s'ouvrir. Il glissa sa langue à l'intérieur. Je fermai les yeux en essayant de résister à cette sensation de picotement qui commençait à l'arrière de ma gorge, se faufilait le long de ma colonne vertébrale et s'enroulait au centre de mon corps comme un serpent perfide. J'étais peut-être irritée par lui, mais ce baiser et sa façon de me tenir éveillèrent mon désir en l'espace de quelques secondes.

Le bras de Jordan resta verrouillé autour de ma cage thoracique, me serrant contre lui. L'autre main voyagea le long de mon dos, glissant sur le tissu soyeux de ma robe pour me caresser les fesses. Un grognement grave s'éleva du fond de sa gorge et j'eus soudain des difficultés à rester debout.

J'essayai mentalement d'évoquer tous les souvenirs des fois où il m'avait renvoyée chercher son café. Étant donné que c'était presque chaque jour, cela n'aurait pas dû être difficile. Mais son odeur – cette touche d'épices et de sauge et cette saveur salée – emplit mon nez, transformant mes entrailles en gelée chaude.

Sa respiration accéléra et cette bouche – ces lèvres, cette langue – me faisait des choses terribles. Je me sentis soudain endolorie de mes seins jusqu'au battement sourd entre mes jambes. Brûlante de désir, j'avais chaud, je me sentais maladroite et lourde.

Il y avait un feu dans mon ventre que lui seul pouvait éteindre. La sensation de ses abdos costauds contre ma cage thoracique, son érection brûlante contre mon ventre. Sa bouche taquinait la mienne sans relâche. Tout dans mon corps tremblait et mon cerveau faisait le vide pour laisser la place à cette nouvelle sensation troublante de pur désir.

Je m'agrippai à son tee-shirt à pleines mains avant de les faire remonter le long de ses pectoraux parfaits pour s'accrocher autour de son cou. Ses deux mains se posèrent sur mon cul et il me poussa vers le canapé. J'ôtai mes chaussures et je suivis le mouvement, me donnant l'ordre de ne pas réfléchir à l'ironie de la chose : en enlevant mes chaussures, je faisais ce qu'il avait voulu. À cet instant, j'étais prête à lui donner beaucoup plus que cela.

Sans retirer sa bouche de la mienne, il me poussa sous lui sur le canapé. Son poids sur moi était si agréable. J'avais envie qu'il m'étouffe, qu'il m'enveloppe, qu'il m'écrase sous lui et qu'il fasse ce qu'il voulait.

Sa main glissa le long de ma cuisse, remontant ma robe, et ma jambe s'accrocha autour de ses hanches minces et dures. Il les pressa contre moi et l'on souffla à l'unisson.

J'essayai d'ignorer le signal d'alarme qui résonnait au fond de mon esprit, mais il devint de plus en plus bruyant et je n'avais pas l'excuse de l'alcool qui me retirait tout discernement. Il était mon patron. C'était une énorme erreur. Si je couchais avec lui –

comme mon corps l'exigeait à présent –, j'allais le regretter. C'était un désastre potentiel aussi gigantesque que de coucher avec l'homme mystère au Comic-Con.

Mais l'autre côté de mon cerveau affichait le feu vert et sonnait le clairon pour faire charger la cavalerie en avant toute, les hormones dans tous les sens. J'étais sur le point de conclure avec le deuxième homme canon en l'espace de deux semaines...

Mes mains s'immobilisèrent tandis que mes pensées couraient en rond et que sa main caressa l'intérieur de ma cuisse. Il ne dit rien, mais sa bouche réclamait la mienne, faisant tourner la pièce autour de moi. Chacun de mes sens sembla se focaliser en un tunnel de sensations qui n'étaient que lui. Son odeur. Sa chaleur. Ses mains. Sa langue. Mon corps pulsait au rythme de ses caresses sur ma chair fiévreuse.

Ce n'était pas simplement que je voulais ceci. J'en avais une envie folle – j'étais comme affamée.

Sa main caressa ma poitrine à travers le satin de ma robe. Mes tétons durcirent douloureusement, ultrasensibles à son contact. Son pouce frôla mon téton, la pression entre mes jambes augmentant presque jusqu'à me faire mal.

Il le pinça et un éclair de plaisir brûlant traversa mon corps et descendit tout droit vers le serpent enroulé en moi. Je poussai un petit cri, mais il ne céda pas.

— Je veux ces seins dans ma bouche, Weiss, grogna-t-il.

Ces mots me firent presque arracher mes vêtements. Je voulais sa bouche sur mes seins. Suçant, pinçant, léchant.

Je frottai mes hanches contre les siennes, le baisant à travers ses vêtements. Ses mains glissèrent sous moi pour atteindre la fermeture éclair dans mon dos. Je cambrai le dos pour lui faciliter le passage et le contact de nos bouches se brisa. Il ouvrit les yeux et il me regarda. Nous respirions tous les deux comme si nous venions de remonter à la surface après dix minutes d'immersion. Sa respiration chaude enveloppait mon visage, ses yeux étaient presque noirs de désir.

— Je t'ai fait retirer ces fichues chaussures, finit-il par dire en faisant descendre ma fermeture éclair. Mais je n'en ai rien à foutre. Car je veux surtout que tu retires ta robe.

Je fermai les yeux quand il fit tomber la bretelle de mon épaule. Sa respiration siffla entre ses dents quand il regarda mon soutien-gorge transparent en dentelle. Il baissa la tête pour capturer mon téton avec ses lèvres, quand quelqu'un frappa soudain à la porte.

Il leva brusquement la tête, plongeant son regard dans le mien. Il cligna des yeux, comme s'il se réveillait d'une transe, puis il se tourna pour voir l'horloge digitale chromée accrochée au mur. Il était vingt et une heures passées de quelques minutes.

On frappa à nouveau à la porte et Jordan s'écarta de moi comme si j'étais soudain couverte d'épines.

— Merde, marmonna-t-il.

— Quoi ? Qui est-ce ? Ta femme ? plaisantai-je.

Il passa la main sur sa bouche et sa mâchoire, essayant sans doute de retirer mon rouge à lèvres. Heureusement, mon rouge avait quitté mes lèvres depuis des heures, alors la preuve accablante qu'il craignait n'était pas là.

— Assieds-toi, je vais refermer ta robe. Mets tes chaussures. C'est Adam.

Je m'assis brusquement toute droite sur le canapé et je fis ce qu'il demandait.

— Juste une minute, putain ! grogna-t-il en direction de la porte.

— Comment sais-tu que c'est lui ?

Il se leva et il passa une main dans ses cheveux, puis il ajusta son pantalon – comme s'il pouvait cacher l'érection massive qui poussait contre la fermeture éclair de son jean. Je parvins à peine à y arracher mon regard, alors que j'avais si peur que mon cœur battait dans ma gorge.

— Pour deux raisons : la façon qu'il a de frapper, et le fait qu'il est neuf heures et qu'il court tous les soirs à cette heure-là. Il vit à deux kilomètres et demi d'ici.

— Il vient vérifier ce que tu fais ?

Jordan se pencha et il attrapa l'ordinateur portable qu'il ferma et qu'il laissa pendre devant son entrejambe.

— Prends ce bloc-notes et fais semblant de prendre des notes. Et surtout, ne le laisse pas voir ta bouche.

Je léchai mes lèvres. Elles étaient gonflées et endolories par ses baisers. Un autre éclair de désir me foudroya de haut en bas. Jordan tourna les talons et il se précipita vers la porte.

— Putain, qu'est-ce qui t'a pris si longtemps ? entendis-je Adam dire depuis la porte.

— Je suis en train de *travailler* avec mon *assistante* qui est assise là.

Jordan fit un pas en arrière pour le laisser entrer.

Adam portait un short, des tennis et un tee-shirt trempé de sueur. Je me léchai encore une fois les lèvres, me sentant aussi coupable que si j'avais été surprise à la lecture d'un livre cochon par un de mes parents.

Il écarquilla les yeux quand il me vit.

— Salut April. Désolé, dit-il.

Je supposai qu'il s'excusait pour son langage. Il vit ma robe et mes chaussures, fronça les sourcils, puis jeta un regard à Jordan.

— J'ai vu l'e-mail au sujet du changement de date pour la réunion avec le banquier... je me suis dit que j'allais voir si tu avais besoin d'aide, mais je vois que tu as déjà appelé la cavalerie.

— April m'a apporté le dossier du bureau de Susan et elle a gentiment proposé de rester et de m'aider au lieu d'aller danser avec ses amis.

Je rougis instantanément. Waouh... le mensonge de Jordan à son meilleur ami était si convaincant que je faillis y croire moi-même. Et c'était très inquiétant. Qui pouvait savoir quels autres mensonges cet homme racontait régulièrement ? Que disait-il aux femmes pour les mettre dans son lit ?

Quoique, vu son physique, avait-il vraiment besoin de dire quelque chose ?

— Euh oui... nous avons travaillé sur les dossiers, pour essayer de rassembler les données...

Ma voix s'estompa quand je vis l'expression de Jordan, son froncement de sourcils me signalant qu'il n'approuvait pas ma tentative très peu subtile de faire comme lui et de mentir.

Eh bien, j'étais très mauvaise menteuse alors, je comprenais qu'il préfère que je la ferme.

— Comment savais-tu que j'étais à la maison ? demanda Jordan à Adam en faisant passer l'ordinateur portable d'une main à l'autre tout en cachant son entrejambe.

— Je courais le long de la plage. J'ai vu les lumières. Je me suis dit que c'était encore trop tôt pour qu'il y ait une de tes conquêtes ici...

Adam me regarda encore une fois, ne souhaitant sans doute pas lui en dire trop en ma présence. Mais Jordan sembla encore plus tendu qu'avant.

— J'étais sur le point de renvoyer April chez elle. Si tu veux voir ce sur quoi nous avons travaillé...

Adam sortit son téléphone et retira ses écouteurs qu'il enroula pour les poser sur le côté.

— Bien sûr.

Jordan essaya de m'envoyer une sorte de signal caché en fronçant les sourcils, en grinçant des dents et en jetant des regards appuyés vers la porte.

Je dus admettre que j'avais vraiment envie de l'embêter. Je fis semblant de ne pas comprendre en détournant les yeux. Je me mordis l'intérieur de la joue pour ne pas rire. Maintenant que la panique était retombée, je trouvais que la situation était hilarante.

— April allait partir... répéta Jordan.

Je levai les yeux.

— Ah bon ? C'est vrai ? Tu es sûr que tu n'as plus besoin de mon aide ? Ou que je fasse d'autres recherches ?

Si les regards pouvaient tuer...

Je lui souris et il fulmina. Après un silence gêné, je me levai.

— D'accord, bon, il est encore tôt. Je pourrais sans doute retrouver mes amies en boîte.

Jordan fit une grimace et je l'ignorai.

— Bonne nuit, Jordan. Bonne nuit, Adam.

J'attrapai mes notes sur le nouveau projet que Jordan me faisait préparer et je les fourrai dans mon sac, puis j'inclinai la tête vers eux. Adam se dirigea vers la porte et il l'ouvrit pour moi. Au moins lui, c'était un gentleman.

Sauf que je ne voulais clairement pas d'un gentleman, car l'animal sauvage qui avait posé sa bouche et ses mains sur moi avait été beaucoup plus excitant. Mon corps se remit à chauffer et le souvenir de lui me fit transpirer. Les jambes molles, je boitillai en direction de ma voiture dans l'allée.

Ses baisers avaient été incroyables et mon corps était encore douloureux de désir insatisfait. Bon sang, sa bouche avait été à quelques centimètres de mon téton. J'inspirai profondément, puis je soufflai. Je n'allais donc jamais savoir comment c'était. Comment il était.

Parfois, au travail, je regardais ses mains. Il avait de grandes mains fortes. Masculines. Je m'étais demandé s'il était doué au lit. Il changeait de partenaire comme de sous-vêtements, alors c'était prouvé – et même Adam y avait fait référence. Les copines de Jordan étaient toutes des tailles trente-quatre magnifiques et sans défauts de un mètre quatre-vingts avec une peau éclatante et une structure osseuse incroyable. C'était un type extrêmement beau et un millionnaire, alors il avait beaucoup de choses à offrir, mais il devait être plutôt bon au lit aussi. C'était souvent le cas des colériques... c'était ce que j'avais entendu dire.

J'inspirai rapidement. Dans le département des rencontres sexuelles excitantes, Jordan n'avait rien à envier à Falco, le dieu du sexe du Comic-Con... et pourtant il n'avait encore fait que m'embrasser.

J'éteignis l'alarme de ma voiture et je réfléchis en tremblant aux conséquences de ce qui aurait pu se produire si nous n'avions pas été interrompus. J'aurais sans doute été nue sous lui en ce moment même si Adam n'était pas arrivé, et cela aurait pu être un désastre. Coucher avec mon patron. Bonne façon de tout faire foirer, April. Au moins Falco le dieu du sexe était encore une rencontre anonyme qui, avec de la chance, le resterait malgré la vidéo célèbre.

J'essayai de chasser les baisers et les mains de Jordan de mon esprit. Je ne pouvais pas laisser les choses aller plus loin. Et d'après l'expression sur son visage, il pensait sans doute la même chose. Nous nous étions laissés emporter – c'était tout. Hors de question que, nous nous retrouvions seuls ensemble. Je n'allais plus me rendre chez lui.

Quand j'arrivai à la maison, il était presque dix heures. Sid était vêtu de son pyjama en pilou et de ses pantoufles jaunes de Minion. Elle était penchée sur son clavier avec un casque énorme sur la tête qui lui donnait l'air d'un pilote d'hélicoptère.

Elle utilisait un ton autoritaire qu'elle avait rarement en face à face et elle disait des choses comme : 'Des trash mobs ont spawné ! Frappez vos AoE', et 'Non, non. Que des soins secondaires ! Vous prenez trop d'aggro'.

C'était comme si elle parlait un langage complètement différent.

Je fis comme elle et j'enfilai ma chemise de nuit la plus confortable. Mais au lieu de sortir ma liseuse et de me caler sous la couette, je m'assis à mon bureau à côté du sien et je commençai à faire des recherches sur Google.

En parcourant des sites Internet traitant de Dragon Epoch, j'essayai de ne pas écouter les rires et les plaisanteries de Sid avec ses amis. Je n'en comprenais que la moitié, mais je voyais qu'elle passait un bon moment. Ils discutaient du jeu, mais aussi de choses plus personnelles, et c'était comme si elle venait d'une culture différente, qu'elle appréhendait le monde d'une façon totalement distincte de la mienne. J'étais presque envieuse.

Je la regardai quelques fois et elle fronça les sourcils en couvrant son micro.

— Que fais-tu à la maison si tôt ? Tu en as très vite eu assez.

Je soupirai.

— C'est vraiment une longue histoire. Mon patron a changé mes plans, il voulait que je l'aide avec le travail. Je ne suis jamais arrivée en boîte.

Elle leva soudain les sourcils et elle me regarda d'un air inquiet.

Je retournai à mes recherches. Il y avait à peu près 35 754 632 résultats après une recherche de Dragon Epoch. Je poussai un soupir. Merde... j'avais beaucoup de devoirs à faire si je voulais connaître mon produit.

Un peu plus tard, je remarquai le silence du côté de Sid. Je levai la tête et elle me regardait, ayant apparemment terminé de jouer.

— Quoi ?

— Que s'est-il vraiment passé ?

— Ce que je t'ai dit.

— Il t'a fait rester là pour travailler avec lui un samedi soir ?

— Oui.

Elle pinça les lèvres. Je haussai les épaules et je répétai :

— Quoi ?

— Il n'a rien tenté avec toi, n'est-ce pas ?

Je déglutis.

— April... dit-elle quand je ne répondis pas. Tu as déjà dit à quel point il était jeune et beau. Je sais que tu as le béguin pour lui...

— Je n'ai pas le béguin pour lui. Pff.

Mais je rougis. L'idée d'avoir le béguin pour mon patron... d'accord, je le trouvais canon. Et après l'avoir vu en maillot. Ce corps... et puis la façon dont il m'avait embrassé...

Merde. J'avais le béguin pour mon patron !

— Api, tu dois faire attention. Tu es très vulnérable en ce moment.

Je tournai la tête, gênée, et je fis semblant d'être préoccupée par mes recherches.

— Je dois travailler sur ce projet, marmonnai-je en souhaitant changer de sujet.

Sid pencha la tête pour regarder mon écran en fronçant les sourcils.

— Qu'essaies-tu de trouver ?

— J'essaie de mieux connaître le jeu pour connaître mon produit. Je ne sais pas du tout quel type de projet je peux concevoir. Et il en veut trois.

— Eh bien, tu pourrais me demander de l'aide, tu sais, puisque je passe à peu près soixante-deux heures par semaine à y jouer.

Je secouai la tête.

— Il faut vraiment que tu sortes plus souvent.

Elle haussa les épaules.

— J'adore mes potes de la guilde. On traîne ensemble virtuellement. On s'amuse bien.

— Alors, tous ces gens partout dans le monde se connectent à ce jeu... comment fais-tu pour trouver des gens avec qui jouer et comment te fais-tu de nouveaux amis ?

— Parfois, tu demandes à des gens de t'aider pour une quête particulière. Si tu finis par être en groupe avec des gens sympas, tu recommences encore et encore. Ou bien tu es invitée à faire un raid ou à rejoindre une guilde.

Je secouai la tête.

— Tu aurais tout aussi bien pu me parler en martien.

— Au lieu de chercher sur Google, pourquoi n'essaierais-tu pas de te créer un personnage et de commencer à jouer ?

— Mouais. Y a-t-il de bons blogs ou des magazines en ligne que je peux regarder ?

— Qu'est-ce que tu as fichu pendant tous les mois où tu as travaillé en marketing ?

Je haussai les épaules.

— J'ai surtout fait du café, un peu de travail graphique pour des mémos internes et des newsletters et tout ça.

Sid leva les yeux au ciel.

— D'accord, alors... les blogs. Il y en a quelques-uns de vraiment bons. Malheureusement, mon préféré, *Geekette* , n'est plus mis à jour. Mais ses articles sont dans les archives de GameGlomerate. Elle est fabuleuse... caustique. Elle traite de sujets féministes et de jeux vidéo. Par exemple... pourquoi les femmes sont toujours très peu vêtues avec des bikinis en cotte de mailles ou pourquoi les joueurs masculins n'aiment pas que les femmes soient aussi geeks qu'eux.

Je sortis un bout de papier et j'écrivis *Geekette* .

— Pourquoi n'écrit-elle plus ?

Sid haussa les épaules.

— Elle a parlé de problèmes dans sa vie, mais je pense que c'est parce que GameGlomerate l'a achetée. Son blog était de loin le meilleur, mais il y en a d'autres qui continuent à écrire.

— Bon. Je trouverai son blog et je lirai ses vieux articles. Mais pour l'instant, je suppose que je dois choisir un personnage.

— *Créer* un personnage. Dans les vieux jeux de rôle, tout était créé au hasard par des lancers de dés.

Je fronçai les sourcils.

— Ah, d'accord. Jordan m'a donné un code dont je peux me servir pour me connecter.

Quarante-cinq minutes plus tard, après avoir téléchargé le logiciel, ouvert un compte et mis le jeu à jour, j'étais prête à créer mon propre personnage.

— Tu es sûre de vouloir faire un homme ?

— Oui. Pourquoi pas ?

Sid haussa les épaules.

— Je suppose que cela n'a pas d'importance. La plupart des femmes qui se promènent dans le jeu sont jouées par des hommes.

— Je devine pourquoi. Elles ressemblent toutes à des Anges de Victoria's Secret.

— D'accord, alors tu veux être un humain masculin. Tu peux choisir des caractéristiques comme la couleur des cheveux, des yeux...

— Cheveux châtains. Yeux noisette. Grand. Beau corps musclé...

— Tu as une idée assez précise de ce que tu veux.

Je haussai les épaules. J'allais le voir mourir. Encore et encore. Autant que j'en profite.

— Maintenant, tu dois lui trouver un nom.

Alors... Jordan. Jordyn. Joldan ? Je secouai la tête.

— Je vais juste l'appeler La Bête.

Sid me jeta un regard étonné, puis elle me dit de taper le nom.

Je l'admirai pendant un moment, vêtu d'un pantalon brun banal et torse nu. Il ne ressemblait pas exactement à son inspiration, mais cela suffisait.

— D'accord, alors maintenant que j'ai créé mon propre monstre, en dehors de me frotter les mains et de crier *'It's alive !'* Qu'est-ce que je fais ?

Sid poussa un soupir découragé.

— Il va vraiment falloir que je t'aide pour tout, n'est-ce pas ?

— Ma vieille, je mets en ligne des vidéos sexuelles sans même m'en rendre compte. Je suis certaine que si j'appuie sur le mauvais bouton dans ce jeu, toute l'entreprise Draco va exploser. Alors oui, parle-moi comme si j'avais cinq ans.

— Comme si je ne le faisais pas déjà.

Je lui tapai le bras.

— Je sais où tu habites.

Elle rit en hochant la tête.

— D'accord, d'accord. Clique sur le bouton qui dit *Entrer dans Yondareth* . Cela déposera ta Bête dans le monde et tu pourras courir en rond et obtenir des quêtes.

Je fis ce qu'elle me dit. Après une période d'attente minime, mon personnage apparut près des portes d'une ville. D'un côté se trouvait l'entrée de la ville, de l'autre une prairie. Comme je l'avais vu dans les illustrations publicitaires, les vidéos et récemment, dans la démonstration faite par Mia et Katya dans l'entrepôt, les graphismes étaient incroyables. J'avais vraiment l'impression d'être dans un autre monde. Les brins d'herbe bougeaient avec le vent. Différentes briques de couleurs variées pouvaient être distinguées dans le mur de la cité. Près de là se tenaient d'autres silhouettes, des elfes, des nains, d'autres humains. Tous avec des couleurs de peau, des styles capillaires et des traits différents. Un nom flottait au-dessus de la tête de tout le monde.

— Et maintenant ?

— Tu dois aller parler aux NPC – ce sont les personnages créés par le jeu. Les autres avatars représentent des personnes réelles. Les NPC proposant des quêtes ont un symbole de bouclier au-dessus de leurs têtes. Tu complètes les quêtes pour gagner de l'expérience et des objets qui te permettront d'augmenter le niveau de ton personnage.

Peu de temps après, Sid me laissa pour aller se préparer à dormir. Elle revint dans la pièce en se brossant les dents ou les cheveux pour me donner des indications ou hocher la tête d'un air approbateur en voyant ce que j'avais accompli.

— Ce vieil elfe en kilt veut que j'aille ramasser des fleurs pour lui. C'est une quête idiote, dis-je quand elle défit la couverture de son lit.

— Tu dois faire cette quête. Il y a une grande histoire là derrière. C'est tellement romantique. Et elle mène aux autres quêtes de plus haut niveau. Tout le monde fait cette quête. C'est comme une tradition de Dragon Epoch.

— Ah, OK, dis-je en haussant les épaules.

Sid me fit savoir qu'elle éteignait la lumière et qu'elle allait dormir. Je grognai quelque chose et je branchai les écouteurs afin que les bruits du jeu ne la dérangent pas. Je me dis que j'allais jouer encore une autre demi-heure avant de laisser tomber et de me reposer.

Quand je regardai l'heure, je vis qu'il était quatre heures du matin.

Quatre. Heures. Du matin. Et je devais me préparer pour aller travailler dans deux heures.

Le jeu avait aspiré des heures de ma vie avec un divertissement immersif et je ne m'en étais même pas rendu compte. Du tout. C'était pire que du crack. Pas étonnant que cela plaise autant.

Cependant, même quand je me couchai, j'eus des difficultés à m'endormir. Je n'arrêtais pas de penser à ce qu'il s'était passé entre Jordan et moi chez lui. Même si cela avait été si agréable et que mon corps recommençait à se languir de désir, je savais que je ne pouvais pas me laisser aller à ces sensations. Je devais les combattre.

Mais… j'ai peut-être fantasmé à son sujet pendant un petit moment avant de m'endormir. Il n'y avait aucun mal à un petit fantasme, si ?

D'une façon ou d'une autre, ce travail allait me tuer.

Chapitre Huit
Jordan

D'UNE FAÇON OU D'UNE AUTRE, CETTE FEMME ALLAIT me tuer.

Adam avait squatté mon canapé pendant quelques heures après son départ, m'aidant à passer en revue la paperasse. Au début, il m'avait jeté quelques regards inquisiteurs et pour une bonne raison. Tout était louche… le temps que j'avais mis à répondre à la porte. La façon dont elle avait été vêtue. Adam pensait sans doute que nous étions sortis ensemble. Mais jusqu'au moment où je l'avais embrassée, cela avait été complètement innocent… enfin, aussi innocente que pût être la volonté de l'empêcher de sortir et de rencontrer un autre homme, en tout cas.

Je passai le reste de mon week-end à travailler et à faire du sport en me disant que c'était la meilleure façon de chasser cette femme de ma tête. Je passai beaucoup trop de temps à me souvenir de la sensation d'elle sous moi quand je l'avais embrassée et avais touché son corps. Et c'était très difficile d'empêcher mon corps de ne pas réagir.

Ma réunion du lundi matin avec le banquier d'affaires fut sans grand intérêt. Il avait été assez grincheux au sujet de notre situation actuelle avec la sextape virale. Mais la bonne nouvelle était qu'il semblait penser que nous avions des choses à faire pour éviter le désastre.

Adam n'allait pas aimer ses suggestions, toutefois. Pourtant, j'étais prêt à faire n'importe quoi – n'importe quoi – pour maintenir ce projet à flot. Et j'avais le problème de cette limite de deux semaines qu'il m'avait imposée. J'allais devoir user au maximum de mon charme cette fois... et cibler mon meilleur ami.

— Une formation sur le harcèlement sexuel ?

Adam, qui se tenait face à la vitre de son bureau, se retourna pour me jeter un regard noir.

— Tu n'es pas en train de te foutre de ma gueule, hein ?

Je levai les mains, paumes vers le haut, dans un geste qui signifiait 'j'abandonne'.

— Il avait quelques exigences supplémentaires. En ce moment, il y a toute cette controverse dans la communauté des joueurs concernant des attaques sexistes contre les femmes...

Adam hocha la tête.

— Ouais. Ouais. J'ai suivi tout ça de près. Nous avons des protocoles anti-harcèlement dans nos clauses et conditions d'utilisation et des mesures de protection...

— Dans le jeu, oui, c'est bien. Mais avec les employés...

Il soupira.

— Bien sûr avec les employés. Nous respectons la loi du pays.

— Je pense que nous devons en faire plus. Nous devons embaucher un consultant et faire un programme de formations organisé. Tous les employés, jusqu'aux services de nettoyage.

Adam me regarda comme si un troisième œil venait d'apparaître sur mon front.

— Combien de temps faudrait-il ?

— La loi de l'État requiert deux heures tous les deux ans. Mais si nous voulons nous montrer sous notre meilleur jour, et que nous essayons vraiment de nous couvrir...

Il secoua la tête.

— Mon Dieu, non. Deux heures suffiront, Jordan.

— Tu devrais les doubler. Et tout le monde devra être présent. Même toi. Même moi.

Il se frotta la mâchoire et passa la main sur sa bouche.

— Il existe des programmes en ligne pour ça.

— Nous devons tous le faire ensemble, en tant qu'entreprise, en personne. Et les employés doivent nous voir assis avec eux...

— En train de les fliquer ?

Il me fusilla du regard.

— Je ne veux pas que tout le monde se pointe du doigt, tu comprends ? Nous avons des employés qui sont mariés ou qui vivent ensemble ou qui sortent ensemble. Il n'y a rien de mal à cela.

— Je suis d'accord, dis-je en hochant les épaules.

— D'un autre côté, je suppose que n'importe lequel d'entre eux peut avoir été la star de notre vidéo tristement célèbre.

Je me sentis soudain très à l'étroit dans mon costume.

— D'accord. Cela, euh... cela aurait pu être n'importe qui.

Ses yeux noirs revinrent vers moi.

— As-tu déjà découvert qui c'est ?

Je levai les mains.

— Ho, qui crois-tu que je suis ? Les Experts à Irvine ? Comme je l'ai dit, mes gens y travaillent. Mais c'est une vidéo virale et je ne trouve pas de métadonnées. La personne qui l'a enregistrée avait désactivé les informations de localisation.

Merci mon Dieu .

— Dans tous les cas, cela ne nous aurait pas appris grand-chose, et sans un mandat, nous ne pouvons pas obtenir l'adresse IP de la personne qui a mis en ligne l'original, même si nous pouvions remonter jusqu'à la vidéo d'origine... ce que mon expert a traité de virtuellement impossible. C'est comme de chercher une aiguille dans des milliers de tas d'aiguilles.

Il pinça les lèvres.

— Sans les informations d'identification de la vidéo, je suis d'accord avec toi. Merde.

Il passa une main dans ses cheveux et regarda encore une fois par la fenêtre.

— Écoute... j'ai éteint plusieurs feux avec les avocats de l'OPI, les assureurs et le banquier. Ne perdons pas notre temps, notre énergie et nos ressources dans une chasse aux sorcières. C'est trop tard de toute façon.

— Si nous découvrons de qui il s'agit, nous pourrons nous débarrasser du coupable et montrer que nous avons la situation bien en main, rétorqua Adam.

— Les formations d'entreprise et quelques autres choses reviendraient au même, pour être honnête. Aux yeux des gens de Wall Street, en tout cas.

— Alors le banquier a vraiment suggéré des formations contre le harcèlement sexuel...

— Tu penses que j'inventerais ces conneries ? Et pour ce qui est du reste...

Oh, il n'allait pas aimer ça. Je me préparai au pire.

Il fronça les sourcils.

— Crache le morceau. Qu'est-ce qu'il y a ?

— Nous faisons une déclaration au sujet du harcèlement sexuel de la communauté des gamers.

— Mais nous n'avons rien à voir avec cela, souffla-t-il. Ces personnes n'ont aucun rapport avec Draco Multimedia Entertainment ou Dragon Epoch. C'est un groupe de gamins de quinze ans sexuellement frustrés et asociaux qui harcèlent les femmes sur Internet.

— D'autres associations et entreprises ont pris position. Nous devons faire de même. Vois-le comme un rappel de nos conditions d'utilisation contre le harcèlement et la cyber intimidation.

Il balaya mes paroles de la main.

— OK, peu importe. Que faisons-nous d'autre ?

— Oh, quelques dons, des heures de travail d'intérêt général...

— Du travail d'intérêt général ? En faisant quoi ? En ramassant les déchets au bord de l'autoroute ?

— Je trouverai quelque chose pour nous donner une bonne presse. Nous aurons des raisons d'être fiers, c'est tout. Il nous faut juste garder les mains propres. J'ai ma conférence TED le mois prochain. Et puis le jeu a été nommé pour toutes ces récompenses – en particulier Jeu de l'Année. *Entrepreneur Weekly* nous met en couverture. C'est bon, tout ça. On peut changer notre image. C'est une grosse entreprise et tout le monde subit au moins un scandale. Ce petit désagrément ne va pas nous faire couler.

— Pas encore, répondit-il en enfonçant ses mains dans les poches.

— Bordel, Adam. Tu vois toujours le verre à moitié vide.

— Je suis réaliste et c'est mon travail d'anticiper ce que peut subir l'entreprise et de nous y préparer. Et étant donné notre flirt précédent avec le scandale...

Adam était encore quelque peu désabusé depuis nos problèmes légaux l'année dernière avec les familles des victimes du meurtre-suicide. Notre entreprise avait été impliquée dans une lutte avec notre compagnie d'assurances qui avait refusé de laisser Adam se défendre au tribunal, insistant pour que nous passions un accord. Cela avait été un revers pour nous, un faux pas mineur au tout début de ma progression vers l'OPI.

— Alors, sans déconner, pense-t-il vraiment que cela fonctionne ?

Je hochai la tête.

— Oui, il le pense vraiment. Il dit que la bourse de New York est avide d'entreprises de technologie qui s'ouvrent à elles au lieu du NASDAQ, vers lesquels les grands comme Facebook se tournent pour leurs OPI. Ils nous veulent, Adam. Cependant, nous devons faire attention et rester éloignés de cette cyber guerre des sexes qui a lieu dans les autres communautés de gamers.

Je l'observai avant de regarder par la fenêtre, incapable de le dévisager pour la suite de ce que j'avais à dire.

— En outre, il y a eu des doutes concernant le fait que les personnes de la vidéo aient vraiment été des employés de Draco. Le badge a peut-être été placé là pour servir de fausse preuve.

Adam se permit de rire.

— Waouh, je ne sais pas si je dois me sentir menacé ou flatté que quelqu'un se donne autant de mal pour ternir notre réputation de cette façon.

Je haussai les épaules.

— On ne sait jamais...

C'était assez dégueulasse de lui mettre cette idée dans la tête, mais il valait mieux que je m'enlève la pression et que je le pousse à se focaliser sur autre chose.

Il me regarda avant de détourner les yeux en remettant les mains dans ses poches.

— Je pense qu'il vaut mieux appliquer le rasoir d'Occam. L'explication la plus simple est la plus probable. Ce qui signifie qu'au moins un des deux était un employé qui baisait pendant le Comic-Con, dit Adam en levant un sourcil.

Je marquai une pause, attendant un long moment en rassemblant mon courage pour lui poser la grande question.

— Quel est le verdict, oh grand chef ? Allons-nous entrer en bourse ou retirons-nous notre demande ?

Adam se tourna et se remit à regarder par la fenêtre en inspirant profondément, l'air perdu dans ses pensées. Il semblait vraiment encore envisager de se retirer. Je me dis que c'était le bon moment de lui rappeler pourquoi nous avions voulu nous engager sur cette voie.

— L'équipement prototype est vraiment incroyable. Imagine les choses que tu pourras faire quand tu auras le capital pour incorporer cette nouvelle interface aux jeux.

— Oh, je l'ai déjà imaginé, dit-il. Mais je ne vais pas causer du tort à nos finances à cause de mon rêve utopique.

— Ce n'est pas un rêve utopique, Adam. Tu as la vision et la capacité d'aller jusqu'au bout. Il n'y a aucun autre jeu MMO avec une interface pareille, pas même le grand World of Warcraft. Pense à ce que notre jeu pourrait faire si tu avais les moyens d'acheter l'entreprise qui fabrique l'équipement. Et tu pourrais concentrer toutes ces connaissances de ton cerveau de génie sur le développement d'une expérience en trois dimensions pour les joueurs.

Il me jeta un regard en coin.

— Tu y vas un peu fort, non ?

— Allez, mon vieux. Les joueurs vont adorer. J'ai vu à quel point Mia s'est amusée pendant sa démonstration. Si tu ne le fais pour personne d'autre, tu dois au moins le faire pour la femme que tu aimes.

Adam éclata de rire.

— Tu racontes n'importe quoi ! *'Fais-le pour la femme que tu aimes.'* Il me tarde de lui raconter celle-là ce soir. Elle va se faire pipi dessus quand elle apprendra que ça vient de ta bouche.

Je haussai les épaules.

— Hé, il fallait que j'essaie, d'accord ?

— Tu n'arrêteras jamais de me surprendre. D'accord. J'ai toute confiance en toi, jeune directeur financier. Vas-y, lance-toi.

Je me sentis victorieux.

— Tu n'es pas en train de te foutre de ma gueule ? Tu ne me fais pas croire des conneries pour pouvoir écraser tous mes espoirs juste après ?

Il leva les yeux au ciel.

— Non. Nous essayons d'entrer en bourse. Mais je te fais confiance – il leva la main pour me pointer du doigt – pour me tenir informé de tout ce qu'il se passe. Et si tu as un moment de doute au sujet de n'importe quoi, je veux que tu viennes me voir, d'accord ? Je sais à quel point tu y tiens, mais je te fais également confiance pour ne pas le faire aux dépens de notre entreprise.

Je secouai la tête.

— Jamais. Je ne suis peut-être pas le Roi des geeks comme toi, mon ami, mais j'aime cette entreprise autant que toi.

Je vis une lueur rusée dans les yeux d'Adam.

— Tu aimes la poule aux œufs d'or.

Je haussai les épaules.

— Ça aussi. On ne peut pas nier que la compagnie engraisse mon compte bancaire, ce qui me plaît bien.

Il rit.

— Effectivement. De quels 'bénéfices' vas-tu profiter cette semaine ? Cette starlette blonde ou la mannequin brune de *Vogue* ?

Je ricanai.

— Ne sois pas jaloux juste parce que tu t'es condamné toi-même à être un homme à une seule femme. Une seule femme… pour le restant de ta vie… pas de variété… jamais de changement…

Je fis semblant de bâiller.

— C'est pour toi que j'ai de la peine. Mais profite tant que cela dure, mon vieux. Je pense que quand ce sera ton tour, la chute sera terrible.

Je secouai la tête.

— Non, il faut avoir un cœur pour tomber amoureux et je me le suis fait enlever il y a très, très longtemps.

Ce fut au tour d'Adam de ricaner.

— Ouais… bien sûr. On verra.

— C'est quoi le problème des types casés ? Ils veulent tous entraîner leurs copains avec eux. Je suppose qu'une peine partagée est à moitié divisée. Et puis… tu vas épouser ta cousine. Je viens de changer la sonnerie quand tu m'appelles : c'est de la musique de banjo.

— Je t'emmerde, dit-il en se dirigeant vers son bureau au moment où son téléphone sonna.

Il le ramassa pour lire le SMS.

— C'est ta petite femme ? Ou devrais-je dire ta petite *cousine* ?

Adam ne leva pas les yeux de son téléphone, mais il leva sa main libre en pointant son majeur vers le plafond. Cela ne lui plaisait pas tellement que Mia et lui fussent maintenant liés par alliance, étant donné que son oncle avait épousé la mère de Mia quelques mois auparavant.

— Je lui dirai que tu l'as appelée 'petite femme' et elle s'occupera de toi la prochaine fois qu'elle te verra. J'ai été ravi de te connaître.

Adam tapa une réponse rapide au message.

— Cela pourrait m'effrayer, mais tu as trop besoin de moi pour cette OPI.

Il sourit.

— En effet.

Il fronça ensuite les sourcils comme s'il venait de penser à quelque chose et il me jeta un regard interrogateur.

— Alors, euh, comment cela se passe-t-il avec ta nouvelle stagiaire ? Lui apprends-tu beaucoup de choses intéressantes ?

Je changeai légèrement de position, fourrai mes mains dans les poches et je haussai une épaule. J'essayai de paraître décontracté sans avoir l'air de le faire exprès.

— Ça va.

J'espérais que mon apparence allait fonctionner, car je ne me sentais pas du tout aussi décontracté que ce que je le souhaitais. Je transpirai au niveau du col en me souvenant de ce qu'il s'était passé entre nous le samedi soir.

La sensation de son corps aux courbes féminines sous moi sur le canapé. Son goût. Ses seins magnifiques qui pouvaient mettre un homme à genoux. Je serrai la mâchoire.

Adam fronça les sourcils.

— Ça va ? Elle t'a énervé ou quoi ?

Je me retins de le regarder, mais je supposai que ce n'était pas une question en l'air. Adam avait probablement eu des soupçons depuis qu'il nous avait interrompus l'autre soir. Et s'il ne nous avait pas interrompus ? Je savais que je ne me serais pas arrêté et je ne pensais pas qu'elle l'aurait fait non plus.

Je déglutis. Elle ne savait toujours pas que nous avions déjà couché ensemble. Maintenant, la culpabilité de la situation avait reçu une nouvelle couche, comme s'il en manquait. La culpabilité pour avoir menti à Adam, d'avoir mis l'entreprise en danger et d'avoir presque gâché tous nos espoirs et nos rêves ne suffisait pas. Il fallait y ajouter la culpabilité que je ressentais pour avoir flirté avec elle samedi soir. Et si nous avions couché ensemble, elle n'aurait pas su que ce n'était pas la première fois.

J'inspirai profondément en sachant que je devais avoir l'air décontracté. Adam ne me demandait pas des nouvelles pour faire la conversation. Il ne fonctionnait pas ainsi. Tout ce qu'il disait et faisait avait une raison bien précise.

Et si je ne faisais pas attention – car ce type était également très observateur –, je risquais de m'empêtrer dans mes mensonges.

— Elle est correcte. Je la tourmente, elle me déteste. C'est une relation de patron-employée parfaitement saine.

Ah oui, si ce n'était pas déjà ma destination, j'allais certainement finir en enfer pour celle-là. Maintenant si j'arrivais à ignorer le fait qu'apparemment j'avais été la meilleure baise de sa vie... et, enfin, elle était dans le top trois pour moi.

Peut-être le top deux, je pouvais l'admettre, mais à contrecœur.

Je sortis de cette réunion quelques minutes plus tard en m'essuyant mentalement le front de soulagement, car Adam avait décidé de ne pas insister sur la stagiaire. Je regardai à l'autre bout de l'atrium et je vis April au travail à son bureau.

Je m'étais déjà juré de l'éviter autant que possible. En tout cas, autant que je le pouvais. Mais cela allait être difficile.

Surtout parce que je n'en avais pas vraiment pas envie.

J'aimais la regarder. Elle était belle, bien sûr, mais ce n'était pas seulement la vue d'un joli visage, de cheveux brillants parfaits et d'un beau cul. Il y avait cette profondeur inexplicable dans ses magnifiques yeux bleus qui montrait qu'il se passait beaucoup de choses dans sa tête. Elle affichait un visage serein malgré l'humiliation brûlante et les critiques dont je l'avais accablée dernièrement. Et j'avais presque été obsédé par l'idée de la faire craquer.

Au cours des jours suivants, je commençai à remarquer qu'April m'évitait tout autant que l'inverse. Elle se mit à arriver au travail avant moi et elle laissait mon café sur mon bureau dans une tasse spécialement isolée avant que j'arrive. Quand j'entrais dans l'atrium et que je m'arrêtais pour parler avec Susan, April se levait et quittait son bureau. Quand j'entrais dans la salle de repos, soit elle partait, soit elle s'asseyait de l'autre côté de la pièce.

Cela devint rapidement un jeu. Je trouvais une excuse pour sortir de mon bureau plusieurs fois par jour. À chaque fois, elle partait. Je n'avais pas le temps pour ces conneries, sauf que mon cerveau, bien sûr, pensa que c'était une bonne idée de se focaliser là-dessus.

J'avais également remarqué que Charles, l'affreux petit assistant d'Adam, avait lui aussi le béguin pour elle. Il allait souvent la voir à son bureau et un jour je le vis même l'accompagner au déjeuner. Alors je l'avais empêchée de sortir et de trouver quelqu'un en boîte un soir et cela ne servait foutrement à rien, hein ?

Quelques jours plus tard seulement, je perdis ma détermination à l'éviter, car cela signifiait que je ne pouvais pas garder un œil sur elle. En outre, raisonnai-je, il était temps que je lui parle de son projet.

Après le déjeuner, j'entrai dans l'atrium où elle était assise à son bureau au téléphone. Je fis un détour afin qu'elle ne me voie pas venir. Je restai debout à côté d'elle, attendant qu'elle ait fini, mais elle ne me remarqua pas immédiatement.

— Je suis désolée, je ne savais pas que la Bête allait me donner tout ce travail aujourd'hui. Je pense que je n'aurai pas fini à temps pour venir.

Elle marqua une pause, changeant de position dans sa chaise et dessinant sur le bloc-notes devant elle, où elle avait griffonné *Le Chat Noir* — le nom d'un bar à martini non loin d'ici.

Je me demandai de quoi elle parlait. Je ne lui avais pas donné de travail supplémentaire depuis plusieurs jours... puis je me rendis compte qu'elle utilisait le travail comme excuse pour ne pas y aller.

— D'accord... je vais essayer, alors. Donne-moi l'adresse. Oui, oui. Je peux le trouver avec mon GPS. Tu as dit que c'était tout près ?

Elle écrivit l'adresse. À ce moment-là, elle eut conscience de ma présence et elle faillit sursauter en levant la tête vers moi. Je lui fis mon regard noir et mon froncement de sourcils les plus convaincants.

— Je dois y aller, souffla-t-elle au téléphone qu'elle raccrocha brusquement.

— Qui était-ce ? Ton petit admirateur ?

Elle me jeta un regard méfiant.

— Je n'ai pas d'admirateurs.

Je levai les sourcils, incrédule. Elle me mentait très clairement. Décevant, mais… m'attendais-je vraiment à autre chose ?

Elle détourna nerveusement les yeux.

— Ce sont mes amies du marketing. Elles voulaient sortir ce soir.

— Tu fais encore la fête ? Tu as sûrement besoin de plus de travail.

Elle fronça les sourcils.

— Peut-être.

— Tu ne m'as toujours pas présenté tes idées pour ton projet.

Elle tourna sa chaise pour me faire face, croisant les bras sur sa poitrine.

— Si, en fait. Je te les ai envoyées par mail ce matin.

Je me frottai la mâchoire avec le pouce.

— D'accord, je vais y jeter un coup d'œil. Qui est cette 'Bête', au fait ?

Sa peau devint rouge comme un coup de soleil récent. Elle glissa nerveusement une longue mèche de cheveux bruns derrière son oreille délicate. Je déglutis, mes yeux traçant le contour élégant de son cou.

Merde. Je secouai la tête.

— Peu importe. Je pense que je peux deviner. Continue, Weiss. Il ne faut pas que tu fasses attendre tes petites amies. Je suis sûr que vous mourez toutes d'envie de vous soûler et de coucher ce soir.

Elle mordit sa lèvre pulpeuse et sexy et je déglutis encore une fois, arrachant mon regard à son visage. Je retournai à mon bureau, troublé par ce que je ressentais en l'imaginant sortir pour rencontrer des hommes avec ces autres stagiaires gloussantes. Elle en avait le droit, bien sûr. Ce n'était pas comme si j'avais le moindre droit de lui dicter ce qu'elle devait faire et ne pas faire. Cependant, cela m'irritait énormément.

Après tout, j'étais son patron, alors si elle devait devenir ivre et rentrait chez elle avec un inconnu, cela affectait son efficacité et sa capacité à travailler sur mes projets. Bon sang, en plus elle était responsable de toute cette merde. Je m'occupai donc de mes propres intérêts professionnels quand j'appelai le cousin d'Adam, William, qui travaillait dans le département artistique, pour lui demander de m'accompagner ce soir-là au *Chat Noir*.

William était un compagnon de drague improbable. Je le connaissais depuis les débuts de l'entreprise, lorsqu'Adam l'avait fait venir pour travailler à la conception des premières illustrations pour Dragon Epoch. Nous avions développé un book complet que nous pouvions montrer aux financiers en capital-risque qui allaient devenir nos premiers investisseurs pour nous aider à démarrer l'entreprise. Une fois que les choses avaient été lancées, William avait été embauché dans le département artistique.

Il était bourré de talent, mais timide, étrange et très mal à l'aise en société.

Juste avant Comic-Con, il était venu dans mon bureau à l'improviste. Il s'était laissé tomber sur une chaise, les mains dans les poches et les yeux fixés au sol, et il m'avait demandé quel était mon secret pour sortir avec toutes ces femmes.

Si je ne l'avais pas mieux connu, j'aurais cru qu'il se moquait de moi. J'avais essayé de ne pas rire. William était un type fantastique, mais je n'avais pas su comment lui expliquer que 'quand tu as le truc, tu as le truc' ou le concept du pouvoir de séduction. William était autiste et il avait beaucoup de difficultés avec des idées abstraites de ce genre.

Je lui avais donc promis une démonstration une fois que j'en avais le temps. Et apparemment, ce soir était le bon moment. Il n'avait pas semblé ravi d'aller dans un bar, mais je l'avais convaincu en lui disant que c'était plus un 'lounge' qu'un bar. Je mis du temps à le persuader. Je lui dis que c'était ainsi que je rencontrais des femmes, ce qui n'était pas exactement vrai. Les femmes avec lesquelles je sortais, je les rencontrais dans des endroits beaucoup plus luxueux que celui-ci.

Le Chat Noir n'était pas du tout un bar sordide. Il faisait de son mieux pour se situer au-dessus des tripots habituels que l'on trouvait dans une ville universitaire comme Irvine. Le décor était fait de noir et de violet discret. Une musique jazzy sortait des haut-parleurs, bien qu'il semblait y avoir régulièrement de la musique live.

William et moi restâmes assis à une petite table avec nos boissons. William avait commandé une bière et j'avais pris un rhum coca sans rhum. Je jetai un coup d'œil à mon compagnon introverti : je n'avais pas anticipé que sa timidité allait rendre la situation embarrassante. Enfin, nous n'étions pas venus pour lui, de toute façon.

Après avoir posé quelques questions, je finis par découvrir qu'il avait une femme en particulier en tête : une amie de Mia. Je l'avais rencontrée une fois. C'était une blonde, une jolie fille. Cela faisait plus d'un an qu'il la connaissait et il ne l'avait toujours pas invitée à sortir. Bon sang. Le pauvre gars devait être gravement en manque.

Vingt minutes après notre arrivée, un groupe de jeunes femmes de Draco parmi lesquelles se trouvait April entra dans la salle. Aucun signe de ce fayot de Charles. Bien. Cependant, je remarquai beaucoup de têtes masculines se tourner lorsqu'elles passèrent. Je savais ce qu'ils pensaient. Ils catégorisaient chaque femme en fonction de sa couleur de peau, silhouette, taille et beauté. Certaines femmes avaient des corps de rêves avec des faces de cul...

April ne faisait certainement pas partie de cette catégorie. Elle était plus petite et plus menue que ses amies, c'était la plus petite du groupe. Elle traînait derrière les trois autres, se faisant davantage remarquer à cause de ses longs cheveux sombres qu'elle portait détachés jusqu'au milieu du dos. J'avais passé plus de temps que je l'aurais dû à regarder ses cheveux en me demandant s'ils étaient noirs ou brun foncé, étudiant comment ils réfléchissaient la lumière, voulant les sentir. Ils étaient soyeux, brillants et j'avais envie d'y passer les doigts. D'y enfoncer mes mains pendant que je la baisais.

Je parvins à détourner le regard en buvant une autre gorgée de ma boisson sans alcool. William boudait en me regardant avec ses yeux sombres. Comme d'habitude, il était vêtu d'habits dépareillés. Il n'avait pas un don pour la mode – et il n'avait pas non plus une coupe de cheveux très classe. Malgré tout, la moitié des femmes de son côté du bar le dévisageaient sans qu'il s'en rende compte. Je n'étais pas étonné. Bien qu'Adam ait un meilleur sens du style, la ressemblance familiale était frappante et mon meilleur ami avait un effet similaire sur les femmes. Qu'avait cette famille pour attirer les femmes comme des aimants ?

Le groupe de stagiaires de Draco choisit une table de l'autre côté de la salle par rapport à nous, mais directement en vue. Peu après le travail, April s'était changée pour mettre une robe violette courte qui accentuait parfaitement sa peau pâle et ses courbes. Des yeux la suivirent quand elle passa et j'eus envie de poignarder tous ceux qui la regardaient et qui pensaient les mêmes choses salaces que moi.

— Je ne comprends toujours pas pourquoi nous sommes ici, dit William de son ton brusque et monocorde habituel.

— Eh bien, quand tu m'as demandé comment je faisais pour parler aux femmes, je t'ai dit que c'était difficile à expliquer, qu'il fallait que je te montre. Je me suis dit que j'avais le temps ce soir. Je vais pouvoir te le montrer.

Il fronça les sourcils.

— Je n'aime pas du tout ça.

Par-dessus son épaule, une blonde d'une trentaine d'années le regardait sans s'arrêter. Il était clair qu'elle attendait qu'il lève la tête pour pouvoir le regarder dans les yeux et lui faire un sourire engageant. *Bonne chance, ma chère* .

— Considère que c'est un entraînement. J'ai trouvé notre première cible. Il y a une blonde de l'autre côté qui semble... intéressée.

William fit la grimace.

— Ce n'est pas ce que je voulais dire quand j'ai dit que je voulais apprendre à parler aux femmes. J'ai déjà une femme en tête avec laquelle je veux parler. Je te l'ai dit. Je veux Jenna.

— Les femmes, William. Au pluriel. Tu sais ce qu'ils disent : une de perdue, dix de retrouvées.

Il secoua la tête.

— Je n'ai perdu personne.

Je me grattai le menton puis je jetai un autre coup d'œil aux stagiaires de Draco. Quelques hommes étaient allés les rejoindre et ils les draguaient, bouteilles de bière à la main. April ne sembla pas leur accorder d'attention, car elle regardait fixement son téléphone portable.

En face de moi, William s'offusqua.

— Tu n'es pas ici pour parler aux femmes au pluriel non plus. Tu regardes ces stagiaires de chez Draco depuis qu'elles sont entrées. En particulier April Weiss.

Je me retournai vers William.

— Écoute, tu veux apprendre ce que je fais ou pas ?

Il ne dit rien et me jeta un regard noir avant de baisser presque immédiatement les yeux.

— As-tu déjà essayé de simplement l'inviter à sortir ?

William se concentra sur la table.

— Je ne sais pas quels mots je dois utiliser. C'est pour ça que je t'ai posé la question. Et quand je le lui aurai demandé, si elle dit oui, je ne sais pas du tout comment lui parler.

— Parle-lui comme si elle était un ami, ou un membre de ta famille. C'est peut-être moins effrayant si tu lui demandes de sortir en groupe. Par exemple, tu trouves quelque chose que tu aimes faire avec des amis et tu vois si elle veut vous accompagner.

Il sembla se focaliser sur chaque mot tout en fixant la table des yeux.

— Mais pendant que nous sommes ici, nous pouvons nous entraîner sur ces dames…

Je bus une autre gorgée de ma boisson et je glissai de ma chaise.

— Regarde et prends-en de la graine, gamin.

— Nous avons presque le même âge. J'ai trois semaines de plus que toi. Je ne suis pas un gamin. Je ne suis même pas un gamin par rapport à toi.

Je fis un geste de la main.

— Détends-toi, William, bon sang ! Cette blonde qui te regarde depuis tout à l'heure ? Je vais aller lui demander son numéro pour toi.

Avant qu'il ait le temps de protester, je me dirigeai vers la table où elle était assise avec son amie. Dès qu'elle me vit approcher, elle dit quelque chose à son amie et toutes deux se retournèrent vers moi avec un sourire.

— Bonsoir, Mesdames, comment allez-vous ?

— Bonsoir.

La blonde et son amie me dévisagèrent toutes les deux avec un sourire.

Elles étaient plus jolies de loin que de près, mais elles semblaient assez gentilles. La brune à côté d'elle retrouva son entrain et elle me fit un grand sourire en se penchant en avant, ce qui m'offrit une belle vue de son décolleté généreux.

— Salut ! Moi, c'est Skyler. Voici Avery.

— Jordan, et mon ami là-bas, le timide, c'est William. Aimeriez-vous vous joindre à nous pour boire un coup ?

Elles se regardèrent et la blonde hocha la tête avec enthousiasme, le regard fixé sur William qui avait sorti un bloc-notes de poche et qui écrivait ou dessinait quelque chose. Dans un bar. Nous allions devoir avoir une discussion à ce sujet.

Les femmes nous rejoignirent et je commandai d'autres boissons avant de passer la demi-heure suivante dans la conversation la plus coincée et gênante, qui n'ait jamais existé tout en essayant de pousser William à s'ouvrir – ce qu'il ne fit jamais.

Il garda la tête baissée, répondit aux questions par monosyllabes et continua à dessiner. La nuit allait être longue. Je vérifiais constamment ce qu'il se passait de l'autre côté du bar où des hommes profitaient de cette table de jeunes stagiaires désirables comme un enfant obèse se jetant sur un Mars.

Ma tension montait chaque fois que l'un d'entre eux s'adressait à elle. *Enculés* . Si les regards pouvaient tuer, ils seraient tous morts.

Elle m'aperçut peu de temps après que les femmes nous aient rejoints à notre table. Ce fut assez amusant de la voir marquer un temps d'arrêt lorsqu'elle jeta un coup d'œil dans notre direction, me reconnut, puis me regarda à nouveau en fronçant les sourcils.

Peu de temps après, elle commença à m'envoyer ses propres regards qui tuent. Elle ne semblait pas ravie de me voir ici. Tant pis pour elle. Qu'allait-elle faire, me donner l'ordre de partir ?

À mesure que les minutes s'écoulaient, je devins de moins en moins conscient des autres personnes à ma table et de plus en plus focalisé sur ce qu'il se passait au quartier général des stagiaires. Les deux femmes finirent par vider leur verre et par s'éloigner, mais je ne manquai pas de remarquer les regards noirs que William me réservait. Il continua à dessiner et je commandai un autre coca, en me jurant de ne pas rentrer à la maison avant qu'elle ait quitté le bar toute seule. S'il fallait que je reste jusqu'à la fermeture, qu'il en soit ainsi.

Chapitre Neuf
April

JE REGARDAI ENCORE UNE FOIS LA BÊTE QUI FAISAIT DE SON mieux pour me provoquer de l'autre côté de la pièce. Qu'essayait-il de me prouver par sa présence, d'ailleurs ? Je lui lançai une autre série de poignards invisibles. Il était assis à une table avec deux femmes et un beau type aux cheveux bruns qui me semblait vraiment familier. Après y avoir songé un moment, je me souvins que je l'avais vu à Draco. Il s'agissait d'un collègue.

— Alors, que penses-tu de mon plan ? marmonna Cari de ce côté de la table, ignorant complètement les deux types qui parlaient à Ingrid et Sheila de l'autre côté.

— Quel plan, déjà ?

— Tu sais… au sujet d'un certain PDG diaboliquement canon que nous connaissons toutes les deux.

Je piquai ma paille dans les restes de ma boisson, la faisant tourner autour des glaçons. Quand elle m'avait exposé ce 'plan' absurde une demi-heure plus tôt, j'avais enfin décidé qu'elle devait être folle. Bien sûr, j'étais trop trouillarde pour le lui dire. Je haussai les épaules.

Elle fit la tête.

— Allez, April. Nous avons toutes travaillé ensemble en marketing l'année dernière. Toi, elle, et moi. Pourquoi l'a-t-il choisi elle… tu ne te poses jamais la question ? Elle plutôt que toi ou moi? Qu'a-t-elle de plus? C'est comme si... Il était complètement inaccessible pour nous toutes, et puis un soir à la fête des employés à Vegas, il s'est mis à boire puis à danser avec Mia. Et tout d'un coup, ils forment un couple. Elle a mis du Rohypnol dans sa boisson ou quoi?

Je me retins de lever les yeux au ciel.

— Nous ne savons pas du tout ce qu'il s'est passé. Ils sortaient peut-être déjà ensemble avant cela, Cari.

Je m'humectai les lèvres.

— Quoi qu'il en soit, ce qui est fait est fait. Il lui a mis la bague au doigt. Il est fiancé.

Ses yeux brûlaient d'une sorte d'intensité étrange.

— Il ne lui a pas encore mis la bague au doigt. En tout cas, pas la bague qui compte. Et même si c'était le cas... eh bien... ça ne serait pas le premier mariage que j'aurais brisé.

Elle fit bouger sa masse incroyable de cheveux blonds en battant des paupières.

— Mon professeur de littérature, pour être précise. Sa femme l'a quitté à cause de moi.

Je levai un sourcil. Son emploi l'avait sans doute quitté à cause d'elle aussi.

— Tu as donc un super pouvoir?

Elle inclina la tête d'un air hautain.

— Tout à fait, même si c'est moi qui le dis. Et à présent, j'ai des vues sur Adam.

— Mais tu ne sembles pas avoir beaucoup avancé.

Elle eut un regard comme si elle partageait un secret scabreux.

— Je le vois me dévisager parfois.

Je soupirai. J'en doutais fortement.

— Pourquoi pas ? J'ai plus de seins et de cul qu'elle, même avant qu'elle tombe malade !

Je plaçai mon verre de glaçons devant mon visage pour cacher la surprise et le dégoût que je ressentis à ces mots. Elle était vraiment terrible et je me demandais ce qui m'avait pris de la rejoindre, elle et ses copines, ici ce soir.

Ah oui, c'était parce qu'elle m'avait harcelé pendant deux jours sans s'arrêter et qu'elle avait terminé par une inquiétude éloquente : *'J'espère que personne ne découvrira que c'est toi dans la vidéo. Je suis tellement nerveuse pour toi. Tu dois être stressée. Puis-je t'offrir un verre ?'*

Le message avait été clair. Il fallait que je sois sympa avec elle sinon elle allait me causer des problèmes. Je me demandai comment sortir de tout ceci avant qu'elle accroisse ses menaces. Comme d'habitude, j'allais fermer la bouche et jouer le jeu tout en essayant de trouver un moyen d'échapper à la situation.

Mais il n'y avait peut-être pas de solution facile. En dehors de l'évitement. Je pouvais y arriver... j'étais experte dans ce domaine. Cela faisait presque un mois que mon père essayait de me joindre. Et ma mère allait bientôt avoir besoin d'un détective privé pour me téléphoner.

S'il existait des diplômes dans le domaine, j'aurais un doctorat et tout le monde m'appellerait Dr Weiss.

— Je vais chercher autre chose à boire.

— Il y aura de l'alcool dedans, cette fois ? demanda-t-elle.

Je glissai de mon tabouret et je haussai les épaules. Je me tenais toujours à ma résolution de ne plus jamais boire d'alcool. Elle m'appela quand je me dirigeai vers le bar.

— Quand tu reviendras, nous discuterons du plan.

Je résistai à l'envie de secouer la tête, de peur qu'elle le voie.

Je m'appuyai contre le bar et je remarquai que le barman le plus proche parlait avec deux grandes et très belles blondes. Je tirai sur ma robe pour montrer un peu de décolleté et je me penchai en avant. Un autre barman apparut devant moi en moins d'une minute. Je souris, secouant mon verre vide.

— Puis-je avoir un autre Shirley Temple ?

Il fronça les sourcils, apparemment certain d'avoir mal entendu.

— Oui, tu as bien entendu.

Il agita les sourcils et il sourit.

— Je te prépare ça, ma belle.

Je souris. Même s'il essayait d'obtenir un plus gros pourboire, je m'en moquais. J'avais vraiment besoin de l'entendre, ce soir en particulier.

Le barman se retourna vers moi en posant le verre sur le bar. Je lui tendis mon argent et il encaissa. Mais à ma grande surprise, il ne partit pas.

— Je m'appelle Chris. Comment vas-tu ce soir ?

— April. Ravie de te rencontrer. En ce moment, j'essaie d'éviter mon amie psychopathe.

Il jeta un coup d'œil par-dessus mon épaule.

— La blonde, là-bas ? C'est vrai qu'elle a un regard un peu fou.

Je ricanai en appuyant le verre contre mes lèvres.

— Ce n'est pas la seule chose qui est folle chez elle.

Il rit et il me dévisagea de haut en bas. D'accord, j'avais déjà payé et je lui avais donné un pourboire, alors je décidai qu'il n'essayait pas simplement d'en obtenir un plus gros. Je lui fis mon plus beau sourire pour flirter.

— Ce n'est pas la seule chose insensée de la soirée. Mon patron encore plus fou se trouve de l'autre côté de la pièce et il essaie de draguer des femmes qui ont deux fois son âge.

Il rit en rejetant la tête en arrière.

— Alors là, qui a dit qu'il n'y avait aucun divertissement ici ?

Je me léchai les lèvres et il observa le mouvement, son regard s'attardant sur ma bouche.

— J'ai fini dans une heure environ. Tu as l'intention de rester dans les parages ?

— Peut-être bien.

Je lui fis un autre sourire. Il était mignon. Pas incroyablement beau, mais comme cela se passait toujours mal avec ces derniers… je déglutis en me souvenant que quelques jours plus tôt j'avais eu un homme à couper le souffle au-dessus de moi.

Je jetai encore un regard de l'autre côté de la salle. Il discutait avec les femmes à sa table, mais il me regardait. Lorsque nos regards se croisèrent, il fronça visiblement les sourcils. Pour qui se prenait-il, pour ma baby-sitter ?

J'appuyai encore une fois le verre contre mes lèvres, le tenant cette fois de façon à ce que mon majeur soit bien visible par lui. Lorsqu'il vit mon geste, il leva les sourcils. Avec un grand sourire, je posai le verre et je fis un autre sourire dragueur au barman.

— Je reviens… où se trouvent les toilettes ?

Il les montra du doigt.

— Ne te perds pas en chemin, belle April.

Beurk. C'était cucul. Mais je gardai mon sourire collé sur le visage en m'éloignant du bar et en zigzaguant entre les tables bondées jusqu'au fond de la salle dans un couloir sombre.

Je tournai la poignée de la porte rayée des toilettes, mais elle était fermée à clé. Et merde. Je ne fréquentais pas du tout cet endroit, mais si c'était comme dans les autres bars, il y avait sans doute des gens en train de baiser à l'intérieur. Je n'avais pas besoin d'aller aux toilettes à ce point-là. Cela avait été une excuse pour m'éloigner, pour passer peut-être quinze minutes assise aux cabinets pour lire sur mon téléphone. La soirée entière était devenue pénible, entre le 'complot' de Cari pour se faire Adam – et m'y impliquer vaguement, d'une façon ou d'une autre – et l'apparition inattendue de Jordan et de sa routine de drague. Personnellement, je ne l'avais jamais imaginé fréquenter ce genre d'endroit. J'aurais plutôt cru qu'il pêchait des femmes dans des fêtes privées pour gens riches et célèbres et pour mannequins et starlettes ultra canon.

Avec un soupir de frustration, je m'écartai de la porte des toilettes et je m'adossai contre les panneaux en faux bois dans l'étroit couloir. Enfin, la bonne nouvelle était qu'où que je me trouve – que je veuille être là ou pas – tant que j'avais mon téléphone sur moi, j'avais de quoi lire. Et j'étais au milieu d'une romance des plus croustillantes, avec un motard pourri jusqu'à la moelle qui pourchassait la fille virginale d'un prêtre.

Je me redressai contre le mur quand j'entendis quelqu'un venir vers moi et je m'aplatis pour le laisser passer. Mais la personne s'arrêta juste à côté de moi et j'eus l'impression qu'il ou elle lisait ce qu'il y avait sur mon téléphone par-dessus mon épaule. Je levai les yeux et je me retrouvai nez à nez avec Jordan.

— Qu'est-ce que tu lis ? demanda-t-il.

J'éteignis le téléphone et je le fourrai dans mon sac.

— Ça ne te regarde pas. Que fais-tu ici ?

Je me tournai brusquement pour lui faire face. Maintenant que je le voyais de près, je ne pus m'empêcher de remarquer qu'il était particulièrement élégant ce soir. Il portait un jean noir qui collait à ses hanches minces et un chemisier vert sombre, ouvert au niveau du col pour révéler son cou solide. Je déglutis et je détournai les yeux.

— J'avais soif, dit-il avec un éclat moqueur dans les yeux.

Il regarda autour de lui dans le couloir étroit et puis ses yeux se fixèrent sur la porte de sortie, à l'arrière.

— Que fais-tu ici ?

— J'attends pour aller aux toilettes. La porte est fermée à clé.

— Il y a sûrement des gens qui baisent là-dedans.

Je me tournai et j'appuyai une épaule contre le mur en croisant les bras.

— Alors, comment se passe la drague des vieilles dames ? Tu as réussi à ce que l'une d'entre elles te montre son dentier ?

Il me jeta un regard noir.

— Les plus âgées savent ce qu'elles font. Parfois mieux que les jeunes.

Son commentaire me coupa le souffle. La douleur évoquée par Gunnar et ma mère. Ma mâchoire tomba et puis je la refermai d'un coup en tournant les talons, car il me bloquait le passage pour revenir au bar. Je ne voulais vraiment pas y retourner de toute façon, car je sentais des larmes monter. Je me retournai donc et j'ouvris la porte de derrière pour sortir dans une allée. Je claquai la porte derrière moi, mais deux secondes plus tard, Jordan sortit aussi.

Il faisait sombre et tout était silencieux ici. La seule lumière venait d'un lampadaire éloigné. De petites flaques d'eau croupie s'étaient formées dans les trous de l'asphalte. Et naturellement, une puanteur très nette venait de la direction d'une grosse benne à ordures verte.

Jordan regarda autour de lui avant de se focaliser sur moi, les yeux écarquillés.

— C'était quoi, ça ?

Je détournai la tête en essuyant vite mes larmes du dos de la main.

— C'était pour m'éloigner de toi. Dommage que tu n'as pas compris.

Il fronça les sourcils en me dévisageant, puis il passa le pouce sur ma joue comme pour vérifier ce qu'il voyait.

— Tu pleures ?

Je reniflai et j'écartai la tête.

— Non. Va-t'en, maintenant.

Il m'ignora, bien sûr.

— Que se passe-t-il, Weiss ? Ce barman t'a dit quelque chose ? Je vais aller lui casser la gueule.

— Non. Je vais bien. Il a été sympa. Plus sympa que tous les autres types avec lesquels j'ai parlé depuis des mois.

Il ne dit rien et il se contenta de faire la tête. Si c'était possible, il était encore plus attirant quand il prenait cet air renfrogné : c'était un regard intense, ses yeux des pointes de flèches qui me transperçaient. Puis il s'éclaircit la gorge et regarda ailleurs. Il sortit une serviette en papier de sa poche et il me la tendit.

Je la pris sans un mot. J'essuyai les larmes de mes joues et je me mouchai.

— Combien de verres as-tu bus ? demanda-t-il doucement.

— Je n'ai pas bu d'alcool. Je fais des bêtises quand je bois.

Il fronça les sourcils.

— Alors pourquoi pleures-tu ?

Je haussai les épaules.

— Tu es mon patron, pas mon psy.

— Vas-tu rentrer chez toi avec ce barman ?

— Est-ce que cela te regarde ?

Il s'approcha et se tint juste devant moi avec une main sur le mur au-dessus de ma tête. Mon cœur battait fort dans ma poitrine. Il fit courir un doigt le long de ma mâchoire, me jetant à nouveau ce regard intense. Sa pomme d'Adam bougea quand il déglutit.

— Je fais en sorte que cela me regarde.

Puis son doigt glissa le long de ma gorge, sur ma clavicule et jusque dans mon décolleté. Partout où son doigt passait, ma peau se mettait à brûler. Je le ressentais jusque dans mes os. Mon cœur se serra. Je ne pouvais plus respirer. Il m'énervait et m'excitait comme aucun autre homme ne le pouvait. Je me figeai quand il baissa la tête de façon à ce que ses lèvres se trouvent à quelques millimètres des miennes. Je sentais sa respiration sur mon visage. Et contrairement à ce que j'avais anticipé, je ne sentis pas d'alcool.

— Tu es une fille sympa, April Weiss. Et ce sont les pires.

Je fronçai les sourcils, complètement perdue. Puis sa main se trouva sur ma cuisse, glissant lentement sous ma jupe. Il me jeta un regard de défi. Il semblait attendre que je l'arrête. Je ne le fis pas. À la place, je tendis la main et je frôlai son entrejambe, le caressant à travers son jean. Il retint sa respiration et se durcit immédiatement à mon contact.

— Dis-moi d'arrêter, April, chuchota-t-il.

Je ne le voulais pas. Je continuai à le caresser jusqu'à ce que son érection pousse contre sa fermeture éclair. Sa main était à présent sur ma culotte et me caressait doucement à travers le tissu soyeux. Je poussai un petit gémissement et le monde se mit à tourner autour de moi. Ses doigts poussèrent ma culotte sur le côté, puis le long de mon sexe.

Lorsque je poussai un soupir, ce fut dans sa bouche, car il avait posé sa bouche sur la mienne, me rendant muette. Quand sa langue entra dans ma bouche, j'appuyai ma poitrine contre son torse. Tout son corps était dur – presque aussi dur que le mur derrière moi. Je me sentais entourée, confinée, désorientée. J'étais complètement absorbée, comme s'il jetait un sort avec ses mains et sa langue.

— A-t-il dit que tu es belle ? chuchota-t-il, sa bouche déposant des baisers jusqu'à ma tempe.

Je fermai les yeux. Subjuguée, je ne pouvais me concentrer que sur ses mains. L'une frottait à présent mon clitoris et l'autre se faufilait dans mes cheveux au creux de ma nuque. Ma main le caressait encore à travers son jean pendant que l'autre sortit sa chemise de son pantalon et parcourut ses abdos durs. C'était fabuleux de le toucher. C'était encore mieux de le sentir.

— Alors ?

— Oui, gémis-je.

— A-t-il dit à quel point il voulait goûter ta peau ?

Je ne répondis pas. J'étais ensorcelée. Un désir profond s'éveilla au fond de moi et me rongea. Mon corps s'animait au contact de ses mains magiques.

— Il veut te goûter. Il veut mettre sa bouche sur tes beaux seins.

Les caresses sur mon clitoris s'intensifièrent et je commençai à sentir la montée familière jusqu'à l'orgasme. Il allait me faire jouir ici, dans cette ruelle, en si peu de temps. Et je m'en moquais. J'en avais envie.

La main de Jordan lâcha mes cheveux et glissa le long du décolleté de ma robe, passa un doigt dessous et attrapa mon soutien-gorge. En tirant légèrement, il libéra mon sein et je sentis l'air frais de la nuit pendant quelques fractions de seconde avant que sa bouche se pose sur moi, comme il l'avait dit. Il suça mon téton comme s'il était affamé et qu'il se nourrissait de moi. Il laissa échapper un grognement du fond de sa gorge et un éclair me foudroya de l'intérieur. Je cambrai le dos, je me poussai contre lui et il m'appuya – durement – contre le mur, chassant l'air de mes poumons. Il suça plus fort, et le plaisir terrible de sa main entre mes jambes s'étala dans mes jambes et mon ventre, une chaleur fabuleuse se répandant en moi. Avec un cri qui résonna dans l'allée, je jouis par spasmes violents de pure extase.

Putain, c'était si bon que j'aurais voulu que cela ne s'arrête jamais. Sa main s'immobilisa, mais il continua à sucer mon téton et je frissonnai sous lui. Son érection jaillit sous ma main, tirant sur le tissu de son jean. Il appuya son entrejambe contre ma main et il enleva sa bouche de mon sein.

— Il veut te sentir jouir quand il est en toi, April.

— Oui, soufflai-je dans son cou.

— Et il veut vraiment, vraiment te baiser.

— Jordan, gémis-je.

Il s'écarta de moi et l'air froid passa entre nous. Il respirait fort et j'étais encore remplie du bien-être d'un orgasme incroyablement intense. Mes membres étaient longs à réagir, léthargiques. Il attrapa lentement mon poignet et il l'écarta de son entrejambe gonflé. Il me jeta un regard brûlant.

Je remis mon sein dans mon soutien-gorge. Il me regarda, sa langue passant sur sa lèvre inférieure. Si nous n'étions pas dans une ruelle sombre, je ne l'aurais pas laissé s'écarter, je n'aurais pas permis qu'il ne finisse pas en moi. J'avais besoin qu'il soit en moi. Non, c'était plus qu'un besoin. Plus qu'une faim. C'était comme de trouver une pièce manquante de moi et d'avoir besoin de la remettre en place pour me sentir à nouveau entière.

Je secouai la tête, rejetant cette idée. C'était beaucoup trop profond. Beaucoup trop émotionnel. Et je ne faisais plus cela. Je n'allais pas encore une fois me laisser entraîner par un beau visage – qu'il ait des mains fantastiques ou pas. Il me briserait encore plus que Gunnar.

Ceci était entièrement physique. Et c'était bon. Alors j'allais en profiter, mais je n'avais pas droit aux sentiments.

Je m'éclaircis la gorge et j'essayai d'ignorer qu'il me regardait encore avec ses yeux intenses.

— Tu ne vas pas rentrer avec lui, dit-il.

C'était une affirmation, pas une question. Et bien sûr, il avait raison. Je ne l'avais même pas envisagé avant, et maintenant que Jordan avait posé ses mains et sa bouche partout sur mon corps il n'y avait pas moyen que je me satisfasse d'un type au hasard. Mais je ne voulais pas qu'il le sache. Je haussai les épaules.

— Je fais ce que je veux, dis-je.

Son beau visage s'assombrit. Il ouvrit la bouche, mais avant qu'il ait le temps de dire autre chose, la porte du bar s'ouvrit et l'homme aux cheveux sombres qui accompagnait Jordan se trouva dans la ruelle avec nous. Jordan s'écarta encore plus de moi tout en lui tournant légèrement le dos. Je le repoussai du mur et j'essuyai le devant de ma robe comme s'il ne s'était rien passé.

L'ami de Jordan avait l'air énervé.

— Que faites-vous ici ?

Jordan passa une main dans ses cheveux.

— April était bouleversée. Je voulais m'assurer qu'elle allait bien.

— Elle semble aller très bien.

— Euh. Oui. Oui, je vais bien, dis-je en m'éclaircissant la gorge. Je me sens… très, très bien, en fait.

Jordan me jeta un regard noir.

— April, connais-tu William Drake ?

William semblait maintenant mal à l'aise, il ne me regardait pas dans les yeux. Il était grand, brun et beau, bien qu'un peu bizarrement vêtu : un treillis bleu et un pull aux motifs bruns et verts. Ses yeux étaient sombres et il avait une barbe naissante – qui était probablement apparue cinq minutes après qu'il se soit rasé le matin.

— Non, nous ne nous sommes jamais rencontrés. Es-tu de la famille d'Adam ?

— C'est un cousin au premier degré, dit William.

— Ah. Ah, d'accord.

Je me demandai en silence si je devais le présenter à Cari. Peut-être oublierait-elle son obsession pour Adam. Mais je la soupçonnai d'être comme un limier ayant senti un renard et que rien ne fait changer d'avis, pas même un cousin beau et célibataire.

— Je, euh… je ferais mieux d'y aller, dis-je en essayant de me frayer un chemin jusqu'à la porte en contournant Jordan.

La main de celui-ci se referma sur mon bras.

— William et moi pouvons te ramener chez toi, dit-il.

Je me dégageai de son emprise.

— Je suis venue en voiture. Ça va.

— Tu rentres chez toi maintenant ?

Cela ressemblait davantage à une affirmation qu'à une question. J'avais envie d'argumenter, mais je n'avais vraiment pas envie de rester. J'avais très envie d'enfiler mon pyjama confortable, de m'envelopper dans une couverture et de sortir mon livre usé d'*Orgueil et Préjugés* et de me perdre dans Mr Darcy. Un autre homme magnifique et très arrogant.

Je haussai les épaules. Je n'allais pas donner à Jordan la satisfaction d'être d'accord avec lui.

Son regard se durcit.

— Eh bien, souviens-toi qu'il y aura beaucoup de travail sur ton bureau demain matin. J'ai rédigé des notes sur ton projet et je veux le premier jet avant que tu partes. Tu dois être au travail à sept heures.

J'écarquillai les yeux, bouche bée. Je fus sur le point de protester, mais il se tourna vers son ami et lui dit :

— Allez, William, allons finir ce que nous avons commencé là-dedans.

Il tourna la poignée de la porte, l'ouvrit sèchement et disparut. Je me laissai retomber contre le mur en soupirant, avant de me rendre compte que William était toujours là à me regarder.

Il se pencha et ouvrit la porte en la tenant pour moi, m'indiquant de passer avant lui. Je me redressai.

— Merci, William. Je suis contente de t'avoir rencontré.

— Nous nous sommes déjà rencontrés. C'est juste que tu ne t'en souviens pas.

— Ah... vraiment ? Je suis désolée.

— Tu es désolée de ne pas t'en souvenir ?

Je fronçai les sourcils en me frottant la tempe et je passai la porte devant lui. Il la referma et nous nous trouvâmes à nouveau dans le couloir. Au moins, les toilettes semblaient libres. Jordan avait disparu.

Je m'arrêtai et je me tournai vers William. Il m'avait regardée en fronçant les sourcils, mais il fuit mon regard dès que je me tournai vers lui.

— Je n'ai pas envie d'y retourner et de finir ce qu'il a commencé, dit William en fixant l'autre bout du couloir.

— Qu'a-t-il commencé ?

— Eh bien, il veut que je pense qu'il était ici pour me montrer quelque chose, mais je crois que c'était pour te surveiller. Alors si tu pars, je pense qu'il partira aussi.

— Il était ici pour me surveiller ? Pourquoi ?

Le regard de William passa de mon épaule gauche à mon épaule droite, comme s'il n'arrivait pas à me regarder dans les yeux.

— Je n'en ai aucune idée. Mais j'espère que tu t'en vas pour qu'il ne me force pas à rester avec lui.

Je ris en jetant un coup d'œil au bout du couloir. Si je ne devais pas être au travail au lever du jour le lendemain, j'aurais aimé traîner juste pour ennuyer Jordan. Je serrai les poings. Merde. Mr Darcy et mon pyjama pelucheux m'appelaient.

— Ne t'inquiète pas, William. Je rentre chez moi après être passée aux toilettes.

William eut l'air très soulagé.

Je décidai de ne pas passer aux toilettes et à la place, je le suivis dans le bar. Cinq types étaient assis à ma table et ils discutaient avec les trois femmes. J'inventai rapidement une excuse au sujet d'une migraine soudaine puis je sortis à toute vitesse avant que Cari ait le temps de dire quoi que ce soit.

Je n'eus même pas le temps de jeter un coup d'œil de l'autre côté du bar pour voir si Jordan était parti. Mais quand je fus dans le parking et que je me dirigeai vers ma voiture, je passai devant la grosse Range Rover voyante que j'avais un jour conduite à la station de lavage et je remarquai qu'il y avait deux personnes à l'intérieur.

Une minute après que je sorte de ma place de parking, la Range Rover fit de même. Au moins, il n'agissait pas en pervers total et il ne me suivit pas jusqu'à la maison. Il partit tout droit quand je tournai à droite.

Je clignai des yeux, toujours complètement perdue par rapport aux événements de la journée – et même de la semaine. Depuis cette nuit agitée lorsque Jordan m'avait embrassée sur son canapé, je n'avais pas réussi à le chasser de mon esprit. Et j'avais misérablement échoué à l'éviter.

Apparemment, j'étais une experte pour éviter tous les autres, mais quand il s'agissait de Jordan Fawkes, j'étais nulle.
Sans doute parce que... au fond, je n'en avais pas envie.

Chapitre Dix
Jordan

L A FORMATION CONTRE LE HARCÈLEMENT SEXUEL ÉTAIT aujourd'hui. N'était-ce pas fabuleux ? La nuit précédente, j'avais passé la main sous la jupe d'une stagiaire et je l'avais fait gémir en parcourant son corps avec mes lèvres, et nous voilà ici. *Putain* . Je frottai mon cou douloureux en regardant un nouveau groupe d'employés entrés pour la troisième session de la journée. Adam et moi avions dû assister à toutes et – heureusement – il s'agissait de la dernière. J'avais mal à la tête, un étau sur les tempes. Je posai la main sur ma tête en couvrant mes yeux. Je sentis un petit coup de coude.

— Que se passe-t-il ? Tu ne supportes pas la torture que tu as infligée ?

Je jetai un regard noir à Adam.

— Ce n'était pas ma suggestion stupide, c'était ce fichu banquier. Ne tire pas sur le messager.

— Je peux lui donner un coup de poing dans les couilles à la place ?

— Arrête de geindre.

Pour la troisième fois de la journée, Essie, de l'entreprise externe que nous avions engagée pour venir infliger cette légère torture, se leva et expliqua son baratin au sujet de l'importance de l'égalité des pouvoirs au travail et du maintien d'un environnement de travail sain et sans harcèlement. Je résistai à l'envie de regarder mon téléphone quand la vidéo idiote se remit à tourner et je la fixai comme un zombie, le regard vide – encore une fois. J'ignorai les chuchotements et l'agitation derrière moi. Manifestement, les employés détestaient ceci autant que moi.

Et comme avant, on progressa jusqu'à la satanée session de questions-réponses. Mais cette fois, lorsqu'Essie proposa de poser des questions, on aurait pu entendre une mouche voler. Au moins, il y avait eu une discussion saine avant – assez pour passer le temps jusqu'à la fin. Apparemment, ce dernier groupe était celui des rebelles et ils protestaient.

— Alors, personne n'a de questions ? dit Essie en levant ses sourcils noirs. Pour commencer, nous pourrions entamer une discussion sur la vidéo virale.

J'essayai de ne pas grimacer. Celle-ci n'avait été que brièvement évoquée au cours des autres sessions, mais à présent elle n'y allait plus de main morte.

— Nous savons maintenant qu'une personne dans cette vidéo était un employé. Mais supposons que les deux étaient des employés...

— J'espère que non, putain, grommela Adam dans sa barbe pour que je sois le seul à l'entendre. Ce serait encore pire.

Je fis semblant d'être si intéressé par ce que disait Essie que je ne l'entendis pas.

— Est-ce du harcèlement ? Si deux employés de la même entreprise se livrent à un acte sexuel ?

— Cela dépend, dit quelqu'un. Ils étaient peut-être déjà ensemble.

Essie hocha la tête.

— D'accord. C'est un bon argument. Les relations antérieures doivent être prises en considération. Mais si un couple qui travaille ensemble se sépare ou si la relation change... et si les deux personnes impliquées n'ont pas le même statut dans l'entreprise ?

— Vous voulez dire, si l'un était le patron de l'autre ? intervint quelqu'un.

Je reconnus cette voix. Ma stagiaire. Je serrai la mâchoire et le poing sur la table, mais je résistai à l'envie de la regarder par-dessus mon épaule.

— Oui, cela change toute la dynamique du pouvoir, n'est-ce pas ? Si une personne travaille pour l'autre, même si la relation est consensuelle, la structure du pouvoir entre eux est fondamentalement inégale.

Je fulminai à cause de son commentaire, étant donné ce qu'il s'était passé entre nous la veille. C'était peut-être sa façon de me dire qu'elle ne l'avait pas voulu ? Je fronçai les sourcils à cette pensée, soudain coupé dans mon élan. Peut-être avait-elle peur de me le dire ? Mais elle m'avait touché, elle aussi. Et je lui avais donné l'occasion de me dire d'arrêter...

Bien sûr, elle avait elle aussi pris des libertés avec son fichu Smartphone. Je levai la main.

— Qu'en est-il de la vidéo elle-même ? Par exemple, si une personne avait filmé sans que l'autre personne ne le sache ? S'agit-il de harcèlement sexuel ?

Voilà. Prends ça, Miss Weiss.

Essie hocha la tête.

— Très bonne question. Bien sûr, filmer sans le consentement du partenaire est une grave violation de la confiance, mais au-delà, c'est également illégal et une violation des droits civiques fondamentaux. C'est puni par la loi.

Je m'adossai contre ma chaise, stupéfait. J'avais seulement voulu ennuyer April un petit peu, pas lui faire peur à ce point. Elle ne savait toujours pas que c'était moi. Et elle se demandait sans doute comment je savais que le type de la vidéo n'était pas au courant... J'espérais qu'elle pensait seulement que j'avais deviné juste.

Essie se mit à radoter au sujet du Code civil, mais j'écoutai à peine. Bien sûr, j'étais énervé à cause de la foutue vidéo. J'aurais préféré qu'elle ne soit jamais filmée. Que ce soit une nuit de sexe chaud bouillant ou pas, je n'avais pas besoin d'un tel souvenir qui menaçait de gâcher mes projets pour l'entreprise. Malgré tout... je ne voulais pas non plus qu'April finisse en prison.

Adam se leva au milieu de la diatribe d'Essie et il l'interrompit :

— Je pense que nous digressons un peu de notre discussion, ne pensez-vous pas ? L'idée qu'une personne a filmée sans que l'autre soit au courant n'est qu'une supposition. Et maintenant que nous savons que c'est illégal, pouvons-nous avancer ?

Il me jeta un regard irrité et je jetai un coup d'œil derrière moi pour voir April qui avait pâli jusqu'à prendre la teinte du mur derrière elle.

Elle avait les mains sur les genoux et elle les regardait fixement. Je l'avais eue, non ? Mais ce n'était pas agréable. Elle semblait pétrifiée.

— Et si nous passions à quelques mises en situation ? Des volontaires ?

Des *mises en situation* ? Nous n'étions pas allés aussi loin dans les séances précédentes. Il n'y avait pas eu le temps après la discussion. Essie cherchait clairement à faire du remplissage. Je ne pensais pas qu'un employé de ce groupe se porte volontaire alors qu'ils n'avaient même pas le courage d'inventer une question. Je donnai un coup de coude à Adam et j'indiquai l'avant de la pièce.

— C'est ton devoir en tant que patron, murmurai-je.

Il récompensa mon sarcasme par un de ses regards qui tuent. Malheureusement, comme j'étais assis au premier rang, mes mouvements avaient attiré l'attention d'Essie et son visage s'illumina en posant son regard sur moi.

— Excellent, faisons venir un des grands patrons pour la mise en situation !

Toute la pièce applaudit et Adam se mit à rire. Je lui fis un doigt, caché sous la table, avant de me lever. *Merde*. Combien de temps allais-je encore devoir supporter cette farce ?

J'allai me placer à côté d'Essie, face au public, et les applaudissements augmentèrent. April avait finalement levé la tête, toujours pâle, bien que je vis un sourire légèrement amusé sur ses belles lèvres. Je levai les mains pour faire taire la salle.

— Pas besoin de m'applaudir, dis-je. Je sais déjà que je suis fabuleux.

— Je me sens menacé par cette remarque, dit un des petits malins de la comptabilité, et ses copains se mirent à rire.

Un sifflement se fit entendre du fond de la pièce et je pointai le doigt dans sa direction.

— Hé, on ne doit pas me harceler !

Des rires, encore.

Cela n'amusa pas Essie, cependant.

— D'accord, tout le monde, nous devons prendre ceci au sérieux. Je sais que tous ces commentaires sont pour rire, mais nous sommes ici pour apprendre comment avoir l'environnement de travail le plus sûr, le plus confortable et le plus efficace. Et je sais que votre directeur financier s'intéresse *beaucoup* à l'efficacité.

Je m'éclaircis la gorge en reprenant mon sérieux et la salle retrouva son calme. Essie regarda longuement autour d'elle avant de se tourner vers moi.

— Nous allons faire un jeu de rôle entre moi, la patronne, et mon employé, M. Fawkes.

Un testeur de jeu ricana et je lui jetai un regard noir.

— Nous y voilà. Tu viens d'arriver au travail.

Essie fit un pas en avant et posa la main sur mon bras.

— Hé, M. Fawkes, comment allez-vous aujourd'hui ? Ce pantalon et cette chemise vous vont vraiment bien.

Elle me dévisagea de haut en bas comme si nous étions dans un bar pour célibataires. Je savais que ce n'était pas la réaction qu'elle attendait de ma part, mais je souris en ajustant ma cravate. Le groupe se remit à rire.

Le sourire d'Essie s'estompa.

— Ceci n'est clairement pas un problème pour M. Fawkes, mais que se passerait-il si celui-ci était le patron et qu'il dit la même chose à un employé ? Et qu'il le ou la touche de la même façon ?

Elle regarda autour d'elle et personne ne dit rien à voix haute, bien que certains chuchotaient. D'autres eurent l'air de s'ennuyer terriblement. Essie pointa le doigt vers April.

— Mademoiselle, n'avez-vous pas posé une question au sujet de la dynamique du pouvoir entre patrons et employés ? Pouvez-vous venir nous aider, s'il vous plaît ?

April devint écarlate et elle ne bougea pas.

— Euh...

Je murmurai :

— En fait, elle est très timide.

Mais cette autre stagiaire avec tous ses cheveux blonds – comment s'appelait-elle, déjà ? – poussa April de sa chaise. Pour ne pas tomber par terre, April se leva en jetant un regard mauvais à son amie, qui l'avait bien mérité. Essie continua à encourager April qui vint se placer à côté de moi à contrecœur.

Je me balançai d'un pied sur l'autre, essayant de m'éloigner d'elle sans en avoir l'air. Il n'y avait qu'un seul mot pour décrire la situation.

Gênante .

April regarda le plancher devant elle, faisant timidement passer quelques mèches de cheveux derrière son oreille. Je me souvins avoir eu ce lobe délicieux dans ma bouche la nuit dernière, quand je m'étais comporté de façon très peu professionnelle avec elle dans la ruelle derrière le bar. La façon dont elle avait soufflé mon prénom...

J'arrachai mon regard à elle et je fis la grimace à l'ensemble de la pièce. Ce n'était plus très drôle.

— M. Fawkes, pourquoi ne feriez-vous pas à cette jeune femme le même genre de commentaire que celui que je viens de vous faire ?

Je m'éclaircis la gorge et je fis de mon mieux pour résister à l'envie de lever les yeux au ciel.

— Bonjour, mademoiselle Weiss, entonnai-je. Vous êtes très jolie aujourd'hui dans votre... euh...

Puis je la regardai pour voir ce qu'elle portait. Une jupe droite et un chemisier en soie qui embrassait ses courbes. *Bordel de merde* . Quel dieu là-haut me détestait pour m'avoir donné une stagiaire magnifique – dont je savais en plus qu'elle était chaude comme la braise au lit – que je n'avais pas le droit de toucher ? J'allais devoir continuer à me battre pour ne pas la toucher, et à en croire la nuit dernière, c'était une bataille que j'allais perdre.

Non, c'était le karma et j'étais puni. C'était pour toutes les femmes avec lesquelles j'étais sorti et qui m'avaient dit qu'un jour l'univers se vengerait de mon comportement de connard insensible.

Je mis une seconde à me rendre compte que je la regardais la bouche ouverte et que je n'avais pas continué ma phrase.

— Allez-y, posez votre main sur son bras, m'encouragea Essie.

À la place, je la posai doucement sur son épaule. Je pus sentir la bretelle délicate de son soutien-gorge à travers son haut. Cela me rappela comment j'avais enfin pu goûter ce qui se trouvait sous ce soutien-gorge. Le souvenir de son téton délicieux dans ma bouche faillit me faire bander sur place. Je retirai ma main comme si elle avait été brûlée, puis je fis un pas en arrière.

April était à nouveau rouge comme une tomate, le regard fixé sur le sol.

— Alors, euh, que ressentez-vous devant ce comportement, mademoiselle Weiss ? Êtes-vous assez à l'aise pour lui dire qu'il agit de façon inappropriée ?

Elle rejeta timidement ses cheveux sombres par-dessus son épaule.

— M. Fawkes, vous agissez de façon inappropriée, marmonna-t-elle.

Essie hocha la tête d'un air approbateur. Je fourrai les mains dans mes poches.

— Euh, je suis vraiment désolé, mademoiselle Weiss. Cela, euh, ne se reproduira plus.

— Pelote-la ! cria quelqu'un du fond de la salle.

Choqué, je restai bouche bée, mais avant que quiconque ait le temps de dire quoi que ce soit, Adam se leva, le visage tout rouge.

— Bon, j'en ai assez de ces conneries, dit-il en fronçant les yeux et en regardant le groupe dans la pièce. J'ai fait trois de ses réunions et celle-ci est de loin la pire. Ne vous rendez-vous pas compte que la raison pour laquelle vous vous trouvez ici, c'est parce que des employés se sont comportés de façon totalement inappropriée ? Pensez-vous que j'aime gaspiller mon temps et le vôtre à écouter des choses que vous auriez dû apprendre à l'école primaire ? Pas de mains baladeuses : c'est une des règles de base de la vie en société. Mais nous sommes ici parce que quelqu'un n'a manifestement pas la moindre idée de comment l'appliquer.

J'avais encore la bouche ouverte en regardant mon ami perdre tout son calme. Essie sembla très mal à l'aise et April, eh bien, elle baissait la tête, le visage caché par ses épais cheveux bruns.

— Quelqu'un qui travaille ici a filmé un moment intime puis l'a mis en ligne, le révélant ainsi au monde entier. À ce moment-là, cette personne a impliqué l'entreprise. Et je ne sais pas ce que vous pensez de vos emplois ici, mais cela devrait vous offenser terriblement que quelqu'un ait osé agir ainsi. Qu'une personne a représenté votre entreprise de cette façon. Qu'elle ait si peu de respect pour l'institution à laquelle vous dédiez beaucoup de temps, d'efforts et de réflexion. Je vais vous le dire tout de suite, cela me met en rogne. Car je passe une grande partie de ma vie à faire grandir cette entreprise et si jamais je découvre qui c'est... eh bien, il lui faudra chercher un nouveau job dans la seconde.

La pièce était silencieuse à présent et les têtes baissées. Personne ne regardait Adam dans les yeux et tout le monde avait honte. Cependant, aucun d'entre eux n'était responsable de la vidéo.

C'était moi qui devais avoir honte – et c'était le cas. Je jetai un regard coupable en direction d'Adam, me maudissant une nouvelle fois pour mes actes irréfléchis. Nous avions tous deux travaillé si dur, nous avions construit cette entreprise en partant de rien en moins de cinq années. Et en une nuit de sexe et d'ivresse – et apparemment avec le mauvais choix de partenaire canon –, j'avais mis en danger tout notre travail.

Je remerciai les dieux lorsque nous retournâmes à nos bureaux peu de temps après, ayant été relachés en avance par Essie, qui semblait exaspérée et épuisée.

Chapitre Onze
April

ÈS LA FIN DE LA RÉUNION, JE LUTTAI POUR ME FRAYER un chemin jusqu'à la porte, prête à me précipiter à mon bureau et à me faire toute petite. Il était très probable que j'allais avoir des difficultés à garder mon calme jusqu'à la fin de la journée. Je n'en eus cependant pas l'occasion. Cari me rejoignit et passa la main autour de mon bras.

— Hé, April, dit-elle de son ton chantant hypocrite.

Une boule d'angoisse me plomba l'estomac. Je n'avais aucune envie de lui parler à ce moment-là.

— Hé, Cari… désolée, je dois courir. J'ai des tonnes de choses à faire avant…

Mais alors que nous longions le couloir, elle s'engagea brusquement dans un couloir sur le côté, me traînant avec elle.

— Aïe ! Qu'est-ce…

Cari se tourna vers moi et ses yeux fous étincelaient.

— As-tu vu à quel point il était sexy ? Je suis tellement excitée de l'avoir entendu crier contre tout le monde de cette façon. Je parie qu'il est aussi autoritaire et dominateur au lit.

Oh, putain de merde. Je devais m'occuper de problèmes véritables – par exemple d'avoir causé un scandale incontestable. Et la voilà encore avec son désir non partagé pour le patron ? J'arrachai mon bras au sien.

— J'ai une tonne de travail...

— Allez, April. Tu peux m'aider. Tu es en meilleure position que moi. Je ne vais pas laisser tomber. C'est la seule chose qui m'a fait tenir ces derniers mois – qui m'a empêché de penser à toutes les merdes qui m'arrivent.

Je me sentis sincèrement désolée pour elle. Elle cligna des yeux pour chasser ses larmes et elle soupira en tremblant. Je ne pouvais pas m'en empêcher. L'obsession de Cari frisait la psychopathie, mais j'avais pitié d'elle. Je me demandais ce que cela faisait de perdre un frère ou une sœur, de vivre constamment avec cette douleur. J'en avais moi aussi, mais ils étaient beaucoup plus jeunes et presque des étrangers. C'était de ma faute, en tant que Reine de l'Évitement.

— Cari, tu es si belle. Il y a des tonnes de types pour toi. Mais...

Elle se tourna brusquement.

— Je veux le meilleur. Je le veux, lui. S'il te plaît, dis-moi que tu vas m'aider.

J'ouvris la bouche pour protester, mais que pouvais-je dire ? Adam avait déjà trouvé quelqu'un. Quelqu'un qui le rendait heureux. Cari n'avait aucun droit de briser cela.

— Ce serait vraiment dommage... commença-t-elle en fronçant les sourcils.

Je plissai le front, mais je ne dis rien, ayant soudain une sombre prémonition.

— Après l'avoir entendu parler de cette façon... je suis certaine que notre PDG contrarié serait très intéressé de connaître la personne responsable de cette vidéo.

Je pâlis.

Elle vit ma réaction et un petit sourire satisfait apparut sur ses lèvres.

— Ton secret est en sécurité auprès de moi, April. Mais tu vas m'aider, n'est-ce pas ?

Je serrai les poings. Elle remarqua ma protestation silencieuse et leva un sourcil.

— Car si tu ne le fais pas…

Elle s'arrêta lorsque des pas approchèrent derrière moi. J'avalais une boule d'angoisse dans le ventre, mais je n'osai pas regarder par-dessus mon épaule. Cari leva la tête vers la personne qui devait avoir entendu notre conversation. Elle écarquilla les yeux.

— Oh… salut, Jordan, comment vas-tu ?

J'inspirai profondément, incapable de me retourner et de le regarder.

— Ça allait très bien jusqu'à ce que j'entende quelqu'un menacer mon assistante de chantage.

Il parla d'un ton sec, à voix basse, sans doute pour empêcher que quelqu'un d'autre nous entende. Malgré sa voix calme, je savais qu'il était fou de rage. Et pour une fois, je n'étais pas la cible de cette colère.

Les yeux de Cari s'écarquillèrent encore. Elle était manifestement choquée par la transformation du directeur financier habituellement drôle et décontracté. Elle le regarda, puis moi, tour à tour.

— Ah… eh bien, tu as peut-être mal entendu. Je ne…

— Si, c'est bien ce que tu faisais. Je sais exactement ce que j'ai entendu.

Elle resta bouche bée. Elle se tourna vers moi, comme si elle s'attendait à ce que j'intervienne.

— Je ne te menaçais pas, n'est-ce pas, April ?

J'ouvris la bouche pour répondre en hésitant, car je savais que je devais faire attention à ne pas la faire sortir de ses gonds.

— Ne lui réponds pas, Weiss, interrompit Jordan. À présent, mademoiselle...

Quand Cari ouvrit la bouche pour lui fournir son nom, il balaya l'air de la main.

— Aucune importance. Ce qui importe, c'est que je ne tolère pas ce genre de comportement dans ce bureau. En particulier de la part d'une *stagiaire*.

Cari devint écarlate et elle me jeta un regard de pure fureur.

— Et si je savais qui était la personne responsable de la vidéo ? Je suis certaine qu'Adam aimerait vraiment connaître cette information, n'est-ce pas ?

— Malgré ce qu'il a pu dire tout à l'heure, il est déjà au courant. Tout comme moi. Alors tu n'iras nulle part avec ça. La seule chose que tu accompliras en dénonçant une collègue, c'est de donner une mauvaise image de toi – et de l'entreprise. Alors, si tu ne veux pas que je prenne mon téléphone et que je passe un coup de fil au Dr Tretham, qui est ton conseiller à l'université, je crois ? J'ai son numéro dans mon téléphone. Nous nous parlons régulièrement au sujet des stagiaires de l'université qui viennent dans cette entreprise.

Je détectai un mouvement derrière moi, et c'était sans doute Jordan qui sortait son téléphone pour le montrer.

Cari resta la bouche ouverte.

— S'il te plaît, ne fais pas ça...

— Pourquoi pas ? N'étais-tu pas en train de faire du chantage à mon assistante avec une accusation idiote ?

Cari me jeta un regard de supplication, mais je ne dis rien, croisant les bras sur ma poitrine. Je tremblais si fort que j'étais certaine qu'elle pouvait le voir. Lui aussi, sans doute.

— Maintenant, si j'entends que tu en as parlé à quelqu'un – qui que ce soit – je demanderai au service de sécurité de t'escorter hors d'ici si vite que tu en auras la tête qui tourne. Est-ce bien compris ?

Cari secoua sa masse de cheveux.

— Mais…

— Est-ce. Bien. Compris ? répéta-t-il en serrant les dents.

Elle déglutit visiblement.

— O-oui.

— Je peux t'assurer que si tu parles de cette affaire avec quelqu'un ou si tu vas voir un des autres directeurs, tu souhaiteras ne jamais avoir mis les pieds dans ce bâtiment. Tu as signé une clause de non-divulgation quand tu es venue travailler ici, et si tu violes cette clause, tu seras poursuivie en justice. Est-ce clair ?

Les lèvres de Cari disparurent dans sa bouche et elle sembla sur le point de se mettre à pleurer.

— Weiss, dit Jordan.

Je penchai la tête vers lui, mais je ne pus pas le regarder dans les yeux.

— Tu dois rester à l'écart de cette jeune femme, tu entends ? Et elle n'a pas non plus le droit de t'approcher. Si tu la vois dans l'atrium, tu appelles la sécurité et tu la fais escorter hors du bâtiment. Maintenant, retourne à ton bureau.

— Oui, monsieur, coassai-je et, sans regarder Cari, je tournai les talons et je partis à toute vitesse.

***

Je ne sus pas du tout ce qu'il dit d'autre à Cari après mon départ, mais Jordan ne revint dans l'atrium que dix minutes plus tard. Dix minutes pendant lesquelles j'essayai vaillamment de garder mon sang-froid et de ne pas pleurer. Je reniflai. Je clignai des yeux. Susan fit semblant de ne pas le remarquer. Je gardai la tête baissée et j'essayai – sans y parvenir – de continuer mon travail.

Je relisais un document qu'une personne de l'équipe de Jordan avait préparé pour lui et j'écrivais mes corrections au crayon à papier malgré ma vue trouble, lorsqu'une ombre apparut en travers de mon bureau. Je sursautai alors même que je savais qui c'était. Je ne levai pas la tête et j'avais bien conscience d'être misérablement recroquevillée sur moi-même.

— Weiss, commença-t-il à voix basse. Je dois te parler dans mon bureau. Maintenant, s'il te plaît.

D'où venait ce 's'il te plaît' ?

Je déglutis et sans un mot, je me levai et je le précédai dans son bureau. Susan me dévisagea avec inquiétude, mais je ne soutins pas son regard pendant plus d'une seconde. À la minute où je passai la porte, les larmes se mirent à couler de mes yeux. Au lieu de m'arrêter pour lui faire face, je me dirigeai donc tout droit dans sa salle de bain privée. Il me suivit, alors que j'étais certaine qu'il savait que j'étais bouleversée. Je me tournai vers le mur, dos au miroir. C'était la deuxième fois en deux jours qu'il me surprenait en train de craquer. Super.

Quand j'eus retrouvé mon sang-froid, je redressai les épaules et je me tournai vers lui. Il était temps de l'informer que j'étais prête à terminer toute cette histoire maintenant.

Il était temps que je prenne mes responsabilités. Je me sentais presque soulagée.

Chapitre Douze
Jordan

JE LUI LAISSAI UN MOMENT POUR SE REMETTRE, MAIS C'ÉTAIT plus pour moi que pour elle. Les femmes qui pleuraient me mettaient toujours mal à l'aise. Elles faisaient souvent ressortir ce vieux sentiment chevaleresque inapproprié chez moi – comme si j'étais responsable de leurs pleurs et que c'était à moi de les faire cesser.

J'avais fait pleurer une femme ou trois dans ma vie. Parfois, je me sentais coupable. Le plus souvent, ce n'était pas le cas. Mais cette fois-ci me troublait plus que je ne l'avais anticipé. Je me frottai le menton et je la regardai se calmer en silence, redresser ses épaules et se tourner vers moi.

Ses yeux bleus étaient brouillés d'incertitude, de questionnements. J'avais eu envie de briser son sang-froid, mais ceci n'était pas ce que j'avais en tête. April était délicate et vulnérable à l'intérieur. L'épaisseur des murs qu'elle avait construits pour se protéger n'y changeait rien.

J'inspirai puis je soufflai.

— Tu vas bien ?

Elle appuya ses mains contre ses joues et elle secoua la tête.

Je soupirai et je détournai le regard.

— Elle ne dira rien maintenant que je l'ai terrifiée.

Elle secoua encore une fois la tête, apparemment, toujours sous le coup de l'émotion pour parler.

Je serrai les dents, irrité de voir à quel point cela m'ennuyait de la voir ainsi.

— Weiss. Je veux que tu respires profondément et que tu te calmes. Tu n'as pas à avoir peur.

— Je... je n'ai pas peur. Je me sens coupable. Je suis une personne horrible. Je...

— Tu n'es pas une personne horrible. Arrête.

— Tout le monde a dû faire tout cela à cause de moi. À cause de ce que j'ai fait. Je ne sais même pas pourquoi tu me couvres de cette façon. Tu...

— Parce que tu fais partie de mon équipe et que je protège les miens. Je suis le seul à avoir le droit de te tourmenter et de faire de ta vie un enfer, compris ? Elle n'est pas...

— Mais pourquoi ?

Elle fronça ses sourcils sombres et elle examina mon visage comme si elle cherchait à résoudre une énigme.

— Pourquoi me gardes-tu dans ton équipe ? Tu aurais pu me chasser dès le premier jour. Je sais que tu viens de lui mentir, en disant qu'Adam sait que c'est moi. Il ne sait pas que c'est moi. Mais il le devrait.

Cela m'inquiéta. Je secouai la tête.

— Calme-toi. Tu ne sais même pas ce que tu dis.

Elle se redressa en levant le menton.

— Je vais mettre fin à tout ceci.

Je n'aimais pas du tout cela. Du tout.

— Que veux-tu dire ?

— Je vais parler à Adam et lui dire que je suis responsable au sujet de la vidéo, lui expliquer que c'était un accident, puis je vais aller m'excuser et démissionner immédiatement.

Mon corps entier se raidit et ma gorge se serra.

— Qu'est-ce que cela résoudrait ?

Elle se tourna, attrapa un mouchoir et se sécha le visage.

— Cela me débarrassera de Cari et je me sentirais mieux.

— Tu es déjà débarrassée de Cari. Et en quoi te sentirais-tu mieux en étant virée de ton stage en disgrâce, avec aucune chance d'obtenir une recommandation pour l'école de commerce ?

Elle détourna le regard et je vis sa lèvre inférieure trembler.

— Alors, tu sais que… que c'est moi qui ai filmé la vidéo ? Et tu sais, cette question que tu as posé à Essie… au sujet d'une des deux personnes qui pourrait ne pas savoir qu'elle est filmée ?

Je clignai des yeux et j'avalai ma salive, me sentant soudain très coupable. Cependant, je ne dis rien et elle prit cela pour un encouragement à continuer, même si j'aurais préféré qu'elle abandonne le sujet.

— Eh bien, tu avais raison. Il ne savait pas… le type, je veux dire. C'était tellement stupide. J'étais ivre et je me sentais exaltée par toute l'expérience. Je n'avais encore jamais fait une telle chose et… eh bien, c'était un peu un fantasme, je dois l'admettre. Alors, sur un coup de tête, j'ai sorti mon téléphone pour filmer. Je m'étais dit que j'allais l'effacer tout de suite. Mais…

Elle inspira profondément avant de continuer.

— Je ne savais pas du tout que je commettais un crime. Je me sens tellement mal. Et le pauvre gars, il n'en avait aucune idée. Je dois le retrouver. Je dois m'excuser.

— Attends. Calme-toi, d'accord ? Il va bien. Il est en sécurité. Personne ne sait qui il est. Il n'a aucune raison d'engager des poursuites et de t'envoyer en prison. Les histoires de harcèlement sexuel, eh bien, toutes les entreprises doivent faire ce genre de formation de toute façon. Alors oui, il y a eu des désagréments supplémentaires à cause de ce que tu as fait, mais je m'en occupe, d'accord ? Pas besoin d'aller te sacrifier. Personne n'a besoin que tu agisses de façon aussi théâtrale.

Elle souffla.

— Ce n'était pas pour le côté théâtral. J'essaie juste… j'essaie juste de faire ce qu'il faut.

— Parfois, il ne vaut mieux pas. C'est autre chose que tu dois apprendre sur les affaires. L'éthique est une notion instable.

Bon sang, j'en savais quelque chose. Ce moment aurait été approprié pour lui faire savoir que je savais tout de son partenaire de la vidéo, car c'était moi.

Je l'envisageai – très franchement. Mais moins elle en savait, mieux c'était. Du moins, c'était le mensonge dont je me persuadai pour ne pas détester ce que je faisais. C'était pour son propre bien.

Et ouais, ça m'aidait bien que ce soit aussi pour le mien.

Elle renifla et puis elle me regarda. Elle me regarda réellement, avec des yeux qui semblèrent transpercer mon propre masque. Je faillis reculer, surpris.

— Pourquoi fais-tu cela, Jordan ? Pourquoi te sens-tu aussi concerné ?

Je clignai des yeux. Sa question me prit totalement par surprise. *Pourquoi te sens-tu aussi concerné ?* Bonne question. Je n'en avais aucune idée. Je n'étais pas censé me sentir concerné. Il y avait très longtemps que je m'étais dit que je ne me sentirais plus jamais concerné. Cette unique fois m'avait trop fait souffrir.

Mais cette femme me faisait quelque chose… sans même le savoir.

Et je la laissais faire.

Je passai une main sur ma bouche et je haussai les épaules.

— Je me sens concerné pour l'entreprise. Je veux que l'OPI soit une réussite. Je veux que tu gardes les mains propres et que tu sortes d'ici sans causer plus de troubles que tu ne l'as déjà fait. C'est en cela que je me sens concerné.

Elle fronça les sourcils et je fis un pas en arrière. Je ne voulais plus la sentir près de moi, sentir son odeur. Je ne voulais pas me sentir concerné. Alors, ce ne serait pas le cas. C'était tout. J'allais l'éteindre, comme avec un interrupteur. J'étais doué pour ça. Je pouvais le faire.

Il le fallait.

Mais il y avait encore une chose ou deux que je voulais savoir.

— Pourquoi ne t'es-tu pas défendue contre Cari ? Pourquoi l'as-tu laissée te marcher dessus de cette façon ?

Elle haussa les épaules.

— Ce n'est pas une réponse et tu n'as pas quatre ans, grognai-je. À un moment donné, tu as appris que tu ne valais pas la peine de te défendre. Que les sentiments et les opinions des autres ont plus de valeur que les tiens. Tu gardes tes sentiments en toi et tu affiches un visage courageux au reste du monde.

Elle me regarda comme si je l'avais giflée.

— Et ça pose un problème ?

Je hochai la tête.

— En essayant de ménager les sentiments de tous les autres, tu ne donnes aucune valeur aux tiens. Parce que tu es trop *gentille.* Cela ne te mènera nulle part. J'ai appris il y a très longtemps que les types gentils finissent derniers. Veux-tu finir dernière ?

— S'agit-il d'une sorte de course ?

Je la dévisageai.

— C'est la vie. Et tu passes à côté de la tienne à cause de tous les connards qui te marchent dessus pour te passer devant. Et tu les laisses faire.

Elle cligna des yeux.

— Ceci explique donc pourquoi tu es un enfoiré.

Je lui fis un sourire diabolique.

— Et fier de l'être, dis-je.

Elle ne sourit pas en retour. À la place, elle me regarda avec ses yeux bleus perçants. Même dans la semi-obscurité de la salle de bains, je pouvais les voir parcourir mon visage, inspecter chaque centimètre, peut-être même trouver des choses que je ne voulais pas qu'elle voie.

Je sortis de la pièce, brisant l'instant.

— Je vais, euh, te laisser un peu de temps pour te remettre.

Pendant ce temps, je rassemblai mes affaires, car je me sentais prêt à conclure cette affreuse journée. Quand elle sortit, elle s'appuya en silence contre l'encadrement de la porte, inclinant la tête sur le côté et me regardant encore. Son visage fut plus facile à déchiffrer cette fois, car son regard glissa le long de mon corps, réchauffant des parties de moi que j'aurais aimé confier à ses mains. Elle s'humecta les lèvres quand son regard croisa à nouveau le mien.

Putain . J'étais dans la merde avec elle. Profondément. Je le savais et pourtant je me laissais sans cesse attirer dans les eaux dangereuses, inconscient ou volontairement ignorant du pouvoir qu'elle avait sur moi. Et tout bon surfeur savait qu'il fallait éviter un contre-courant quand c'était possible. C'était dangereux, il fallait dépenser énormément d'énergie pour y échapper sain et sauf.

— Il est temps de rentrer à la maison, dis-je, car je ne savais franchement pas quoi dire d'autre.

J'essayai de ne pas me souvenir du goût qu'elle avait eu la nuit dernière. J'essayai d'échapper à ce courant dangereux qu'était mon attirance pour elle.

— Alors je vais pouvoir rentrer à la maison à temps ?

Elle leva les sourcils avec espoir.

— Ne t'emballe pas. C'est seulement parce que tu dois être revenue ici avant l'aube.

Elle fit un pas en arrière.

— Pardon, quoi ? Chez moi, 'avant l'aube', ça n'existe pas.

— Maintenant si, dis-je en faisant passer la bandoulière de mon sac sur l'épaule et en soulevant le poids de mon ordinateur portable. Je veux que tu sois ici à six heures.

— Du matin ? demanda-t-elle, alarmée. Pour quoi faire ?

— J'ai rendez-vous avec un banquier à Santa Barbara demain matin. Tu viens avec moi. Porte des vêtements d'affaires. Ces connards sont très conservateurs.

Elle ouvrit la bouche, puis elle la referma.

Je me tournai pour marcher vers la porte et j'ajoutai par-dessus mon épaule :

— Arrête de faire cette tête de poisson.

Je n'aimais pas tellement l'idée d'être seul dans la voiture avec elle pendant des heures, mais je devais m'assurer qu'elle ne se trouve pas ici hors de ma surveillance, qu'elle ne court pas se confesser auprès d'Adam dès qu'elle en avait l'occasion.

En outre, je n'avais aucun souci à me faire dans la voiture tant que je conduisais. Que pouvait-il se passer ?

Chapitre Treize
April

PENDANT LE TRAJET JUSQU'À LA MAISON, JE PENSAI À toutes ces choses qu'il m'avait dites. J'y réfléchis en me connectant à Dragon Epoch et tout le temps que j'y jouai. J'y songeai en me couchant à deux heures du matin, incapable de dormir, alors que je devais me lever à quatre heures et demie du matin.

Je ne pouvais pas m'empêcher d'y penser. *À un moment donné, tu as appris que tu ne valais pas la peine de te défendre*. Je luttai contre ces paroles, je résistai. Je me dis qu'il n'en savait rien. Il me connaissait à peine. Mais plus j'y réfléchissais, plus je décidais qu'il avait raison.

C'était vrai. C'était ma façon d'interagir avec mes amis, mes parents. En particulier mes parents. Quand j'étais contrariée, je les évitais jusqu'à ce que ce soit impossible. Mais je ne leur disais jamais ce que je pensais. *Les sentiments et les opinions des autres ont plus de valeur que les tiens*. Parce que je ne voulais pas les blesser, je ne voulais pas qu'ils se sentent mal, je continuais à me sentir mal à la place.

Mais comment... comment avait-il fait ? Comment avait-il pu voir ce que je n'avais pas su voir moi-même ? *Tu gardes tes sentiments en toi et tu affiches un visage courageux au reste du monde*.

Je me tournai et retournai toute la nuit, hantée par ses paroles. Et à cause de mon idée stupide selon laquelle je devais être au travail plus tôt que prévu, je me retrouvai à parcourir les couloirs de Draco Multimedia *avant* six heures du matin après moins de deux heures de sommeil.

La lumière qui filtrait de l'extérieur était ténue et comme aquatique. Je me sentis bête d'être là si tôt. Je me rendis à la cafétéria pour un café très nécessaire. De toute façon, ils ne servaient rien d'autre à cette heure-là. Je fus surprise de voir d'autres lève-tôt assis à environ une douzaine de tables rondes de la cafétéria.

Quand j'attrapai mon café et que j'y ajoutai de la crème et du sucre, je remarquai un couple de personnes assises près de là, en train de rire et de parler d'un ton beaucoup trop joyeux pour cette heure de la journée. En y regardant mieux, je remarquai que c'était Mia et le cousin d'Adam, William, que j'avais rencontré dans la ruelle derrière *Le Chat Noir* quelques nuits auparavant. Il regarda dans ma direction et Mia suivit son regard. Lorsqu'elle me vit, le sourire s'évanouit de son visage et elle détourna les yeux en touillant son café. Je saluai William de la main en souriant. Il sourit brièvement à son tour.

Le fait de revoir Mia me rappela l'occasion que j'avais manquée pour m'excuser. Depuis, j'avais fignolé mes excuses en testant différentes versions. J'avais attendu une autre occasion, car j'avais trop peur de forcer les choses.

Mais les paroles de Jordan hier... je n'avais pas arrêté d'y penser. Plus elles tournaient dans ma tête, plus mes pensées marinaient.

J'avais laissé Cari gâcher mon unique chance de parler avec Mia et de m'excuser pour mon comportement grossier dans le passé. Je pouvais me rattraper maintenant, si je ne me dégonflais pas. Je pouvais au moins arranger ça, même si je ne pouvais pas réparer le mal que j'avais fait à Falco.

En inspirant profondément, je rassemblai mon courage et je marchai jusqu'à leur table.

— Bonjour, Mia, William…

Ils levèrent tous deux la tête vers moi, surpris.

— Bonjour, dit William.

— Comment se fait-il que des gens sensés soient debout à cette heure-ci ? demandai-je.

— C'est le matin de notre petit-déjeuner ensemble, expliqua William.

Il ne me regarda pas. Il ne regarda pas non plus Mia.

Elle s'éclaircit la gorge et expliqua :

— C'était un peu une tradition pour nous de déjeuner ensemble quand je travaillais ici. Mais je vais bientôt commencer l'école, alors je ne pourrais plus le faire sauf si nous nous voyons vraiment très tôt avant les cours. Nous testons pour nous y habituer.

— C'est bon de savoir que quelqu'un se trouve ici volontairement. Moi je me suis fait traîner en réunion par la Bête.

Mia faillit cracher son café et William me regarda du coin de l'œil en souriant. Je me laissai tomber sur un siège en face de lui.

— Ça ne vous dérange pas si je m'assois une minute avant qu'il arrive ?

— Pas du tout. William me parlait de l'incident au bar.

Je rougis.

— Euh, quel incident ?

— Comment Jordan a pensé que ce serait une bonne idée d'apprendre à William comment rencontrer des femmes dans un bar.

Je souris.

— Ah, c'est donc ça qu'il faisait ?

Je me tournai vers William.

— T'a-t-il donné quelques bonnes indications ?

William fit la grimace.

— J'aurais dû deviner que je ne pouvais pas demander à Jordan de prendre quoi que ce soit sérieusement.

— D'abord, à quoi pensais-tu en le lui demandant ? dit Mia en riant. En particulier en ce qui concerne les femmes. Il n'a jamais eu de relation sérieuse. Il veut seulement coucher avec des mannequins.

Je clignai des yeux en pensant à ce qui était arrivé chez lui et au bar l'autre soir. Était-ce tout ce que c'était, avec moi aussi ? S'ennuyait-il simplement, ou bien était-il en manque, ou les deux ? J'essayai de ne pas y réfléchir. En outre, je n'étais pas là pour parler de Jordan de toute façon.

— Je suis désolée de m'immiscer dans le temps que vous passez ensemble, dis-je doucement. Mais je me demandais si… je me demandais si…

Ils me regardèrent tous deux comme si je faisais une attaque. J'eus cette impression moi aussi.

Je m'éclaircis la gorge.

— Mia, pourrais-je te parler une minute ?

Je vis une légère surprise se dessiner sur son visage et elle regarda William. Il fronça les sourcils et regarda sa montre.

— Il reste encore cinq minutes de notre petit-déjeuner… commença-t-il.

— Oh, je ne veux pas vous interrompre.

J'essayai de cacher ma déception.

Mia poussa une boîte ouverte vers le cousin d'Adam. Elle contenait des fruits, un yaourt et une pâtisserie.

— William, pourrais-tu me rendre service et utiliser ces cinq dernières minutes pour poser ceci sur le bureau d'Adam ? Il arrive bientôt. Je suis partie avant lui pour qu'il ne pense pas que je le suivais sur cette foutue moto, même si j'en ai eu envie.

William secoua la tête.

— Je ne comprends toujours pas pourquoi il l'a achetée.

— Moi, non plus, soupira-t-elle. S'il est déjà arrivé en une seule pièce, dis-lui que j'arrive.

William se leva, ramassa ses déchets et les jeta. Ensuite, il prit la boîte de nourriture et dit au revoir à Mia.

Elle me jeta un coup d'œil curieux tandis que je regardai William partir, puis elle se redressa sur sa chaise. Je me mordis la lèvre et je me tournai vers elle. Mon cœur battait si fort que j'avais l'impression qu'il allait sauter de ma poitrine et s'envoler.

Je revécus brièvement ce moment de trois mois auparavant. Nous étions à une fête de bienfaisance chez Adam, et Cari et moi nous nous trouvions sur la terrasse et nous observions Adam – ce qui était l'activité préférée de Cari – en remarquant qu'il flirtait avec une mannequin pour maillots de bain en l'absence de sa petite amie.

Nous avions découvert ensuite que Mia était à l'intérieur, essayant sans doute de trouver le courage de faire une apparition. À ce moment-là, personne ne l'avait vraiment vue depuis qu'elle était tombée malade et elle se sentait sans doute mal à l'aise à cause de son apparence. J'imaginais que nos remarques inconsidérées n'avaient fait qu'empirer la situation.

— Euh...

— Je sais ce que tu vas dire, intervint Mia.

— Vrai... vraiment ?

Elle hocha la tête.

— Tu n'en as pas besoin.

— Si, j'en ai besoin. Je me sens affreuse depuis le jour de cette fête...

Elle croisa les bras sur sa poitrine.

— Parce que je vous ai entendues ?

— Oui. Cela en faisait partie. Mais aussi parce que je me suis sentie vraiment nulle de dire ces choses.

Elle eut un rictus.

— Pas étonnant. Je suppose que les gens qui parlent de cette façon le font à cause de leurs propres problèmes.

Elle leva une main pour m'empêcher de l'interrompre.

— Je ne suis pas parfaite non plus. J'ai détesté du monde moi aussi.

— Mia, je suis vraiment désolée. Tu étais si malade, et... ce n'était pas bien de notre part de parler de cette façon.

Elle pinça les lèvres.

— Excuses acceptées. Tu n'as plus besoin de te sentir mal.

J'inspirai profondément et je soufflai, quelque peu soulagée, mais pas complètement.

— Je veux que tu saches... eh bien, parfois c'est vraiment difficile de tenir tête à cette bande, tu sais ?

Elle hocha la tête d'un air entendu.

— Cari est un phénomène.

— Sincèrement, elle me fait trop peur.

Mia rit.

— Je pense qu'elle fait trop peur à tout le monde.

Je souris avant de redevenir sérieuse.

— J'ai toujours trouvé difficile de tenir tête aux gens. Quand j'étais plus jeune, c'est moi qui étais la cible des autres. Je sais ce que cela fait. Je... je suis désolée. Je suis désolée d'avoir trouvé plus facile de faire comme elles plutôt que de faire ce que je voulais au fond de moi.

Mia inclina la tête, me regardant comme si elle remarquait quelque chose de nouveau et de différent.

— Ha, et dire que tout ce temps je pensais que tu étais exactement comme elle.

Je rougis et je haussai une épaule en détournant les yeux.

— Tu en avais le droit. C'est de cette façon que j'agissais.

Mia fronça les sourcils.

— Ne t'en veux pas trop. Considère la chose comme une leçon que tu as apprise. Oui, c'était une chose nulle à dire, eh oui, c'était irritant de vous voir toutes dévisager Adam en permanence, mais je sais que vous ne pouvez pas vous en empêcher. Il est très beau, conclut-elle avec un grand sourire.

Je ris.

— Il est canon. Mais il est à toi. Alors je ne le lorgnerai plus. Cependant, je ne peux pas parler pour les autres.

— Oui, tu ne devrais pas parler pour elles. Et tu ne devrais plus les laisser parler pour toi.

Je me souvins des paroles de Jordan et je me sentis encouragée. Une sensation de chaleur brûlait au milieu de ma poitrine. Je me sentais forte.

— Je sais, dis-je.

— Les femmes sont plus fortes quand elles essaient de se soutenir au lieu de constamment chercher à détruire les autres.

Je soufflai. Ça, j'en étais bien consciente. Mia ne savait pas quelle mère j'avais. Sinon, elle me comprendrait sans doute mieux.

Chaque fois que j'allais faire des courses avec elle, j'étais trop petite, trop grosse, ou ma couleur de cheveux n'allait pas parce que je n'étais pas la grande blonde mince qu'elle était. *Le physique de ton père et mon intelligence – tu n'es franchement pas gâtée par la nature*.

— J'espère que tu ne m'en veux plus maintenant... dis-je en levant des sourcils interrogateurs ?

Mia hocha la tête.

— Ne t'inquiète pas. Mais méfie-toi de Cari, d'accord ?

Je fus stupéfaite par la justesse de son avertissement, bien qu'il arrive trop tard pour moi.

— Merci. J'essaie de rester loin d'elle.

— C'est sans doute ce qu'il y a de plus sage à faire.

Je changeai de position et je souris à nouveau.

— Puis-je te demander une faveur ?

Elle leva les sourcils en hochant la tête.

— Jordan m'a donné un projet et j'espère qu'il l'approuvera. Je veux rendre compte de ce que cela fait lorsqu'une personne qui n'est pas habituée aux jeux vidéo se met à jouer à un jeu comme Dragon Epoch. Ce qui l'intéresse au départ et ce qui fait qu'elle continue à jouer. Évidemment, je suis le sujet testé... et je sais que tu es une gameuse, alors j'aimerais ton point de vue.

Elle sourit.

— Bien sûr.

Elle sortit un morceau de papier de son sac et écrivit dessus.

— Envoie-moi un mail pour poser toutes tes questions.

Je pris son papier.

— Merci. Vraiment... merci pour tout.

Elle s'agita sur son siège pour rassembler ses affaires.

— Je crois que tu dois y aller, dit-elle en hochant la tête en direction de l'entrée de la cafétéria où traînait Jordan comme un nuage noir : grand et terriblement beau, dans un costume gris anthracite avec une cravate ambrée pour seule touche de couleur. Un costume trois-pièces, rien de moins, avec une veste qui mettait en valeur sa carrure svelte et solide.

Je me surpris à avoir le souffle coupé et mon cœur s'arrêta un instant de battre. Il leva les sourcils en attendant que je réagisse. Je me levai, je jetai le reste de mon café – le café de la cafétéria était vraiment mauvais – et je remerciai Mia. On marcha ensemble jusqu'à la sortie.

— Te voilà, dit-il quand je le rejoignis.

Mia leva le pouce dans sa direction et il la salua de la main quand elle passa devant lui pour sortir de la cafétéria.

— C'était quoi, ça ? demanda-t-il quand nous nous dirigeâmes ensemble vers le parking.

Je haussai les épaules.

— J'avais des choses à régler, c'est tout.

Il ne dit rien et j'examinai son beau profil du coin de l'œil, prise encore une fois par cette sensation de chaleur. J'étais fière de moi, mais aussi reconnaissante envers lui pour ses paroles qui m'avaient donné le courage de m'excuser. Je me sentais soulagée et légère comme l'air. Et je l'aurais bien remercié si je n'avais pas pensé qu'il allait faire une remarque désagréable.

Je chassai cette idée. Pas encore. Nous avions un long trajet à faire et ce n'était pas une bonne idée de le commencer avec de la gêne. Dans de bonnes conditions de circulation, il fallait deux heures et demie pour aller d'ici à Santa Barbara.

On arriva jusqu'à sa place vers l'avant du parking où se trouvait effectivement une moto vintage sur la place du PDG juste à côté de la sienne. La voiture de Jordan était une nouvelle Range Rover argentée brillante avec toutes les options au monde. C'était un miracle qu'elle ne conduise pas toute seule.

On s'arrêta dans un Starbucks Drive avant la bretelle d'autoroute pour faire le plein de café. Je bus lentement mon double latte avec un shot de café supplémentaire, sans sucre. Le goût fort et amer en plus de la grosse dose de caféine m'aida à rester éveillée.

Nous discutâmes de mon projet pendant quelques minutes et il approuva le compte rendu de mon passage de 'moldu' à geek totale. Il suggéra que j'y ajoute un côté marketing en fournissant des informations sur la façon d'attirer de nouveaux joueurs. Je pris quelques notes et puis le silence retomba, alors je sortis mon téléphone.

Je lus le reste d'*Orgueil et Préjugés* dans les embouteillages de Los Angeles. Le silence régna entre nous pendant qu'il écoutait les nouvelles financières à la radio.

Quelque part autour de Thousand Oaks, alors que la circulation devenait moins dense, le téléphone de Jordan vibra pour annoncer l'arrivée d'un SMS.

— Tu veux bien vérifier ça ? Je veux être sûr que ce n'est pas ce trou du cul de banquier qui annule notre rendez-vous.

J'attrapai avec précaution son téléphone et je vis le texto qui était affiché sur l'écran de notification. J'écarquillai les yeux en le lisant.

— Ce n'est pas le banquier, dis-je.

— Ah bon ? Qui est-ce ?

— Euh... eh bien, tu l'as enregistrée sous le nom de Sexy Sondra.

Il ricana, mais ne sembla pas vouloir connaître le contenu du message. Je le lui fournis malgré tout, car c'était trop croustillant pour ne pas le partager.

— Elle veut savoir si elle a laissé ses menottes en peluche rose chez toi la dernière fois qu'elle y était.

Je pris plaisir à observer la lente coloration de son cou depuis le col de sa chemise. Sans me regarder, il tendit la main pour récupérer son téléphone. Je le glissai dans sa paume.

— Tu ne devrais pas le lire pendant que tu conduis.

— Je ne vais pas le faire.

Il le posa dans le petit compartiment spécialement conçu pour cela.

— Tu es certain que tu ne veux pas que je réponde ? Tu peux le déverrouiller avec ton empreinte de pouce et je lui ferai savoir si tu as toujours ses menottes ou pas. Et puis, je pourrais lui dire où elle a laissé traîner son vibro tant que j'y suis.

Je commençais à avoir mal aux joues à cause de mon grand sourire.

— C'est bon, ça va.

— Il y avait aussi cinq textos que tu n'as pas lus, mais ils étaient dessous...

— Ça va, Weiss. J'ai compris. Ça t'amuse. Pouvons-nous passer à autre chose ?

— Eh bien, il ne faut pas faire attendre tes admiratrices. Je suis très inquiète qu'elles puissent se sentir négligées.

En vérité, l'imaginer avec une autre femme me faisait bouillir. Je serrai la mâchoire à cette pensée. Étais-je... étais-je jalouse ? Je me persuadai vite que c'était n'importe quoi et je me forçai à ignorer ce sentiment.

— Et en quoi cela t'inquiète-t-il ?

Je haussai les épaules en essayant de ne pas sentir les effets de cette pique.

— C'est dans mon propre intérêt. Si tu manques de... *compagnie* régulière, tu pourrais devenir encore plus grognon que tu ne l'es déjà.

Je vis sa mâchoire bouger, mais il resta concentré sur la route.

— Je préférais lorsque tu lisais ton livre.

Je haussai les épaules.

— D'accord. Je retourne à ma lecture, alors.

— Tu lis beaucoup.

C'était une affirmation, pas une question. Il me jeta un coup d'œil avant de reporter son regard sur la route.

— Était-ce une observation ou une insulte ?

— Qu'est-ce que tu lis ? Des romans ?

— Parfois des romans. Parfois des essais. Dernièrement, je me suis fait pas mal de livres de théorie économique.

— *Freakonomics* ?

— J'adore celui-là.

— Ça ne m'étonne pas.

— Comment ça ?

— Les gens qui aiment la théorie de l'économie aiment les jeux de manipulation.

Je haussai les épaules, car je ne savais pas quoi répondre. Je ne savais même pas ce qu'il voulait dire par cela. Voulait-il dire que j'aimais manipuler les autres ? Ou peut-être que je me trompais moi-même avec mes propres manipulations ?

On roula en silence pendant quelques kilomètres de plus, passant la ville de Ventura. L'autoroute bifurqua et longea l'océan sur notre gauche. Je regardai la lumière du soleil se refléter sur l'eau par sa vitre. Le brouillard côtier du matin avait commencé à se dissiper et nous allions encore avoir une glorieuse journée ensoleillée de Californie du Sud.

Et moi j'étais coincée dans une voiture avec le patron le plus grognon au monde. Le patron grognon canon avec des mains plus magiques que tout ce que JK Rowling pouvait imaginer dans *Harry Potter*. *Orgasmo Patronum*. Il n'avait même pas eu besoin de faire d'incantation… ses mains avaient suffi. L'idée de ses mains fit revenir les papillons au creux de mon ventre.

Je baissai le regard, passant de l'océan à ses mains sur le volant. Elles étaient grandes, légèrement poilues et avec de grosses veines. Je me souvins de la sensation de ses mains qui passaient dans mes cheveux, tenant ma tête pendant qu'il m'embrassait.

J'eus soudain très chaud et il tourna la tête, comme s'il avait su lire dans mes pensées.

— Tu as chaud ? Veux-tu que je mette la clim ?

Il tendit la main et éteignit le chauffage de mon siège.

Je secouai la tête et je lui jetai un coup d'œil avant de me tourner vers ma vitre où j'observai les collines côtières broussailleuses du côté droit de la voiture.

— Alors, euh, devons-nous parler de ce qu'il s'est passé l'autre soir dans la ruelle ? finis-je par m'entendre dire.

C'était une question qui me rongeait depuis que c'était arrivé. Mais je n'avais pas vraiment eu l'intention de la poser à voix haute.

Il resta silencieux encore un certain temps pendant que la Range Rover dévora les kilomètres en glissant sur l'autoroute. Je n'osai pas le regarder ni même bouger. J'avais trop peur qu'il m'arrache la tête.

Il poussa enfin un soupir.

— Cela n'aurait jamais dû se produire et ne se reproduira plus. Je suis désolé.

Je fronçai les sourcils. Ce n'était pas ce que j'avais voulu qu'il dise. Peut-être, quelque chose du genre : '*Tu es si désirable et sexy que je n'ai pas pu m'en empêcher*' ou '*Je te déteste parce que tu es trop belle*' ou '*En vain ai-je lutté. Rien n'y fait. Je ne puis réprimer mes sentiments. Laissez-moi vous dire l'ardeur avec laquelle j'ai envie de vous baiser.*' Je souris à cette version moderne de la citation classique de Mr Darcy. Oui, ce serait parfait.

À la place, j'avais eu ses excuses. Comme s'il avait roté en ma présence au lieu de m'offrir un orgasme incroyable avec ses mains. Cela me fit rire. Et quand le rire fit surface, je ne pus le réprimer – un peu comme les sentiments de Darcy. Le rire éclata comme la lave jaillit d'un volcan.

Je ris bientôt si fort que j'en pleurai et plus j'étais hilare, plus il devenait grognon. Cela commença par un froncement de sourcils, puis il serra le volant en s'agitant dans son siège. Pendant ce temps, j'essuyai mes larmes du dos de la main. Quand je parvins enfin à me calmer, il avait adopté une mine très renfrognée.

— C'est ça que j'obtiens pour mes excuses ?

— Ah, il s'agissait d'excuses ? '*Pardon pour l'orgasme, Madame. Cela ne se reproduira plus.*' C'est ton mode opératoire habituel ? Sexy Sondra a-t-elle aussi reçu tes excuses après que tu l'aies attachée à ton lit et fait crier ton nom ?

Il était tout rouge à présent et il me jeta un regard assassin du coin de l'œil.

— Ce n'est pas ce que je voulais dire. Je voulais dire que ce n'était pas approprié étant donné notre relation professionnelle.

— Oui, M. Fawkes, vous vous comportez de façon très inappropriée. Et maintenant, grâce à la formation d'Essie, je sais comment le dire.

— Nous sommes arrivés. Dieu merci.

Je levai la tête et je vis le panneau des sorties pour Santa Barbara, puis je me mordis la lèvre avant de me remettre à rire.

— Quoi encore ? demanda-t-il en mettant le clignotant pour changer de voie.

— Tu dois quand même me supporter dans ta voiture tout le trajet du retour. Tu recevras peut-être de nouveaux textos que je pourrai te lire.

Je regardai encore une fois par la vitre, faisant de mon mieux pour contrôler mon rire. Santa Barbara était une petite ville pittoresque arrondie autour d'une baie bleue scintillante. Les maisons grimpaient jusque sur les collines noires. C'était un endroit sophistiqué, cultivé et parfait pour les citadins qui avaient envie de passer un week-end ailleurs. Mais nous n'étions pas ici pour une escapade romantique, bien que l'idée de faire quelque chose du genre avec l'autre occupant de la voiture me rendait toute chose.

Non, nous étions ici pour une ennuyeuse réunion d'affaires.

Quelques minutes plus tard, nous nous trouvâmes dans le parking du bureau de l'investisseur. Jordan descendit de la voiture et attrapa la veste de son costume qui était accrochée à l'arrière afin d'éviter qu'elle se froisse. Il l'enfila sur ses épaules larges et la boutonna avant d'ajuster sa cravate.

— Dois-je attendre dans la voiture ou bien…

On aurait dit que je venais de suggérer d'aller danser sur le trottoir comme un panneau publicitaire humain.

— Non. Tu m'accompagnes en tant qu'assistante. Tu veux apprendre ou bien tu n'es qu'une de ces gosses de riches qui font semblant d'apprendre la valeur du travail jusqu'à ce que papa leur fasse un bon gros chèque ?

Je fronçai les sourcils et mes joues se mirent à brûler. Le combat était entamé. Ses lèvres se courbèrent en un léger sourire, comme s'il était satisfait d'avoir touché un point sensible. J'avais laissé voir mes émotions. D'habitude, j'étais plus douée pour les cacher, mais il semblait faire ressortir le pire en moi – et sans que cela lui coûte vraiment d'efforts.

Je ravalai mon irritation et mes yeux furent des missiles à tête chercheuse dans son dos – des poignards n'auraient pas suffi – quand je le suivis par les portes en verre.

Au bout de quelques minutes, Jordan me présenta à son banquier, Wallace Holden, un membre du groupe de banquiers qui devaient financer les premières actions pour l'entrée en bourse de Draco. En m'asseyant, je regardai Jordan s'installer et déboutonner sa veste d'un geste fluide. Je sortis mon bloc-notes et je préparai mon stylo sur la page blanche, prête à prendre des notes, à créer une liste de choses à faire ou quoi que ce soit, qui me donne l'apparence d'une assistante officielle.

Malgré sa tenue formelle, Jordan adopta une posture décontractée, appuyé contre son dossier, une cheville posée sur son genou opposé. Il se mit à bavarder avec Wallace, qu'il surnomma Wally, avec un grand sourire.

— Alors, j'ai vu que l'équipe de baseball de ton fils est en finale ? Il doit être ravi. A-t-il déjà rencontré des dénicheurs de talents pour une éventuelle bourse universitaire ? J'ai entendu dire qu'il avait un bras incroyable.

Jordan savait des choses au sujet des enfants de Wally, de sa femme et même de sa dernière partie de golf. Je l'observai en douce. Il était très doué. Ils passèrent vingt minutes à parler de Wally et de sa vie et Jordan sembla intensément s'y intéresser. Pour finir, ils ne passèrent que dix minutes à parler travail.

— Alors, où en êtes-vous de votre offre publique initiale ? finit par demander Wally.

— Nous sommes prêts, dit Jordan avec un grand sourire. Mon PDG est surexcité.

Le visage de Wally révéla sa surprise.

— J'ai entendu dire que ton PDG est un peu... qu'il rechigne à céder les rênes. Va-t-il nous donner autre chose qu'une minuscule part d'actions pour coter l'entreprise ?

Jordan agita les mains.

— Adam est enthousiasmé par l'OPI et il est impatient. Il a de grands projets. Des projets incroyables. Ce gamin est un génie, et pas seulement parce qu'il me laisse gérer le côté financier des affaires, dit-il avec un clin d'œil. Il est visionnaire et laisse-moi te dire qu'il a des années-lumière d'avance sur nous.

Pendant que je le regardais rassurer le banquier, je ne pus m'empêcher de me demander si sa réputation avec les femmes n'était pas basée sur les mêmes principes avec lesquels il conduisait ses affaires. Dire aux gens ce qu'ils avaient envie d'entendre, c'était aussi tout un art.

À la fin, les craintes de Wally semblèrent apaisées et nous sortîmes après nous être serré les mains et après avoir échangé des propos aimables. Dans le parking, Jordan enleva sa veste et la raccrocha à sa place avant d'ôter sa cravate en déboutonnant son col.

Je le regardai en fronçant les sourcils. Il s'arrêta et leva un sourcil interrogateur.

— Quoi ?

— Comment savais-tu toutes ces choses sur lui ? Ses enfants, sa famille ?

Il haussa les épaules.

— Les réseaux sociaux. Et puis je connais du monde qui...

Il regarda ailleurs puis il continua.

— La collecte des données n'est pas difficile de nos jours. Mais je ne suis pas un cyberharceleur.

— Tu connais du monde, allons bon.

Il parlait comme mon père et cette comparaison me mettait un peu mal à l'aise. Moins je pensais à mon père dernièrement, mieux c'était.

Il me fit un sourire rusé et il ouvrit la portière, se glissant sur son siège. Je m'assis à côté de lui, je me tournai et je croisai les bras sur ma poitrine.

— As-tu rassemblé des informations sur moi ?

Son sourire satisfait se figea et il sembla légèrement paniquer pendant une fraction de seconde avant de se tourner vers le volant en riant.

— Tu l'as fait, n'est-ce pas ?

— Tu as causé un problème de relations publiques dans ma société, Weiss. Cela te surprend ?

Je haussai les épaules en me mordant la lèvre inférieure.

— Je suis sûre que tu n'as pas découvert grand-chose, étant donné que je suis plutôt ennuyeuse. Je suis certaine à cent pour cent que cela ne valait pas l'effort.

Il fronça brièvement les sourcils avant de regarder l'heure, puis il soupira.

— Eh bien, c'était chiant de rouler jusqu'ici pour bavarder trente minutes avec un banquier frileux. Je déteste ce job, parfois.

— Tu aurais pu prendre le train et te faire conduire par un chauffeur depuis la gare jusqu'ici. Tu aurais pu travailler un peu.

Il me jeta un regard noir.

— La dernière fois que j'ai vérifié, nous nous trouvions en Californie. Nous conduisons toujours nous-mêmes. Même quand nous sommes assez riches pour avoir des chauffeurs. Cela fait partie de notre culture. En outre, il fallait que je sorte mon cul du bureau. Et il fallait aussi que je sorte le tien.

— Mon cul ? Pourquoi… ?

Je m'interrompis en comprenant soudain.

— Oh… tu avais peur que j'aille tout avouer à Adam pendant ton absence.

Il se toucha le nez et me fit un clin d'œil.

— Nous avons encore un autre arrêt avant de redescendre dans le sud. Je l'avais prévu avant de savoir que tu serais du voyage. Tu vas devoir jouer le jeu, car si j'annule, je vais le payer très cher.

Je levai un sourcil. Allait-il rendre visite à une de ses dulcinées ? Car dans ce cas, je ne voulais surtout pas m'en mêler.

Mon ventre gargouilla. Il rit.

— Et le déjeuner est compris.

On se rendit en ville, traversant le centre pittoresque avant d'arriver dans une zone résidentielle de la classe moyenne en bordure de la ville. On se gara bientôt dans l'allée d'une maison modeste de style bungalow. Je cherchai des réponses en glissant de mon siège et en suivant Jordan jusqu'à la porte d'entrée.

Il frappa bruyamment et puis il tourna la poignée et passa la tête par la porte pour appeler :

— Pa ? C'est Jordan.

Quelqu'un appela à l'arrière de la maison et Jordan ouvrit la porte afin que je puisse le précéder. La maison était décorée assez sobrement. Elle avait un air légèrement désuet et une touche féminine et accueillante. Je regardai autour de moi, observant les grands abat-jour pastel, un miroir art déco, quelques antiquités et un gros canapé en daim trop rembourré.

Un grand homme mince apparut. On aurait dit une version de Jordan à soixante ou soixante-dix ans, portant un pull et un pantalon en velours côtelé. Il serra immédiatement Jordan dans ses bras.

— Eh bien, il était temps que tu viennes me rendre visite, dit-il.

L'homme plus âgé m'aperçut par-dessus l'épaule de Jordan et il écarquilla les yeux.

— Tu ne m'as pas dit que tu étais accompagné d'une belle jeune femme.

Jordan recula et se tourna vers moi, l'air gêné.

— C'est mon assistante, Pa. April, voici mon grand-père, le révérend Gerald Fawkes.

Révérend ? Le grand-père de Jordan était pasteur ? Comme c'était… étrange et ironique. Je me demandai s'il savait que son petit-fils couchait à gauche et à droite. Je fis un pas en avant et j'affichai mon plus grand sourire en lui serrant la main.

— C'est un plaisir de vous rencontrer, monsieur. Je suis April Weiss.

— Avez-vous faim, mademoiselle April ? Car j'ai préparé le déjeuner et il y en a beaucoup, même pour Jordan.

— Je n'ai plus seize ans. Je ne mange plus comme avant.

— Pas même mon hachis parmentier maison ?

Jordan sourit.

— D'accord, tu m'as eu. Je pense que je suis en train de baver.

— Donnez-moi quelques minutes. Asseyez-vous à table. Sois un gentleman, s'il te plaît, et tire la chaise pour mademoiselle April.

Jordan leva les yeux au ciel et son grand-père se moqua de lui. Le vieil homme était adorable et je gloussai quand Jordan fit exactement ce que son grand-père avait exigé avec un soupir résigné.

— Ton grand-père vit donc ici ? Susan a dit que tu avais grandi à San Luis Obispo.

— C'est le cas. Mes parents se trouvent toujours à SLO. Le ministère de mon grand-père était ici jusqu'à ce qu'il prenne sa retraite.

Il prononçait SLO comme 'slow' – c'était ainsi que beaucoup d'habitants de la région y faisaient référence.

— Quel bel endroit pour vivre et travailler ! De quelle confession est-il pasteur ?

— Méthodiste. Et je te jure que si tu plaisantes à ce sujet, Weiss...

Un sourire enjoué apparut sur ses lèvres sexy.

Je gardai un visage aussi sérieux que je le pus.

— Est-ce que cela signifie que je ne peux pas poser de questions sur ses croyances concernant la fornication avec des menottes en peluche rose ? Mon éducation spirituelle est en jeu.

Il se contenta de froncer les sourcils, mais je vis qu'il essayait de ne pas rire.

— C'est bon, tu peux rire. Tu ne gâcheras pas ta réputation de Patron le plus Grognon sur Terre. Mais ne crois pas que je vais me retenir d'obtenir des dossiers sur toi de la part de ton grand-père.

Il secoua la tête.

— Tu n'obtiendras rien.

— Ah, mais je suis à moitié juive. Nous avons des moyens d'extraire la vérité des endroits les plus improbables.

Bon, je n'étais pas vraiment en phase avec ma moitié juive. C'était à peu près la somme de tout ce que j'avais en commun avec cette partie de ma famille.

Je ne pouvais nier le léger pincement que j'avais ressenti en le voyant faire un câlin à son grand-père. Ou quand je regardais d'autres gens interagir avec les membres de leur famille. Je ne savais pas vraiment ce que cela faisait. Alors je plaisantais au sujet des stéréotypes juifs et je choisissais d'en rire, car mettre l'autre personne à l'aise était plus important que mes propres sentiments.

Je lui jetai un regard discret. Maintenant que ses paroles étaient dans ma tête, elles semblaient teindre ma perception de toutes mes interactions. J'inspirai profondément et je le regardai dans les yeux. *Sors de ma tête, veux-tu ?*

Jordan bondit de sa chaise pour aider son grand-père à porter les assiettes et la nourriture. Il réapparut très vite avec une cocotte qui sentait bon et il la posa sur le dessous-de-plat.

Le hachis parmentier fut délicieux et la compagnie plaisante, étant donné que la présence du grand-père avait un effet adoucissant sur Jordan. Le révérend Fawkes dit qu'il s'agissait d'une vieille recette de famille, transmise depuis l'Angleterre. D'après la légende, ils étaient les descendants du tristement célèbre Guy Fawkes de la Conspiration des Poudres. L'homme qui avait essayé de faire exploser le Parlement quelques centaines d'années auparavant.

Jordan leva les yeux au ciel quand son grand-père aborda le sujet.

Le révérend se tourna vers moi.

— Ne fais pas attention à lui. Il n'aime pas se rappeler qu'il a été nommé après lui.

— Quoi ?

Jordan grimaça.

— Mon deuxième prénom est Guy. Encore une bonne plaisanterie de mon père.

— Ne brûlent-ils pas une effigie de Guy Fawkes en Angleterre ? demandai-je, contente d'avoir écouté pendant mon cours d'études européennes.

— Tous les cinq novembre, dit le révérend.

Puis il se pencha vers moi d'un air de conspirateur.

— Il se trouve que c'est aussi la date de son anniversaire.

J'éclatai de rire et le visage de Jordan s'assombrit.

— D'accord, tu dois admettre que porter le nom de Fawkes et naître un cinq novembre... je comprends tout à fait pourquoi ton père a pensé que c'était un signe.

Jordan jeta un regard noir et je me souvins des paroles de Susan. *Sauf de son père. Il se passe quelque chose d'étrange avec son père*.

La plaisanterie avait fait remonter chez lui une sorte de sentiment ou de souvenir malvenu. J'eus envie de tendre la main et de toucher son bras, mais je m'arrêtai, ma main s'agitant sur la table.

Le révérend sembla sentir le changement d'atmosphère soudain.

— Laissez-moi aller chercher le pichet de thé glacé.

Il se leva et partit dans la cuisine.

Je souris en essayant de lui remonter le moral.

— Tu aurais dû y réfléchir à deux fois avant de me faire venir chez ton grand-père. J'aurai bientôt extrait tous tes secrets.

Il ouvrit la bouche pour répondre quand on sonna à la porte. Le grand-père de Jordan appela de la cuisine pour lui demander d'ouvrir. Jordan se leva, mais avant de pouvoir atteindre la porte, celle-ci s'ouvrit tout seule.

— Pa, on est là ! cria une jeune femme.

Jordan se figea et ils se regardèrent dans les yeux. Elle avait environ dix-huit ans, elle était grande et mince avec de longs cheveux châtains et un joli visage. En voyant Jordan, elle poussa un cri et sauta sur lui.

— Que fais-tu ici ? Je me demandais à qui était cette voiture toute neuve !

Jordan se raidit en gardant les yeux rivés sur la porte qui était restée ouverte. Il passa un bras autour d'elle quand elle l'embrassa sur la joue.

— C'est qui 'on' ? Qui est ici avec toi ? aboya-t-il.

Elle inspira et fit un pas en arrière en fronçant les sourcils.

— Eh bien, bonjour à toi aussi, grand frère. Je suis avec papa et maman, mais personne n'a dit que tu serais ici.

Elle jeta un regard curieux dans ma direction avant que Jordan tourne les talons et se précipite vers la cuisine.

Nous restâmes à nous regarder pendant un long moment gênant avant que je me lève et que je fasse le tour de la table.

— Bonjour, je m'appelle April Weiss. Je suis l'assistante de Jordan.

Nous nous tournâmes toutes les deux pour regarder la porte fermée de la cuisine d'où l'on entendait Jordan lever la voix. Pauvre grand-père.

— Je suis Hannah Fawkes. La petite sœur du type caractériel. Et je parie que mon grand-père ne savait pas que tu viendrais, sinon il n'aurait jamais essayé de faire ça.

J'ouvris la bouche pour poser la question quand deux autres personnes passèrent la porte d'entrée ouverte. Je les reconnus comme étant les parents de Jordan d'après la photo de famille qu'il avait sur son bureau. Sa mère était mince, de taille moyenne, avec des cheveux roux coupé court. Le père de Jordan lui ressemblait – ou vice versa, plutôt. Il avait ce côté distingué et je fus frappée par la forte ressemblance entre les hommes de trois générations de Fawkes. C'était comme de regarder Jordan vingt-cinq ans dans le futur et au-delà.

Hannah les désigna de la main.

— Voici mes parents, dit-elle.

Puis elle se tourna vers son père pour ajouter :

— Jordan est ici.

Il grimaça.

— Cela explique la grosse voiture qui consomme et réchauffe la planète dans l'allée, maugréa-t-il.

Jordan était revenu à la fin de cette tirade et il jeta un regard à son père avant d'attraper ses clés.

— Moi aussi je suis content de te voir.

Puis il se tourna vers moi.

— On s'en va.

J'étais figée sur place, mal à l'aise de me trouver au milieu de ce drame familial. Jordan marcha à grands pas vers la porte sans un autre regard vers son père. Sa mère se retourna et le suivit, attrapant son bras sur le seuil de la porte toujours ouverte. Le révérend Fawkes sortit de la cuisine avec un gâteau au chocolat gigantesque posé sur un plateau en verre et il le posa au milieu de la table.

— Tu veux bien m'expliquer ta petite combine ? demanda le père de Jordan au grand-père.

— Calme-toi et assieds-toi, répondit faiblement le révérend. Asseyez-vous tous. Carol arrivera peut-être à faire revenir Jordan à table.

Je regardai Jordan et sa mère discuter près de la porte d'entrée. Le langage corporel de Jordan était raide, ses mains dans les poches. Sa mère avait toujours une main sur son bras, l'autre gesticulant pour souligner ses mots. Je me demandai à moitié si le grand-père et elle s'étaient mis d'accord pour mettre le père et le fils dans la même pièce. C'était peut-être une sorte d'intervention familiale.

Et moi j'étais là, au milieu d'une réunion de famille dysfonctionnelle. Comme si je n'avais pas déjà assez de dysfonctionnements familiaux dans ma vie.

Je me dépêchai de rassembler les plats et les ustensiles sales du déjeuner et je les ramenai à la cuisine. Je m'arrêtai un instant avant d'apercevoir une pile d'assiettes à dessert et de fourchettes. Je les attrapai et je les portai jusqu'à la table.

Plus vite, le gâteau serait coupé et servi, plus vite nous pourrions partir, si nécessaire. Ou bien peut-être que Jordan et son père seraient capables de se parler. Peut-être.

Presque tout le monde était assis et Jordan revint lentement vers la table, à contrecœur, le visage sombre. Le révérend coupa le gâteau comme si rien d'inhabituel ne s'était produit. C'était comme s'il essayait d'établir un semblant de normalité. Un tel clivage familial n'était pas seulement douloureux pour les deux personnes impliquées. Cela déchirait une famille entière. Étant donné les regards que Jordan jetait maintenant au grand-père, cet homme avait beaucoup risqué – et sans doute perdu.

On mangea notre gâteau dans un silence tendu pendant quelques minutes. Puis, quand plus personne ne put supporter la tension, ils abordèrent un sujet moins dangereux : moi, apparemment.

— Alors, April, depuis combien de temps travailles-tu chez Draco ? commença le révérend.

— Oh, j'ai passé six mois en marketing et maintenant cela fait un mois que je travaille en tant qu'assistante de Jordan.

Hannah fronça les sourcils.

— C'est un long stage. Tu es là pour l'expérience ou bien essaies -tu d'obtenir un emploi dans l'entreprise ?

Je souris.

— J'espère entrer dans une école de commerce. Sinon, je m'intéresse vraiment aux théories de l'économie.

Le père de Jordan – qui s'appelait Grant Fawkes – ricana.

— Le monde n'a pas besoin de plus de robots d'entreprise. Il vaudrait mieux que tu étudies la théorie et que tu écrives des essais que personne ne lira.

Jordan leva assez longtemps la tête de son gâteau pour lancer un regard noir à son père. Waouh, ces deux-là ne se supportaient vraiment pas. Que s'était-il passé entre eux ?

— Quel est votre travail, M. Fawkes ?

J'essayai d'éviter la voie de l'affrontement vers laquelle les deux hommes se dirigeaient.

— C'est Dr Fawkes. Je suis maître de conférences d'ingénierie environnementale à Cal Poly et je dirige une société de consultants.

Cela expliquait son commentaire sur la voiture de Jordan. J'inspirai avant de soupirer.

— Où as-tu étudié, April ? demanda la mère de Jordan.

— J'ai été diplômée de UCI en juin dernier. J'aimerais entrer à UCLA pour mon deuxième cycle universitaire.

Le silence retomba et je touchai à peine mon gâteau au chocolat. Il était délicieux, mais trop riche et j'en avais eu assez après quelques bouchées.

— Alors, euh... vous devez tous être très fiers de Jordan qui va parler dans une conférence TED.

Ils levèrent tous la tête, les visages tournés vers l'homme en question. Sa fourchette portant un morceau de gâteau s'arrêta à mi-chemin de sa bouche.

— Tu vas parler à TED ? demanda sa mère en premier. Quand ?

Il inspira profondément, puis il souffla en me jetant un regard assassin.

— Dans quelques semaines, dis-je quand Jordan ne fournit pas la réponse.

J'étais surprise qu'ils ne soient pas déjà au courant. Hannah s'éclaircit la gorge.

— C'est génial, frérot. Tu seras célèbre. De quoi vas-tu parler ?

— Comment être un méga consommateur superficiel et matérialiste, j'imagine, dit son père.

— En fait, c'est plutôt comment vivre ta vie uniquement dans le but d'énerver un parent, inséra immédiatement Jordan.

Très gênant.

— Pourrons-nous voir ton discours ? demanda sa mère comme si aucun des deux n'avait parlé.

Quand Jordan ne répondit pas, je le fis à sa place.

— C'est en streaming sur Internet. Il n'y a qu'un léger délai, c'est presque en live, je crois. Vous pourrez le voir le jour même. Je suis certaine que l'on peut trouver les horaires sur le site Internet.

— Et moi qui pensais que tu étais entièrement pris par ta course après l'argent the wall Street, dit son père avec un sourire sarcastique.

— Grant, commença le révérend. Ça suffit.

Le père de Jordan rougit en se tournant vers le révérend.

— À quoi t'attendais-tu avec cette petite manœuvre, papa ? De joyeuses licornes qui dansent dans les bois en pétant des arcs-en-ciel et des papillons ?

— Oui, ricana Jordan. On ne peut pas raisonner avec les fanatiques.

Grant tourna brusquement la tête et jeta un regard mauvais à son fils.

— L'étiquette de 'fanatique' n'est qu'une façon pour les girouettes de justifier leur propre lâcheté.

— Il n'y a pas de girouette de ce côté-ci. Toi et moi nous regardons très clairement dans des directions opposées, grogna Jordan.

Oh la la. J'essayai de trouver une excuse qui puisse me faire sortir de cette pièce aussi vite que possible. La confrontation faisait danser mes nerfs et j'eus des flash-backs de mes parents criant l'un contre l'autre – leur moyen de communication habituel.

Je me levai avec un soupir nerveux et j'attrapai mon assiette en me dirigeant encore une fois vers la cuisine. J'allais me cacher là jusqu'à ce que ce soit terminé. Une minute plus tard, la mère de Jordan vint me rejoindre à côté de l'évier avec son assiette.

— Je suis désolée. Nous ne pensions pas que Jordan serait accompagné.

Ah, elle faisait donc partie du complot.

— Ce n'était pas correct de te placer au milieu de ces disputes.

Je m'éclaircis la gorge.

— Cela doit être très fatigant quand votre famille se rassemble pour les fêtes.

Elle hocha la tête.

— Ils se ressemblent beaucoup trop et ils sont très têtus. Ils se sont toujours cherchés, mais c'est particulièrement terrible depuis... enfin, tu ne t'intéresses probablement pas à toutes nos dynamiques familiales.

— J'ai beaucoup de mes propres dynamiques à gérer.

— Tu es seulement ici pour faire ton travail et tu as posé le pied au milieu d'un drame familial sans le savoir.

Elle posa une main sur mon épaule.

— Je suis vraiment désolée. J'espère que c'est un bon patron pour toi ?

— Euh... Il m'apprend beaucoup de choses. Le...

Je fus interrompue lorsque la porte de la cuisine s'ouvrit. Avec le même regard noir habituel, Jordan traversa la cuisine pour me rejoindre.

— Nous partons maintenant.

— Jordan, commença sa mère.

— Pas maintenant, d'accord ? Nous en parlerons plus tard.

— Tu es contrarié.

Jordan se frotta le menton.

— Je suis assez énervé, oui.

— Je... euh... je vais vous laisser une minute. Je serai dans la voiture, dis-je.

Je quittai la pièce, puis je pris congé des autres membres de la famille de Jordan. Le révérend me raccompagna jusqu'à la porte et je me dépêchai de m'abriter dans le nouveau SUV de Jordan, me fichant complètement de sa consommation d'essence et de sa participation au réchauffement climatique.

Chapitre Quatorze
Jordan

NOUS FÛMES DE RETOUR SUR LA ROUTE JUSTE À TEMPS pour les embouteillages. D'abord pour traverser Santa Barbara, puis à nouveau à Ventura, et enfin dans l'espèce de parking géant qu'était la vallée de San Fernando. Je mis de la musique chemin. Je n'étais pas du tout d'humeur à parler du désastre de la réunion de famille à laquelle il n'avait manqué que mon frère, Seth, pour qu'elle soit complète. Comme il était à l'université trois états plus loin, je supposai que ce n'était pas pratique. Mais apparemment, me foutre la honte devant mon assistante, ça, c'était pratique.

April passa beaucoup de temps sur son téléphone, sans doute à lire un livre. À un moment donné, elle s'enfonça dans son siège et elle ferma les yeux. Le soleil commençait à disparaître et la circulation était lente. Je lui jetai des coups d'œil discrets quand je ne ruminais pas en m'apitoyant sur mon sort. Et la honte. Il y avait ça, aussi.

Elle finit par poser la tête sur mon épaule tout en continuant à somnoler. Au début, je fus tenté de la repousser, mais son odeur – cette odeur ensorcelante de miel qui faisait de drôles de choses à mon contrôle de moi – me poussa à la sentir de temps en temps. À chaque fois, j'avais l'impression d'être pris de vertiges.

Son odeur et les petits bruits mignons qu'elle faisait en dormant m'empêchaient de me concentrer sur la route ou sur quoi que ce soit d'autre qu'elle. Cela me rappelait les bruits qu'elle faisait pendant l'orgasme, et cette pensée chauffait certains endroits de mon corps. Ce fut très tentant de la ramener chez moi et de la coucher dans mon lit.

Cette pensée me fit redevenir sérieux. J'avais vraiment envie de la ramener dans mon lit. Et ce n'était pas parce que j'étais en manque à cause de ma période de célibat auto-infligée. J'étais assez en manque ces derniers jours pour baiser n'importe qui. D'accord, pas n'importe qui. Mais avec cette jeune fille en particulier, je devais continuellement lutter pour ne pas poser les mains sur elle.

Non, moins il y avait de contact entre nous, mieux c'était. Il lui restait un peu plus d'un mois avant la fin de son stage. Un peu plus d'un mois de purgatoire, et puis... puis...

Je me demandais parfois ce qu'il se passerait si je lui disais que j'étais Falco du Comic-Con. Comment réagirait-elle ? Serait-elle surprise, fâchée, excitée ? Cela changerait-il notre relation ? Avait-elle de bons souvenirs de ce moment maintenant que tout avait été souillé par la vidéo virale ? Poussée par la nervosité, elle avait avoué que cela avait été le meilleur sexe de sa vie. Je m'étais mentalement félicité quand elle avait laissé échapper cela. Jordan Fawkes ne refusait jamais au grand jamais une occasion de flatter son ego.

Je conclus qu'il valait mieux qu'elle ne sache pas que c'était moi, qu'elle ne le découvre jamais. Et dans ces circonstances, je ne pouvais pas coucher avec elle. Ainsi le simple fait qu'elle ne soit pas au courant la protégeait – et moi aussi – de faire quelque chose que nous finirions sans doute par regretter. Je n'aurais même pas dû envisager l'idée de coucher avec elle. Ces pensées-là n'auraient pas dû tourner dans ma tête – mais un homme avait ses limites. Tant qu'il ne s'agissait que de pensées et de désirs, tout allait bien. Elle était en sécurité.

Toutefois, cela pouvait aider si elle n'avait pas la tête sur mon épaule, ses paupières aux longs cils fermées, ses cheveux parfumés drapés sur mon bras. Je me tournai pour les sentir encore une fois et je m'arrêtai quand mon regard rencontra ses yeux ouverts.

Elle fronça les sourcils et je me tournai vite vers la route. Je sentis le poids de sa tête glisser de mon épaule, accompagné par un léger manque. Cela ne m'aurait pas dérangé si elle avait dormi là encore une heure.

Elle s'étira à côté de moi, cambrant le dos, poussant ses merveilleux seins contre son chemisier en soie. Je l'observai – plus longtemps que je ne l'aurais dû. Frère Jordan, l'apprenti moine, ne s'en sortait pas très bien avec son vœu d'abstinence.

— Me suis-je endormie sur toi ? Je suis désolée.

Elle porta la main à sa bouche.

— J'espère que je n'ai pas bavé en dormant.

— Non, pas de bave.

Juste cette odeur incroyable...

Elle étira le cou comme pour chercher où nous étions : nous avions presque traversé LA et il nous restait moins d'une heure pour rentrer par l'autoroute de Santa Ana. Les boutiques éclairées de Citadel se trouvaient sur notre gauche, juste à l'extérieur de la Cité du Commerce.

— C'est moi qui devrais m'excuser, dis-je en sachant qu'il fallait que ce soit dit.

Je supposai qu'il valait mieux ne pas reporter à plus tard.

Elle se tourna vers moi en fronçant les sourcils.

— Pourquoi?

— Pour ma famille de tarés. Je pense que ma mère et mon grand-père ont comploté pour préparer cette petite embuscade.

— Au moins, ta mère se soucie de toi. Tu devrais en être reconnaissant.

— C'est difficile de se sentir reconnaissant quand tout ce que je ressens c'est de la gêne.

Elle me jeta un regard en coin et croisa les bras sur sa poitrine.

— À cause de moi? Ne le sois pas. Ma famille est beaucoup plus tarée que la tienne, je peux te le garantir.

— J'ai entendu dire que ton père était sympa. En tout cas, Adam l'aime bien.

— Tous ceux qui travaillent avec mon père l'aiment bien. Il est sévère, mais il se soucie de ses employés. Ses employés font plus partie de sa famille que...

Elle se tut et haussa les épaules en regardant par la vitre de sa portière.

— Que sa propre famille?

— Il en a une aussi. Une belle-famille toute neuve.

Je levai les sourcils.

— Et toi, où est ta place?

— Je n'en ai pas.

Je la regardai et je vis que son visage était entièrement vide d'émotions. D'après ce que je savais sur April – et ce que mon informateur des réseaux sociaux m'avait appris – papa était plein aux as et plus que généreux. Elle avait une petite Lexus de sport, portait des vêtements de marque et vivait dans un appartement payé et meublé par lui. Mais elle ne semblait pas pourrie gâtée – à ce que je savais.

— Ce n'est pas du tout une mauvaise personne. Il a juste... j'ai juste... je suppose que nous ne nous comprenons pas.

— Ça me parle.

Elle inclina la tête vers moi.

— Alors, ton père est fâché que tu ne suives pas ses idéologies ?

Je poussai un soupir.

— Disons juste que je suis sa grande déception. Il a fait tout ce qu'il pouvait pour élever une version plus jeune de lui-même et à la place, c'est moi qu'il a eu.

— C'est pour cela qu'il est si énervé contre toi ? Parce que tu as grandi pour devenir quelqu'un d'indépendant ?

Elle secoua la tête.

Je ressentis un pincement de culpabilité, car elle avait conclu cela – avec mon aide – alors que ce n'était pas exactement vrai.

— Une partie est justifiée et le reste ce sont des conneries. Je lui ai menti et ça l'a énervé.

— Je suppose que c'était un très gros mensonge ?

Je serrai les dents. Cette même culpabilité… le coup de gueule de mon père le jour de ma remise de diplôme, les larmes de ma mère. Il ne serait pas venu si elle ne l'avait pas supplié. Mon cœur se serra.

— Oui.

April me regardait et lorsque je levai les yeux de la route, je vis qu'il se passait quelque chose de profond dans son regard – comme si elle m'étudiait.

— Il faut être deux pour s'accrocher à une rancœur familiale de cette façon… j'espère que tu n'en voudras pas aussi à ta mère et à ton grand-père.

— Que veux-tu dire ?

— Je veux dire qu'il est normal qu'ils aient essayé de faire ce qu'ils ont fait si c'est aussi difficile de vous faire asseoir tous les deux à la même table.

Je serrai la mâchoire et je ne dis rien. C'était facile à dire pour elle. Elle n'avait pas eu à vivre toutes les conneries de mon père.

— Pardon, je ne voulais pas t'offenser.

— Il faudrait que je me soucie de la situation pour être offensé.

Silence. Elle savait que je mentais.

Elle se tourna et regarda la route à la place.

— Un conflit entre deux personnes d'une même famille affecte plus que ces deux personnes, tu sais. C'est un peu comme des parents divorcés qui ne peuvent pas se supporter et s'entendre, même pour le bien des enfants. Je sais très bien ce que ça fait.

Je clignai des yeux et je me concentrai sur l'océan de feux-stops devant moi. Je n'avais pas de réponse, car elle avait raison. J'étais assez surpris de n'avoir jamais envisagé les choses de cette façon. Quand je pensais à la confrontation avec mon père, je ne voyais que ses critiques constantes, sa désapprobation continue, son rictus de dégoût quand il avait dit le jour de ma remise de diplôme : *'Tu me déçois'*.

J'eus le cou en feu en me souvenant de cette insulte, et je ne savais pas si j'étais plus en colère contre lui pour ses paroles dures ou contre moi-même pour l'avoir déçu. Je déglutis.

Elle me regardait encore une fois. Sous son regard insistant, j'eus l'impression que mon corps me démangeait. Comme si je l'avais dans la peau. Et je n'aimais pas du tout cette sensation.

— Tu devrais peut-être faire plus attention à ta propre vie et tes problèmes au lieu d'être aussi rapide à montrer du doigt ceux des autres, lâchai-je sèchement.

Elle inspira brusquement et elle se rassit toute droite. Je respirai pour prendre des forces, mais je ne la regardai pas. Intérieurement, je me sentais merdique de lui avoir dit cela. Mais c'était plus sûr. Je ne pouvais pas me permettre de l'avoir dans la peau. Ou autre part, d'ailleurs.

Elle croisa les bras et elle tourna la tête pour regarder par la vitre côté passager. Elle fulminait, blessée. C'était évident. Le plus effrayant était que je savais exactement comment faire pour obtenir cette réaction d'elle. C'était un de mes talents.

Et elle n'allait pas se défendre. Je le savais aussi. Alors elle resterait assise dans le noir, elle fulminerait, elle se sentirait comme une merde, et je comptais là-dessus.

Je me rendais parfois malade.

Je la déposai à côté de sa voiture au travail peu après l'heure du dîner. Elle attrapa son sac et sa veste et elle marmonna un 'merci' de mauvaise grâce.

Je ne répondis pas et je roulai jusqu'à la maison.

Alors… Pas de sexe. Pas d'alcool. Mes deux moyens préférés pour tenir le coup m'étaient interdits. Cela faisait une éternité que je ne l'avais pas fait, mais je dus admettre être tenté de me faire un joint. À la place, je changeai de tenue et je me rendis à la salle de sport où je m'exerçai pendant des heures jusqu'à ce que je me sente engourdi et prêt à tomber de fatigue.

Chapitre Quinze
April

J'ENTRAI DANS L'APPARTEMENT EN ME SENTANT ABATTUE. LA journée avait été longue et si elle avait commencé avec joie et bonne humeur... elle s'était terminée par une touche d'amertume. Jordan avait dit peu de choses après s'en être pris à moi. Je m'étais trop approchée – je le voyais maintenant. Ses défenses étaient rapides et impénétrables, et quand il avait détecté que j'avais vu une faiblesse, il m'avait repoussée très loin.

Juste quand je pensais que nous avions fait des progrès dans... notre espèce de relation. Patron/employée ? Désir mutuel ? Amis qui s'embrassent et s'offrent l'orgasme occasionnel ? Ou peut-être seulement mon béguin non partagé pour cet homme bourru.

Je savais que je devais faire de mon mieux afin que cela reste strictement professionnel. Je me rappelai encore une fois que je devais garder mes distances.

Et je ne devais pas... *absolument pas* me souvenir de la sensation ressentie en me réveillant avec la tête sur son épaule. Son épaule dure, solide, qui sentait merveilleusement bon.

Je déglutis. J'étais vraiment dans la mouise, dans toute une piscine de merde et je me dirigeais vers le côté profond.

En entrant dans notre chambre, je trouvai Sid au lit, son iPad posé sur les genoux, en train de discuter sur FaceTime avec un des nombreux membres de sa famille qui vivait sur l'autre côte.

J'enlevai mes habits et je me changeai pour me coucher.

Après avoir terminé sa conversation, elle posa son iPad sur le côté.

— Hé ! on dirait que tu as eu une longue journée. Tu as faim ?

Je soupirai.

— Non, pas vraiment. J'ai envie de jouer un peu à DE. Je t'ai déjà dit que j'étais presque niveau cinq ?

Elle rit.

— Seulement dix fois. Noob ! dit-elle en me jetant son oreiller.

Je lui tirai la langue.

— Comment était-ce Santa Barbara ?

— Bof. Beaucoup trop loin.

J'essayai d'ignorer la douleur de l'engueulade de Jordan. Je savais que je ne devais pas le prendre personnellement. Sa famille lui avait tendu une embuscade et il avait été contrarié et gêné. Mais il était parfois si irritable et imprévisible. Cela me restait en travers de la gorge.

— Il faut que je te dise que j'essaie toujours de résoudre le mystère de la façon dont ta vidéo a été mise en ligne.

Je me laissai tomber sur mon lit et je la regardai.

— Ce mystère ne sera jamais résolu. Je pense que nous devons le mettre sur le compte de ma stupidité flagrante.

— Peux-tu me prêter ton téléphone, demain ? Je veux y jeter un œil pour voir si je peux reproduire ce qu'il s'est passé.

— Quoi ? Non ! Pourquoi voudrais-tu reproduire ce qu'il s'est passé ?

— Pas avec ta vidéo porno à sensation, idiote. Avec une vidéo de test sans contenu. Je veux recréer les mêmes conditions. J'ai filmé une démo vide d'environ la même longueur.

Je fronçai les sourcils.

— C'est une approche très scientifique.

— Eh bien, je suis une scientifique – en tout cas, j'espère le devenir, si je survis à ce semestre. C'est juste que j'ai l'intuition que ce n'était pas un accident.

Je fronçai les sourcils.

— Tu veux dire que j'ai été piratée ?

Elle haussa les épaules.

— Je ne sais pas. Je veux voir ce que je peux trouver.

— D'accord… je le laisserai sur le chargeur. Ne réponds surtout pas si quelqu'un m'appelle.

Elle leva un sourcil.

— Tu évites encore ta chère maman ?

— Carrément, oui.

Elle retint un bâillement et enleva des livres et sa tablette de son lit.

— Je vais dormir.

— Ça t'ennuie si je joue un peu ? Je ne suis pas fatiguée.

Elle ricana.

— Tu es complètement accro.

— Pas vrai. Je fais des recherches.

— Oh que si ! Combien te reste-t-il pour atteindre le niveau suivant ?

Je soupirai en rapprochant mon pouce de mon index.

— Je suis à ça.

— Tu es accro. Cela ne fera qu'empirer maintenant.

Elle éteignit sa lumière et je mis mes écouteurs pour entrer une nouvelle fois dans le monde de Yondareth. Ma Bête atteignit rapidement le niveau cinq et je me dis que j'allais jouer encore quelques minutes de plus... encore quelques minutes.

Je finis par être à court de minutes à trois heures du matin.

Cela devenait ridicule.

Au moins cette fois je ne restai pas éveillée pendant des heures à penser à lui. Comme j'étais épuisée, je m'endormis rapidement.

Le lendemain matin, j'avais de petits yeux et je carburai au café. Mes cheveux étaient horribles, alors je les tressai rapidement pour dégager mon visage. Je portais une robe bleu foncé pour aller travailler, car je n'avais pas eu le temps de faire une lessive le week-end avant.

Après avoir terminé un rapide déjeuner à mon bureau, je ramai, le cerveau au ralenti avec des tonnes de travail à faire. Je soupirai et je me plaignis doucement en me dirigeant vers la photocopieuse les bras chargés de rapports. Pressée, je faillis entrer en collision avec deux hommes qui s'approchaient de la direction opposée. Avec ma chance, c'était évidemment mon patron avec son patron. La moitié des rapports glissèrent entre mes bras et je luttai pour les rattraper avant qu'ils s'étalent tous par terre.

— Houla, besoin d'un coup de main ? demanda Adam en tendant la main pour stabiliser la pile de rapports.

Jordan ne fit aucun geste pour m'aider. Mon regard croisa brièvement le sien avant de se détourner. Je ressentis un coup dans la poitrine, comme un coup de poing que j'aurais reçu.

— Je suis désolée. J'étais un peu pressée et, euh, on dirait que je suis surchargée aujourd'hui.

Jordan leva un sourcil, mais il ne dit rien.

Adam lui jeta un regard.

— Tu as encore tapé du poing sur la table ?

— Oh, c'est moi, intervins-je avant que Jordan puisse répondre. Je suis au ralenti aujourd'hui. J'ai très peu dormi la nuit dernière.

À cause de ton fichu jeu qui rend accro , faillis-je ajouter.

J'avais un personnage de niveau cinq à Dragon Epoch qui était tout près du niveau six. Si près que je pouvais le sentir. Une, peut-être deux quêtes et il passerait au niveau suivant. Bizarrement, plus j'y pensais, plus j'étais enthousiaste à l'idée de retourner dans le jeu. Pas étonnant que les joueurs surnomment souvent le jeu Dragon Addiction.

— Je suis désolé que tu sois si fatiguée, dit Adam avec un petit sourire. Tu peux peut-être demander de l'aide à tes créatures de la forêt.

Je fronçai les sourcils en calant les dossiers dans mes bras. Je ne manquai pas le regard que Jordan et Adam échangèrent avant que je me tourne pour partir. Ils semblaient plaisanter à mes dépens. Je rougis et je ravalai mon irritation, les dépassant pour me rendre à la salle des photocopieuses. Jordan ne s'était pas adressé à moi et ne m'avait même pas regardé directement.

Il m'avait à peine parlé toute la journée, me disant sèchement de demander ma liste de choses à faire à Susan. Il était trop occupé, apparemment.

Lorsque je revins à mon bureau, Susan raccrocha son téléphone et elle approcha sa chaise de ma table pour s'asseoir à côté de moi.

— Tu as une tête aussi horrible que ce que je me sens aujourd'hui, dit-elle.

De grosses feuilles d'automne dorées pendaient à ses oreilles et bougeaient à chaque mouvement de sa tête.

— Étant donné que tu es enceinte et que je ne le suis pas, ce n'est pas rassurant. Je suis juste fatiguée.

— J'aime ta coiffure... toute tressée. Et cette robe... on dirait un jeune elfe de la forêt.

Je fronçai les sourcils.

— De quoi as-tu besoin ?

Elle fit un sourire gêné.

— Apparemment, je ne suis pas très subtile. J'ai une énorme faveur à te demander.

Je me préparai mentalement, prévoyant une tâche monstrueuse que je n'avais pas du tout envie d'accomplir. Quelque chose qui allait peut-être m'empêcher de travailler sur mon propre projet.

— Euh, eh bien. As-tu déjà été à Vancouver ?

— Au Canada ?

Mon estomac tomba dans mes talons et je jetai un coup d'œil vers la porte fermée de Jordan. Il avait sa conférence TED dans deux semaines. TED signifiait Technology, Entertainment et Design. C'était une conférence internationale prestigieuse qui rassemblait beaucoup de grands esprits. Le fait que Jordan, un directeur financier aussi jeune que lui, ait été invité à parler à TED était un honneur et l'entreprise pouvait également s'en vanter.

La conférence TED principale avait lieu à Vancouver, en Colombie-Britannique. Je me rendis soudain compte de la situation. Aller à Vancouver avec Jordan en ce moment ? Oh non. Pas moyen. J'étais censée garder mes distances. Je secouai la tête.

— S'il te plaît, April. Tu es mon seul espoir.

— Euh, pourquoi ?

Susan frotta son ventre, bien qu'il se voyait à peine.

— J'ai fait une fausse couche l'année dernière. Cela fait presque dix mois que nous essayons et même si le médecin dit qu'il n'y a aucune raison de croire que je risque une autre fausse couche... je ne supporte pas l'idée de prendre l'avion, de voyager pendant de longues heures, de travailler avec le décalage horaire...

— C'est dans le même fuseau horaire que nous.

Susan me supplia des yeux.

Je soupirai.

— Que faut-il que je fasse ?

— Tu y seras en tant qu'assistante. Tu prépareras son emploi du temps. Tu faciliteras ses réunions, tu seras l'intermédiaire entre lui et les coordinateurs de la conférence. Tu satisferas tous ses besoins.

Je détournai la tête, le rouge me montant aux joues, ne souhaitant pas y penser. Mais c'était déjà fait, car mon corps entier se réchauffait à l'idée de satisfaire *tous* ses besoins – et vice versa.

— Qu'en dis-tu ?

Je secouai la tête.

— Je ne pense vraiment pas qu'il accepterait, Susan. Je suis seulement une stagiaire et il pense que je suis une ratée.

Elle me regarda comme si je lui avais dit que les nuages étaient faits de chamallows et la lune de fromage.

— Dans quel univers a-t-il dit ça ? Je l'ai toujours entendu dire du bien de toi. C'est vrai qu'il est particulièrement radin avec les compliments, alors je comprends pourquoi tu pourrais penser qu'il ne t'a pas remarquée. Mais il t'a remarquée.

J'avalai une boule dans ma gorge.

— Je ne crois pas qu'il aimerait que je me rende à Vancouver avec lui.

— Je lui ai posé la question et il a dit que si j'arrivais à te convaincre, il me permettrait de ne pas être du voyage. S'il te plaît, April. Pour mon bébé ?

Elle se frotta encore le ventre. Elle n'avait même pas encore le ventre rebondi et elle exploitait déjà l'enfant pour ses propres besoins.

Je poussai un long soupir et je regardai ailleurs.

— C'est pour combien de temps ?

— Quatre jours. Et tu auras une chambre dans la suite du Fairmont Pacific Rim. C'est un hôtel incroyable. J'ai le site Internet...

Je levai la main, légèrement mal à l'aise et à la fois enflammée à l'idée de partager une suite – peu importe sa taille – avec Jordan pendant quatre jours.

Je voulais dire non. Ou plutôt, je voulais vouloir dire non. Mais je ne voulais pas vraiment dire non. Car même s'il avait aboyé contre moi et qu'il était complètement imprévisible, je pensais quand même tout le temps à lui. Et cela me rendait folle. Je ne pouvais pas avoir le béguin pour mon patron. Je ne pouvais pas être une de ces femmes qui couchaient avec leur patron !

Jamais au grand jamais.

***

Les jours passèrent. Tout resta calme. Sid continua son enquête, n'ayant rien trouvé de concluant quand elle avait examiné mon téléphone. Jordan et moi nous nous évitions soigneusement, ne discutant que très brièvement du projet de voyage à Vancouver. Chaque fois que j'avais une question, il m'envoyait la poser à Susan sans même me regarder dans les yeux.

C'était douloureux, mais c'était aussi un soulagement. Les choses auraient pu continuer de cette façon s'il n'y avait pas eu cette matinée fatidique – moins d'un jour avant notre départ pour Vancouver.

Tout avait changé.

Comme c'était un lundi, la matinée commença par les horreurs habituelles. Je m'étais encore couchée trop tard à cause du jeu. Je jurai comme d'habitude avant d'ingérer assez de café afin que mon cerveau fonctionne et je me préparai pour aller au travail.

Je m'occupai comme d'habitude de mes cheveux et de mon maquillage, choisissant de me faire un chignon décontracté et laissant des mèches sombres tomber de part et d'autre de mon visage. Je choisis un eye-liner accordé à mes yeux bleus, en essayant de ne pas me poser de questions sur le soin particulier que j'attachais à mon apparence pour aller travailler.

Dans ma tête, je voulais peut-être l'éviter, mais au fond de moi – et dans d'autres parties du corps – je voulais à tout prix qu'il me remarque à nouveau.

C'était stupide, car il avait sans doute couché avec une mannequin entre-temps et je n'étais rien en comparaison. Je ravalai la boule qui se forma dans ma gorge à cette pensée et je terminai mes préparatifs.

J'arrivai au bureau avec quelques minutes de retard en portant la lave brûlante de Jordan dans ma main gantée. Je changeai de chaussures aussi rapidement que possible avant d'entrer dans son bureau. Il avait laissé la porte entrouverte, ce qui signifiait qu'il préférait que les gens entrent sans frapper. Quand elle était fermée, il valait mieux frapper ou s'éloigner sur la pointe des pieds. Quand c'était possible, je choisissais la deuxième solution.

Il ne leva même pas les yeux de son écran d'ordinateur quand je posai le café.

— Tu es en retard, grogna-t-il.

— Il y avait la queue au Starbucks. Je suis...

Mes excuses restèrent à demi-prononcées quand il leva la tête, me transperçant de ses magnifiques yeux vert marron.

— J'ai besoin des rapports financiers d'aujourd'hui.

Je me figeai.

— Euh. D'accord. Une minute.

— Tu n'as pas une minute. Tu as passé cette minute dans la queue au café.

J'ouvris la bouche, le visage devenant brûlant, et je la refermai rapidement. Qui lui avait encore marché sur les pieds ce matin ?

C'était comme si les dernières semaines n'avaient jamais eu lieu. Il me regardait avec un air de défi. Il semblait chercher à voir si j'allais oser réagir, ses lèvres courbées dans l'expectative.

Je déglutis.

— Oui, monsieur.

En retournant à mon bureau, je marmonnai tout ce que j'aurais aimé pouvoir lui dire : *Je me moque que vous ayez des abdos fantastiques, M. Fawkes, ou des épaules incroyables ou un beau visage ou que vous embrassiez comme un putain de dieu grec. Ou que vous me donniez envie de vous appeler Mr Sexy au lieu de M. Fawkes. Je m'en fiche.*

Vous êtes quand même un vrai trou du cul.

Quelqu'un s'éclaircit la gorge bruyamment – et grossièrement – et je levai la tête pour trouver Charles devant mon bureau. Je ne savais pas du tout depuis combien de temps il se trouvait là.

Tout ce que je savais, c'est que je n'avais pas le temps pour son air condescendant.

— Désolée. Je suis déjà allée au Starbucks et maintenant le patron est sur le sentier de la guerre.

Charles ricana et me dévisagea encore une fois. Je fis semblant de ne pas le remarquer. Son regard lubrique était devenu un peu trop évident et sa façon étrange de flirter m'irritait. N'avait-il pas assisté à cette stupide formation contre le harcèlement sexuel comme nous tous ? Qu'est-ce qui faisait de lui une exception ?

— Alors, que dirais-tu de déjeuner ensemble aujourd'hui ?

Je sortis un autre tas de papiers de l'imprimante et je me levai. Au lieu de lui dire la vérité – que je n'étais pas intéressée –, j'inventai une excuse lâche.

— Euh, j'ai déjà prévu de manger... avec les autres stagiaires du marketing.

— Ah... d'accord. Enfin, si tu as besoin de quoi que ce soit, fais-le-moi savoir.

Bien sûr, ricanai-je mentalement. *C'est à ta tête suffisante que je penserais en premier quand j'aurai besoin d'aide !*

Je lui fis un grand sourire.

— Merci. C'est très gentil.

Comme d'habitude, April la trouillarde ne disait jamais ce qu'elle pensait vraiment. Elle souriait et supportait tout.

Je retins ma respiration en retournant dans l'antre de la Bête. Il me regarda cette fois encore, mais plus longuement, comme s'il avait remarqué les efforts sur mon apparence – pas pour lui, bien sûr. Je posai les rapports sur son bureau.

— Les voilà, dans l'ordre, la bourse de New York sur le dessus.

— Comme il se doit.

Je me tournai au moment où il souleva son café afin de faire de la place pour les rapports qu'il étalait en général sur son bureau dans le but de croiser les informations rapidement. Comme au ralenti, je vis le couvercle du gobelet sauter quand il l'attrapa et le café se déversa sur le bureau – et sur lui.

Je me figeai, puis je portai la main à la bouche et je regardai les taches s'étaler sur sa chemise et son pantalon en écarquillant les yeux d'horreur.

— Putain de merde ! cria-t-il en sautant de sa chaise.

— Oh, merde ! dis-je en même temps. Je vais chercher des serviettes.

Je contournai son bureau et j'allai chercher une pile de serviettes propres dans le placard de sa salle de bains privée. Je me précipitai pour revenir dans le bureau et je vis qu'il avait déjà enlevé sa chemise et qu'il ôtait à présent son maillot de corps.

Étais-je sur le point d'avoir un nouvel aperçu de son torse sublime ? Quelqu'un là-haut me punissait pour quelque chose que j'avais fait.

Je lui tendis une serviette avec laquelle il tapota sa peau humide et brillante.

— Tu n'es pas brûlé ? Avec la température à laquelle tu bois ton café, je suis surprise que tu n'aies pas de cloques.

Il était rouge par endroits, mais il semblait avoir retiré sa chemise à temps.

Il secoua la tête.

— Comment cela a-t-il pu arriver ? Le couvercle était-il bien fermé ?

Je m'arrêtai d'éponger le café versé sur son bureau. Allait-il rejeter la faute sur moi ?

— Le couvercle était bien en place quand je t'ai donné le café, dis-je d'une voix ferme.

Je ramassai chaque bout de papier et j'essuyai les gouttelettes de café avant de le reposer.

— Eh bien, il n'était manifestement pas bien fixé, car sinon il n'aurait pas sauté de cette façon. Je ne l'ai pas enlevé puis remis. Pourquoi l'aurais-je fait ?

— Je ne sais pas. Tu vérifiais peut-être si je m'étais plantée dans la commande afin que tu puisses me hurler dessus ? Ou peut-être avais-tu sorti un thermomètre pour vérifier qu'il était à dix degrés en dessous de la lave en fusion !

Il leva les sourcils, manifestement surpris que je lui réponde aussi sèchement. Jusque-là, j'avais supporté sans broncher toutes ses remarques. Mais c'était terminé. J'en avais eu assez !

Je croisai les bras sur ma poitrine, prête pour son attaque... qui ne vint pas. J'essayai d'arracher mon regard à son torse, les muscles saillants de ses bras, ce tatouage terriblement sexy. Mon Dieu, il était trop beau pour être vrai. Était-ce une obligation d'avoir un corps de mannequin pour diriger cette foutue entreprise ? Fallait-il aussi être terriblement riche et brillamment intelligent ?

Oh, et être si parfait qu'il était arrogant et affreusement sûr de lui. Je devais me souvenir de ne jamais oublier cela.

Jordan parlait et je ne faisais qu'à moitié attention, le regardant tamponner son torse avec la serviette douce et blanche.

—... dois m'attraper une nouvelle chemise, un maillot de corps et un costume. J'ai une réunion de travail au déjeuner.

Je secouai la tête.

— Euh... quoi ?

Il claqua des doigts à cinq centimètres de mon visage et je clignai des yeux.

— La Terre à Weiss... il n'y a pas de vie intelligente là-dedans... faites-moi remonter !

Je serrai les dents et je lui jetai un regard noir. *Je t'emmerde !* ' Voulut lui crier mon cerveau.

— Il faut que tu passes chez moi et que tu me prennes des vêtements.

— Euh. Tu es sûr de ne pas préférer rentrer chez toi pour te changer ?

— J'en suis tout à fait sûr, puisque j'ai un coup de téléphone dans une demi-heure avec un assureur et un autre avec l'avocat de l'OPI après ça. Et j'ai une réunion importante pendant le déjeuner à laquelle je ne peux pas aller couvert de café. Alors tu dois prendre mes clés, aller dans mon placard et attraper une nouvelle chemise, cravate et costume. Tu te souviens où se trouve ma chambre ?

— Euh, oui.

Je déglutis en me rappelant que la dernière fois que je m'étais trouvée dans sa chambre j'avais été surprise en train de fouiner. Dans mon irritation, je repoussai cette pensée.

Il se dépêcha de griffonner des chiffres et il me donna des instructions pour déconnecter l'alarme. Je pris ses clés et je marchai vers la porte, parvenant à peine à retenir quelques adjectifs bien sentis.

— Oh, et Weiss, appela-t-il juste avant que je sorte.

Je me tournai et j'attendis la suite.

— En passant, prends-moi une autre tasse de café.

Je ne me fis pas confiance pour répondre, alors je serrai les poings et je tournai les talons, furieuse qu'il m'ait fait porter le blâme.

En me forçant à respirer profondément et à repousser les fantasmes de meurtre violent, je me précipitai hors du bâtiment et je traversai le parking jusqu'à ma voiture.

Je roulai à fond jusqu'à sa maison, risquant des excès de vitesse pour m'y rendre aussi vite que possible. C'était bizarre d'entrer seule chez lui. Cela me rappela le soir où il m'avait gardée prisonnière quelques semaines avant. Ce soir-là il m'avait embrassée – et plus – sur son canapé...

Ignorant l'électricité qui me traversait le corps au souvenir de son contact, je ravalai ma salive et je me concentrai sur ma mission. Je montai les marches à toute vitesse, à bout de souffle quand j'atteignis sa chambre. En panique, j'ouvris les portes de son placard et je choisis rapidement une chemise blanche – ce fut la partie facile.

Puis je localisai les cintres avec les cravates. Je les décrochai et je les posai soigneusement sur le lit. Il fallait que je réfléchisse avec clarté et que je ne prenne pas n'importe quelle cravate, sinon il allait m'assassiner. Fallait-il que j'en prenne une marron clair ou une verte pour aller avec la couleur de ses yeux ? Étaient-ils verts ou marron ? Ou peut-être marron avec des éclats verts et dorés. Ou verts avec des éclats marron.

Parfois, quand je les regardais, ils ressemblaient à deux globes miniatures vus de l'espace : tout bleu et vert et marron... Ils étaient aussi beaux que le reste de son corps.

Je secouai la tête – *la Terre à Weiss*, en effet –, je décidai plutôt d'accorder la cravate au costume. Je retournai au placard et j'examinai le choix : des costumes marron foncé, des plus clairs, d'autres dans presque toutes les teintes de gris. Il y en avait même des noirs qui me parurent trop sévères par rapport à son teint. Ses cheveux étaient trop clairs pour bien s'accorder avec un costume noir.

Je réfléchis bien trop longtemps en l'imaginant faire sa conférence téléphonique en caleçon, vérifiant sa montre en fulminant.

Je parcourus toute sa garde-robe, même ce qu'il n'avait clairement pas porté depuis longtemps. J'étais sur le point de sélectionner un joli costume couleur café qui irait parfaitement avec une cravate rouge sombre, quand ma main atterrit sur un tissu en lycra brillant.

Je sursautai, surprise. Avait-il un costume de Superman là-dedans ? Ou peut-être un costume de jeu de rôle bizarre pour quand il invitait des mannequins à ses orgies. Ma curiosité prit le dessus et je sortis le cintre pour voir ce que c'était.

Je le laissai immédiatement tomber de stupéfaction. J'avais déjà vu ce costume. Posé sur les épaules larges et la silhouette solide de Falco le chasseur de primes.

Putain.

Je poussai frénétiquement les vêtements sur le côté dans l'armoire pour voir ce qui était posé sur les étagères et il était bien là, caché dans un coin : le casque de Falco. Le fameux casque.

Je chancelai et je me laissai tomber contre le lit, ne me souciant plus de froisser ses vêtements. Ce costume n'était pas en vente. Ce n'était pas quelque chose que l'on pouvait acheter au supermarché ou sur Amazon pour Halloween. Il était fabriqué spécialement pour du cosplay. Et je n'avais vu qu'un seul Falco au Comic-Con. *Mon* Falco.

Jordan avait assisté au Comic-Con, lui aussi. Je l'avais vu assez souvent au bar de l'hôtel, entouré par une nuée de femmes, se comportant comme un play-boy. Mais le jour de la fête costumée, je ne connaissais pas son costume.

Apparemment, c'était un déguisement de Falco.

Mais non. Il devait s'agir d'un vieux costume, sans doute de l'année précédente ou de la convention d'entreprise de Draco en novembre dernier ? Il l'avait certainement prêté à un ami. L'ami que je...

Mais si c'était le cas, si Jordan avait un jour été vu dans le costume de Falco, alors, tout le monde savait qu'il était le propriétaire de la tenue maintenant tristement célèbre dans la vidéo porno geek.

Les possibilités me faisaient mal à la tête.

La seule hypothèse valable était que Jordan avait porté le costume au Comic-Con pour la première et unique fois, et qu'il l'avait fait sans qu'aucun autre employé soit au courant. Cela arrivait souvent : même des acteurs connus et d'autres célébrités geek se promenaient au Comic-Con avec un masque sans être reconnus. Ou un casque.

La seule explication censée était que Jordan et Falco étaient la même personne. Et tout ce temps... il m'avait fait croire...

Tout se mettait en place à présent. La véritable raison pour laquelle il ne m'avait pas renvoyé n'était pas sa bonté de cœur :

c'était pour conserver un œil sur moi, pour s'assurer que je ne finisse pas par comprendre et par le dénoncer. Et oh, mon Dieu, la remarque que j'avais faite au sujet du meilleur sexe de ma vie... Cela avait vraiment semblé lui plaire. Chaque fois que le sujet revenait sur la table, j'avais flatté son ego gigantesque.

Oh. Bordel. De. Merde. L'affreux enfoiré !

Je retins mon souffle. Pas si affreux... en fait.

Plutôt doué au lit, si mes souvenirs étaient bons. Je fermai les yeux et je me traitai idiote pour n'avoir pas compris plus tôt. La façon dont il m'avait touchée, sur son canapé et le soir au bar. Cela avait été incroyable. Et pas la première fois !

Et il le savait. Il le savait depuis le début...

Mais que faire à présent ? Mon premier réflexe était de courir à la maison, de me cacher sous les oreillers et de pleurer. D'oublier que j'avais un jour travaillé dans un endroit qui s'appelait Draco où j'avais rencontré un connard nommé Jordan Fawkes.

Je fus très tentée par l'idée de le laisser là-bas dans ses sous-vêtements, se tournant les pouces en se demandant où j'avais disparu.

J'attrapai la chemise, le costume et la première cravate que je pus attraper sur le portant : une cravate hideuse rose sombre à pois multicolores. Elle avait toujours une étiquette avec le prix et je supposai que c'était un cadeau humoristique. Eh bien, tant pis pour lui. Qu'il aille discuter avec son investisseur en portant une cravate Smarties.

Je réfléchis à toute allure en verrouillant la maison.

Fallait-il que je le confronte ?

J'en avais envie. J'en avais très envie. Mais ma lâcheté refit surface. Il fallait que je réfléchisse… que je trouve un moment ou une façon de me venger.

Je fourrai les vêtements dans le coffre de ma voiture en les maltraitant. Je serrai fort le volant pendant tout le chemin du retour et je fulminai en me demandant combien de temps il allait me falloir afin de rassembler le courage de le faire. Allais-je encore me dégonfler ?

Non. J'allais le faire plus tard dans la journée, après sa réunion. Au Starbucks, je versai un gobelet de glace dans son putain de café. Et s'il osait dire quoi que ce soit… Ou s'il agitait encore une fois l'idée de la recommandation devant mon visage… J'allais… j'allais… je ne savais pas trop ce que j'allais faire, mais ce serait bien.

J'arrivai au travail avec ses vêtements dans une housse sur mon épaule et son café dans l'autre main. J'ouvris la porte sans même prendre la peine de frapper.

Jordan était assis à son bureau dans son tricot de corps tâché. Il se leva quand j'entrai. J'étais si furieuse que je ne pus même pas le regarder dans les yeux. Je posai la housse sur son bureau et le café à côté.

Avant que j'aie le temps de déguerpir, il ouvrit la housse et dit :

— Tu as mis du temps. Au moins, tu as fait ce qu'il fallait cette fois. C'est mon costume préféré.

— Ah bon ? *Ceci* est ton costume préféré ?

Et je perdis mon sang-froid. J'étais trop enragée. Je ne pus pas attendre un instant de plus. Je me sentais comme un volcan juste avant son éruption. Je n'avais rien à envier au Vésuve.

J'attrapai sa tasse de café pourri, je fis sauter le couvercle et je versai tout sur son foutu costume. Apparemment, je n'allais pas attendre plus tard.

Il fit un bond en arrière. Je jetai le gobelet sur le sol et je me précipitai vers la porte.

Mais il fut trop rapide pour moi. Je l'avais ouverte d'un centimètre quand il la referma en posant sa main au-dessus de ma tête. Je tirai sur la poignée, mais la porte ne bougea pas.

— Qu'est-ce qui te prend ? grogna-t-il en serrant les dents.

— Je rentre chez moi. Je démissionne.

— Respire profondément et calme-toi, Weiss. Tu ne rentres pas chez toi.

— Si tu avais enlevé tes pattes géantes de cette porte, je serais déjà partie.

— Mes pattes ?

Il s'appuya contre la porte en me bloquant le passage et je reculai toujours sans le regarder dans les yeux. Il croisa les bras sur sa poitrine. Je dus me forcer à ignorer la façon dont son haut s'étira sur ses muscles.

Il inspira profondément avant de souffler.

— Alors ça y est ? Tu vas sortir d'ici de façon théâtrale et sans même expliquer ?

Je croisai les bras, imitant son geste, et je redressai les épaules en grognant :

— Ouvre cette putain de porte, Jordan.

— Non.

— Je veux partir, sifflai-je.

— Tu ne vas pas partir. Ne t'en va pas. Dis quelque chose. Ne me laisse pas dans l'ignorance.

Je laissai tomber mes bras sur le côté et je serrai les poings. Je n'avais encore jamais eu un tel désir de commettre un meurtre.

— C'est moi qui suis restée dans l'ignorance, dis-je en levant le menton vers lui. Tu as toujours su exactement ce qu'il se passait.

Il cligna des yeux. Nos regards se croisèrent et je vis le moment où il comprit de quoi je parlais, car il y eut un éclat de frayeur que je n'y avais jamais vu.

Malgré cela, il inclina la tête d'un air suffisant en haussant les épaules.

— Eh bien, crache le morceau.

— Je t'emmerde, Jordan ! maugréai-je en serrant les dents. Ou devrais-je dire Falco ?

Il ne bougea pas. Il ne dit pas un mot. Je me mordis la lèvre et je doutai un instant de moi. J'avais peut-être tort ? Peut-être n'était-il vraiment pas Falco. Cette pensée m'évoqua à la fois du soulagement et des regrets sur lesquels m'attarder.

— Qu'as-tu à dire pour ta défense ? dis-je bêtement.

— Je n'ai besoin de rien dire.

Mon visage redevint brûlant et je chargeai vers la porte en attrapant la poignée alors qu'il était fermement planté contre elle comme un gros chêne imposant.

— Laisse. Moi. Sortir !

Il ne bougea pas alors je devins violente, frappant du poing contre son énorme torse. Il grimaça à peine. Ne ferma même pas les yeux. Cela me rendit encore plus curieuse alors je le frappai encore.

C'était comme de frapper un mur de briques.

Je le maltraitai comme un punching-ball et il sembla ne rien sentir. Bon sang ! Je poussai un grognement de frustration et je continuai à le rouer de coups de poing. Il leva un sourcil, légèrement amusé.

— Franchement, c'est comme d'être attaqué par un moucheron.

Coup de poing.

— T'es nul !

Coup de poing.

— Je te déteste.

Coup de poing.

— Tu es dégoûtant.

Coup de poing.

Puis il rit.

— Ce n'est pas ce que tu disais ce soir-là au Comic-Con.

— *Tu…*

Mon genou visa son entrejambe. Je le frappai en haut de la cuisse à la place. Je détestais être si petite.

Il écarquilla les yeux, inquiet. J'avais enfin attiré son attention.

— Hola. Calme-toi.

Ohhh, j'avais envie de lui casser la figure ! Je n'étais pas une personne violente, mais là… Mon genou remonta, frappant cette fois beaucoup plus près de sa cible.

Il se repoussa de la porte et je vis une colère véritable sur son visage. Je fis un pas en arrière, soudain intimidée et me rendant compte qu'il était beaucoup plus grand que moi.

— Arrête, Weiss.

— J'aimerais t'arrêter, toi. Si je connaissais une façon de cacher le corps, je serais déjà en train de planifier ta mort.

Il leva les sourcils. Profitant de la distraction et du fait qu'il s'était éloigné de la porte, je me jetai en avant. Avant même que je puisse approcher de la porte, il tendit le bras et il m'attrapa par la taille. Il me tira contre lui et je lui donnai un coup de coude dans le ventre.

Cela ne servit à rien, car c'était comme de donner un coup de coude dans le mur en briques déjà mentionné. Il me poussa soudain en avant et je fus collée contre la vitre qui surplombait une jolie petite cour privée. Jordan me coinçait contre la fenêtre, mon dos contre son torse. Je pouvais à peine gigoter.

Son souffle chaud me brûla la nuque.

— Je vais crier, dis-je en sachant très bien que je ne pouvais rien faire d'autre.

— Vraiment ? Et quand les gens arriveront en courant, vas-tu leur expliquer pourquoi tu es si énervée ?

Je n'avais rien à répondre à ça, alors je restai silencieuse.

Au bout de quelques minutes, il relâcha lentement sa prise.

— Prends une minute pour te calmer, s'il te plaît, afin que nous puissions en parler.

— Je n'ai rien à te dire. Espèce de rat.

— C'est 'sale rat', en fait.

— J'ai l'air d'humeur à plaisanter ? Ce n'est pas le cas. Alors, enlève ton gros corps de gorille géant de moi.

— Ce n'est...

— Si tu dis que ce n'est pas ce que je disais au Comic-Con, tu peux dire adieu à tes couilles.

Je sentis son corps tressauter contre le mien. Il riait.

— Ce n'est pas drôle, putain, Jordan.

Il continua à rire.

— Si tu le dis.

Je serrai les poings et la mâchoire et j'attendis. Il me relâcha lentement, mais il ne recula pas. Je me tournai et je lui fis face...

Et je le regrettai. Son visage ne se trouvait qu'à quelques centimètres du mien et mon cœur se mit à battre follement. Son odeur, ses yeux magnifiques, la sensation de son corps... Apparemment, mon corps était ravi de se trouver à nouveau si près du meilleur sexe de ma vie.

Mais mon cerveau était toujours furieux contre lui.

— Es-tu enfin prête à en parler ? demanda-t-il.

— Je ne sais pas si je serais prête un jour. Et tu as ton fichu rendez-vous dans trente minutes. J'ai l'intention de mettre le feu à ton bureau pendant ton absence.

— Mmm. Cela ne facilitera pas ta recommandation.

Je me raidis.

— Si tu me menaces encore une fois avec ça, je...

— Que feras-tu, April ? Tu me filmeras couchant avec toi et tu le mettras en ligne ?

Je fis la grimace, frustrée. D'accord, il n'avait pas tort. J'étais toujours celle qui était responsable d'avoir répandu le porno cosplay sur Internet. Mais une personne décente m'aurait fait savoir des semaines plus tôt qu'elle était l'autre personne.

Jordan Fawkes n'était donc pas une personne décente. Cependant, il se trouvait toujours à quelques centimètres de mon visage. À chaque souffle que j'expirais, il inspirait, et le nuage d'air entre nous devint brûlant en l'espace de quelques secondes, nos poitrines montant et descendant en rythme. La tension entre nous s'épaissit.

J'étais mal. Très mal. Car j'avais promis de ne jamais au grand jamais être la fille qui couchait avec son patron.

Et j'avais toutes les intentions de m'y tenir. Jusqu'au moment où j'avais découvert que j'avais déjà couché avec lui pendant un soir excitant de sexe pas si anonyme. Le tapis avait été retiré sous mes pieds et je courais le danger d'oublier cette promesse très importante.

Chapitre Seize
Jordan

JE VIS SON VISAGE PÂLIR ET SON REGARD SE DÉPLACER. JE baissai les yeux pour voir ses mains. Elle nouait ses doigts puis les dénouait avant de recommencer. Elle était l'incarnation de l'anxiété et de la peur.

Si j'avais été quelqu'un de mieux, j'aurais peut-être fait quelque chose pour la soulager. Mais j'étais le premier à admettre que je n'étais pas quelqu'un de bien. Malgré la délicieuse nuit de sexe, sa peau douce qui sentait bon et ses courbes irrésistibles, elle m'avait quand même causé un grand tort.

— C'était un accident. Je te l'ai dit.

Je serrai la mâchoire.

— Qu'est-ce qui était un accident ? Mettre la chose en ligne afin que tout le monde la voie ou filmer en pointant la caméra vers nous alors que je n'en savais rien ?

Elle déglutit, écarquillant les yeux.

— Je... je suis désolée.

Je me redressai en m'écartant de son odeur ensorcelante. J'en avais assez de la sentir et de savoir à quel point sa peau était douce sans pouvoir la toucher. J'avais fait un effort vaillant pour éviter sa présence au travail et ne pas penser à elle au cours des derniers jours.

Mon corps n'était pas entièrement d'accord avec ce plan.

— Mais tu n'aurais pas dû me torturer pendant tout un mois avec cette épée de Damoclès au-dessus de ma tête.

— Vraiment ? Tu veux parler de ça ? Aimerais-tu que je sautille de joie parce que ton petit 'oups' a menacé ce pour quoi je travaille depuis des années ?

Elle pâlit et ferma les yeux. Au lieu de répondre, elle secoua la tête.

Je me raidis, attendant qu'elle parle. Quand elle finit par ouvrir la bouche, je le regrettai.

— Ceci n'en vaut pas la peine, Jordan. Tu devrais me laisser partir.

Je le devais. Vraiment.

Mais je n'en avais pas envie.

Je me frottai la nuque.

— Qu'est-ce qui t'a pris de faire ça ?

— De filmer ou de mettre la vidéo en ligne ?

— Les deux.

Son regard se déroba et elle s'aplatit contre la vitre. Il y avait des gens dans la cour juste au-dehors, mais ils ne pouvaient pas nous voir grâce au verre teinté. Ses yeux se posèrent à nouveau sur moi.

— Je me suis laissée emporter et j'avais perdu mes facultés de discernement, dit-elle d'une voix tremblante avec de grands yeux qui me suppliaient de la croire.

La même réponse de merde qu'avant. Je me demandai si elle considérait que c'était à cause de son manque de discernement qu'elle avait couché avec moi.

Mais je m'en foutais qu'elle le regrette. Cela avait été très bon pour tous les deux – et tout aurait pu rester en sécurité dans le passé si elle avait gardé son téléphone dans sa poche.

Elle me tendit la main avant de la laisser retomber, comme si elle avait senti mon irritation.

— Je ne vais pas revenir sur de l'histoire ancienne et expliquer pourquoi je manque complètement de confiance en moi, mais si tu veux le savoir, je pensais pouvoir me prouver quelque chose.

Elle détourna encore une fois les yeux en clignant des paupières. Quand je vis à quel point elle était triste, je sentis mon cœur se serrer.

— Ce n'est pas ce qui est arrivé. Et la mise sur Internet a été un total accident.

J'adoucis mon ton.

— Comment une vidéo peut-elle devenir virale sans que tu t'en rendes compte ?

— Je dois avoir merdé d'une façon ou d'une autre. Je ne suis pas une sorte de génie de l'informatique comme tout le monde ici. Mais s'il te plaît, crois-moi quand je te dis que personne ne le saura jamais que c'est toi. Je sortirai d'ici aujourd'hui et personne ne saura pourquoi j'ai démissionné. Nous pouvons tout boucler proprement.

Je ricanai.

— Il n'y a plus de 'proprement' au point où nous en sommes. Et tu sais quoi ? Je ne vais pas te laisser sortir d'ici en prenant la voie de la facilité. Tu dois rester ici et te confronter au problème chaque jour, comme moi.

Elle soupira comme si je venais de lui donner un coup de poing dans le ventre.

— Ce n'est pas ce que j'essayais de faire. Je me sens mal…

— Alors, sens-toi mal. Tu peux. Mais fais-le ici pendant que tu travailles.

On se regarda et la tension s'épaissit entre nous. Je finis par faire un pas en arrière pour mettre un peu de distance.

— À part la blonde, qui sait que c'était toi sur la vidéo ? demandai-je.

Elle baissa les yeux.

— Ma colocataire est au courant parce que c'était son costume d'elfe. Mais personne ne sait qui tu étais. Personne ne savait que c'était toi dans le costume de Falco. Moi non plus, jusqu'à il y a quelques minutes…

Une putain d'erreur stupide de ma part. Je déglutis, me demandant à moitié si je l'avais inconsciemment envoyée chercher mon costume pour qu'elle trouve mon déguisement. Je supposais que tout au fond de moi, j'avais toujours une conscience, même si je la gardais enfermée et muselée la plupart du temps.

Je fis un mouvement du poignet pour regarder l'heure. Je devais être sorti de là dans dix minutes, sinon j'allais être en retard à mon rendez-vous. Je regardai mon bureau à présent couvert par mon costume et des flaques de café.

— Il nous faudra continuer plus tard. Je dois partir.

Tous les muscles de son corps se détendirent visiblement. Je sentis le soulagement se dégager d'elle par vagues.

— Je vais voir si mon billet peut être transféré à Charles. Je suis certaine qu'il sautera sur l'occasion.

— Quoi ? aboyai-je en attrapant la cravate que je portais ce matin – heureusement, elle était marron foncé alors je n'allais pas être obligé de porter cette monstruosité rose.

— Nous avons vingt-quatre heures avant le vol. Je pense que cela suffit pour tout changer.

Elle semblait moins sûre d'elle qu'avant.

— Je t'ai déjà dit que tu n'allais pas démissionner.

Elle fit un pas en avant, regardant avec une grimace l'étendue des dégâts de son attaque caféinée.

— Je ne vais pas encore démissionner. Je parle juste du voyage à Vancouver. Je pense pouvoir convaincre Charles de prendre ma place.

Tout d'abord, l'idée qu'elle persuade ce petit crétin me faisait bouillir, et deuxièmement, pourquoi pensait-elle pouvoir abandonner le voyage à Vancouver ? Je la voulais là où je pouvais la surveiller. Cela avait été le plan depuis le début et rien n'avait changé de ce côté-là. Je savais que sa conscience pouvait encore prendre le dessus, et qu'elle pouvait se rendre dans le bureau du PDG à n'importe quel moment, prête à confesser tous ses péchés et à faire pénitence.

Je la suivis du regard quand elle disparut dans la salle de bains pendant que j'attrapai ma chemise tachée. Elle était toujours humide, mais j'avais réussi à rincer la majeure partie du café. Mais que faire pour le costume. Putain ! J'avais une veste de sport accrochée dans ma penderie. Ce n'était pas une tenue normale pour rencontrer les banquiers, mais c'était mieux que rien. Si seulement je m'en étais souvenu dès le début, nous ne serions pas dans cette situation. April serait toujours ignorante avec bonheur, ce qui aurait été mieux pour nous deux.

Elle revint de la salle de bains et se mit à éponger le café avec des serviettes blanches.

— Tu vas quand même à Vancouver, déclarai-je en passant la cravate autour de mon cou et mon col.

Elle me jeta un regard puis ses yeux bougèrent nerveusement.

— Euh... étant donné les circonstances...

— Non. Il n'y a pas de circonstances. La seule chose qui a changé c'est que tu disposes d'une information que tu n'avais pas avant. Rien d'autre n'a changé. Tu iras à Vancouver.

Elle se figea, me regardant nouer rapidement ma cravate sans l'aide d'un miroir. Quelque chose dans mon geste sembla la fasciner – n'avait-elle jamais vu un homme mettre sa cravate ? Puis ses yeux bleus glissèrent le long de mon corps avec une admiration évidente. Je détournai les miens et j'essayai de penser à autre chose. Je savais ce qui lui passait par la tête. Elle pensait à la nuit que nous avions passée ensemble au Comic-Con.

Eh bien, nous étions deux, car moi aussi j'avais des difficultés à oublier cette nuit-là. J'attrapai mon portefeuille et mes lunettes de soleil.

— Je serai absent pendant le reste de la journée, Weiss. Après cette réunion au déjeuner, il faudra que j'aille me cacher : c'est honteux d'apparaître en public dans cet accoutrement. Fais tes bagages et sois prête à partir demain.

Elle leva les yeux au ciel et elle se tourna pour partir.

— Attends. Il reste un élément non démêlé, dit-elle en bougeant derrière moi.

Je m'immobilisai sans me tourner vers elle, puis je la sentis caresser le haut de mon dos. Ses mains étaient posées sur mes épaules, et même à travers le manteau, la pression de ce contact m'excitait.

Je me tournai vers elle, les sourcils levés.

— J'irai à Vancouver, dit-elle enfin après s'être éclairci la gorge. Mais cela ne veut pas dire que je dois être agréable avec toi.

— Alors, je t'en prie, ne le sois pas. Maintenant, va faire ton travail, marmonnai-je en ouvrant la porte et en sortant.

***

Le lendemain, nous montâmes à bord du vol d'Orange County pour Vancouver en début d'après-midi. April avait refusé de me parler au bureau et pendant le court trajet jusqu'à l'aéroport. Lorsque je lui avais posé des questions, elle avait répondu par monosyllabes et elle avait refusé de me regarder. Elle était clairement toujours furieuse.

Je haussai les épaules. Elle allait devoir gérer. Comme j'avais dû gérer les premiers jours après avoir découvert que ma nuit de sexe en cosplay était sur Internet, à la vue de tous.

Depuis, mis à part les problèmes pénibles au travail, j'en étais venu à considérer les choses de façon plus philosophe. Au moins, les pauvres geeks solitaires qui ne baisaient jamais pouvaient obtenir une forme d'éducation. Que l'un d'entre eux puisse un jour coucher avec une fille aussi séduisante qu'April, c'était une autre histoire.

J'étais assis en première classe et je profitais de ma boisson avant le décollage : de l'eau minérale. Je me trouvais toujours dans mon propre enfer de prohibition, ou d'autoflagellation, cela dépendait des jours. Pendant que les autres passagers montaient à bord, une jolie hôtesse de l'air bavardait avec moi. Elle avait un sourire magnifique et elle riait à tout ce que je disais, que ce soit drôle ou non. Je la dévisageai un instant, en me demandant depuis combien de temps je n'avais pas accepté de nouveaux membres dans mon 'mile high club' personnel. J'eus immédiatement des visions dans lesquelles j'étais enlacé avec April dans des toilettes étroites.

L'hôtesse de l'air avait de grands yeux bleu clair, mais j'étais distrait par l'idée d'autres yeux bleu plus foncé et sérieux qui cachaient toutes sortes de secrets et de pensées profondes. April finit par passer devant moi pour aller s'installer à l'arrière en classe économique. Elle examina ouvertement l'employée de la compagnie aérienne avant de me jeter un regard glacial.

Je lui fis un clin d'œil. Je ne pus pas m'en empêcher. Son regard s'échappa comme une pierre faisant un ricochet sur l'eau. Elle réajusta sa main sur la sangle de son sac pour montrer son majeur, comme elle l'avait fait au bar l'autre soir.

Je ris avant d'inspirer profondément et de regarder ailleurs. J'essayai de refouler le sentiment de culpabilité qui s'était ajouté à la soupe complexe d'émotions que je ressentais pour cette femme. Alors elle était en colère. Eh bien, moi aussi. Mais en même temps, je la désirais. Je devais me rappeler que j'étais son patron et que je ne pouvais donc pas l'avoir.

Bon sang, tout allait être plus simple à la fin de son stage, quand elle allait quitter l'entreprise. Plus que quelques semaines à tenir...

Je devais admettre qu'elle avait supporté tout ce que je lui avais fait subir avec dignité et tranquillité et elle n'avait perdu son sang-froid qu'une seule fois : hier. Oh, et quelle délicieuse petite explosion. J'avais su qu'un feu brûlait sous son apparence sereine et une partie de moi, ma partie la plus téméraire, avait envie de le revoir. Encore.

Une part encore plus imprudente de moi avait envie de prendre le feu qui s'y trouvait, de le dompter et de le tenir dans mes mains. L'idée abstraite de ce feu – d'elle – me refit durcir.

Merde. J'étais mal. Soit il fallait que je trouve très vite une façon de me contrôler, soit je devais rester loin d'elle avant de perdre les dernières bribes de contrôle qu'il me restait.

***

En moins de trois courtes heures, nous atterrîmes à l'aéroport international de Vancouver. On traversa les douanes et l'on s'installa côte à côte à l'arrière d'une voiture pendant que le chauffeur nous conduisit à l'hôtel situé au bord de l'eau près du centre de conférence.

À notre arrivée, on se présenta à l'accueil.

La Suite du Propriétaire occupait tout l'étage supérieur d'une des tours de l'hôtel. La suite elle-même avait deux étages de vitres du sol au plafond offrant une vue à trois cent soixante degrés de la ville, depuis Coal Harbour et English Bay à North Shore Mountains, Stanley Park, et le centre-ville moderne de verre et d'acier de Vancouver – comme le concierge nous l'indiqua.

April écouta son discours avec intérêt, mais elle ne dit pas grand-chose en suivant ses indications. Il l'escorta vers une petite chambre dans un couloir au rez-de-chaussée de la suite. Elle était réservée spécialement pour l'assistant du client de la Suite du Propriétaire. Elle jouxtait la suite, mais elle n'en faisait pas partie et elle ne ressemblait à rien d'autre qu'une chambre d'hôtel ordinaire.

Avant que je puisse dire un mot, elle disparut dans la chambre visiblement médiocre – comparée avec la mienne, en tout cas. Je passai au moins cinq minutes à débattre mentalement si je devais aller lui parler et lui faire savoir qu'il y avait une autre chambre dans la suite. Mais ce n'était peut-être pas une bonne idée... plus il y avait de murs et de verrous entre nous pendant ce séjour, mieux c'était.

En effet, je ne savais vraiment, vraiment pas comment j'allais faire pour garder mes distances. Et si elle restait furieuse contre moi, c'était encore mieux. Une telle barrière entre nous faisait office de moyen de dissuasion. Mais je n'avais pas la conscience tranquille de la laisser s'enfermer là-dedans alors que j'avais cet espace gigantesque pour moi tout seul.

Je soupirai. Malgré mes réserves, j'allai doucement frapper à sa porte et elle me dit d'entrer après une longue pause. J'ouvris la porte, mais je ne m'avançai pas dans la pièce : elle et moi seuls dans une chambre, cela n'apportait rien de bon.

Enfin… 'bon', si, certainement, mais pas approprié.

Je parcourus la pièce du regard et je me focalisai sur une valise. J'aperçus de la soie et des sous-vêtements en dentelle qui en dépassaient, comme pour me provoquer, me tourmenter. Je la regardai dans les yeux.

— Oui ? aboya-t-elle. En quoi puis-je t'aider ?

Je soupirai.

— Tu n'as pas besoin de rester ici, tu sais. Il y a une autre chambre à l'étage.

Elle se trouvait à côté de la mienne. Pourquoi pas ? J'adorais me punir.

— C'est bon. C'est ici que loge le personnel et j'ai bien conscience de ma place.

Elle se retourna pour poser un pull dans le tiroir près du lit. Quand elle se pencha, pointant son beau cul dans ma direction, ma première pensée fut : oui, ta place est nue et en sueur sous moi.

Je détournai le regard avec un soupir de frustration avant qu'elle puisse se tourner vers moi.

— On peut faire la paix, s'il te plaît ? Nous nous trouvons tous les deux dans un pays étranger. Nous ne connaissons personne…

Elle eut un petit rire dédaigneux.

— Le Canada n'est pas vraiment un pays étranger.

— Presque. Ils parlent bizarrement ici. Je me sens déjà seul. S'il te plaît, sois mon amie et compatriote américaine ?

Elle serra la mâchoire en croisant les bras sur sa poitrine. Je me forçai à ne pas me souvenir du goût de ses seins. Putain. Qu'est-ce qui n'allait pas chez moi ? J'étais plus excité qu'un ado à qui l'on avait interdit de se masturber.

Je fis un pas hors de la chambre.

— Allez, viens… allons admirer la vue. Et tu n'as pas faim ? Allez, Weiss. Calme-toi et lâche-moi un peu la grappe.

Elle fronça les sourcils, mais sa bouche ébaucha un sourire.

— J'aimerais plutôt t'arracher la grappe…

— Très drôle. Je ne dormirai que d'un œil cette nuit. Viens, maintenant.

Je tournai les talons en espérant qu'elle me suivrait. Pourtant, au fond de moi je savais qu'il valait mieux pour nous deux qu'elle ne le fasse pas.

Chapitre Dix-sept
April

JE SUIVIS CET HOMME TERRIBLEMENT SEXY – EUH malfaisant – dans le couloir, à travers la suite et jusqu'à la terrasse à l'arrière qui se trouvait en haut d'une des tours.

Il se tourna vers moi, un sourire à couper le souffle sur le visage. Ses joues étaient rugueuses, car il ne les avait pas rasées et je me demandai s'il souhaitait afficher une sorte de look hipster pour son discours. Mes joues brûlèrent et je détournai les yeux. S'il était possible pour lui d'être encore plus beau qu'il ne l'était déjà, il venait d'ajouter une barbe de trois jours à l'équation. C'était comme mon herbe à chat. J'en avais les jambes en coton. Mon Dieu. Il fallait que je garde la tête claire et que je me focalise sur mes raisons de le détester, mais la barbe de trois jours ne m'aidait pas.

Cela rendait mon patron détesté, mais canon – et qui était l'amant le plus incroyable qu'il m'ait été donné de connaître – encore plus canon. Je clignai des yeux. Cela faisait trente-six heures que j'avais découvert l'identité de Falco le dieu du sexe du Comic-Con, et je n'arrêtais pas de revivre cette nuit depuis. Mais quand je repensais au fait d'être assise sur ses cuisses dures, mes jambes ouvertes pour lui, ses mains serrant mes hanches, je voyais à présent le beau visage de Jordan au lieu de la tête casquée de Falco.

Et quand je repensais à la façon dont il m'avait couchée sur le lit et qu'il s'était appuyé sur moi avec son corps dur et solide, je me souvenais de son odeur comme étant celle de Jordan. Et quand je repensais à l'érection considérable de Falco en moi...

— On va commander à manger.

Jordan s'arrêta à côté du téléphone où était posé le menu du service en chambre.

Ah oui. Manger. Bonne idée.

Il me tendit le menu et je choisis ce que je voulais : une salade au poulet chinoise. Jordan commanda un steak-frites. Il était si prévisible que je faillis bâiller.

En attendant notre repas, j'ouvris la porte coulissante en verre et je sortis sur la terrasse de marbre brillant : où se trouvaient une piscine privée, un jacuzzi, un sauna et un endroit pour des feux de plein air. Je levai la tête vers le ciel qui était gris et chargé de nuages sombres. La météo annonçait de la pluie, ce qui n'était pas surprenant. La verdure du Pacifique nord-ouest était connue pour de bonnes raisons. Heureusement, nous étions en septembre, alors la météo n'était pas encore trop fraîche. Cela pouvait être sympa de sauter dans le jacuzzi si je ne me gelais pas les fesses en rentrant après. Au bout de quelques minutes, Jordan me suivit en gardant une légère distance, les mains dans les poches. J'essayai de ne pas remarquer comment cela faisait coller son jean à son cul ferme. Arg. Il fallait que j'arrête de le regarder et il fallait absolument que j'arrête de le désirer.

Je n'étais sans doute plus qu'une petite anomalie sur son radar. Cet homme couchait à gauche et à droite avec des actrices, des mannequins, des femmes du monde. Et moi, au contraire, on m'avait déjà dit que j'étais ennuyeuse au lit. D'ailleurs, Jordan ne semblait pas du tout affecté par ma présence.

Oui, il m'avait embrassée chez lui et il avait fait d'autres choses coquines au bar, mais je me disais que c'était parce qu'il s'ennuyait et il n'avait rien tenté depuis.

J'inspirai et je parlai pour briser le silence gênant. J'étais toujours fâchée, mais je me dis que cela ne m'empêchait pas d'être polie avec cet enfoiré.

— Tu as répété ton discours ? Es-tu prêt pour tes dix-huit minutes de célébrité ?

Il haussa une grosse épaule.

— J'ai *été* prêt. Je me suis récité ce fichu texte dans mon sommeil pendant les trois dernières semaines.

— Alors tu n'as pas besoin de t'entraîner encore une fois ?

Je regardai la vue. Vancouver était vraiment une ville magnifique, située dans une grande baie, toute de lumières, d'océan et de morceaux de forêt luxuriante vert sombre.

— Je dois revoir le diaporama avant la répétition demain. Mais pas ce soir. Je suis trop fatigué.

Notre repas arriva peu de temps après et on s'installa à la table de la salle à manger. Nous mangeâmes en silence pendant un moment, face-à-face de part et d'autre de la table. Les seuls bruits venaient du cliquetis de ses couverts quand il coupait son steak et des craquements de la verdure de ma salade.

Jordan regarda ma salade d'un air soupçonneux.

— Tu n'as pas très faim ?

— Ça va. Je n'ai jamais été une grande fan de l'avion. Ça me retourne un peu l'estomac.

— Tu pourras commander quelque chose plus tard si tu as faim.

— La salade est bonne. Ce n'est pas le hachis parmentier de ton grand-père, mais elle est bonne.

Jordan sourit.

— C'est ce que je préfère quand il cuisine. Ma grand-mère le faisait tout le temps et il a commencé à faire le plat quand elle est décédée.

Je pinçai les lèvres et je baissai les yeux.

— C'est un homme si gentil. J'espère que tu ne lui en voudras pas trop longtemps pour ce qu'il s'est passé chez lui.

Il s'agita sur sa chaise, l'air mal à l'aise que j'aborde le sujet. Il ouvrit la bouche pour répondre, mais son téléphone fit un bruit et il le prit dans la main. Un sourire s'étala sur ses lèvres sexy et il écrivit un texto avant de le reposer. Il leva les yeux vers moi en remarquant que je le fixais.

— Quoi ?

Je haussai les épaules.

— Rien. Je me demandais juste si c'était encore un sexto de top model. Peut-être une photo cette fois ? Si tu te sens seul cette nuit, tu auras une nouvelle inspiration pour te masturber.

Il me jeta un regard noir.

— C'était ma petite sœur qui me souhaitait bonne chance pour mon discours et qui disait qu'elle regarderait sur Internet dès qu'il sera mis en ligne.

Je grimaçai.

— Ah.

Je m'éclaircis la gorge et je mâchai quelques bouchées de laitue et de tranches de mandarine acidulées couvertes de vinaigrette au gingembre.

— Elle est vraiment adorable. Tu as de la chance.

— Tu n'as pas de sœur ?

J'inspirai profondément avant de souffler.

— Si. Enfin, une demi-sœur. La fille de mon père avec sa seconde femme. Ils ont un fils aussi. Comme je te l'ai dit, la parfaite petite famille. Ils ont même les deux virgules cinq enfants. Je suis le 'virgule cinq'.

— Ils sont beaucoup plus jeunes que toi ?

— Mon frère Daniel a six ans et ma sœur Sarah en a neuf.

Il fronça les sourcils puis il coupa son steak, l'air perdu dans ses pensées.

— Quoi ? demandai-je.

— Je me demandais juste… alors ton père est passé à autre chose et il s'est remarié après le divorce de tes parents. Qu'en est-il de ta mère ?

J'essayai de ne pas grimacer en me souvenant de son existence. J'avais essayé de l'effacer de ma vie au cours de la semaine précédente. Elle avait envoyé des textos, appelé et envoyé des mails et des messages sur les réseaux sociaux presque tous les jours. J'avais refusé d'en tenir compte. Je n'avais rien à lui dire, à elle et son nouveau petit mari.

Je fronçai les sourcils en piquant les feuilles de laitue du bout de ma fourchette avec autant de soin que je mettais à choisir mes mots. Le silence s'étira puis devint gênant.

— Pardon, je ne voulais pas me mêler de ce qui ne me regarde pas, dit-il.

J'inspirai profondément.

— Mes parents se sont mariés sur un coup de tête et ils ne convenaient pas du tout l'un pour l'autre. Mon père réussissait déjà dans la vie professionnelle et elle était jeune et jolie. Le mariage fut un désastre dès le premier jour. Elle le trompait à gauche à droite pendant qu'il travaillait tout le temps. J'étais si jeune quand ils ont divorcé que je ne me souviens même pas d'un moment où ils étaient ensemble.

— Ah, alors ta mère n'est pas du genre à se marier.

Je ris.

— Oh si, elle est du genre à se marier. C'est simplement qu'elle n'est pas du genre à le rester. Elle en est au mari numéro quatre en ce moment.

— Alors avec qui as-tu grandi ?

Je lui fis une grimace.

— C'est quoi ça ? C'est l'heure des cinquante questions sur la vie d'April ? Si tu veux des réponses de ma part, tu vas devoir en donner toi aussi.

Il s'arrêta de mâcher un moment et il me regarda de ses yeux studieux. Ils semblèrent plus marron que vert à ce moment-là.

— Bon. D'accord. Pose-moi une question, alors.

Je continuai à trier mes feuilles de salade. Je savais exactement ce que je voulais lui demander, mais je ne pouvais pas simplement lâcher ma question comme j'avais envie de le faire depuis notre voyage à Santa Barbara. Il fallait au moins que je fasse semblant de chercher quelque chose à lui demander.

— C'est au sujet de ce commentaire que tu as fait sur ton père… qu'il est fâché contre toi parce que tu lui as menti. Que lui as-tu dit ?

Il leva les yeux au ciel.

— C'est une longue histoire.

— Eh bien, si tu veux d'autres réponses de ma part, tu vas devoir cracher ta longue histoire.

Il fronça les sourcils. Je vis qu'il décidait quoi dire et comment le dire. Il inspira profondément avant de commencer.

— Grant Fawkes est obsédé par son héritage et par la transmission de ses nombreuses connaissances et de sa sagesse aux générations futures. Il a fait très attention en élevant ses enfants…

Je tins mon verre d'eau à deux mains, le regardant par-dessus le bord. Cela devenait intéressant. Jordan et ses problèmes avec son papa. J'avais eu envie d'en apprendre plus depuis cette réunion de famille hallucinante.

Il continua :

— Nous avons été scolarisés à domicile. J'ai fini le lycée à seize ans et j'ai commencé l'université avant d'avoir dix-sept ans…

— Waouh. Je savais que tu étais surdoué, mais pas à ce point.

Il poussa son assiette sur le côté et haussa les épaules.

— Ce n'est pas si bien que ça. J'étais beaucoup trop jeune pour commencer la fac. Et il aurait dû le savoir.

Je hochai la tête, comprenant très bien ce que cela faisait d'être plus sage que son propre parent. Je savais comment c'était d'être à leur merci alors qu'ils auraient dû veiller sur nous. Un bref souvenir me vint à l'esprit : c'était le second mari de ma mère, Cliff, qui m'avait giflée du revers de la main quand j'avais accidentellement cassé son précieux trophée de golf. J'avais huit ans et j'étais allée vivre à plein temps avec mon père pendant des années après cela. Ma mère n'avait rien dit, elle n'avait pas voulu perturber sa petite vie confortable ou la promesse d'une future pension alimentaire.

Oui, je comprenais ce que cela faisait quand un parent se souciait plus de son propre intérêt que de celui de son enfant.

— Il le savait sans doute, finis-je par dire. Mais ses objectifs étaient plus importants pour lui.

Il inclina la tête et il me regarda comme s'il me voyait différemment.

— Oui… il me destinait à devenir ingénieur environnemental comme lui. D'après lui, c'était mon but dans la vie.

— C'est beaucoup de pression à un très jeune âge.

Il serra la mâchoire puis il la détendit.

— C'est pour cela que je suis allé étudier à Caltech. Il a payé pour mes études et ce ne fut pas bon marché. Il a dû sacrifier beaucoup de choses, malgré ma bourse partielle. J'étais trop jeune et trop effrayé pour lui dire que je ne voulais pas de sa vision pour mon futur. Alors… j'ai fini par changer de cursus sans le lui dire.

Je fis courir le bout de mon doigt sur le rebord de mon verre, ne voulant pas lever les yeux, car cela pouvait rompre le sortilège et il s'arrêterait de parler.

Il tripota son assiette comme si c'était l'objet le plus intéressant au monde.

— Comme tu peux l'imaginer, il était furax quand je lui ai annoncé une semaine avant la remise des diplômes que j'allai monter sur scène avec le département du Management Commercial et Économique au lieu de la classe d'Ingénierie.

Je poussai un soupir.

— Il a dû y avoir une belle explosion.

— Mon père ne cherche pas la confrontation, il est passif agressif. Il est rancunier. Il se consume lentement.

— Alors il t'en veut depuis ta remise de diplôme ? Tu as vingt-cinq ans maintenant… quand as-tu eu ton diplôme ?

— Il y a cinq ans.

Ah oui, Jordan et Adam, les enfants prodiges de Draco qui avaient fait tant de choses si jeunes. Leurs biographies et leurs visages magnifiques étaient sur le point d'être placardés sur toutes les premières pages des magazines d'affaires maintenant que l'OPI était presque une réalité. Ils étaient jeunes, séduisants, brillants et bientôt encore plus incroyablement riches qu'ils ne l'étaient déjà. Le monde leur appartenait.

— C'est long pour une vieille rancœur.

— Ouais. Mais il y a d'autres choses aussi.

Il sembla sur le point d'en dire plus, puis il haussa les épaules.

— On ne s'entend pas depuis longtemps.

Cela semblait sortir tout droit d'un roman de Steinbeck…

Il attrapa son verre et fit tourner le liquide à l'intérieur.

— Bon sang, cette eau ne fait vraiment pas le poids…

— Tu ne bois toujours pas d'alcool ?

— Non, et toi ?

— Pareil. Je perds toute fonction cérébrale quand je suis saoule.

Quelque chose dans ce que je dis sembla le troubler. Mais il détourna le regard avant de revenir vers moi.

— Alors, à ton sujet…

Je levai un sourcil interrogateur.

— Que veux-tu savoir ?

— Tes parents. S'ils se sont séparés quand tu étais un bébé, où as-tu grandi ?

— Mes parents ont eu la garde alternée pendant un moment, alors je faisais des allers-retours entre eux. Puis ma mère a trouvé un autre vieux plein aux as et elle ne m'a plus voulu dans les pattes. Après ça, j'ai vécu avec mon père et une nounou, et parfois ma grand-mère.

— Mais tu as dit que ton père et toi vous n'étiez pas proches… et pourtant tu as passé la plus grande partie de ton enfance avec lui ?

— Eh bien... il y avait ma belle-mère.

Je bus un peu plus d'eau.

Je vis soudain un éclair de compréhension sur son visage – sans doute une mauvaise compréhension. Ce n'était pas comme si j'étais une princesse de conte de fées avec une méchante marâtre. Non, pas de Cendrillon ici.

— Ce n'est pas ce que tu penses. Ma belle-mère est en général gentille, mais j'étais préadolescente quand elle a épousé mon père et elle n'a que quatorze ans de plus que moi. Je n'étais pas très facile à supporter. À ce moment-là, ma mère était réapparue parce qu'elle voulait faire les magasins et les manucures avec quelqu'un. J'étais devenue plus intéressante pour elle, en particulier parce qu'elle était entre deux liaisons.

— Rebekah, ma belle-mère, était prête à commencer sa propre famille avec mon père et elle ne savait pas trop quoi faire de moi. En outre, elle est assez religieuse et tout cela ne m'intéressait pas du tout. Elle essaya, cependant, mais les traits non-juifs étaient trop forts en moi, ou quelque chose de ce genre. C'est environ l'époque où je suis partie à l'école.

— Bon sang, et moi qui pensais que tu étais vraiment Blanche Neige, méchante marâtre et tout.

Je fronçai les sourcils.

— Quoi ?

Il fit un grand sourire.

— Tu dois me promettre de ne pas le lui dire, mais quand Adam ne connaissait pas ton prénom, il t'appelait Blanche Neige.

— Et pourquoi faisait-il cela ?

Jordan me regarda comme si j'étais idiote.

— Euh, parce que tu lui ressembles ?

— Carrément pas.

— Carrément.

Je me souvins alors du commentaire qu'avait fait Adam au sujet de l'aide des créatures de la forêt et tout devint clair.

— Mince, tout le monde m'appelle comme ça ?

Il rit.

— Non, juste lui.

— Pas toi ? demandai-je en levant les sourcils.

Son sourire disparut immédiatement de ses lèvres sexy et il devint soudain très concentré sur son assiette presque vide. Je le regardai en buvant encore de l'eau à petites gorgées.

Il s'appuya contre le dossier de sa chaise et il frotta sa mâchoire mal rasée. Ses poils complétaient son sex-appeal déjà exagéré en formant une poussière dorée autour de sa mâchoire forte. Mes paupières tombèrent un instant quand j'imaginai ce que cela faisait de sentir cette barbe naissante râper mes joues et mon cou quand il m'embrassait. Sa bouche descendant le long de mon corps, la sensation de papier de verre rugueux sur ma poitrine, mon ventre, ma...

Je déglutis. Ma culotte commençait à devenir humide. Il fallait que j'arrête de fantasmer de cette façon. J'étais censée être toujours furieuse contre lui ! Pourquoi avais-je tant de mal à lui en vouloir ?

Il avait arrêté de gigoter sur sa chaise et il me regardait à présent. Il regardait mon décolleté, en fait, ses yeux remontant lentement le long de mon cou, fronçant les sourcils quand il me vit déglutir. Soit la température, soit la tension sexuelle était montée quelques crans au-dessus de mon niveau de confort.

Je me levai.

— J'ai, euh... des choses à planifier pour ton emploi du temps demain et encore du travail à faire. Tu as rendez-vous avec ton coach d'art oratoire, puis avec le metteur en scène et la répétition en costume.

Il ne se leva pas.

— Il est neuf heures du soir. Ne me dis pas que tu te couches si tôt.

Je m'éclaircis la gorge. Jusqu'à ce moment-là, je ne m'étais pas rendue compte des dangers de dormir sous le même toit que lui, et je rougis quand j'en pris conscience.

Je hochai la tête d'un air nonchalant pour dissimuler mes pensées.

— Je ne vais pas rester debout jusqu'à minuit. Apparemment, je suis Blanche Neige, pas Cendrillon.

Il se leva et jeta sa serviette sur le côté.

— Allez, Weiss, lâche-toi un peu. Nous avons un jacuzzi.

Oh non… non. Lui et moi, ensemble dans un jacuzzi ne portant rien d'autre que des maillots de bain ? Et avec les abdos qu'il avait ? Non, c'était non. Je ne pouvais pas me faire confiance. J'allais boire de l'alcool et le lécher comme un dessert en moins de dix secondes.

— Ou cette agréable cheminée.

Il marcha vers le mur et appuya sur un interrupteur. Le mur entier s'embrasa de l'autre côté de la pièce, entre de gigantesques cadres en bois, des flammes au gaz apparaissant par-dessus des rochers peints. C'était spectaculaire.

Je restai bouche bée.

— C'est magnifique.

Il me fit un grand sourire.

— Assieds-toi… mets-toi à l'aise. Reste un peu.

Je lui fis la grimace.

— J'ai ma propre chambre : l'office.

Il se laissa tomber sur le canapé et il me regarda, dans l'expectative. Avec un soupir, je m'installai dans un fauteuil près du canapé. Je m'enfonçai dedans et je me tournai pour regarder les flammes. C'était mieux que de voir danser les flammes dans ses beaux yeux. J'avais des pensées coquines quand je m'y attardais.

— Maintenant, je veux que tu admettes la véritable raison pour laquelle tu veux tellement retourner dans ta chambre, dit-il d'une voix grave.

Je me retournai contre mon gré et je le regardai.

— Ah bon ? Quelle est donc cette raison ?

Il me tardait d'entendre le festival de vantardise qui sortirait de sa bouche : comment je le trouvais si irrésistiblement sexy qu'à la simple idée qu'il m'embrasse avec sa barbe de trois jours, le sol se dérobait sous mes pieds. Rendait ma gorge sèche. Me faisait gigoter dans mon siège à cause d'une drôle de sensation dans mes parties.

— Tu es accro au jeu, n'est-ce pas ?

— Quoi ?

— Je me suis connecté pour jeter un coup d'œil au code que je t'ai donné. Tu as déjà un personnage de niveau dix-neuf.

J'inspirai profondément, soulagée.

— Ouais, je suis grillée. Ce jeu est affreusement addictif. Maintenant, je sais pourquoi vous êtes aussi riches.

Il sourit.

— Et il semblerait que tu n'es pas la seule à avoir été nommée d'après un personnage de conte de fées.

Je me sentis rougir et je tournai la tête. Merde. Il avait compris que j'avais basé la Bête sur lui. Et je savais qu'il m'avait entendu parler de lui en l'appelant Bête au moins une fois.

— Tu es une bête sauvage, la plupart du temps.

Il s'installa confortablement, étirant ses bras musclés sur le dossier du canapé à côté de lui. Il fixa les flammes du regard, un petit sourire dansant sur ses lèvres.

— On m'a traité de pire.

— Et tu le méritais ?

Il fit un rictus en observant toujours le feu.

— Oui, la plupart du temps.

Ses yeux revinrent se poser sur moi. Ils avaient la couleur de l'ambre fondu dans la lumière des flammes.

— Comme je l'ai dit avant, les gens trop gentils se font marcher dessus. Je l'ai appris à mes dépens, je suis un ancien gentil réformé.

Je le regardai en me frottant le bras.

— Ah. Alors il n'y a vraiment pas de bon cœur sous cette apparence bestiale ?

Il fronça les sourcils en regardant le feu.

— Cet organe m'a été retiré il y a des années.

Ça, c'était une histoire. J'en eus l'impression, en tout cas. Ou peut-être espérais-je qu'il ne soit pas juste un gamin brillant qui avait gagné beaucoup d'argent et qui exploitait sa fortune et sa beauté pour vivre comme une rockstar, avec une femme différente dans son lit chaque semaine. Et je me rendis compte que cela faisait environ un mois depuis notre liaison anonyme au Comic-Con... était-il sorti avec son troupeau d'actrices et de mannequins pendant ce temps ? Avait-il couché avec ?

Je savais déjà qu'elles lui envoyaient des textos coquins à tout moment de la journée. Penser à elles – qui qu'elles soient – me fit bouillir, alors même que je savais qu'il ne m'appartenait pas.

Nous avions couché ensemble, une fois, et, cela avait été fabuleux, mais il le regrettait sans doute.

Eh bien, nous étions deux. Je le regrettais aussi. Parfois.

— C'est pour cela que tu ne sors jamais longtemps avec la même femme ?

Il me regarda.

— C'est encore l'heure des confidences ?

— Je pense que tu me dois quelques réponses pour toutes celles que je t'ai données.

— Je ne vais pas parler de ma vie sociale.

— Ah bon ? Pourquoi pas ?

— Parce que je n'en ai pas envie.

Je levai les sourcils. Cela ne faisait que me rendre plus déterminée à aborder le sujet.

— D'accord, alors j'ai une autre question brûlante, dis-je.

— Vas-y.

— Savais-tu qui j'étais au Comic-Con, la nuit où nous sommes allés dans ma chambre ?

Il serra la mâchoire et il ne me regarda pas. Le silence résonnait presque dans l'air entre nous, épaississant l'atmosphère avec la même tension qu'avant. Au bout de quelques minutes, je compris qu'il n'allait pas me répondre ni même montrer qu'il avait entendu ma question.

Et franchement, cela me mit hors de moi. Je bondis de mon siège et ses yeux intenses comme des lasers se posèrent sur moi. Je passai devant lui en haussant les épaules pour me diriger vers ma chambre de bonne.

— Bon, si tu n'as pas les couilles de me répondre... je m'en vais.

Je me tournai et je longeai le couloir en ayant conscience qu'il s'était levé du canapé et qu'il m'avait suivi. Avant d'attraper la poignée de la porte, je me tournai vers lui. Son visage se trouvait à quelques centimètres et il plongea son regard ardent dans le mien.

Et je ne pus pas respirer. Il fit un autre pas en avant jusqu'à ce que je sois coincée contre la porte et que sa respiration chaude me brûle les joues. Ses yeux étaient incandescents d'émotion : la colère, la passion, la faim, même. Je ne pus pas me forcer à arracher mon regard du sien. J'étais comme un animal piégé qui fixait son prédateur, le corps parcouru d'adrénaline.

Jordan posa une main contre le mur de chaque côté de ma tête. Cette odeur... le daim et la sauge. Il se pencha plus près et mon cœur se serra. Je sentis mon pouls battre dans ma gorge.

— Oui, finit-il par dire.

Je levai les sourcils, n'étant pas surprise par la réponse – je m'y attendais vu qu'il avait refusé de me répondre – et en même temps fâchée par cette nouvelle trahison.

— Je savais que c'était toi, continua-t-il. Et je savais que tu allais être mon assistante stagiaire.

Tous mes muscles se raidirent de fureur.

— Eh bien, c'est merveilleux. De mieux en mieux.

Je dus lutter contre mes émotions changeantes, remarquant au passage qu'il y avait peu de différence entre la colère et le désir. Toutes deux étaient des émotions fortes qui vous contrôlaient, menaçant de régir chaque pensée et chaque acte – et pas forcément dans votre propre intérêt.

— C'était un manque de jugement. Je n'aurais pas dû le faire. Je suis désolé.

— Tu es désolé d'avoir couché avec moi ?

Il secoua la tête, son regard s'attardant sur mes lèvres.

— Je ne suis pas désolé pour le sexe. Je suis désolé de ne pas t'avoir dit plutôt que c'était moi.

Je déglutis, essayant de décider comment prendre cette information, incapable de penser à quelque chose à lui dire, ne sachant même pas ce que je ressentais.

— Je ne le regrette toujours pas, cependant. Je ne regrette jamais le sexe quand il est bon.

— Tu as trouvé que c'était bon ?

Me voilà qui recommençais, cherchant désespérément l'approbation. Mon passé m'avait-il marquée à ce point ?

Il sembla surpris par la question.

— Bien sûr.

Mon regard descendit vers sa bouche et je m'humectai les lèvres. Un éclat brilla dans ses yeux. Les secondes s'étirèrent et il ne bougea pas. J'inclinai la tête, approchant ma bouche de la sienne. Mon Dieu, j'avais tellement envie de sentir cette barbe de trois jours sur ma peau.

— Eh bien, tu sais déjà ce que j'en ai pensé...

Ses paupières tombèrent. Je levai la main et je passai mes doigts dans ses cheveux comme j'en avais envie depuis plusieurs jours. Du bout du pouce, je traçai le contour de son oreille. Il ferma les yeux et il inspira en tremblant.

— Je devrais... sans doute y aller... chuchota-t-il.

Les secondes qui suivirent furent un peu floues. Je ne saurais dire lequel des deux se pencha le premier, mais mes bras furent soudain accrochés autour de son cou et ses lèvres se posèrent contre les miennes, me dévorant. Ses doigts se perdirent dans mes cheveux et il me tira contre lui. Sa langue entra et sortit frénétiquement de ma bouche et mes mains descendirent sur son torse solide, l'attrapant par le col de sa chemise.

Sous sa chemise, son corps était comme du granite. Mon Dieu, c'était si bon de sentir sa peau, son odeur incroyable, son goût délicieux. J'eus envie de me déshabiller pour lui. Ses poils rugueux m'éraflaient la peau pendant qu'il m'embrassait : sur le visage, les lobes des oreilles, le cou. Sa bouche descendit plus bas, s'installant dans mon décolleté.

— Tu es si belle, marmonna-t-il et une sensation s'éleva en moi que je ne pouvais pas vraiment expliquer : du pouvoir ? De la joie ? Je ne pus respirer. Mes doigts passaient dans ses cheveux de façon à les ébouriffer de façon attirante. Y avait-il quoi que ce soit chez cet homme qui ne soit pas terriblement attirant ? J'aurais pu parier qu'il se réveillait le matin l'air affreusement attirant. Une vague de chaleur s'étala entre mes jambes à l'idée de me réveiller à côté de lui, nos corps vêtus seulement des draps, le souvenir de sa barbe naissante sur ma peau.

— Jordan, chuchotai-je.

Sa main se posa derrière mon cou, rassemblant mes cheveux dans ma nuque. Je sentis ses doigts se fermer, puis il me tira soudain les cheveux. Le léger sursaut de douleur bloqua ma respiration alors même que mon désir s'enflamma. Ma tête fut tirée en arrière, exposant mon cou à ses délicieux baisers râpeux. La sensation de ses joues rugueuses me rendit dingue.

— Je n'arrive pas à me sortir cette nuit de la tête, grogna-t-il en embrassant mon cou et ma poitrine exposée. J'y pense tout le temps.

Son poing serra encore mes cheveux, comme avec une frustration renouvelée.

— C'était si bon de baiser avec toi. Je n'arrive pas à penser à autre chose qu'à recommencer.

Mes lèvres trouvèrent le lobe de son oreille et je le suçai, l'éraflant avec mes dents. Il poussa un soupir tendu. Sa main passa sous mon chemisier, caressant mon ventre, peignant une bande enflammée sous ses doigts. Sa bouche descendit sur ma poitrine et se fixa instantanément sur mon téton à travers ma chemise. Les muscles de mon dos se raidirent et je me cambrai, me poussant contre lui, parcourue de désir plus brûlant que le feu dans le salon.

Toutes mes terminaisons nerveuses étaient animées du désir de le sentir sur ma peau. Mais je ne le devais pas – nous ne devions pas.

Sa bouche était maintenant en bas de mon cou, mordant et suçant, et ses mains sous mon chemisier, me tenant contre lui. Les miennes étaient appuyées contre son torse dur et la sensation de ses muscles tendus me fit rouler les yeux en arrière. Je délirais de désir pour lui. Et pourtant...

— Jordan...

Il continua à faire glisser sa bouche ensorcelante sur ma clavicule. Sur mon soutien-gorge, ses pouces frottèrent mes tétons, créant deux points durs et douloureux.

— Quoi ? répondit-il enfin.

— Nous devons arrêter.

Il appuya sa grosse érection contre la chaleur ardente entre mes jambes.

— Ton corps n'est pas d'accord avec ce que tu dis.

Je gémis quand la pression de ses doigts sur mes tétons s'intensifia.

— Non, il n'est pas d'accord, soufflai-je. Il veut te baiser encore.

Il grogna en entendant cet aveu passionné.

— Mais je suis toujours fâchée contre toi.

Il se raidit contre moi, puis il retira les mains de sous mon chemisier. Nous restâmes collés l'un contre l'autre, respirant fort, incapables de nous regarder dans les yeux. Je fermai les paupières. J'avais si envie de lui que cela me faisait mal.

Il fit un pas en arrière. Le mot décrivant le mieux le regard sur son visage devait être... la confusion. À chaque seconde qui passait, je voyais une nouvelle émotion se rajouter au mélange : le désir, la réticence, l'ambivalence.

— Tu as raison. Nous ne pouvons pas faire ça.

Il semblait surtout vouloir se convaincre lui-même, pas moi. Il se mit à se frotter la mâchoire avec la paume de sa main, paraissant perdu dans ses pensées.

J'inspirai longuement, puis je soufflai, fière d'avoir pu dire mon avis alors que j'étais si excitée. Mais tout à coup, mon ancien manque d'assurance refit surface dans mes pensées et je pus presque entendre le retour de bâton des fois où j'avais exprimé mon opinion dans le passé. *Pour être honnête, ce n'est pas très grave pour moi. Le sexe n'a jamais été très excitant* , avait dit Gunnar, quelques mois avant de coucher avec ma mère.

Je retins ma respiration. *April, tu devrais faire en sorte d'avoir un homme tant que tu es encore jeune et financée par ton père. Moi j'ai toujours pu compter sur ma beauté, mais tu as de la chance : tu n'as pas besoin de t'inquiéter pour ça.*

Ma mère et ses conseils condescendants et faux cul pour trouver un homme et le garder. Comme toujours, elle avait semblé m'en vouloir d'avoir toujours accès à l'argent de mon père alors qu'elle ne le pouvait plus.

Tous ces autres gremlins dans ma tête, même Cari au Comic-Con. *Tu n'es qu'une sainte-nitouche, April. Tu ne prends jamais de risques et tu n'as pas le sens de l'aventure.*

Je me sentis soudain prise de nausée.

Et Jordan regardait tout cela. Il fronça les sourcils et leva une main pour me caresser la joue. Je tournai la tête en fermant les yeux, ne souhaitant pas voir la pitié.

— Hé. Que se passe-t-il dans ta tête ?

Je secouai la tête et je me moquai de moi, clignant des yeux pour empêcher des larmes d'humiliation.

— Rien de plus que d'habitude.

Je me tournai pour entrer dans ma chambre. Il me retint en m'attrapant par le bras.

— Je suis désolé d'avoir commencé ça. Et je suis désolé que tu sois encore fâchée contre moi. Mais tu as fait ce qu'il fallait. Je me suis laissé emporter. Je ne veux pas profiter de toi... pas plus que je l'ai déjà fait.

Malgré moi, un sourire tira sur les coins de ma bouche.

— Je suis une grande fille. Je peux décider si on profite de moi ou pas.

Il se frotta la nuque en regardant ailleurs.

— Bonne nuit, April.

On évita de se regarder dans les yeux et on essaya d'ignorer la tension dans l'air qui, si elle avait été une couverture, nous aurait étouffés tous les deux.

Je m'éclaircis la gorge et je dis encore :

— Alors, euh, souviens-toi que tu as l'orientation, une rencontre avec le coach d'art oratoire demain matin et puis la répétition. Je serai avec toi pour celle-là.

J'étais fière de la façon dont ma voix était passée en mode professionnel sans même trembler. J'avais suffisamment entendu mon père utiliser ce ton pour pouvoir l'imiter.

Battant en retraite dans ma chambre, je fermai rapidement la porte et j'accélérai ma routine du coucher. J'essayai d'ignorer le fait que mon corps était toujours en feu à cause de ses baisers, de ses mains fermes et sûres d'elles et de l'éraflure des poils de son menton sur ma peau.

Sa sorcellerie m'avait attirée sans effort et j'étais impuissante contre ses charmes.

Je devais me resaisir rapidement, sinon j'allais être piégée comme Raiponce dans sa tour, incapable de m'échapper.

Chapitre Dix-huit
Jordan

J'EUS DU MAL À DORMIR CETTE NUIT-LÀ. C'EST CE QUI ARRIVE quand quelqu'un nous obsède. Son odeur, toujours dans mes narines, était délicieuse et attirante : un peu comme on imaginerait l'odeur de Blanche-Neige. Son goût. Sucré, doux, succulent. Je voulais la goûter davantage. Et ces pensées tournèrent en continu dans ma tête jusqu'au milieu de la nuit.

L'érection terrible ne m'aidait pas tellement non plus.

Au point où j'en étais, j'avais trop de dignité pour aller me cacher dans un coin et me masturber. Je subis donc et l'insomnie suivit. Cela faisait un moment que je n'avais pas baisé et l'abstinence me tuait.

J'avais été tout près – beaucoup trop près – de fracasser toutes mes bonnes intentions. Jusqu'à ce qu'elle mette le frein et me rappelle à l'ordre.

Au moins, elle s'était enfin exprimée. J'avais vu que c'était difficile. Même quand elle avait été furieuse contre moi en découvrant la veille que j'étais son coup anonyme, elle avait lutté pour partir au lieu de me confronter. Car elle avait toujours peur de se défendre. Et pourquoi ? J'aurais voulu le savoir.

J'avais envie de casser la gueule à la personne qui lui avait fait ça, qui lui avait fait sentir qu'elle ne méritait pas de s'exprimer. Car c'était forcément un enfoiré, un fils de pute ou un trou du cul. Peut-être les trois. Je restai longuement éveillé à y réfléchir – à penser à elle – jusqu'à ce que je sorte ma tablette et que je regarde un film. Je finis par m'endormir vers trois heures du matin.

La sonnerie du réveil arriva trop tôt le lendemain matin. J'essuyai le sommeil de mes yeux et je me préparai. Quand je la revis, ce fut dans une loge en coulisses pendant que d'autres intervenants répétaient leurs discours. Elle portait un chemisier blanc qui mettait ses courbes en valeur et un pantalon noir moulant qui la rendait aussi séduisante que d'habitude. Me forçant à me concentrer, j'ouvris mon ordinateur portable, car je devais le faire passer au type de l'audiovisuel qui devait copier mon fichier sur l'ordinateur de présentation afin de pouvoir afficher mon diaporama.

Quand je lançai ma présentation, un gros poids me tomba sur l'estomac.

— Putain de merde, marmonnai-je.

Elle fut à mes côtés en l'espace d'un instant et je fus assailli par l'odeur de miel.

— Quoi ? Qu'est-ce qui ne va pas ?

Je fermai mon ordinateur pour qu'elle ne puisse rien voir.

— J'ai copié les mauvaises diapos.

Elle fronça les sourcils, le regard toujours fixé sur mon ordinateur.

— Les mauvaises diapos ? Que veux-tu dire ?

— Ce sont des images qui servaient à la mise en forme, pour mon brainstorming et tout. C'est une copie ancienne de la même présentation.

Elle haussa les épaules et me regarda.

— C'est une répétition. Nous pouvons faire copier les bonnes images plus tard quand nous nous serons connectés au VPN de Draco à l'hôtel.

— Je ne peux pas utiliser ces diapos.

— Tu sais déjà ce que tu vas dire, non ? Ce n'est pas grave si ce sont les mauvaises images.

Je poussai un soupir et je passai une main dans mes cheveux. Puis, en guise d'explication, j'ouvris mon ordinateur et je fis un geste vers l'écran.

Il se ranima et la première diapo s'afficha.

Elle écarquilla les yeux. Elle se redressa, jetant des coups d'œil autour d'elle.

— Pourquoi as-tu des photos de femmes nues dans ton ébauche de présentation ?

Je grinçai des dents.

— C'était pour le brainstorming. Cela m'aide à réfléchir.

Il y eut un court instant où elle sembla sur le point d'exploser de rire, mais elle parvint à se contenir.

— Je suis certain que tous les hommes ici adoreraient ces diapos. S'agit-il de tes dulcinées ?

Je lui jetai un regard noir.

— Non.

— Alors, où se trouve la véritable présentation sur le serveur de Draco ?

— Dans mon dossier de travail.

— Tu veux dire au même endroit que tout ce travail pourri que tu m'as fait enregistrer ?

— Oui, là. Et j'ai laissé la clé de sécurité avec le code pour me connecter au VPN à l'hôtel.

Elle fronça les sourcils.

— Tu sais ce qui te serait utile ?

— Autre qu'un verre de Jack ?

Elle sourit et fouilla dans son sac.

— Non. Une assistante vraiment maligne qui copie préventivement ton dossier de travail depuis le réseau de l'entreprise avant que tu voyages, au cas où tu ferais quelque chose de stupide comme d'apporter un diaporama porno à la répétition.

Elle leva triomphalement une clé USB et elle me la tendit.

Mon nœud à l'estomac se détendit.

— Je pourrais t'embrasser.

Je vis une étincelle dans ses magnifiques yeux bleus, mais elle pinça les lèvres.

— M. Fawkes, vous vous comportez de façon inappropriée.

Elle me fit un grand sourire quand je me souvins de cette horrible formation sur le harcèlement sexuel. C'était donc devenu une petite plaisanterie entre nous.

— Et si je t'augmentais ?

— Je suis une stagiaire non payée, répondit-elle, impassible.

Je souris.

— Exactement. Cela ne me coûtera rien.

Elle grimaça et elle mima un uppercut dans mon ventre.

— Essaie plutôt un coup de poing surprise dans les reins, Weiss. C'est beaucoup plus efficace.

Je branchai la clé dans le port USB pour ouvrir les fichiers. Elle se pencha au-dessus de l'ordinateur juste à côté de moi – trop près de moi pour mon confort et mon équilibre mental. J'entamais le deuxième mois de la Nouvelle Loi d'Abstinence de Frère Jordan, ce qui signifiait que j'étais affreusement en manque et que je me concentrais sur tous les beaux attributs physiques de toutes les femmes qui croisaient mon chemin, particulièrement celle-ci.

Je remarquai qu'elle riait doucement à côté de moi.

— Continue à rire de mes malheurs, Weiss, et je te le ferai payer plus tard.

Ses yeux bleu sombre regardèrent au fond des miens et j'y vis quelque chose... du désir, peut-être ?

— Des promesses, des promesses, dit-elle à voix basse.

Oui, c'était du désir.

Je me forçai à retourner mon regard vers l'écran, ouvrant le bon fichier de la clé et le copiant sur mon ordinateur. Elle me provoquait. Facile à voir, facile à ignorer. *Normalement*.

Comme si je n'avais pas déjà si envie que j'aurais pu crier. Et sous la ceinture, mon corps criait : 'Je relève le défi ! ' J'inspirai profondément – par la bouche pour ne pas sentir son odeur – puis j'ouvris le fichier et je passai l'ordinateur au type de l'audiovisuel pour qu'il puisse le copier sur son équipement.

Quelques minutes plus tard, je fus appelé sur scène pour faire mon discours. Exactement comme le lendemain, une horloge faisant le décompte à partir de 18:00 faisait défiler les minutes à l'envers. J'avais ce temps-là – et seulement ce temps-là – pour présenter mes idées 'valant la peine d'être partagées'.

Je conclus alors qu'il me restait moins de trente secondes. Étant donné ma mésaventure presque tragique avec le diaporama, la répétition se déroula étonnamment bien. Quand je sortis de la pièce, April me suivit jusque dans le couloir.

— C'était vraiment bien, dit-elle à voix basse.

J'ajustai le sac de l'ordinateur sur mon épaule et je fourrai mes mains dans les poches.

— Mais... ?

— Pas de 'mais'. C'était un discours fascinant.

Je lui jetai un coup d'œil pour vérifier qu'elle ne se moquait pas de moi. Elle ne plaisantait pas. Ses sourcils étaient froncés, indiquant un très grand intérêt.

— Alors, Dragon Epoch a une économie virtuelle qui se comporte exactement comme dans le monde réel ?

— C'est le cas de la majorité de ce genre de jeux. Et les meilleurs emploient des experts en économie pour les conseiller sur le fonctionnement dans le jeu.

Elle secoua la tête.

— C'est incroyable. Et je suis surprise que des économistes puissent étudier comment fonctionne l'économie dans un jeu et apprendre des choses sur la théorie de l'économie.

Plusieurs personnes venaient droit vers nous dans le couloir, si absorbées par leur conversation qu'elles ne faisaient pas attention à nous et qu'elles allaient nous rentrer dedans. Je passai ma main autour du bras d'April et je la tirai hors du chemin, de sorte qu'elle faillit entrer en collision avec moi. Elle posa une main contre ma taille pour rétablir son équilibre, et ce simple contact éveilla mon corps qui en voulut plus. Ces jours-ci, même un vent soutenu aurait suffi à mettre mes sens en émoi. Mon regard glissa sur la magnifique forme de son visage, la peau de porcelaine parfaite qui ressemblait à une certaine princesse Disney et la silhouette menue qui parvenait néanmoins à afficher des courbes dans tous les endroits qu'il fallait. April était beaucoup plus intéressante qu'un vent soutenu.

— Merci, murmura-t-elle en s'écartant mollement de moi.

Je déglutis en regardant ma montre.

— Qu'avons-nous à faire d'autre aujourd'hui ?

— Tu es tout seul pour le dîner, mais il y a ce petit cocktail avec la presse ce soir. Je ne suis pas obligée d'y être, mais j'avais l'intention de faire une apparition au cas où il faudrait organiser ton emploi du temps. J'ai l'impression qu'après ta répétition aujourd'hui, tu vas être un sujet intéressant pour les interviews.

Je levai les sourcils. J'avais trouvé que j'avais assez bien dit un discours convenable, mais elle semblait beaucoup plus impressionnée que ce que j'aurais pu espérer.

— Et puis, bien sûr, tu as besoin d'une bonne nuit de sommeil. Ils suggèrent de répéter ton discours avant que tu te couches, quand tu te réveilles, et encore une fois dans la salle verte juste avant de passer.

— Moins nous en parlons, moins je me sentirai nerveux. Allons manger.

— Tu... Ah... tu veux que je vienne avec toi ?

— Pourquoi pas ? Tu peux me poser d'autres questions sur mon discours si tu veux, et je pourrais te demander pourquoi tu veux aller en école de commerce alors que c'est clairement la théorie de l'économie qui te plaît.

Elle me jeta un coup d'œil, puis elle baissa la tête et continua à marcher en silence. Je fis venir un chauffeur qui nous conduisit à l'un des meilleurs restaurants de Vancouver. J'espérais qu'elle aimait la cuisine chinoise fusion. C'était original, délicieux et elle se régala manifestement, bien qu'elle refusa les vins recommandés pour chaque plat.

On mangea en parlant, et on passa un moment agréable. Elle sembla fascinée en continuant à m'assaillir de questions au sujet de mon discours.

— Pourquoi as-tu décidé de faire une école de commerce si la théorie de l'économie te plaît tant ?

Elle haussa les épaules.

— Cela semble plus utile.

— L'idée de pouvoir puiser dans une économie virtuelle comme celle de Dragon Epoch ne t'excite pas ? Si tu étudiais la théorie de l'économie, tu pourrais faire toute ta thèse sur l'économie de DE.

Elle prit une cuillerée de son dessert – une mousse à la gousse de vanille. Elle m'observa pendant un moment avant de répondre :

— Il y a beaucoup de choses qui m'excitent.

Sa langue rose foncé sortit de sa bouche pour lécher la cuillère.

Je ne portais pas de cravate, mais si cela avait été le cas, j'aurais été obligé de la desserrer.

Le nœud habituel de désir dans mes entrailles se serrait, se tordait, rendait tout mon corps lourd et un peu douloureux en dessous de la ceinture.

Je m'éclaircis la gorge et je regardai ma montre.

— Bon, allons nous débarrasser de cette histoire de cocktail.

— Nous avons assez de temps pour revenir à l'hôtel et changer de tenue. La réception a lieu à l'hôtel.

Je souris.

— C'est encore mieux. Si je m'ennuie, je pourrais simplement m'éclipser.

— Ou bien tu peux te débrouiller pour obtenir la clé de la chambre de la fille canon. Je me coucherai avant que tu rentres.

Ses yeux bleus étincelèrent.

J'ai déjà la clé de la chambre de la fille canon... et c'est la même que la mienne. Je me retins de le dire, mais je le pensai très fort. April n'était pas au courant pour la Nouvelle Loi d'Abstinence de Frère

Jordan, alors elle me lançait une petite pique sarcastique et sexy de temps en temps.

Cependant, nous étions deux à pouvoir jouer à ce petit jeu.

— Oh, tu sais, j'ai toujours des préservatifs dans ma poche... au cas où.

Je n'avais pas apporté de préservatifs. C'était trop tentant. En les ayant sur moi, j'aurais su qu'il y avait toujours une chance pour que je m'en serve. Ne pas en avoir allait m'aider à rester sur le droit chemin.

— Évidemment.

Elle s'essuya la bouche avec sa serviette d'un air pincé et elle se leva.

Quarante-cinq minutes plus tard, je me versais un verre d'eau minérale du minibar de la chambre d'hôtel quand April sortit de son cagibi, entièrement vêtue pour la soirée. Elle s'arrêta lorsqu'elle me vit, me dévisageant des pieds à la tête. J'essayai de ne pas tenir compte du fait que cela m'excitait quand elle me regardait de cette façon. Et, bien sûr, elle était élégante et superbe dans sa tenue de soirée.

Elle portait une robe bleu clair qui s'arrêtait juste au-dessus de ses genoux. Elle avait une bretelle sur une épaule et la robe ondulait autour de sa poitrine et de ses hanches comme une toge romaine, tout en étant habilement coupée pour montrer ses courbes féminines. Elle portait des sandales à talons hauts en argent et des bijoux accordés. Ses longs cheveux étaient brossés et ils brillaient autour de ses épaules et dans son dos. Elle était superbe et j'aurais aimé pouvoir en profiter pleinement.

J'inspirai profondément et je détournai le regard en buvant longuement mon eau, pour éviter de commencer à baver.

— Tu es très élégant, dit-elle.

— Merci, grognai-je.

Elle attendait sans doute un compliment en retour, mais je ne voulais pas le tenter. J'avais déjà envie de glisser cette toge de son épaule et de goûter chaque centimètre qu'elle recouvrait. *Merde* . Rien que l'idée me faisait bander. Je n'avais même pas besoin de la regarder. Bon sang. Frère Jordan luttait.

— Bon, allons vite faire ces conneries, dis-je et April hocha la tête en mettant son téléphone dans sa pochette étincelante. Tu dois être rentrée avant minuit, sinon ton carrosse va se transformer en citrouille.

Elle me jeta un regard du coin de l'œil avant de passer devant moi en se faufilant hors de la chambre.

— Ce n'est pas la bonne princesse. Je suis censée manger une pomme et tomber dans un coma mortel jusqu'à ce que mon prince passe et me réveille avec un baiser.

— C'est toujours un baiser qui les réveille… tu as remarqué ? Blanche Neige. La Belle au bois dormant. Pourquoi un baiser ?

— Parce qu'un baiser de la bonne personne peut réveiller n'importe qui.

Elle appuya sur le bouton de l'ascenseur pour nous faire descendre jusqu'à l'étage de la salle de bal où se tenait la réception.

— Des lèvres qui se touchent, c'est une chose si simple... mais 'lorsque le cœur, l'âme et les sens s'ébranlent de concert, que le sang est une lave, le pouls un feu, chaque baiser est un crève-cœur'.

Je regardai ses lèvres, ses lèvres pleines et pulpeuses lorsqu'elle récita chaque mot.

— Cela vient d'un de tes livres ?

— *Don Juan* . Un poème, dit-elle simplement, comme si tout le monde aurait dû le savoir.

Quand on entra dans la salle de réception, April m'encouragea à parler aux autres invités, mais je voulais rester à ses côtés. Je savais que j'étais censé me mêler aux participants de la conférence, aux employés de TED et aux journalistes, mais je n'en avais pas vraiment envie ce soir. En outre, ce n'était pas vraiment mon genre de soirée. Trop calme.

Cela ne manquait pas de belles femmes, cependant – ça, je le remarquai. Quelques-unes s'approchèrent assez rapidement de moi et entamèrent la conversation, mais à la seconde où April s'écarta de mes côtés et partit s'isoler au bord de la pièce, je me surpris à la chercher régulièrement des yeux, peu importe avec qui je parlais, peu importe ce qui se disait.

Je refusai les verres de vin et les cocktails servis sur des plateaux et je fis mon devoir en résistant à l'envie de regarder ma montre. Ce à quoi je ne pus résister, ce fut de regarder April qui avait trouvé un groupe de personnes avec qui attendre. Un des membres du groupe semblait avoir le même problème que moi.

Et je ne pouvais même pas me fâcher contre le type qui la draguait, la caressant généreusement du regard. Qui pouvait le blâmer ? Cette robe bleu givre, ses cheveux bruns brillants, ses lèvres roses pulpeuses – c'était une bombe.

Et la surface faisait plaisir à voir, oui, mais ce qui m'attirait tellement, c'était le contre-courant. C'était comme de se tenir dans les eaux côtières quand une vague était sur le point de se briser : ce courant plus profond en dessous qui menaçait de vous faire perdre l'équilibre était plus impressionnant que l'eau blanche qui moussait autour de vos épaules. Ce contre-courant pouvait vous attirer sous l'eau et ne vous relâcher que quand c'était trop tard.

April était ainsi : ce qui était plus profond était plus attirant. Et il fallait que je me le rappelle continuellement, car sinon, comme pour tout contre-courant puissant, je courais le danger d'être aspiré et noyé par lui – par *elle*.

Chapitre Dix-neuf
April

E N BORDURE DE LA PIÈCE, J'OBSERVAI JORDAN DISCUTER avec des gens, en particulier des femmes, ne passant pas beaucoup de temps au même endroit. Je remarquai également un échange de cartes de visite qu'il rangeait dans la poche du veston gris anthracite de son costume. Je passai encore quelques minutes à l'admirer. Quand j'étais sortie de ma petite chambre et que je l'avais vu se servir de l'eau, il avait été si beau dans ce costume parfaitement taillé que cela m'avait coupé le souffle.

Et cette barbe naissante... cette exquise barbe naissante me rendait dingue. Il en était à son troisième jour sans se raser et il avait l'air si délicieux que j'avais envie de le manger. Je n'étais pas la seule. Presque une femme sur deux dans la pièce l'avait suivi avec des regards affamés et cela m'avait donné envie de filer une baffe à chacune d'elles.

J'étais si absorbée à le dévisager, que j'oubliais sans cesse de prendre le temps de me mêler moi-même aux invités. Après tout, qui était là pour me parler ? J'étais en train d'échanger des banalités avec une autre assistante quand une femme s'avança et essaya d'attirer mon attention.

— Excusez-moi, dit-elle.

Je me tournai vers elle. Elle était jolie, mais elle avait l'air un peu surmenée, comme si elle paraissait plus vieille que son âge, alors que je n'avais aucune idée de son âge. Je pensai qu'elle avait peut-être quelques années de plus que moi. Elle avait des cheveux blonds avec un bronzage assez sombre qui n'était manifestement pas naturel, en particulier pour quelqu'un qui vivait dans un endroit comme la Colombie-Britannique – et d'après son badge, elle vivait à Vancouver.

— Bonjour. Je suis April Weiss, l'assistante de Jordan Fawkes. Puis-je vous aider ?

— Cynthia Nolan, assistante responsable des médias pour TED. J'ai quelques journalistes ici qui aimeraient organiser une interview avec M. Fawkes.

— Bien sûr. Je peux m'en occuper. Souhaitez-vous que je les présente maintenant ? Nous pourrons alors convenir d'un moment pour les interviews.

Elle écarquilla les yeux et elle jeta un coup d'œil dans la direction de Jordan.

— Euh...

La femme à côté d'elle, dont le badge affirmait qu'elle était une journaliste de *USA Home Weekly*, s'approcha avec intérêt.

— Ce serait merveilleux, merci.

D'un geste de la main, j'escortai le petit groupe vers l'endroit où Jordan discutait maintenant avec un autre type en costume, un badge TED accroché par un cordon autour du cou. Il était assistant de la mise en scène pour la conférence.

— M. Fawkes, voici quelques personnes qui aimeraient vous rencontrer brièvement demain. Je me suis dit que j'allais vous les présenter puis prévoir un créneau pour les interviews un peu après votre discours ?

Jordan hocha la tête et je commençai, attirant son attention sur l'assistante responsable des médias.

— Voici Cynthia…

— *Cyndi* ? dit Jordan en écarquillant les yeux.

Au même moment, je remarquai que Cynthia portait une robe à manches courtes. Autour du haut de son bras, un tatouage dépassait tout juste de l'une des manches. C'était un tatouage qui me semblait très familier : un motif de vagues stylisées en trois teintes de bleu. J'en avais vu une version identique autour du bras gauche de Jordan. Celui-ci était sur le bras droit de Cynthia.

D'après la façon dont ils s'étaient regardés, il était évident qu'ils se connaissaient. Cynthia devint pâle sous son bronzage, mais elle sourit, ses lèvres se courbant en tremblotant.

— Salut Jordan. Ravie de te revoir.

Jordan déglutit visiblement. Il lui fallut une minute pour se remettre de sa surprise, et apparemment, ce n'était pas une bonne surprise. J'intervins donc.

— Voici les journalistes de *USA Home Weekly* qui aimeraient te rencontrer demain. Est-ce que cela te convient ?

Jordan fixait toujours la blonde.

— Euh, oui, parfait.

Ses yeux finirent par se poser sur moi et ils brillaient d'un éclat un peu désespéré. Un serveur avec un plateau de boissons passa près de nous et Jordan lui fit signe de venir, attrapant immédiatement un verre de vin qu'il avala d'une seule gorgée.

— Euh… comment va ta mère ? lui demanda-t-il.

Cynthia, qui semblait aussi mal à l'aise que lui, hocha la tête et dit :

— Elle va assez bien, étant donné les circonstances. Et tes parents ? Je les ai vus l'année dernière... la dernière fois que j'étais là-bas.

Je me tournai vers les journalistes en leur faisant signe de revenir vers le coin de la salle où nous étions avant. Je sortis mon téléphone de ma pochette.

— À quelle heure aimeriez-vous lui parler ? Il sera disponible à partir de quinze heures.

Je cherchai Jordan du regard : il avait à présent la tête penchée vers la blonde et il l'examinait en fronçant les sourcils comme s'il était profondément concentré. Il attrapa un autre verre sur le plateau en y reposant son verre vide. Je continuai à les regarder en réglant le rendez-vous avec les journalistes, puis j'attendis patiemment que la conversation gênante soit terminée. Lorsque Jordan posa une main sur le bras de la femme – sous le tatouage accordé au sien –, elle fit un geste vers lui de sa main libre et elle hocha la tête. Il sourit et il s'éloigna d'elle.

Leur conversation sembla plaisante, bien que gênante. Il partit. Son sourire forcé s'évapora dès qu'il tourna le dos et il se dirigea tout droit vers moi.

— Nous avons terminé ici, maugréa-t-il en passant devant moi.

Cynthia regarda Jordan partir avec de profonds regrets. *Qu'est-ce que c'était que ça ?*

Je tournai les talons et je suivis Jordan qui sortait de la salle de bal. Je peinai à le rattraper quand il avança à grands pas vers l'ascenseur.

— Attends-moi, appelai-je.

Sans me regarder, il tendit un bras pour que les portes de l'ascenseur restent ouvertes jusqu'à ce que je monte. Il monta après moi et il appuya sur le bouton de la suite. Dès que les portes se refermèrent, il poussa un soupir et il se laissa tomber contre la cloison arrière en se passant une main dans les cheveux et en regardant les nombres augmenter à mesure que nous montions. Je l'examinai.

— Ça va ? Tu as l'air un peu secoué.

Sa joue se gonfla à l'endroit où il serra la mâchoire. Il fourra les mains dans ses poches, mais il ne dit rien, comme si je n'avais pas posé de question.

Je lui tournai le dos en fronçant les sourcils. Il ne voulait manifestement pas m'en parler. Très bien. Il était comme ça, parfois. C'était la Bête, après tout. Et qu'elle soit séductrice, magnifique et charmante ou pas, on ne savait jamais quand une bête pouvait se retourner contre nous. Je me jurai de ne pas faire partie des dommages collatéraux pour l'éruption qui allait avoir lieu.

L'ascenseur sonna et s'ouvrit. Je le précédai pour sortir, fouillant ma pochette à la recherche de la clé. Il s'avança et glissa la sienne à la place.

Je passai devant lui, mais j'hésitai près de la porte. Je devais peut-être rester un peu pour m'assurer que tout allait bien avant d'aller me barricader dans ma chambre. Je ne l'avais encore jamais vu aussi perturbé, sauf peut-être le premier jour où j'avais travaillé pour lui – le jour où tous les problèmes avaient commencé avec la vidéo porno.

Jordan me dépassa d'un air déterminé et il se dirigea tout droit vers le minibar. Il n'hésita même pas avant d'ouvrir une bouteille de Jack Daniels et de se servir un verre. Un whisky sec. Oh, mince.

— Jordan… dis-je quand il porta le verre de liquide ambré à ses lèvres.

Il me fixa et il s'arrêta avec le verre contre ses lèvres.

— Tu veux parler de ce qu'il se passe ?

Il hésita seulement une minute avant de poser bruyamment le verre intact sur la table la plus proche et il se rendit dans le salon où il se mit à faire les cent pas, les mains dans les poches.

— Non, pas vraiment.

— D'accord. Veux-tu répéter ton discours ?

— Non, pas vraiment, répéta-t-il d'un ton monotone. Il regarda le verre comme si celui-ci contenait les réponses à tous les problèmes du monde.

— Boire cela ne va sans doute pas t'aider. Pas vraiment.

Il leva un sourcil.

— Si, en fait. Et après, j'en boirai un autre.

Je marchai lentement vers lui en le regardant sombrement.

— Mais tu as promis de ne plus boire d'alcool. Et moi aussi. Pourtant, j'aimerais vraiment boire un verre maintenant, moi aussi.

— On parle comme des alcooliques anonymes. J'ai aussi promis de ne plus être un queutard, mais tout ce que m'apportent ces promesses, c'est d'être beaucoup trop sobre et sexuellement frustré.

Je sentis ma poitrine se gonfler – un élan de bonheur, peut-être – en entendant la résolution de Jordan. Je m'étais demandé s'il avait répondu aux sextos qu'il avait reçus. Ou aux propositions sur Snapchat, ou à n'importe quelle autre manière dont les femmes n'hésitaient pas à se jeter sur lui. Cela lui avait sans doute coûté beaucoup de volonté et de détermination pour les refuser.

Je fronçai les sourcils.

— Quoi ? dit-il.

— Je m'interroge juste au sujet de tes vœux de sobriété et de chasteté. Essaies-tu de devenir moine ?

Il serra la mâchoire.

— C'est parfois l'impression que ça me donne.

Il s'avança puis il attrapa le verre de whisky, appuya sur le bouton du feu de cheminée et s'affala sur le canapé. Il y eut un long silence entre nous, mais je ne voulais pas l'ennuyer avec une autre question. Je ne voulais pas non plus le laisser s'en sortir aussi facilement.

Il tint le verre de whisky entre ses genoux, faisant tourner le liquide et observant la lumière jouer avec la boisson. Je m'approchai lentement et je m'installai à côté de lui.

Il ne leva pas les yeux, mais il inspira profondément et se mit à parler.

— Après la merde avec la vidéo, je suppose que j'ai eu une sorte d'épiphanie. Il y a ça et... bon, c'est un peu bizarre et si jamais tu lui en parles je nierai tout en bloc. Mais voir tout ce qu'Adam a traversé avec Mia, c'était comme une éducation pour moi. Il a changé. Je pense que c'est un bon changement.

Il inspira encore une fois puis il inclina la tête en haussant les épaules.

— Je ne l'aimais pas au début. Elle me rappelait... quelqu'un.

— Cynthia ? devinai-je.

Il me jeta un regard du coin de l'œil et il porta le verre à ses lèvres en tremblant. Il sembla sentir longuement le contenu, mais il ne but pas et il baissa encore une fois le verre. Ses yeux, plongés dans la lumière du feu, étaient de la couleur du caramel.

— Les filles sympas ne restent pas sympas. Elles font des choses merdiques… marmonna-t-il.

J'avais déjà entendu faire un commentaire similaire, mais je n'avais pas su comment le comprendre. J'enlevai mes chaussures à talons et je m'appuyai contre le dossier du canapé en coinçant mes pieds sous moi.

— Cela a dû être assez sérieux entre vous. Vous avez des tatouages assortis.

Silence tendu. Tournoiement de whisky. Je n'entendais rien d'autre que les sifflements du feu de cheminée et le bourdonnement distant, mais toujours présent des appareils électroménagers du penthouse. Tout était silencieux et sombre mis à part une minuscule bulle de lumière ambrée.

Jordan était la tension incarnée, avec ses épaules toutes raides. Il continuait à tripoter son verre.

— Je la connais depuis toujours. Nous avons grandi ensemble, poursuivit-il à voix basse. Nos parents étaient amis… ils le sont encore, en fait. Nous faisions tout ensemble. L'école, le surf, traîner sur la plage. Les devoirs. *Tout*.

Il secoua la tête avant de poursuivre.

— Nous avons représenté beaucoup de premières fois l'un pour l'autre : premier baiser, première petite amie, première…

Sa voix s'éteignit et puis il haussa les épaules.

— Cela faisait des années que je ne l'avais pas vue. Je savais vaguement qu'elle était montée dans le nord quelque part.

Je m'éclaircis la gorge.

— Que s'est-il passé entre vous ?

Il fit rouler ses épaules comme pour les forcer à se détendre.

— Je l'ai demandée en mariage avant de partir pour la fac. Nous avons le même âge, mais à cause de l'endoctrinement de l'école à la maison j'avais fini un an et demi plus tôt. Mon père m'avait poussé à commencer ces études d'ingénieur qu'il voulait tellement que je fasse. Putain, j'avais seize ans. Qu'est-ce que j'en savais ? Elle a dit oui, bien sûr, et je l'ai laissée pour partir à la fac. Je retournais à SLO dès que je le pouvais… pratiquement chaque week-end. Et quand elle a commencé à UCLA, j'étais surexcité. Nous n'étions plus qu'à trente minutes l'un de l'autre.

— Et puis tu as rencontré quelqu'un d'autre ?

Son visage se ferma et il posa lentement le verre sur la table basse devant lui. Sa main libre forma un poing.

— Tu supposes que c'est moi qui l'aie trompée, hein ?

Je déglutis en rougissant.

— Ah, pardon. Je pensais que, étant donné tes tendances et ton harem à textos…

— C'est fabuleux, Weiss. Alors parce que je suis un homme, naturellement c'est moi qui trompe.

— Je suppose que c'était une hypothèse sexiste de ma part.

— Oui.

— Enfin, pour être honnête, ce n'était pas seulement parce que tu es un homme. Ton comportement envers elle ce soir a été un peu… je ne sais pas… comme si tu te sentais coupable.

Son regard trouva le mien et il fut si intense que je me surpris à retenir ma respiration.

— Je le suis… c'est ce que je ressens. J'ai beaucoup de choses à me reprocher en ce qui concerne Cyndi. Mais je ne l'ai pas trompée. Non, je lui ai fait la surprise de venir la voir un vendredi après-midi à son dortoir pour l'inviter à sortir. J'ai passé la porte et j'ai trouvé un connard de motard tatoué couché sur elle dans le lit.

— Oh mon Dieu, dis-je en me laissant retomber contre le dossier. Je suis désolée.

Il grimaça et il détourna la tête. Il se décala vers le bord du canapé, puis il enleva sa veste et sa cravate.

— C'était il y a six ans. De l'histoire ancienne.

Il déboutonna ses manchettes et il remonta ses manches. Je parvins à peine à arracher mon regard à ses bras musclés, les veines solides créant des lignes sous sa peau.

— Mais l'histoire ancienne a cette fâcheuse tendance à te marquer... à revenir te hanter...

— Ah oui ? Qu'est-ce que tu en sais ? Ton petit ami parfait a embrassé ta meilleure copine ?

— Non, je t'emmerde, et il n'a pas fait ça. Il a épousé ma mère.

Il poussa un long soupir qui devint un rire nerveux. Mais quand il vit mon visage, il se rendit compte que je ne plaisantais pas. Il redevint tout de suite sérieux.

— Vraiment ?

— C'est bon, tu peux rire. Je sais que c'est pourri et anormal. Ma mère n'aime qu'une seule personne au monde : elle-même. Alors je suis sûre que Gunnar n'est que le mari numéro quatre dans une série de huit ou neuf, peut-être même douze.

Il fronça les sourcils.

— C'est arrivé récemment ?

Je concentrai soudain mon regard sur le feu.

— Juste avant Comic-Con.

— Alors ta mère couguar est arrivée et t'a volé ton petit ami ?

— Nous avions déjà rompu. Si ça se trouve, il n'a pas couché avec elle avant que nous nous séparions. Elle flirtait avec tous mes petits amis, alors qui sait ? Apparemment, il s'ennuyait au lit avec moi.

Jordan écarquilla les yeux.

— *Quoi ?*

— C'est ce qu'il a dit quand j'ai rompu avec lui.

— C'est un connard de menteur, Weiss, j'espère que tu n'as pas cru à ces conneries.

Je haussai les épaules en observant le feu. Je devais admettre l'avoir cru. Mais la réaction de Jordan était assez encourageante.

Il se tourna pour me regarder en face, et il tendit la main. Le dos de ses doigts caressa ma mâchoire. Ce contact fut électrique – comme chaque fois que cet homme me touchait. Je déglutis. Il attrapa mon menton et il tourna mon visage vers le ciel.

— S'il le pensait vraiment, alors c'est l'homme le plus idiot de la planète. Vraiment. C'est peut-être lui qui t'ennuyait au lit.

Je soutins son regard qui sembla plus sombre, car son visage était à l'ombre à présent. Je me léchai les lèvres.

Ses yeux suivirent le mouvement et je vis bouger sa pomme d'Adam. Mais au lieu de retirer sa main, il me caressa la joue en faisant passer une mèche de mes cheveux derrière mon oreille. Je ne pus pas contrôler le frisson qui me parcourut le dos.

— Alors… alors tu ne m'as pas trouvée ennuyeuse ?

Ma voix fut à peine plus forte qu'un murmure.

Il secoua lentement la tête, ses yeux ne quittant jamais les miens. J'étais ensorcelée par chaque mouvement, chaque geste. Ses doigts glissèrent à nouveau le long de ma mâchoire, son pouce caressant ma joue. Chaque respiration était limitée par une bande de tension qui me serrait la poitrine et chaque inspiration sembla plus difficile que la précédente.

Son pouce frôla ma lèvre inférieure. Ce fut léger, lent, délibéré. Une torture érotique. Je sentis chaque strie de son empreinte sur ma peau, me marquant de façon permanente.

— Tu as été l'opposé d'ennuyeuse, souffla-t-il d'une voix si basse que je dus tendre l'oreille pour l'entendre.

Son pouce appuya encore et je serrai les lèvres pour y déposer un baiser.

Ses yeux s'assombrirent, le pouce glissa entre mes lèvres et je l'attrapai doucement entre mes dents.

— Je me suis si peu ennuyé que je dois lutter contre moi-même pour essayer de l'oublier.

Le bout de ma langue se faufila pour tourner autour de son pouce invasif. Il avança la tête, son visage se trouvant à quelques centimètres du mien, si près que je ne pouvais plus le voir clairement.

— Ce n'est pas un combat équitable, Weiss.

Mes lèvres se fermèrent autour de lui et je suçai son pouce. Il y avait une nouvelle sensation dans tout mon corps : ma peau était en feu et une douleur glaciale se répandait en moi. J'étais un bol vide et j'avais besoin qu'il me remplisse.

Je reculai la tête pour pouvoir parler.

— C'est parce que je ne veux plus lutter, dis-je.

Ses lèvres se posèrent immédiatement sur les miennes.

Il avait un peu le goût du vin qu'il avait bu à la soirée, mais sinon, il avait le même goût que le soir précédent. Ses lèvres chaudes couvrirent les miennes, s'y mélangèrent, nos langues s'unissant au même moment. Sa main passa autour de mon cou afin de tenir ma tête contre la sienne. Ce n'était pas nécessaire. Ce n'était pas comme si j'allais partir.

J'avais trop envie de ceci.

Après quelques minutes de nos lèvres collées, j'eus l'impression de devoir me souvenir de respirer. Mes paupières se fermèrent et je parvins à peine à penser à autre chose que la sensation de ses lèvres qui voyagèrent le long de ma mâchoire, ses poils qui grattaient ma joue et mon cou. Je respirais trop vite maintenant et je n'avais plus les moyens de me contrôler.

Mes lèvres trouvèrent le pouls dans son cou abrasif et je le suçai et le léchai à cet endroit.

— Tu compliques la situation, Weiss, dit-il.

— Toi aussi.

Sa bouche voyagea dans mon cou, déposant des baisers le long du creux sous ma mâchoire. Je frissonnai. La main qui tenait mon bras se serra.

— J'ai vraiment envie de t'enlever cette robe.

Mes doigts se faufilèrent dans ses cheveux doux quand il déposa des baisers jusqu'à mon décolleté, chaque contact de sa bouche me transperçant comme une flèche jusqu'au bas de mon ventre. Mon Dieu, le désir que j'éprouvais était si féroce à présent que j'en gémissais presque.

— Cela ne me gênerait pas du tout.

— Mais je ne le peux pas… je ne le devrais pas. Tu es le fruit défendu.

Sa langue plongea entre mes seins, léchant un chemin jusqu'à ma clavicule. Je retins mon souffle.

— Mais bon sang, tu as si bon goût. Ce que je veux vraiment faire, c'est te déshabiller et te coucher sous moi.

— Je n'émettrai pas non plus d'objection.

Ma voix trembla. La tension en moi augmentait jusqu'à atteindre un niveau de pression épique. Sa bouche et ses mains lançaient des sorts diaboliques et je me laissais volontairement ensorceler. Il était beaucoup trop doué.

Et j'oubliai toute ma raison. C'était mon patron. La recommandation pour mon école de commerce dépendait de lui. Si quelqu'un découvrait ce qu'il se passait, il pouvait perdre son travail.

— Nous ne devrions pas faire ça, dit-il comme s'il lisait dans mes pensées. Mais en même temps, ses doigts descendirent sous le rebord arrière de ma robe.

Malgré l'alarme dans mon cerveau qui criait que nous devions nous arrêter, ma main remonta pour déboutonner sa chemise. Nous semblions tous deux avoir le problème que nos mains et nos corps fonctionnaient indépendamment de nos cerveaux. Je glissai ma main dans sa chemise, touchant ce torse dur et sculptural. C'était si bon que j'aurais pu…

En l'espace de quelques secondes, sa main se referma autour de mon poignet qu'il sortit de sa chemise. L'autre main trouva mon autre poignet. La seconde d'après, il m'avait brusquement poussée sur le canapé de façon à ce que je sois couchée sur le dos, coincée sous son corps, mes mains retenues au-dessus de la tête.

— Si ça continue, je ne pourrais plus m'arrêter. On ne plaisante plus, maintenant, siffla-t-il entre les dents, une étincelle d'irritation et de désir dans les yeux. J'ai tellement envie de te baiser que je peux en sentir le goût, ton goût. Et putain de merde, je ne peux goûter rien d'autre que toi.

Je déglutis difficilement. Il voulait que je lui propose une porte de sortie. Il voulait que je le raisonne. Et il n'avait pas tort. Il se sentait vulnérable en ce moment, et le séduire de cette façon, c'était profiter de lui. Cette pensée sembla ridicule, car je supposai que Jordan n'avait encore jamais été séduit contre sa volonté.

Mais… j'avais peut-être un peu le pouvoir de le faire changer d'avis. J'avais peut-être la responsabilité d'être celle qui réfléchissait aux conséquences de nos actes.

— Nous ne devrions pas, car… nous travaillons ensemble. Cela pourrait mettre ton travail en danger.

Ma voix ne semblait pas très convaincue, mais je poursuivis en tremblant.

— Euh. Peut-être… peut-être as-tu regretté ce que nous avons fait la dernière fois.

Il serra plus fort mes poignets.

— Arrête, grogna-t-il en baissant la tête de façon à ce que son front repose sur le mien. La seule chose que j'ai regrettée, c'était ta foutue vidéo.

J'avalai ma salive.

— Peut-être n'en as-tu pas vraiment envie.

Il changea de position, appuyant la grande bosse dure dans son pantalon contre ma cuisse.

— Tu as toujours l'impression que je n'en ai pas vraiment envie ?

Ma respiration s'accéléra une nouvelle fois. Je le voulais tellement en moi que mes pensées et ma raison tourbillonnaient dans ma tête, bouillonnant et débordant comme un chaudron de conte de fées. Le désir brûlait chaque synapse, chaque veine, chaque tendon. Je basculai le bassin et je poussai mes hanches contre lui.

— Jordan, soufflai-je. Je te veux.

Sa bouche fut de nouveau sur moi, sa langue se mêlant à la mienne. Il me serrait si férocement les poignets que je commençai à perdre la sensation de mes mains. Il recula soudain et il s'assit en me libérant.

Merde.

Je voulus crier contre sa soudaine reprise de contrôle. Pourtant, le regard qu'il me jeta n'avait rien de contrôlé. Il ressemblait à un animal sauvage, sa poitrine montant et descendant au rythme de sa respiration.

Il serra la mâchoire.

— Lève-toi, April.

J'étais certaine à cent pour cent que je n'allais pas aimer ce qu'il allait dire. Je m'assis lentement et je lui fis face.

— Lève-toi, répéta-t-il en tendant la main pour m'aider.

Il se leva en même temps que moi.

— Il y a une quantité de choses indécentes que je veux te faire maintenant – et de diverses façons –, mais, malgré ce que j'ai dit plus tôt, je n'ai pas apporté de préservatifs.

Je fronçai les sourcils.

— C'est regrettable.

— Plutôt.

— Dans ce cas, c'est peut-être une trop grande tentation si je t'informe que les préservatifs font partie du panier de bienvenue de l'hôtel.

Je pointai du doigt le comptoir où était posé le panier qui n'avait pas été touché depuis que j'avais regardé dedans la veille.

— Putain, Weiss. Tu n'étais pas censée me le dire.

Nous nous regardâmes un long moment intense. J'essayai de stabiliser ma respiration. Il fixa ma poitrine, remarquant sans doute ma difficulté à respirer.

Il pivota brutalement et marcha à grands pas vers le bar où il sortit une bouteille d'eau. Il l'ouvrit et but longuement. J'inspirai profondément et je lui tournai le dos, regardant le feu. Je n'étais pas encore prête à ce que ce soit terminé. Cependant, il fallait être deux pour la valse et mon partenaire de danse fuyait le bal. Je clignai des yeux, frustrée.

Mais qui pouvait lui en vouloir ? Il y avait tant de raisons – dont certaines que je n'avais même pas évoquées – pour qu'il ne s'intéresse pas à moi. Numéro un : cette vidéo virale des enfers. Numéro deux : j'étais sa stagiaire et il adorait son travail. Numéro trois : il devait se préparer pour son discours du lendemain matin en répétant et en dormant bien. Numéro quatre… je fronçai les sourcils, frottant le milieu de mon front. Je ne pus pas imaginer ce qu'était le numéro quatre. J'étais certaine qu'il devait y avoir un numéro quatre.

Puis je l'entendis derrière moi et je me figeai. Son corps était si proche, si chaud… Plus que la chaleur du feu devant moi, car il n'était qu'à quelques centimètres – voire quelques millimètres – de moi. Et il y avait autre chose… c'était quelque chose de mystique. Un peu comme une boussole qui tourne vers la source magnétique, je sentis un point entre mes omoplates se mettre à tirer vers l'arrière. Il m'ensorcelait encore une fois, simplement en se tenant tout près.

Quand je sentis sa respiration chaude dans mon cou, des frissons descendirent le long de ma colonne. Ses doigts forts écartèrent mes cheveux et lentement – si lentement – ses lèvres se posèrent à l'endroit où le dos rejoint la nuque. Avec sa barbe naissante et ses lèvres très douces, il frôla le haut de mon épaule. Je retins mon souffle, incapable de me contrôler.

Une de ses mains appuya contre mon ventre, me tirant contre son torse pendant qu'il m'embrassait. Cela me rendit folle d'anticipation. Encore un autre sort dans son arsenal de sorcelleries.

Ma respiration s'interrompit et j'eus soudain vivement conscience des battements de mon cœur – partout – en particulier à l'endroit de mon cou où ses lèvres touchaient ma peau sensible.

— Eh bien, belle Blanche Neige. On dirait que le grand méchant loup est là pour te dévorer, marmonna-t-il contre ma peau, sa bouche imitant ses mots.

— Pas le bon conte de fées, répondis-je en tremblant.

— En tout cas, c'est sûr que je ne suis pas le prince charmant, car je ne pense pas qu'il fasse ce que je vais te faire, grogna-t-il.

Il glissa ses doigts dans mes cheveux puis il ferma la main et il tira d'un coup sec afin que ma tête tombe sur le côté, offrant mon cou à sa merci. Sa main me serra plus fort et sa respiration accéléra. Mon cuir chevelu picota de douleur, ce qui ne fit que m'exciter encore plus. Le seul bruit que j'entendis, ce fut la fermeture éclair de ma robe qu'il ouvrit d'un geste déterminé.

— Ah oui ? Et que vas-tu me faire ? demandai-je.

— Que des choses qui vont beaucoup te plaire.

Cette douleur de désir grandissait, irradiant depuis le centre de mon corps et augmentant à chaque minute qu'il prenait pour préparer son sortilège.

D'un mouvement rapide du poignet, je laissai tomber la robe en une flaque bleue à mes pieds. Je me sentis comme la déesse sortant de l'eau dans la peinture célèbre de Botticelli, la *Naissance de Vénus*. Et Jordan, dont les lèvres de feu parcouraient ma peau, était un adorateur.

— Cela fait des mois que j'ai envie de te voir nue.

Je connaissais bien ce sentiment. Je me tournai vers lui et sa main lâcha mes cheveux. Je fis un pas à côté de ma robe et il se pencha pour la ramasser, puis il la posa sur le dos d'une chaise. J'attendis qu'il se retourne vers moi pour passer la main dans mon dos et décrocher mon soutien-gorge sans bretelles. Quand il se détacha, je le jetai de façon à ce qu'il atterrisse sur la même chaise. Puis, avant de me dégonfler, j'enlevai ma culotte et je l'envoyai dans la même direction d'un coup de pied. À présent, je n'étais vêtue que du reflet des flammes de la cheminée et de son regard brûlant qui glissait sur moi.

Jordan en revanche était toujours entièrement habillé : sa chemise blanche partiellement déboutonnée, son pantalon de costume – grosse bosse incluse à l'avant. Même ses chaussures. Il les enleva, comme s'il avait lu dans mes pensées. Puis il termina de déboutonner sa chemise et il la fit tomber sur mes vêtements jetés sur la chaise. Ses biceps gonflèrent avec le mouvement et ses pectoraux brillèrent dans la lumière ambrée. J'imaginai son torse nu et dur contre ma poitrine. La peau se frottant contre la peau. Mes tétons durcirent et alors que sa main était descendue jusqu'à sa ceinture, il vint vers moi à la place et m'attira fermement contre lui.

— Tu es si belle, putain, dit-il.

Je posai les mains sur son torse, sentant chaque muscle dur, traçant le long de chaque creux. Je penchai la tête pour faire ce dont j'avais eu envie depuis que je l'avais vu chez lui, quand il ne portait rien d'autre qu'un maillot de bain. Je le léchai, ma bouche traçant la ligne de sa clavicule, et il poussa un soupir. Je le sentis monter contre mon ventre et ma main descendit à sa ceinture.

— Je ne veux pas que tu regrettes ceci… chuchota-t-il.

Je faillis lui rire au nez. Comme si c'était possible. La seule chose que je pouvais regretter ce soir était de ne pas avoir d'orgasme. Et j'étais certaine qu'il ne laisserait pas cela se produire.

— Jamais, dis-je.

La tension était si forte en moi que j'étais sur le point de craquer s'il ne continuait pas.

— Mais April... cela ne peut être que pour un soir... nous ne pouvons pas continuer après ça.

J'avalai une boule qui s'était soudain formée dans ma gorge. Je n'étais pas ravie, mais je comprenais pourquoi il fallait qu'il en soit ainsi. Jordan se laissait une porte de sortie en me faisant savoir qu'il ne s'agirait que de sexe.

— Je comprends.

Je défis la ceinture et je posai ma main sur sa fermeture éclair, le caressant à travers le tissu fin de son pantalon. Sa verge bondit sous ma main et je l'attrapai.

— Je te veux encore une fois en moi, Jordan.

En l'espace d'un instant, nous fûmes collés contre le mur, son pantalon et son boxer posés sur ses pieds. Il était nu, mais il se tenait trop près pour que je puisse l'admirer facilement. Il tenait le petit paquet en aluminium dans la main, cadeau de l'hôtel. J'allais devoir écrire un mot de remerciement au personnel d'entretien pour avoir été aussi attentionné.

Il me souleva presque sans effort et il me colla contre le mur froid de façon à ce que nos visages soient à la même hauteur. Je verrouillai mes jambes autour de sa taille et sa langue envahit ma bouche avec une telle férocité que je parvins à peine à respirer. Je me tortillai contre lui et il redressa la tête pour respirer avant de redescendre et de sucer mon téton. Waouh, c'était si bon.

J'enfonçai mes ongles dans ses épaules et je laissai mes yeux rouler en arrière.

Sa langue et ses dents massaient le point sensible de mon téton, me conduisant tout de suite vers l'oubli de l'extase. Je frottai mes hanches contre lui et il grogna en réponse, avant de passer à l'autre téton.

— Oh, mon Dieu, tu me rends folle, soufflai-je.

— Je suis content de te rendre enfin la pareille. Cela fait plus d'un mois que tu me rends dingue.

— Et toi tu m'as poussée à te haïr, dis-je en griffant ses épaules et son torse.

— Hmm… c'est si méchant de ma part. Il faut que je me fasse pardonner.

Il me fit lentement glisser contre le mur jusqu'à ce que je sois de nouveau sur mes pieds, mais il continua à descendre jusqu'à s'agenouiller, puis il s'assit sur le tapis. Je voulus descendre avec lui, mais il maintint mes hanches en place. Il commença alors à déposer ses baisers magiques, divins, râpeux sur la peau tendre à l'intérieur de mes cuisses. Je m'adossai contre le mur, ouvrant mes jambes comme sa tête m'y encourageait et fermant les yeux pour savourer la sensation. Sa bouche brûlante remonta le long d'une cuisse puis elle passa sur l'autre, répétant le chemin. Il tira doucement, me poussant à transférer le poids de mon corps sur l'autre jambe afin que je puisse en poser une sur son épaule et m'ouvrir à lui.

— Il me tarde de découvrir quel goût tu as, Weiss.

Je déglutis. Aucun de mes petits amis ne m'avait fait de cunnilingus. Soit ils ne l'avaient jamais proposé, ou alors les quelques fois que mon petit ami de lycée avait essayé, ses efforts avaient été si gênants que je l'avais arrêté avant qu'il commence.

J'avais presque envie d'interrompre Jordan maintenant. Je n'avais encore jamais vécu cette expérience et je ne savais pas si c'était une bonne idée que ce soit la première fois, mais je n'eus pas le temps de réfléchir ou de réagir avant que sa bouche se pose à l'endroit où mes cuisses se rejoignaient, ses doigts m'écartant afin de m'ouvrir à ses attentions.

Sa langue sortit pour toucher mon clitoris et je dus me mordre l'intérieur de la joue pour m'empêcher de pousser un cri. Dès que je pus à nouveau respirer, je poussai un long gémissement et son épaule se raidit sous ma jambe. Il se pencha en avant, appuyant plus fort, et je me perdis dans les mouvements hypnotiques de sa langue contre ma peau. Chaque caresse de sa langue me donnait l'impression qu'elle rassemblait toutes les cellules de mon corps pour les serrer ensemble. Il me suça, me dévorant comme il avait menacé de le faire. Et avec cette barbe de trois jours et ces muscles, je l'imaginais très bien en grand méchant loup.

Chaque terminaison nerveuse de mon corps s'activa et réclamait l'attention de sa bouche ensorcelante. Il dut estimer que j'étais prête, car sa bouche appuya plus fort contre moi et ses mouvements accélérèrent. Puis un doigt glissa en moi, s'enfonçant profondément et se courbant vers le haut, touchant mon point le plus sensible comme si c'était un interrupteur et que je n'avais attendu que ça.

Au bout de quelques instants, je jouis par vagues hallucinantes de pur plaisir hurlant. Je ne pouvais plus me retenir. Ma jambe flancha et Jordan me maintint debout en continuant à sucer – chaque dernière goutte de tension s'échappant de mon corps jusqu'à ce que cela devienne trop sensible et un peu douloureux.

— S'il te plaît, haletai-je en le repoussant. Oh mon Dieu…

Il céda lentement tandis que je luttais pour me remettre. Il enleva ma jambe de son épaule, libérant mes hanches. J'avais les yeux fermés et mon corps entier était couvert de sueur. J'avais des fourmillements partout. Au lieu de me satisfaire, cet orgasme me donna envie de plus. J'avais envie de le sentir bouger en moi, me remplissant. Je voulais l'entendre grogner son propre besoin, prendre son plaisir avec mon corps.

Lorsque j'ouvris les yeux, il était allongé sur le dos et il me regardait avec des yeux de prédateur. Je descendis avec précaution à côté de lui sur la moquette, saupoudrant son torse de baisers affamés.

— Tu es si incroyablement sexy, murmura-t-il.

— C'est ce que j'allais dire de toi.

Nos bouches entrèrent en contact et quand il s'écarta il marmonna :

— Si je ne suis pas en toi dans les deux minutes qui suivent, je vais péter un câble.

Il attrapa le sachet sur le sol et il déchira l'emballage avant d'enfiler le préservatif. C'était la première fois que je le voyais nu et il était magnifique : des jambes sculptées, longues et musclées à cause des années passées à maintenir l'équilibre sur une planche de surf, ses abdos fermes, le creux au-dessus de ses hanches. J'eus également mon premier aperçu de sa verge et elle était aussi superbe que le reste de son corps. Et grande, comme dans mon souvenir. Si j'avais su dans quoi je m'aventurais la dernière fois, je me serais peut-être enfuie en hurlant.

— Tu devrais vraiment répéter ton discours, tu sais, le taquinai-je quand il eut fini d'enfiler le préservatif.

— J'aurai le temps pour ça quand j'aurai utilisé ces capotes.

Il roula sur le côté et tendit les bras vers moi. Je m'approchai volontiers.

— Je n'ai pas compté... combien y en avait-il dans le panier ?

Il ricana comme le loup auquel il s'était comparé.

— Tu verras bien.

Il me poussa doucement et on roula tous les deux. Il me coinça avec son torse large. Une main se faufila pour écarter mes genoux et je m'ouvris à lui.

Il glissa entre mes jambes et il me pénétra d'un mouvement rapide. J'étais glissante, humide, prête pour lui et même s'il était grand, il entra facilement. Je retins ma respiration, profitant de le sentir là, d'avoir son poids qui m'écrasait dans la moquette. Il se pencha en avant, posa sa bouche dans mon cou et se mit à bouger.

Il trouva rapidement son rythme, s'appuya sur ses coudes et tint ma tête entre ses mains alors qu'il continuait à me manger le cou. Je verrouillai les jambes autour de ses hanches mouvantes et je l'attirai en moi sans le lâcher.

— Bon sang, Weiss, tu vas me tuer, murmura-t-il d'une voix rauque.

— Baise-moi fort, Jordan.

En poussant un grognement, il s'appuya sur ses bras et il fit ce que je lui avais demandé, me pénétrant de coups violents et rapides. La puissance de son va-et-vient me coupa le souffle et me fit presque mal, mais c'était aussi intensément bon. Il changea brusquement de tempo et d'angle et mon corps se cambra sous lui. Il m'examina, essayant sans doute de deviner si j'étais prête à jouir. Je parvenais à peine à reprendre mon souffle. Il devait être évident que j'étais proche de l'orgasme.

— Allez April, grogna-t-il. Jouis encore.

Je fermai les yeux, me concentrant uniquement sur la sensation de son mouvement en moi et contre moi, la friction de son torse solide contre mes tétons, la sensation de ses mains serrant mes hanches, sa respiration chaude sur mon visage et dans mon cou. D'un seul coup, je fus au point culminant, jouissant en haletant, choquée d'avoir joui aussi vite.

Mais je me souvins alors... cette nuit-là, la nuit de la vidéo. J'avais aussi eu plusieurs orgasmes. Cela avait été la première fois, parce que j'avais été dans les mains d'un amant talentueux. Dans les mains de Jordan.

Il bougeait encore sur moi, sa respiration devenant plus laborieuse jusqu'à ce que je le sente se raidir avec une dernière poussée profonde en moi.

Malgré mes paupières fermées, je voyais encore des étoiles. Cela avait été fantastique. Tout aussi bon qu'au Comic-Con – non, mieux. Cette fois, j'avais pu regarder son beau visage et voir son désir pour moi. J'avais pu sentir sa bouche chaude dans mon cou, sur mon visage.

Putain de merde .

Tandis que je redescendais lentement sur terre, je me mis à redouter ce qu'il avait dit plus tôt. *April... cela ne peut être que pour un soir... nous ne pouvons pas continuer après ça.*

Je fus prise d'un sentiment de vide glacial et je réprimai un frisson, la douleur de la perte.

Car j'étais déjà accro.

Chapitre Vingt
Jordan

AU LIEU DE RÉPÉTER MON DISCOURS ET DE ME SOUVENIR de la nouvelle Loi d'Abstinence de Frère Jordan, je passai la moitié de la nuit à baiser ma stagiaire sexy. Et même si cela faisait exploser tous mes nouveaux principes, il n'y avait pas moyen que je le regrette.

Après la première fois sur le sol devant la cheminée, je la portai en haut des escaliers jusqu'à ma chambre. J'avais un autre préservatif et l'intention de m'en servir. S'il ne devait s'agir que d'un coup d'un soir – et il le fallait – alors, j'allais en profiter au maximum.

Après deux orgasmes, elle sembla fatiguée. Sa peau de porcelaine luisait magnifiquement de sueur, un peu comme si elle avait été surnaturelle. Il y avait une autre cheminée dans la chambre, alors au lieu d'allumer les lumières, j'appuyai sur le bouton de la cheminée. Puis je la posai délicatement sur le lit et elle me sourit avec un regard de contentement auquel je ne pus pas résister. Je me penchai pour reprendre sa bouche avec la mienne, embrassant ses lèvres roses rebondies qui m'évoquaient une princesse de contes de fées.

— Tu as soif ? Faim ?

Elle secoua la tête avec un sourire, puis elle se décala sur le lit et elle tapota la place à côté d'elle.

Je passai à la salle de bains avant de la rejoindre. Elle s'était tournée sur le ventre, avec un oreiller sous le menton, et elle regardait fixement le feu au pied du lit. Je me couchai sur le dos et j'admirai les courbes de son magnifique cul et de ses cuisses.

Son corps était différent des femmes avec qui je couchais d'habitude. La plupart étaient des mannequins, alors elles étaient grandes, maigres et dégingandées. Des muscles fermes et peu de courbes. Elles étaient belles, sans aucun doute, mais celle-ci avait quelque chose...

— Ton corps est très beau, dis-je en passant la main sur sa peau douce et autour de ses fesses.

Elle tourna la tête pour me regarder en fronçant les sourcils. Il était évident qu'elle ne me croyait pas.

— Tu n'es pas sorti avec une mannequin de Victoria's Secret l'année dernière ? Et les actrices... Je ne peux pas être comparée à elles.

Ma main arrêta un instant seulement d'explorer sa peau, son cul, ses jambes. Je durcissais déjà rien qu'en la touchant. Je voulais revenir en elle, et vite. Avec un peu de chance, la seconde fois allait suffire pour la nuit parce qu'ensuite il n'y avait plus de préservatifs. D'un autre côté, je pouvais appeler le service de chambre si j'étais assez désespéré.

— Tu ne devrais pas te comparer à elles. Tu es différente. Tu es une femme. Une vraie femme. C'est leur travail d'afficher cette apparence afin que les vêtements soient mis en valeur, expliquai-je en haussant les épaules. Je ne les jetterais pas non plus du lit pour une partie de jambes en l'air...

Elle me jeta un regard noir.

— Toi, je te ferai peut-être tomber du lit. Afin que je puisse te baiser encore une fois sur le sol, bien sûr.

— Waouh, les choses que tu dis à une femme pour te la faire…

Ma main s'arrêta sur son bras et je serrai – un peu trop fort, apparemment, car elle bloqua sa respiration. Je la relâchai un peu et elle se tourna. On se regarda dans les yeux.

— Je ne mens pas à une femme. Jamais. Même pas à toi. À aucune d'entre elles.

— Je pourrais te forcer à me mentir.

Je fronçai les sourcils, mais cela n'eut pas l'effet escompté. Elle sourit d'un air rusé.

— Combien d'amantes as-tu eues ?

J'hésitai en retirant ma main.

— Je ne vais pas te le dire.

Elle leva la tête de l'oreiller et elle me regarda.

— Et si je te disais combien j'ai eu d'amants ?

— Dis-le-moi, alors.

— Voyons voir… j'avais dix-sept ans la première fois : au bal de fin d'année. C'était mon petit ami du lycée…

Pour une raison ou pour une autre, l'imaginer avec d'autres hommes m'irritait, même si c'était de l'histoire ancienne.

— Juste un nombre, Weiss, pas une histoire complète de ta sexualité.

Elle haussa les épaules.

— Tu es le numéro six.

Je me rallongeai sur mon oreiller et je la regardai en faisant encore une fois glisser ma main sur sa jambe.

— Alors ? dit-elle une minute plus tard. Allez… dis-moi ton nombre.

— En vérité ? soupirai-je. Je n'en ai aucune idée.

Elle leva les sourcils.

— Quoi ?

— Je haussai les épaules.

— Ce n'est pas comme si je comptais.

— D'accord, mais… pourrais-tu les compter si tu y réfléchissais vraiment ?

Je regardai le plafond en évitant son regard… et la question. Elle était sûrement dégoûtée.

— Est-ce qu'on parle de douzaines, de vingtaines, de centaines ? À vue de nez ?

Un sourire malin s'étala sur mes lèvres.

— La liste est plus longue que mon nez, c'est sûr.

Elle me tapa le bras en riant.

— Crétin.

Je ris en haussant les épaules.

— Mais ce n'est qu'un nombre de toute façon. En réalité, je pense que le sexe devient de plus en plus intéressant à mesure que l'on passe du temps avec la même personne. On apprend à mieux la connaître, son corps, ce qu'elle aime…

Ma main la caressa encore une fois. Avais-je déjà touché une peau si douce ? Et même après toute la sueur de notre rencontre brûlante, elle sentait divinement bon.

Elle écarquilla les yeux.

— Waouh, ce n'est pas une chose à laquelle je m'attendais de la part d'un play-boy millionnaire.

Oui, si je continuais à parler de cette façon, j'allais faire du tort à ma réputation. De toute façon, j'avais déjà commencé à me sentir blasé de tout cela.

Et le fait de voir Cyndi ce soir m'avait rappelé ce vide. Que je ne serais sans doute jamais satisfait si je continuais ces liaisons superficielles et insatisfaisantes. Bien sûr, c'était amusant de se détendre sur le moment. Mais à la fin de la journée, je rentrais seul chez moi. La fille du jour n'était même pas forcément quelqu'un avec qui j'aurais aimé traîner, regarder des films, manger ou avoir une longue conversation.

Cela faisait très longtemps que cela ne m'était pas arrivé, jusqu'à… ma main s'arrêta sur l'étrange tatouage d'April au creux de ses reins, juste au-dessus de son cul qui me rendait dingue. Je m'appuyai sur un coude pour mieux le regarder, caressant encore une fois l'image.

— Le voilà donc, le tatouage qui t'accable.

Elle se raidit sous ma main.

— La marque de ma honte, tu veux dire ? Ma lettre écarlate ?

— Ta, quoi ?

Elle tourna la tête et me regarda.

— S'il te plaît, ne me dis pas que tu n'as jamais lu ce roman. *La Lettre écarlate* ? De Nathaniel Hawthorne ? "

— J'ai fait l'école à la maison. Ma mère n'aimait pas la littérature classique. Mais j'ai vu le film. Une fille puritaine qui tombe enceinte sans être mariée et, ils lui ont fait mettre un 'A' rouge sur tous ses vêtements.

Elle eut cet air rêveur qu'elle avait toujours quand elle parlait de livres.

— Hester Prynne. C'était une femme incroyable. Ils ont essayé de l'humilier, mais elle s'est élevée au-dessus des cris et des moqueries. Elle a subi leurs traitements horribles, elle est montée sur l'échafaud et elle a fait face à l'humiliation devant tout le village. La lettre écarlate devait être la marque de sa honte. Elle a fini par devenir un signe de fierté.

Je traçai le contour du crâne et du serpent tatoués au creux de son dos.

— Et ceci est la marque de ta honte ?

Elle haussa les épaules.

— C'est parfois l'impression que j'ai.

— Qu'est-ce qui t'a pris de le faire, Weiss ?

— Ce qui m'a pris de faire à peu près toutes les choses stupides que j'ai faites dans ma courte vie ? C'est le mélange de mes parents, d'une forte baisse de l'estime de moi et de beaucoup d'alcool.

— Alors ta mère a fait quelque chose pour t'énerver ?

Elle secoua la tête.

— Non, ça, c'était mon père. J'avais seize ans. Nous avons eu une grosse dispute. Je voulais quitter l'internat où j'étais, car je détestais l'endroit et je passais un très mauvais moment. Il ne m'a pas écoutée. Je suis sortie avec des amis douteux, je me suis soûlée avec une fausse pièce d'identité et je me suis réveillée le lendemain matin avec le tatouage. En gros, c'était une gifle symbolique pour mon père. Et il a été très vexé quand il a découvert que je m'étais fait tatouer... même s'il ne l'a jamais vu. Je veux me le faire enlever un jour.

— Jusque-là, c'est une preuve accablante de ta célébrité en cosplay, dis-je en riant.

Elle se tourna vers moi avec un regard intense, et je sus que je n'allais pas aimer ce qu'elle allait dire.

— En parlant de preuves accablantes, je crois que tu as un tatouage qui prouve que tu as un jour été follement amoureux de quelqu'un.

Je déglutis et je détournai le regard. La même douleur toujours fraîche remonta et me frappa le torse. C'était si étrange, après tant d'années on pensait être passé à autre chose... à quelqu'un d'autre. Mais ce soir... voir son visage, la voir beaucoup plus âgée. Et elle n'était plus du tout la surfeuse souriante et insouciante avec laquelle j'avais grandi... C'était celle qui avait plus ou moins brisé pour toujours la confiance que je pouvais accorder aux femmes. Car si je ne pouvais pas avoir confiance en elle, alors à qui pouvais-je me fier ?

Je frottai l'arête de mon nez. Je ne voulais pas parler de Cyndi. Ni maintenant ni... jamais. Mais je ne pensais pas qu'April me laisse m'en sortir si facilement et elle commençait à s'aventurer sur des terrains glissants. Je me penchai donc en avant et je l'embrassai sur l'épaule, tout en caressant son dos. C'était une tactique de distraction classique, pourtant j'étais vraiment prêt à recommencer. Je mordillai son oreille et elle s'écarta de moi pour soutenir mon regard avec ses magnifiques yeux bleus et sombres. J'inspirai avant de pousser un soupir.

Son expression sérieuse s'adoucit et devint un sourire, puis un rire.

— Hmm. Tu sais, tu devrais vraiment répéter ton discours et passer une bonne nuit de sommeil.

— Merci, Mesdames et Messieurs, de me laisser la chance de vous parler cet après-midi, commençai-je sans hésiter en écartant ses longs cheveux de son cou. Ces cheveux... ce cou... cherchant à goûter, je penchai la tête, j'ouvris la bouche et je pris sa peau douce et odorante entre mes lèvres. Elle inspira brusquement et elle vacilla contre moi.

Je roulai de façon à me trouver sur elle, son cul rebondi appuyant contre mon entrejambe, et je tendis les bras pour tâter ses seins pleins et fermes en déposant des baisers tout le long de son dos.

— Et... ? m'encouragea-t-elle d'une voix haletante.

— Depuis des décennies, l'intégration des jeux vidéo à l'éducation a changé la façon dont nous enseignons et dont nous apprenons...

Avec ma jambe, j'écartai ses cuisses. Ma main tomba de son sein et descendit entre le matelas et son corps jusqu'à la trouver déjà mouillée et prête pour moi. *Oh, putain, oui* . Je poussai mon érection contre son ouverture et elle retint sa respiration.

— Je vais te baiser, Weiss. Cette fois, ça prendra longtemps et ce sera si bon.

— C'était plutôt bon la dernière fois.

— Je vais voir combien de fois je peux te faire jouir en une seule nuit.

Je déchirai le sachet avec les dents et j'enfilai le préservatif. Putain, j'allais faire en sorte que ce dernier coup compte.

— Je ne m'oppose pas à ton plan.

— Tu es prête à te laisser aller et à me confier le bon déroulement des opérations ?

Avec la main que j'avais sous elle, je l'attirai vers moi et j'entrai brusquement en elle. C'était un de mes coups préférés. Je voulais qu'elle pousse un cri, peut-être même un hurlement – au moins qu'elle s'exclame bruyamment ou qu'elle gémisse. À la place, elle bloqua sa respiration. Je me jurai de la pousser aux larmes avant d'avoir terminé de la prendre. Il fallait que cette fille apprenne à se laisser aller et j'allais m'en occuper.

Je savourai la sensation de son corps qui se fermait autour de moi, me serrant fort – si fort que j'arrivais à peine à respirer. J'enfouis mon nez dans ses cheveux qui sentaient bon, couvrant son corps avec le mien, et je commençai à bouger. Je me redressai sur mes genoux, la faisant remonter avec moi et je m'enfonçai avec force en elle. Elle s'accrocha à la tête de lit et d'une main, je rassemblai ses cheveux et je tirai avec précaution sa tête en arrière. Elle me récompensa par un grognement.

Mon autre main glissa sous elle pour caresser son clitoris. C'était si bon de la toucher, mais elle était trop silencieuse cette fois. Au bout de quelques minutes, je me penchai pour poser ma bouche contre son oreille.

— Tu aimes ça, April ?

Au moins, elle respirait fort.

— Oui.

— Je veux entendre ce que ça te fait.

Je tirai encore une fois sur ses cheveux en la pénétrant.

Cette fois, le grognement fut accompagné par un gémissement.

Elle déplaça ses mains sur la tête de lit et elle se poussa en arrière contre moi tandis que je montais et descendais au-dessus d'elle. Mon désir s'éleva.

— C'est ça.

J'accélérai.

— Oh, mon Dieu, gémit-elle.

J'entendais souvent cela. Avec un grognement, je me penchai en avant et quand je trouvai la base de sa nuque avec ma bouche, j'y enfonçai mes dents. Son corps sursauta en réaction.

— Tu aimes ça.

— Oui, grogna-t-elle comme un animal sauvage.

— Tu en veux encore ?

Elle ne répondit pas. Je ralentis, ne m'enfonçant plus beaucoup en elle.

— Dis-le-moi, April.

Elle poussa contre moi, comme pour protester, alors j'attrapai ses hanches pour l'empêcher de bouger.

— Je veux t'entendre perdre le contrôle.

— Va plus vite, supplia-t-elle.

— Je t'ai dit que j'allais prendre mon temps.

Je m'immobilisai tout en continuant à masser son point idéal. Elle essaya de se jeter contre moi et je l'arrêtai, attendant qu'elle n'en puisse plus. J'utilisai ma main libre pour envelopper son sein, frottant son téton jusqu'à ce qu'elle halète en jouissant et qu'elle me serre de toutes ses forces dans l'orgasme. Je savourai de la sentir autour de moi, serrée et brûlante.

M'enfonçant encore en elle quelques fois, j'attendis qu'elle redescende de son nuage. Puis je me retirai et je la fis rouler sur le dos.

— Cela fait trois.

Elle me regarda avec des yeux satisfaits.

— Tu comptes les orgasmes, mais pas les partenaires ?

Je descendis ma bouche vers la sienne, presque prêt à remonter pour recommencer quand elle me poussa sur le côté en posant la main sur mon torse.

— Quoi ?

Elle eut un sourire diabolique en me poussant encore une fois et je m'enlevai d'elle.

— C'est à mon tour de te monter, dit-elle en me faisant rouler sur le dos et en me chevauchant.

Oh. Oui alors. Mes mains glissèrent sur sa taille puis autour de ses seins quand elle déplaça les hanches et que je la pénétrai encore. En une seule poussée, je m'enfonçai très loin. Cette fois, au lieu d'inspirer avec réserve, elle gémit, ses yeux s'écarquillant de surprise.

— Lentement, April, l'avertis-je quand elle commença à bouger.

Elle avait un regard de défi. Elle se lécha les lèvres et bougea rapidement contre moi. Je pinçai ses tétons avec force. Elle rejeta la tête en arrière et poussa un petit cri, ses ongles s'enfonçant dans ma peau.

Je montai les mains jusqu'à sa tête et je les posai sur ses joues. Elle continua à bouger et je me poussai en elle. Je tirai son visage vers le mien, à la fois pour l'embrasser et pour la faire ralentir. Ses seins frôlèrent mon torse et la sensation fut incroyable. Elle était incroyable, m'entourant, me serrant fort.

— Ouvre les yeux, ordonnai-je.

Elle obéit en continuant à bouger contre moi. C'était divin de sentir ses longs cheveux soyeux étalés sur mon corps. Mais lorsque son regard se perdit dans le vide, je tirai sa tête plus près de moi.

— Regarde-moi. Ne regarde pas ailleurs.

En se regardant dans les yeux, on recommença lentement notre montée vers la jouissance. Chaque mouvement tirait un gémissement aigu de sa gorge. Et chaque gémissement faisait quelque chose au fond de mon être. Ses yeux surtout, en soutenant mon regard, révélèrent une couche de mon être que je ne connaissais même pas. C'était beaucoup plus intime que je ne l'avais imaginé. À un moment donné, je voulus détourner le regard, craignant qu'elle en voie trop sur moi.

Peu de temps après, elle arqua le dos et haleta, aux prises d'un nouvel orgasme. Je m'assis et je pris son téton dans ma bouche tandis qu'elle se tortillait et gémissait contre moi. Son corps souple était collé au mien et je la fis rouler sur le dos, entrant en elle encore et encore jusqu'à ce que je jouisse, expulsant la semence chaude de mon corps. Sa bouche était sur mon cou, ses ongles dans mon dos, ses jambes serrées autour de mes hanches, me tirant contre elle.

Putain de merde. Il me fallut plusieurs minutes pour pouvoir recommencer à penser, à parler ou même à me souvenir comment respirer. Cette dernière fois avait été incroyable. Cette fois avait fait exploser les records de toutes les bonnes parties de jambes en l'air que j'avais pu avoir.

Je m'écartai d'elle et je regardai son visage rayonnant et tout rouge. Que me faisait donc cette femme ?

Me sentant mal à l'aise et très exposé, je roulai sur le côté et je partis me laver à la salle de bains. Elle était toujours allongée sur son dos à regarder le plafond quand je revins dans la chambre. Je me laissai tomber sur le lit et je la tirai contre moi. Son corps était froid à cause de la sueur alors je l'enveloppai dans mes bras en me collant contre son dos. Elle se tourna et posa un baiser sur mon bras.

— Je crois que le décompte final est de quatre, dis-je.

— Six, si tu comptes les tiens…

— On ne compte que les tiens. Je pourrais arrondir à une demi-douzaine.

Elle rit.

— Je me serais évanouie longtemps avant ça. Hmm, c'était bon. Et je suis maintenant une fervente croyante en la barbe de trois jours.

— Elle te plaît ?

Elle leva la main jusqu'à ma joue, frottant mes poils avec sa main.

— 'Plaire' est un euphémisme. En particulier quand tu m'embrasses et que tu la frottes partout sur mon corps.

Je lui fis plaisir en l'embrassant sur l'épaule et en lui faisant un beau peeling du menton, ce qui la fit rire.

Puis je la tirai en arrière et elle s'installa contre mon torse. C'était bon. Je souhaitais presque avoir un autre préservatif. Une partie de moi me disait de me calmer et de dormir. Je me sentais bien, satisfait. Pour l'instant, en tout cas.

— Alors, euh… commença-t-elle timidement.

Je fis courir une main sur sa hanche ronde.

— Oui ?

— Je veux juste m'assurer que tu vas… mieux. Ça n'allait pas trop tout à l'heure quand on est rentré de la réception.

Ma main s'arrêta sur sa peau douce et je fourrai mon nez dans ses cheveux en inspirant profondément. Elle inclina la tête vers moi afin de voir mon visage, puis elle caressa mon menton poilu.

— Tu m'as fait me sentir beaucoup mieux. Beaucoup mieux que ce que Jack aurait pu faire, ricanai-je.

Elle rit puis elle se tourna pour me regarder en face.

— Je veux juste te dire… enfin, tu as été assez secoué de la revoir. Mais il y a quelque chose que je ne comprends pas dans ce que tu as dit. Le fait que tu te sentes coupable envers elle. Si c'est elle qui t'a trompé, pourquoi est-ce le cas ?

Je me raidis en essayant d'ignorer les vieux sentiments d'agitation qui remontaient chaque fois que je pensais à Cyndi.

— Je t'ai dit que les gentils finissent toujours derniers. J'ai été gentil et je me suis fait baiser. C'était donc le dernier jour où j'ai été gentil. J'ai décidé que tous ceux qui me baisaient allaient le regretter.

Elle déglutit, tripotant le tatouage sur mon bras.

— Alors tu t'es vengé d'elle ?

Je serrai un instant la mâchoire. Je m'allongeai sur le dos et je regardai le plafond, pris encore une fois par cette même culpabilité. Bordel.

— Je n'en suis pas fier maintenant, mais je me suis senti très bien en le faisant. Je connais des gens. Ils font des choses pour moi... ce n'est pas nouveau. C'était déjà le cas à la fac. J'ai découvert qui était le type qu'elle baisait et j'ai jeté une rousse sur son chemin. Il n'a pas mis longtemps à la baiser, elle aussi. Et puis... disons que Cyndi a fini par recevoir la monnaie de sa pièce. Ensuite, lui aussi, je l'ai puni.

Silence. Je retins ma respiration puis je soupirai lentement. Je risquai un coup d'œil dans sa direction. Elle avait les yeux dans le vide, elle semblait perdue dans ses pensées. J'avais remarqué que c'était une cérébrale. Elle vivait beaucoup dans sa tête.

Elle finit par parler.

— Moi aussi, je t'ai 'baisée' avec cette vidéo, même si c'était par accident. Cela signifie que tu vas te venger de moi ?

Je me tournai vers elle en m'appuyant sur mon bras.

— Je pense qu'après ce soir, tu peux être considérée pleinement baisée.

Je fis un sourire diabolique avant d'ajouter :

— Mais de façon beaucoup plus agréable.

Quand elle me regarda, il y avait plus que du désir dans ses yeux, il y avait un peu de peur aussi. Et bon sang, cela m'excitait un peu. J'allais peut-être appeler le service de chambre pour un autre préservatif, finalement.

Je tirai sur son épaule pour la faire rouler sur le dos et je pris sa bouche dans la mienne, la possédant férocement. Je me l'appropriai avec mes lèvres, mes dents et ma langue jusqu'à ce que je sois à bout de souffle.

— On pourrait croire que j'en aurais eu assez au bout de deux fois, marmonnai-je dans son cou. Sauf que maintenant je te veux encore plus.

— Oh, mon Dieu, tu sais vraiment trouver les mots.

— Je ne déconne pas, April.

Ses mains douces glissèrent dans mon cou et je fus à nouveau submergé de désir.

Elle s'écarta et elle me regarda. Ses yeux bleu profond semblèrent examiner mon âme.

— Tu devrais lui parler.

J'eus un mouvement de recul.

— Quoi ? Qui ?

— Cynthia.

J'inspirai profondément et je détournai le regard. Waouh, elle savait vraiment comment briser la magie du moment.

— Si la culpabilité te ronge... je veux dire.

Je me raidis.

— Je ne sais pas du tout quoi lui dire.

— Dis-lui que tu es désolé. Tu te sentiras mieux.

— Ce qui me fera me sentir mieux, c'est si nous oublions que nous nous sommes vus et que nous continuons à vivre normalement.

Elle regarda ailleurs en haussant les épaules.

— Ce n'est qu'une suggestion, Jordan. Tu n'es pas obligé d'écouter la modeste petite stagiaire si tu ne le veux pas.

Je ne répondis pas. Je n'avais rien à dire – même pour la corriger sur sa remarque de modeste stagiaire. Alors je la laissai flotter entre nous.

April posa sa bouche sur mon torse en murmurant :

— Mon Dieu, que tu es beau !

Elle s'installa à côté de moi, entre mon bras et mon torse. J'étais exténué.

Mes paupières tombèrent et je caressai ses cheveux doux. L'agitation de la discussion sur Cyndi retombait. J'étais... bien, réconforté.

— Tu as de la chance que je n'ai pas très bien dormi hier soir, sinon je te sauterais encore une fois dessus, murmurai-je.

— Des promesses, que des promesses, dit-elle en parcourant mon ventre du bout de son doigt.

Nous restâmes longtemps allongés ainsi. Je somnolai, dans ce *no man's land* entre le sommeil et l'éveil, où j'avais conscience de sa peau contre la mienne, de son odeur, de ses cheveux doux. Je la sentis bouger, s'asseoir et poser une couverture sur moi.

J'ouvris un œil quand je me rendis compte qu'elle se levait pour partir.

— Où vas-tu ?

Elle se pencha pour m'embrasser sur le front. Mes yeux se focalisèrent sur la façon dont ses seins se balancèrent avec les mouvements de son corps.

— Je retourne dans ma chambre, chuchota-t-elle.

Je montai un bras et je l'attrapai par la taille, l'attirant contre moi.

— Non, pas question. Tu dors ici.

Avec un rire fatigué, elle se débattit sans enthousiasme.

— La Bête a déclaré sa volonté.

— Oui. Et la Bête veut que sa Belle s'allonge ici et dorme avec lui.

— Alors je suis Belle, maintenant ?

— Toujours, marmonnai-je en me collant contre elle.

Puis je m'endormis avec des images de princesses de contes de fées dans la tête, et elles avaient toutes le visage de la fille allongée dans mes bras.

Chapitre Vingt-et-un
April

JE ME RÉVEILLAI AVANT JORDAN ET JE FILAI HORS DU LIT avant de devoir faire face à la gêne inévitablement causée par l'incertitude : va-t-on recommencer ou pas ? Apparemment, il n'y avait plus de préservatifs dans la chambre, de toute façon. Et même si j'aurais aimé refaire ce que nous avions fait, il avait été clair : ce n'était que pour un soir.

Il le fallait, mais cela ne me plaisait pas.

Je l'examinai dans la lumière grise du matin. Il était nu, entortillé dans les draps, son magnifique corps masculin taillé au biseau. Son sommeil avait été agité – j'avais dû lui laisser beaucoup de place pendant la nuit –, pourtant son visage était paisible. J'aurais aimé savoir à quoi il rêvait.

Je descendis au rez-de-chaussée, je pris une douche, je m'habillai et je commandai le petit-déjeuner avant de l'entendre bouger à l'étage. Il devait assister à un atelier ce matin, puis son discours était juste après le déjeuner.

Il apparut en bas vêtu d'un jean et d'un tee-shirt qui moulait son torse musclé. Ses yeux contemplèrent la nourriture : un plat d'œufs brouillés, du bacon, une assiette de viennoiseries et du café chaud. Sans un mot, il se versa une tasse de café brûlant et noir. Je le regardai la porter à ses lèvres, souffler sur la surface et boire avec précaution.

Il finit alors par me regarder.

— Bonjour, dit-il d'une voix rauque. Bien dormi ?

Si dormir à côté d'un cyclone, c'était bien dormir, alors...

— Oui, dis-je d'un ton peu convaincant.

— J'ai été si terrible que ça ?

— Euh, en dormant ou pour le reste ?

Il rit.

— En dormant.

— Disons que j'ai vu que tu étais stressé par aujourd'hui. Tu, euh, as murmuré des parties de ton discours dans ton sommeil.

— Tu mens.

Je ricanai.

— Non. Je te le jure. J'ai entendu parler de la micro-économie des jeux vidéo, même si c'était un peu bafouillé et marmonné.

Il sourit, puis il marcha vers la fenêtre et regarda le paysage nuageux en buvant son café. Je jetai des coups d'œil discrets à son cul magnifique dans ce jean. *Une très belle vue, effectivement* .

— Tu as aussi rêvé d'elle, dis-je doucement.

Il se raidit, tourna la tête et finit son café. En tournant, ses yeux glissèrent sur moi : ils étaient durs et froids.

— Alors, que fais-tu assise là ? Tu n'as pas de l'assistanat à faire ? Mon emploi du temps à préparer ?

Je levai les sourcils. C'était la routine, quoi. Enfin... j'avais été prévenue, n'est-ce pas ?

— Bien sûr, comme tu voudras, *patron* .

Je m'éclaircis la gorge et je me levai de table, puis j'essuyai les miettes de mes doigts tout en évitant son regard qui m'observait pendant que je rangeais et que je me tournais pour partir.

Un peu plus tard, nous fûmes prêts à partir. Il portait un blazer gris tourterelle par-dessus son Polo noir. Avec l'ombre d'une barbe sur son visage et un peu de produit dans ses cheveux pour les ébouriffer avec style, il avait l'air à croquer.

Je déglutis et je sortis mon téléphone, ne tenant pas compte de la façon dont ses yeux me dévisagèrent dans ma tenue en tricot vert foncé.

— Euh, nous devons être au centre de conférences dans vingt minutes.

— Je te suis, dit-il en indiquant la porte.

La matinée se poursuivit de la même manière qu'elle avait commencé. Jordan ne me dit pas grand-chose. Je ne savais pas s'il était toujours fâché à cause du commentaire que j'avais fait au petit-déjeuner ou bien s'il essayait de mettre une distance entre nous pour renforcer le fait que cela n'avait été qu'un coup d'un soir.

Un soir. Il avait sans doute eu beaucoup de coups d'un soir parmi les nombreuses femmes avec qui il avait été. Ce n'était sans doute rien pour lui... hormis la gêne de devoir encore travailler ensemble pendant un mois. Peut-être avait-il l'impression que le sexe entre nous n'avait pas était incroyable les deux fois, mais j'avais beaucoup de mal à me le dire.

À la seconde où on avait arrêté, j'avais recommencé à le désirer plus désespérément. Même le fait d'être assise à côté de lui dans l'auditorium, de sentir la chaleur de son bras près du mien... même son odeur était une torture. Je voulais grimper sur ses genoux musclés pour un câlin – peut-être pour d'autres choses aussi.

Qu'est-ce qui n'allait pas avec moi ? Pourquoi le laissai-je m'affecter de cette façon ? Chaque contact et chaque rappel de sa présence causaient un flash-back de l'électricité générée par le frottement de nos corps nus en sueur.

Jordan ne mangea pas grand-chose pour le déjeuner et il disparut dans la pièce verte après quelques bouchées et une autre tasse de café. Je me dis que son comportement froid était dû à sa nervosité. J'essayai de ne pas être vexée. J'essayai de ne pas m'en soucier à ce point.

Mais bon sang, avec ou sans avertissement, c'était blessant. Et il commençait déjà à trop compter pour moi. Je me souciais de lui, des démons qui le hantaient tant qu'il ne pouvait pas avoir une bonne nuit de sommeil, de qui il était sous cet extérieur délicieux et parfait.

Oui, c'était un enfoiré prétentieux en surface. Un enfoiré prétentieux insupportable. Mais en dessous ? Sous cet extérieur arrogant se trouvait quelque chose d'insaisissable, de merveilleux, de rare. C'était quelque chose qu'il dissimulait sauf quand il ne le pouvait pas, comme lorsque je regardais au fond de son âme pendant le sexe.

Oh, merde. La situation devenait plus compliquée à mesure que nous passions du temps ensemble.

Je me trouvais dans une pièce des coulisses où je regardais son discours sur un écran pendant qu'il parlait à un auditorium sombre rempli de gens. Je savais qu'il était nerveux, mais cela ne se vit presque pas dans sa présentation. Il avait l'air assez savant tout en étant branché, la barbe de trois jours et le blazer donnant une certaine crédibilité à sa jeunesse. Il s'exprimait bien et intelligemment. À mes yeux, cela ne faisait que rendre sa beauté physique plus attirante.

Peu de temps après le début de son introduction, j'eus conscience d'une présence près de mon épaule. En tournant la tête, je vis que c'était Cynthia qui avait les yeux rivés sur l'écran.

Elle portait un chemisier à manches longues aujourd'hui, cachant ainsi le tatouage incriminant qui la reliait à Jordan.

Elle me regarda avec un sourire et elle hocha la tête en direction de l'écran.

— Il est brillant. Je savais qu'il serait parfait pour TED. C'est ce que j'ai dit au comité quand j'ai suggéré de le faire venir.

Je la regardai en me demandant si Jordan savait qu'elle était responsable de son invitation à venir parler.

— Aimerais-tu… commençai-je.

Elle regarda autour d'elle, puis elle fit un pas vers moi en me faisant signe de parler plus bas.

— Aimerais-tu pouvoir lui parler ? Seule ?

Elle recula un peu, en fronçant les sourcils. Elle glissa une mèche de cheveux blonds derrière son oreille et elle évita de répondre.

— Je ne crois pas que cela lui plairait.

— Mais si c'était le cas… le voudrais-tu ?

Elle pinça les lèvres, puis elle secoua la tête.

— Il ne le voudrait pas, répéta-t-elle. Jordan croit en sa propre version du karma.

Je suis sûre qu'elle avait l'intention de rester mystérieuse, mais je compris néanmoins. Elle était au courant de la vengeance de Jordan contre elle. Je me demandai si Jordan le savait.

Nous regardâmes l'écran pendant le reste de ses dix-huit minutes. Il conclut aisément son discours avec un sourire charismatique d'autodérision et un éclat dans les yeux qui pouvaient faire fondre les petites culottes. La mienne me parut certainement plus chaude que d'habitude.

Cynthia se retourna juste au moment où je vis Jordan sortir de scène sous les applaudissements. Je l'arrêtai en lui posant une question au sujet de la rencontre avec les journalistes qui voulaient parler à Jordan dans quelques heures. Quand elle eut fini de me répondre, Jordan était entré dans la pièce, l'air confiant et avec un grand sourire. Il ouvrit la bouche pour me dire quelque chose lorsqu'il aperçut Cynthia qui s'était figée à mes côtés. Le sourire s'effaça de son visage.

Je marchai vers lui.

— Salut, dis-je. Tu as rendez-vous dans une heure avec la journaliste d'*USA Home Weekly* . Jusque-là, tu, euh… tu es tout seul, dis-je avec un regard appuyé en direction de Cynthia.

Il fronça les sourcils et il avala sa salive, mais il ne dit rien quand je sortis de la pièce. Il allait sans doute être furieux contre moi, mais si je n'en profitais pas maintenant, quand allais-je pouvoir calmer le jeu entre eux ?

Je savais que cela le travaillait depuis la veille quand il l'avait vue. Cela le rongeait sans doute depuis beaucoup plus longtemps. Je n'arrivais pas à me sortir de la tête l'image de lui regardant pensivement dans son verre de whisky. J'étais convaincue d'avoir fait une bonne action et qu'il comprendrait et peut-être qu'il me remercierait. Je l'espérais. Un jour.

Mais quand j'eus de ses nouvelles quelques heures plus tard… oui, disons que ce n'était pas ce que j'avais espéré.

Il était furieux. Ses yeux lançaient des éclairs quand il revint dans le penthouse. Il ne dit rien avant de monter les marches et j'en avais vu assez pour filer immédiatement dans mon petit cagibi. J'allais enfiler mon pyjama et me glisser sous la couverture avec un de mes livres préférés. Peut-être ressortirait-il ? Comme l'évitement était ma méthode dans les situations difficiles, j'étais douée pour cela.

J'avais enlevé mon haut et mon soutien-gorge et j'étais sur le point d'attraper ma chemise de nuit quand on frappa à la porte. Avant que je puisse crier que je n'étais pas habillée, il avait ouvert la porte. Je me couvris avec ce que j'avais à disposition : mes mains.

Jordan s'était changé. Il portait un sweat et un blouson avec des bottes de bûcheron en cuir. Il portait encore ce jean qui moulait ses cuisses musclées.

— Euh, hé ! soufflai-je en cachant mes seins avec les mains.

Son regard descendit sur ma poitrine, s'y attarda un instant, puis revint à mon regard.

— Weiss, mes mains et ma bouche les ont explorés la nuit dernière. Quel est le problème ?

Ma peau rougit et picota au souvenir brûlant des sensations de la veille.

Je rejetai la tête en arrière.

— Tu n'avais pas cette lueur meurtrière dans les yeux hier soir.

Il serra la mâchoire.

— Enfile des habits chauds et rejoins-moi à l'ascenseur dans cinq minutes.

Je lui aurais bien fait un salut militaire, mais il avait déjà tourné le dos et fermé la porte. Sans parler du fait que j'utilisais toujours mes mains pour cacher mes seins.

J'enfilai un jean, mes Doc Martens, un pull, une écharpe et une veste légère. C'était tout ce que j'avais pris en dehors des vêtements d'affaires. Je ne pensais pas beaucoup sortir et mon idée de la Colombie-Britannique à l'automne avait manifestement été très différente de la réalité. Parce que j'avais vécu toute ma vie en Californie du Sud, je n'étais pas préparée à des températures hivernales en septembre. Apparemment, septembre à Vancouver ressemblait à l'hiver chez nous.

Jordan fut silencieux, austère et il refusa de me répondre quand je lui demandai où nous allions. Au service de voiturier, il récupéra les clés d'un SUV qui avait été déposé par une entreprise de location de voitures locale. C'était une Land-Rover, mais elle n'était pas aussi belle que celle qu'il conduisait à la maison.

Il y avait des couvertures et un carton sur le siège arrière. Au bout de quelques minutes, nous fûmes sur une autoroute vers le nord qui s'appelait 'Sea to Sky Highway' : l'autoroute de la mer au ciel.

— Tu nous fais sortir de la ville afin que ce soit plus facile de cacher mon corps ?

Il eut un sourire sinistre, mais il ne répondit pas, tripotant son GPS. Il avait réglé la destination sur un endroit appelé Porteau Cove Provincial Park, qui semblait être sur la route vers Whistler, à environ une heure au nord de la ville.

On roula le long de la crique de Vancouver Ouest, puis de la baie de Horseshoe et son énorme gare maritime, et on longea les grandes formes sombres des îles près de la côte. La tension entre nous était épaisse et le fait que Jordan ne fasse aucun effort pour commencer une conversation n'aidait pas. Je regardais par la vitre et je tapotais des doigts en me demandant pourquoi il nous faisait sortir dans la nuit noire.

Au bout d'une heure de route, il suivit les indications du GPS et il quitta la route pour pénétrer dans le parc plongé dans l'obscurité. Nous traversâmes une voie de chemin de fer jusqu'à un très grand parking presque vide qui surplombait le canal. Il n'y avait pas une seule lumière le long du rivage et la lune n'était qu'un fin croissant, tout ce que nous avions pour illuminer notre route, c'étaient les étoiles. Il y avait tant d'étoiles. Je n'en avais encore jamais vu autant. Je me penchai en avant et je regardai bouche bée par le pare-brise. Du coin de l'œil, je le vis tourner la tête et me regarder. J'étais mal à l'aise. Il n'y avait personne ici à part nous. Une longue jetée s'étirait sur la baie silencieuse et sombre. D'après les panneaux, c'était pour un ferry qui passait apparemment de temps en temps, mais qui était absent. Il pouvait facilement m'étrangler puis me balancer de l'autre côté de cette jetée...

Je me tournai vers lui.

Ses yeux brillèrent dans le peu de lumière que nous avions.

— Viens.

Je croisai les bras sur ma poitrine et je soufflai.

— Comment puis-je savoir que tu ne vas pas te débarrasser de moi comme d'un chien que tu ne voudrais plus ?

Avec un rire bourru, Jordan sortit et claqua la portière. Je n'avais pas très envie d'obéir à un ordre qui ressemblait à ce qu'il aurait pu dire au chien mentionné plus tôt, pourtant je le suivis. Il marchait vers la jetée et je trottai pour le rattraper. Il faisait froid ici. Malgré ma veste matelassée et mon snood en laine, la fraîcheur du soir me mordit les joues.

— Tu es fâché ?

— Qu'est-ce que tu en penses ? demanda-t-il d'une voix monocorde.

— Pourquoi m'as-tu conduite ici si tu es furieux ?

— Parce que j'avais déjà prévu ça avant tes petites manigances.

Je demeurai un instant silencieuse, luttant pour rester à sa hauteur, car il ne faisait aucun effort pour adapter son pas au mien. Il faisait un pas pour trois des miens. Il s'arrêta brutalement et il tourna vers la rambarde sur le côté de la jetée, où je le rejoignis. Nous nous trouvions environ au milieu, juste avant la pente de la rampe de chargement.

Il avait les mains dans les poches et il fixait le sol devant lui. Une brise froide joua dans mes cheveux et me fit larmoyer. Il sortit un bonnet en laine et des gants qu'il me tendit. Je le remerciai et je les enfilai.

À ce moment-là, j'aperçus quelque chose à l'horizon. Une bande de brouillard vert s'était levée. C'était très beau. Mais… du brouillard vert ?

— C'est quoi, ça ? L'apocalypse zombie ?

— Les aurores boréales, marmonna Jordan.

— Ah bon ? On peut les voir si loin au sud ?

— Parfois. J'ai vu qu'ils en annonçaient à la météo pour ce soir, alors j'ai demandé au concierge s'il connaissait un bon endroit pour les regarder. Un endroit suffisamment sombre et éloigné de la ville. Il m'a loué la voiture.

Je regardai la lumière verte former lentement un arc vers le ciel, comme des doigts essayant d'attraper les joyaux célestes étincelants. Les traits de lumière se muèrent en vrilles émeraude sous le dôme étoilé, transformant tout en une gigantesque cathédrale de lumière qui s'étirait à l'infini. Ils bougeaient comme des fantômes distants et se réfléchissaient sur l'eau calme du canal.

— C'est si beau.

Jordan se pencha en avant et il posa ses coudes sur la rambarde sans quitter des yeux le spectacle magnifique devant lui.

— C'est comme si… la magie existait vraiment, dit-il, admiratif.

Je fus réconfortée par son attitude, soulagée qu'il ne semblât pas aussi fâché qu'il le disait. J'inspirai profondément et je décidai de tenter ma chance. Je tendis la main et je la posai sur la sienne.

— Je n'aurais vraiment pas dû faire ça.

— Il y a beaucoup de choses que tu n'aurais pas dû faire, dit-il en serrant les dents et en retirant sa main.

Cela me blessa, mais je ravalai ce sentiment en sachant que je le méritais sans doute.

— Ça irait mieux si je disais que je suis désolée ?

— Peut-être. Mais seulement si tu étais vraiment désolée, ce qui n'est pas le cas.

— C'était si terrible ?

Il se raidit, mais il ne me répondit pas. Dans la nuit silencieuse, il n'y avait que le doux clapotis de l'eau sur la rive.

— Tu... tu l'aimes encore ?

Il ricana et un léger nuage de vapeur s'échappa de ses lèvres.

— Ne sois pas stupide, s'il te plaît.

— Alors...

— Elle méritait ce qu'elle a fait. Compris ? Elle m'a détruit. Tu n'en as pas idée. Il n'y avait pas une autre personne sur la planète en qui j'avais plus confiance.

Je le regardai attentivement.

— Alors si je comprends bien, vous n'aviez rien à vous dire ?

Il se frotta le front.

— Non, ce n'est pas ce que ça signifie.

— Je ne l'ai pas fait pour te faire du mal... J'espère que tu le sais. J'essayais d'aider...

— Tu n'as aucune idée de ce qui pourrait aider ou pas, putain. Ne te mêle plus de ça à partir de maintenant.

Ses paroles me blessèrent. Évidemment. Mais je ne parvenais pas à arracher le regard à ses mains qui serraient la rambarde jusqu'à blanchir ses articulations. Quelque chose l'avait profondément perturbé lors de cette confrontation avec elle. À cause de ce qu'il avait dit ou passé sous silence.

— Je vois. Alors personne ne peut se faire du souci pour toi. Pas ton grand-père. Pas ta mère. Pas moi.

— Je ne t'ai jamais demandé de te faire de souci.

Je tendis le cou pour le regarder.

— Tu n'avais pas besoin de me le demander.

Il se pencha pour me regarder en face.

— Ne le fais pas, Weiss. C'était du sexe. C'était bon. Ne te fais pas d'illusions en pensant que c'était autre chose. Tu n'es pas ma petite amie. Tu n'es même pas mon amie. Compris ?

Des larmes me montèrent aux yeux et j'eus un mouvement de recul. Une gifle aurait été moins douloureuse. C'était très dur. Mais il s'en fichait. Je soufflai.

— Reçu cinq sur cinq. Personne n'a le droit de se soucier de toi.

— *Tu* n'as pas le droit de te soucier de moi. Tu n'es qu'une autre personne qui m'a baisé.

Je clignai des yeux. Maintenant, il faisait référence à la vidéo. Les choses qu'il avait dites la veille me revinrent à l'esprit... comme quoi il n'était pas quelqu'un de gentil. Il m'avait dit qu'il se vengeait des gens qui l'entubaient.

— Je vois. C'était pour ça, hier soir ? La vengeance ?

— Hier soir, c'était juste du sexe. Je te l'ai déjà dit.

— Comment dois-je faire pour t'expliquer que la mise en ligne de la vidéo était un accident ?

Il me regarda avec des yeux noirs.

— Pourquoi devrais-je te croire ? Tu m'as bien coincé, hein ? Si je ne t'écris pas cette belle recommandation, tu peux aller voir mon patron et...

Je levai la main pour l'arrêter.

— Ne finis pas cette phrase. Je ne t'ai jamais menacé et je ne le ferai jamais.

— Tu n'en avais pas besoin. Tu me tenais par les couilles avant même d'être mon assistante.

Ce qu'il pensait n'avait aucun sens. Jusqu'à deux jours avant, je ne savais même pas qu'il était Falco ! Mais il était si remonté maintenant qu'il n'arrivait plus à penser raisonnablement.

— C'est pas étonnant que tu aies peur que les gens deviennent trop proches de toi. Crois-le ou pas, Jordan, mais nous ne pensons pas et nous n'agissons pas tous comme toi. Certains d'entre nous refusent de laisser cette obscurité nous empoisonner.

— Alors, tu es le dalaï-lama maintenant ? Arrête d'agir comme si tu savais quoi que ce soit sur moi, car tu ne sais rien. Rien sur moi et rien sur la façon dont le monde réel fonctionne.

Ses paroles me frappèrent comme des pierres au milieu de la poitrine. Mon premier instinct fut de lui jeter quelque chose à mon tour. Mais je ne le fis pas.

— Le monde est un endroit sombre et perturbant dans ta vision des choses. Si tout le monde cherche à t'arnaquer, alors tu es tout seul, car tu ne peux avoir confiance qu'en toi-même. Tu vas finir par être très solitaire.

Il ne dit rien, se contentant de secouer la tête avec un rire méprisant. Mes larmes commençaient à tomber à présent et je les essuyai avec colère quand il ne me regarda pas.

Il n'avait pas tort. C'était de ma faute si je me souciais de lui. Mais ce n'était pas comme si j'étais une machine. Je ne pouvais pas éteindre mes sentiments.

— J'ai de la peine pour toi.

Il se retourna brusquement, le visage contorsionné par la colère.

— Tu peux avoir toute la peine que tu veux. Les gens me chient dessus et je me venge – doublement. J'en suis fier. Tu veux connaître la véritable raison pour laquelle mon père ne veut pas me regarder ? C'est parce que j'ai poursuivi l'enculé qui l'avait baisé. Son associé – et ami de la famille, d'ailleurs – a arnaqué mon père de plusieurs millions. C'est moi qui l'ai poursuivi parce que Grant Fawkes était trop lâche pour se défendre tout seul. Alors quand j'ai trouvé des dossiers sur cet enfoiré et que je lui ai fait cracher l'argent, mon vieux n'a pas voulu le toucher. Il a dit que c'était de l'argent sale.

Il lâcha un rire amer.

— J'ai pris son putain d'argent sale et je l'ai investi dans mon entreprise. Sa perte devenait mon gain. Le karma, c'est pour les lavettes. Je crée mon propre karma.

Je retins mon souffle en entendant ces mots qui ressemblaient de très près à ce qu'avait dit Cynthia. Elle avait raison. Je m'éloignai de lui en serrant mes bras autour de moi contre l'air froid, mais c'était intérieurement que j'avais le plus froid. Je ne voulais pas qu'il voie ma réaction émotive. Pourquoi le laissai-je m'atteindre ainsi ? Je tournai les talons et je retournai à la voiture.

Quelques secondes plus tard, j'entendis le bruit de ses pas rapides qui approchaient. J'accélérai en sachant que je ne pouvais pas courir plus vite que lui, mais en espérant lui faire comprendre que je n'avais aucune envie de poursuivre cette conversation. Je ne voulais pas être son punching-ball.

Je fis le tour de la voiture pour y monter lorsque son bras passa autour de ma taille et m'immobilisa. Il m'attira contre son corps dur. Une fois de plus, tout l'air fut expulsé de mes poumons et je parvins à peine à déglutir, car les battements de mon cœur étaient trop énormes et envahissants dans ma gorge.

Il appuya son visage contre mes cheveux puis il grommela durement :

— Pour qui te prends-tu, putain ? Ma conscience ?

— Je suis juste une personne qui se fait du souci… chuchotai-je .

— Ne fais pas ça. Tu n'as pas le droit de te soucier de moi.

Sa voix était dure comme des rochers que l'on frottait l'un contre l'autre.

— Je ne peux pas m'en empêcher.

— Si, tu le peux.

— Tout le monde ne cherche pas à t'arnaquer.

— Qu'est-ce que tu veux, Weiss ? Tu veux me réparer ? Bonne chance. Travaille d'abord sur toi-même.

Il passa les doigts dans mes cheveux, immobilisant ma tête.

J'avalai ma salive.

— Tu es un connard.

— Mais je suis le connard que tu désires.

Il appuya ses lèvres contre ma nuque et j'aurais écarté la tête s'il ne m'avait pas maintenue en place.

— Tant que ce n'est que du sexe, grognai-je sarcastiquement.

Comme d'habitude, il ignora ce que j'avais dit.

— Le pouls dans ton cou signifie une chose parmi deux possibles. Soit tu me désires, soit je te fais mourir de peur. Laquelle des deux est-ce ?

Je luttai pour respirer.

— Les deux.

Sa respiration réchauffa mes cheveux, mon oreille, l'arrière de mon cou et envoya des frissons d'anticipation dans mon dos.

— Bien.

Même s'il n'avait rien fait d'autre, ses paroles auraient suffi à me couper le souffle. Sa bouche s'appuya contre mon oreille tandis que sa main glissa sous mon manteau, sous mon sweat et sur mon ventre. Il nous orienta vers le parechoc avant de la voiture, puis sa bouche atterrit sur mon cou, faisant tourner le monde autour de moi. Ses mains sur mon corps furent brutales en massant mes seins. Il posa sa bouche sur la mienne, mordillant et suçant. Un désir brûlant envahit tous mes sens et je fus soudain très consciente de lui. La façon dont son érection dure appuyait contre mon cul à travers mon jean, la façon dont ses mains me frottaient et me caressaient, la façon dont elles glissèrent sous mon soutien-gorge, le faisant remonter et libérant mes seins pour son plaisir.

Nous fûmes bientôt penchés sur le capot, une de ses mains travaillant furieusement à déboutonner mon jean. Allais-je le laisser m'utiliser pour du sexe ? Bon sang, pourquoi pensais-je de cette façon ? C'était lui qui avait insisté pour dire que ce n'était que du sexe – du sexe hallucinant. Moi aussi, je pouvais me servir de lui. Le sexe était tout autant un exutoire pour la colère que pour le désir.

— Jordan...

— Quoi ? demanda-t-il en baissant ma fermeture éclair, ne perdant pas de temps à passer sa main dans ma culotte. Ses doigts se courbèrent vers le haut, me trouvant même dans les plis serrés de mon jean. Je poussai un soupir quand ses doigts travaillèrent sur moi.

— Tu mouilles pour moi. Tu vas me dire que tu n'en as pas envie ? Je sais que c'est un mensonge.

— Je suis fâchée contre toi, haletai-je, furieuse contre moi-même à cause de ma réaction automatique et intense. Je ne t'aime pas trop, là tout de suite.

— Pas besoin de m'apprécier. Tant que tu aimes ce que je te fais.

Je fermai les yeux quand sa main se mit à bouger, glissant sur mon clitoris.

— Cela dépend. Il va valoir que tu sois doué.

— Oh, je crois que tu sais déjà à quel point je suis doué. Mais si tu ne veux pas, alors dis-le-moi. Sinon, je vais te baiser vite et férocement, exactement comme tu en as envie. C'est ce que tu veux, n'est-ce pas, April ?

Je soupirai à nouveau, le plaisir de ses doigts appuyant contre la boule de nerfs en mon centre et couvrant mon ventre et mes cuisses de plaisir chaud. À chaque mouvement, il obtenait un peu plus le contrôle sur mon corps. Il jetait encore une fois son sort sur moi et il allait pouvoir me faire agir selon sa volonté. Et c'était. Tellement. Bon.

— M. Fawkes, soufflai-je. Vous vous conduisez de façon inappropriée.

Une de ses mains entourait mon sein tandis que l'autre continuait à me pousser vers l'orgasme. Il posa sa bouche sur mon oreille.

— Tu adores que je me conduise de cette façon.

J'étais proche de la jouissance – si proche. Tout en moi se serra quand il arrêta et qu'il sortit la main de ma culotte. Il tira brusquement sur mes vêtements et mon jean et ma culotte se trouvèrent autour de mes genoux. Je frissonnai. Jordan retira son manteau et il le posa sur la voiture devant moi. Le tissu était chaud et je m'appuyai dessus quand je l'entendis défaire son pantalon et tripoter le sachet d'un autre préservatif – qu'il devait avoir obtenu auprès du concierge.

Cela m'était égal, tant qu'il en avait un et tant qu'il s'en servait aussi bien que la nuit précédente.

— Eh bien, ce n'était pas impressionnant, dis-je quand il me pénétra d'un coup brusque. Tu aurais au moins pu me laisser jouir.

— C'est terrible pour toi, dit-il en faisant passer un bras solide autour de mes hanches tandis qu'il posa l'autre sur le capot de la voiture. Tu auras ton orgasme. Quand je considérerais que tu l'as mérité.

— Enfoiré.

— C'est tout à fait ça. Je suis l'enfoiré qui te possède avec sa queue. En ce moment même.

Il poussa encore une fois en moi, puis il me pénétra de façon répétée avec une férocité qu'il n'avait pas montrée la nuit précédente. La voiture fut secouée par nos mouvements.

C'était si bon de le sentir en moi. Il était grand, m'étirant à chaque poussée, plongeant plus profondément en moi, et je me mis bientôt à gémir et à haleter de plaisir et de désir. Mes gémissements résonnèrent dans la nuit et semblèrent l'encourager davantage.

Il avait remis une main entre mes jambes et l'autre serrait mes cheveux. D'une voix épaisse de désir, il dit :

— Prépare-toi. Qu'est-ce que c'est bon d'être en toi.

Je fis ce qu'il dit et il augmenta alors le rythme de ses va-et-vient brutaux. Sa main serra mes cheveux plus fort, tirant ma tête en arrière de façon à ce qu'il puisse appuyer sa bouche contre ma tempe et chuchoter des cochonneries dans mon oreille : comme c'était bon d'être en moi et à quel point il avait envie de me baiser à mort.

Il ne fut pas loin d'obtenir son souhait. Le monde sembla tourner autour de nous, mais je ne comprenais plus rien mis à part ce qu'il faisait ressentir à mon corps à ce moment précis.

Je vis soudain une lumière vive à travers mes paupières fermées. Au même moment, Jordan se figea. J'ouvris les yeux et je vis un véhicule faire le tour du grand parking. Comme nous étions à l'avant de la voiture, nous étions cachés de la vue, mais à la façon dont le conducteur éclairait l'endroit à la torche, c'était un ranger qui faisait sa ronde. Quand il fit un autre circuit, je vis effectivement les gyrophares éteints sur le dessus de son camion.

— Merde, soufflai-je.

— Ne bouge pas. Ne dis rien. Il sera parti dans une minute.

Jordan avait peut-être arrêté de bouger, mais pas sa main. Il caressait toujours mon clitoris et cela me rendait folle. J'attrapai son poignet.

— Arrête, dis-je. Je ne peux pas me concentrer.

— Chut, dit-il quand le camion ralentit.

Bon sang. Il allait sortir et j'allais être prise sur le fait, avec le pantalon sur les genoux.

Je fermai la bouche pendant que Jordan continuait à me stimuler. Je serrai les paupières. Il approcha sa bouche de mon oreille.

— Chut, répéta-t-il.

Comme s'il fallait me le rappeler.

La main de Jordan bougea plus vite contre moi et j'étouffai un gémissement en me mordant très fort la lèvre. Il regardait le camion qui continuait lentement son circuit, finissant enfin par s'éloigner de nous. Mon cœur battait comme si je venais de courir pour échapper à un tueur en série dans la forêt. L'excitation était grisante et en regardant partir le camion je me sentis au bord de l'orgasme. Heureusement, au lieu d'agir comme un connard en s'arrêtant comme la fois d'avant, Jordan se remit à bouger.

Je n'aurais su dire si c'était le danger de se faire prendre, la férocité avec laquelle il me prenait ou le fait que nous commencions à mieux connaître le corps de l'autre, mais ce qui suivit fut au-delà de l'incroyable. Ma tête tomba en arrière et je poussai un petit cri qui résonna tout autour de nous tandis que chaque muscle de mon corps se raidit. Je jouis par vagues à couper le souffle, incapable de reprendre ma respiration. Peut-être bien que les étoiles se mirent également à tournoyer au-dessus de ma tête... se mêlant et tourbillonnant avec les aurores boréales comme un kaléidoscope géant dans le ciel nocturne.

Je me laissai tomber sur le capot de la voiture en essayant de reprendre ma respiration, le plaisir ayant été arraché de force à mon corps. Je jouissais encore quand il bougea doucement en moi, comme s'il voulut lui aussi savourer la sensation.

— Oh, mon Dieu, c'était..., soufflai-je.

— Ça résume bien, dit-il avant de recommencer à me pénétrer avec force.

Je m'appuyai sur mes coudes tandis qu'il gémit derrière moi.

— Oh ouais, putain, haleta-t-il juste avant de s'immobiliser en se raidissant contre moi.

Il poussa un long soupir au moment où je sentis les pulsations de son orgasme au fond de moi. J'appuyai ma joue brûlante contre le capot froid de la voiture et je poussai un gémissement grave, adorant la sensation de l'avoir en moi.

Il ne bougea pas pendant un long moment, restant debout à me tenir pendant que sa respiration rauque se stabilisait. Lentement, précautionneusement, il me relâcha et il se retira. Le sentir en moi me manqua immédiatement.

Je l'entendis retirer son préservatif et le fourrer dans ce qui ressemblait à un sac plastique. Après avoir reboutonné son pantalon, il se pencha et remonta ma culotte et mon pantalon le long de mes jambes en faisant atterrir un baiser sur mes hanches. Je fermai vite mon jean, puis je me tournai pour lui faire face. Il prit mes épaules dans ses mains.

— C'était beaucoup plus amusant que de se disputer, murmura-t-il.

— Nous avons presque eu un incident international. Je n'ai même pas mon passeport sur moi.

— Ça va, détends-toi… les ours le font dans les bois. Pourquoi pas nous ?

Je le tapai.

— Je ne plaisante pas. Et si monsieur le policier canadien était descendu de son camion ?

Il haussa les épaules.

— Eh bien, quoi ? En plus, je ne connais pas de meilleure raison d'atterrir en taule. Et puis c'est le Canada. Leurs prisons ne doivent pas être si terribles. 'Pardon d'avoir dû vous arrêter, monsieur. C'était assez impoli de ma part, n'est-ce pas ? ' dit-il avec un faux accent canadien.

Je ne pus m'empêcher de rire.

Il s'écarta et il ouvrit la portière du côté passager pour moi. Je me glissai à l'intérieur et je le regardai faire le tour par devant et monter de son côté. Je frissonnai sur le siège en cuir froid.

— Tiens, prends la couverture.

Il l'attrapa sur le carton à l'arrière et il me la tendit. Je me couvris bien.

— Le concierge nous a donné de la nourriture. Tu as faim ?

— Je ne sais pas. Tu l'as empoisonnée ?

— Seulement les pommes.

Il me fit un clin d'œil et son sourire diaboliquement beau.

Je tendis le bras et je sortis un paquet de fromage et de crackers que je lui tendis, puis j'en attrapai un pour moi.

— Tant pis pour le 'coup d'un soir', hein ? dis-je en levant un sourcil.

— Techniquement, les trois fois ont eu lieu pendant une période de vingt-quatre heures.

— Ah, je suppose que nous sommes à l'abri, alors, rétorquai-je en levant les yeux au ciel.

Il me regarda droit dans les yeux.

— Tu n'es pas à l'abri, Weiss. Crois-moi sur parole.

Je reposai la tranche de fromage que j'étais sur le point de manger.

— Le fromage aussi est empoisonné ?

— Non. Mais le grand méchant loup veut croquer autre chose que de la nourriture.

Il me dévisagea attentivement.

— Et si je ne t'apprécie toujours pas ?

— Tu n'as pas besoin de m'apprécier. Il suffit que tu aimes ce que je te fais.

J'avalai ma salive, encore une fois excitée par ses mots.

— Eh bien… nous sommes à l'étranger. Peut-être que cela ne compte pas si nous sommes à l'étranger.

— J'aime ta façon de penser. Je pense que nous devrions profiter au mieux de notre carte blanche canadienne.

Je mangeai mon fromage et mes crackers en regardant par la vitre les aurores boréales qui continuaient à danser dans le ciel noir d'encre.

Nos différends n'avaient pas été résolus – et de loin –, mais nous acceptâmes silencieusement de ne pas les remettre sur la table.

Pourtant, on remit cela sur la table, littéralement. On baisa sur la table de la salle à manger en retournant à la suite. Suivie par le lit.

Apparemment, c'était tout ce que je devais recevoir. Alors tant pis si je rentrais à la maison avec les jambes arquées comme un cowboy. Au moins, nous nous serions amusés.

Le seul problème était que… Je n'étais pas prête à ce que ce soit fini. Mais j'allais être la dernière personne au monde à le lui dire. Car, que cela me plaise ou non, il était prêt.

Chapitre Vingt-deux
Jordan

UN CHAUFFEUR DANS UNE BERLINE NOUS RAMENA À LA maison depuis l'aéroport. C'était la fin de l'après-midi et nous devions tous les deux arriver tôt au travail le lendemain matin. J'avais décidé de tenir bon, ce qui signifiait plus de contact sexuel avec April une fois que nous étions de retour au pays. Ce qui s'était passé au Canada restait au Canada – du moins, c'était ce que j'espérais.

J'étais assez inquiet, car j'éprouvais déjà un grand besoin de sentir ses cheveux, la peau douce au creux de son dos, le goût de son cou et des lobes de ses oreilles. La sensation de ses cuisses autour de moi.

Merde. Je la regardai travailler, penchée sur son ordinateur portable. La voiture avançait à peine sur l'autoroute 405 depuis LAX à l'heure de pointe. Je fis semblant de vérifier mon téléphone et j'avais une tonne de mails à lire, mais je ne pouvais pas me concentrer sur le travail.

— C'est dommage que tu n'aies pas pu rester plus longtemps pour profiter du reste de la conférence, dit-elle sans lever les yeux de son écran.

J'aurais pu assister à quelques présentations, mais j'aurais encore plus aimé profiter d'elle quelques jours de plus. Car franchement, le temps que nous avions passé ensemble avait été incroyable. Je n'avais pas pu me passer d'elle. Je ne *pouvais* plus me passer d'elle.

— Alors, euh… dis-je en m'éclaircissant la gorge.

Elle leva la tête et fixa ses yeux bleu sombre sur moi.

— Oui ?

— Pas de malentendu entre nous ?

Elle fronça les sourcils.

— Est-ce que je connais ma place, tu veux dire ? Oh, M. Fawkes, je ne l'ai jamais oubliée.

Je pinçai les lèvres.

— Ce n'est pas ce que je voulais dire.

— As-tu peur que je te dénonce ? Parce que…

Je fis la grimace.

— Je ne voulais pas dire ça non plus.

Elle sourit.

— Alors je suppose qu'il vaut mieux que tu me dises ce que tu voulais dire.

— J'espère que tu n'as pas l'impression que je me suis servie de toi… que tu comprends pourquoi…

Elle soupira, puis elle détourna la tête en regardant par la vitre tout en refermant son ordinateur.

— Je comprends. Tu n'as pas besoin d'en dire plus.

— Alors demain au bureau…

— La routine habituelle. J'ai compris.

J'avalai ma salive. Je n'aimais pas particulièrement cette idée moi-même. Et si les circonstances étaient différentes… peut-être après son stage, quand elle ne travaillait plus pour moi, je pouvais l'inviter à sortir. À moins que trop d'eau sale n'ait coulé sous les ponts ?

On roula un instant dans un silence tendu avant qu'elle se retourne et qu'elle se penche vers moi avec un air conspirateur.

— Tu ne crois pas que ce serait mieux si…

— Quoi ?

— Eh bien, c'est juste que je pense à la vidéo. Il y a toujours un risque pour que nos identités soient découvertes, n'est-ce pas ?

Je ne dis rien, mais j'étais certain que je n'allais pas aimer la direction qu'elle prenait.

— Et si nous avertissions Adam ? Juste au cas où les choses s'enflamment à nouveau ? Vous pourriez préparer un plan que vous pourriez mettre en œuvre si un problème de relations publiques venait à émerger. Et si tu vas voir Adam, ça ne sera pas aussi terrible que s'il l'apprend d'une autre façon.

Je restai silencieux un long moment. Elle se sentait coupable. C'était naturel, et moi aussi je me sentais comme une merde. Sa suggestion était peut-être censée, mais je voulais surtout croire que la situation était réglée pour toujours.

— Je comprends ce que tu veux dire, mais tu ne connais pas Adam comme moi. Il péterait un câble s'il le découvrait. Ce serait affreux.

— Tu n'as pas peur que tout soit découvert, alors ?

Je haussai les épaules.

— Pas vraiment.

C'était un gros mensonge. Elle me regarda en plissant les paupières et j'essayai de ne pas perdre ma contenance.

— C'est juste que j'ai l'intuition que s'il avait cette information…

— Laisse-moi gérer ça.

— Ça veut dire que tu vas le lui expliquer ?

— Non. Ça veut dire que je vais gérer ça. Ne t'inquiète pas, d'accord ?

Elle fronça les sourcils.

— C'est beaucoup plus facile à dire qu'à faire. Je m'inquiète tout le temps pour ça.

Je ne pus pas résister. Je caressai ses cheveux doux.

— Ce n'est pas la peine. Je vais m'en occuper.

Elle semblait en douter, elle était inquiète. Soudain, sa tête fut sur mon épaule et j'eus du mal à respirer. Je fus submergé par une envie de la protéger qui ne m'était pas familière. Je voulais m'en occuper – m'occuper d'elle. Je savais que c'était une pensée ridicule, car elle était tout à fait capable de le faire elle-même. Mais…

Que faisait-elle naître en moi ? Je penchai ma tête contre la sienne pendant peut-être une seconde avant que ce sentiment devienne plus pesant et plus inconfortable dans ma poitrine. C'était trop difficile de ressentir ou de penser à autre chose qu'elle. Je m'écartai lentement, bien que ce fut sans doute une des choses les plus difficiles que j'eusse à faire.

Avec une respiration tremblante, je me forçai à me détacher d'elle, à penser à autre chose. Du coin de l'œil, je la vis se redresser et m'observer pendant que je regardais par ma propre vitre en tripotant les poils sur ma mâchoire. J'avais enfin réussi à obtenir le look que je voulais et j'allais devoir me raser net le lendemain matin. Ces banquiers étaient très conservateurs et j'avais retiré ma boucle d'oreille et laissé le trou se refermer l'année précédente avant d'entrer dans leur monde conventionnel. Je me demandai encore une fois pourquoi j'avais tant voulu faire partie de ce monde, ce monde qui ne me correspondait pas vraiment.

Qu'essayais-je de prouver et à qui ?

Comme d'habitude, cela me renvoyait vers cette ombre penchée au-dessus de mon épaule : mon père. Je poussai un soupir et je chassai cette pensée.

Quand nous nous arrêtâmes devant chez April, j'avais déjà décidé que je ne sortirais pas de la voiture pour l'accompagner jusqu'à sa porte. J'avais laissé les choses aller trop loin. Mais je ne pus pas résister à l'envie de la rassurer une dernière fois.

— April... dis-je avant qu'elle sorte de la voiture.

Elle se tourna vers moi en attrapant la poignée de la porte. Nos regards se verrouillèrent.

— Je vais m'occuper de tout, d'accord ? Fais-moi confiance.

Les coins de sa bouche remontèrent et elle ferma les yeux. L'expression de son visage me fit de la peine, car je voyais bien qu'elle était partagée et qu'elle rechignait à m'accorder cette confiance. Elle se pencha en avant et elle m'embrassa de façon affectueuse et innocente.

— Je sais que tu feras de ton mieux.

Elle ne me regarda plus en se tournant pour partir.

Je regardai le chauffeur l'aider avec ses bagages qu'il déposa à sa porte. Je m'en voulus de la laisser partir de cette façon, mais je n'avais pas assez confiance en moi pour m'approcher de chez elle. Si je le faisais, je savais que je n'aurais pas envie de partir.

Bizarrement, après avoir passé ces quelques jours avec elle, je me sentis soudain perdu et plus seul que jamais. Je fermai les yeux et je les frottai avec les paumes de mes mains. Je lui avais dit de ne pas se soucier de moi. Qu'elle n'en avait pas le droit. J'aurais dû m'envoyer le même mémo.

Je n'étais parti que quatre jours, mais quand je rentrai à la maison, l'endroit me sembla vide. Je dus lutter contre l'envie de prendre mon téléphone et d'envoyer un texto à Weiss. Afin de ne plus penser à elle une bonne fois pour toutes – on peut rêver – j'attrapai ma planche pour prendre quelques bonnes vagues avant le coucher du soleil. Mais mon cœur n'y était pas.

***

Le lendemain matin, je fus au bureau une heure en avance, prêt à affronter la journée et à planifier la tournée de l'OPI. Nous allions faire une série de présentations pour faire appel aux grands investisseurs du pays. Nous avions une fenêtre de deux semaines pour faire briller l'entreprise et les impressionner de façon à ce qu'ils s'intéressent à nos actions. La tournée de l'OPI devait être parfaite et j'avais pour cela engagé un réalisateur professionnel et une équipe de tournage qui allaient interviewer Adam, les autres directeurs et moi.

Aujourd'hui allait avoir lieu la séance photo pour le magazine *Entrepreneur Weekly* , ce qui faisait partie de notre plan médiatique pour l'OPI. J'arrivai au travail vêtu de mon deuxième costume préféré et avec une tenue de rechange dans un sac sur mon épaule, au cas où mon assistante ait un accès de folie avec le café. Je souris légèrement à cette pensée.

Il n'y avait presque personne. Les stagiaires et les assistants arrivaient au compte-gouttes et je remarquai que la porte d'Adam était entrebâillée. Je frappai, puis j'ouvris la porte.

Le patron était attaché à une femme par les lèvres. Quand ils m'entendirent entrer, ils s'écartèrent et me regardèrent avec de grands yeux, comme des adolescents surpris en train de s'embrasser dans la chambre de leurs parents. Je faillis rire. Presque.

— Salut Mia, dis-je. C'est un peu tôt pour un plan cul, non ?

— Je passais juste… pour un peu de soutien moral, dit-elle en rougissant.

Adam passa un bras autour de la taille de sa fiancée. Ils étaient si mignons ensemble que c'en était presque écœurant. Correction : c'était écœurant. Et le bonheur évident d'Adam n'améliorait rien.

— C'est le premier jour d'école de Mia aujourd'hui, expliqua-t-il.

On aurait dit qu'il parlait d'une maternelle. Je suppose qu'Adam les aimait vraiment jeunes…

— Ah d'accord. La fac de médecine. Tu as ton propre cadavre sur lequel tu peux travailler et tout ce genre de choses bien dégoûtantes. Dr Frankenstein, pourquoi n'avez-vous pas fait porter votre cartable à l'école par votre petit ami ?

Elle leva les yeux au ciel.

— Ne lui donne pas des idées. Il voulait m'y conduire, mais nous avons fait un compromis et nous sommes venus ici d'abord. Je prends la voiture à la fac, puis je reviendrai le chercher ce soir.

Je résistai à l'envie de ricaner. Ils allaient au travail ensemble, sans doute parce qu'elle était toujours irritée par le dernier achat d'Adam : une belle moto Indian vintage. Même moi j'étais jaloux.

Elle se tourna vers moi.

— C'était une très bonne présentation, au fait. J'ai été impressionnée, même si je n'ai pas compris la moitié de ce que tu as dit.

— Je suis désolé de ne pas avoir pu faire de commentaire sur les bikinis en cotte de mailles que portent les personnages du jeu. Je sais que c'est ton sujet préféré. D'ailleurs, je les aime et je vote afin que nous les gardions.

— Évidemment.

Elle sourit et elle se glissa hors des bras d'Adam pour se baisser et prendre son pull et son sac.

— Je dois y aller. Je ne veux pas être en retard pour mon premier jour.

Adam l'accompagna jusqu'à la porte, où elle s'arrêta pour un baiser d'au revoir.

— Envoie-moi un texto plus tard. Fais-moi savoir comment ça se passe, dit-il en passant un bras autour d'elle et en l'attirant contre lui.

Elle l'embrassa encore.

— Mmm. On doit arrêter, sinon je ne voudrais pas partir.

— Tu as compris mon plan diabolique.

Bon sang, si ça continuait j'allais avoir des haut-le-cœur. Je fis semblant de tousser dans ma main : *'il vous faut une chambre'*.

Adam me jeta un regard noir.

— On avait une chambre jusqu'à ce qu'un crétin décide de nous déranger.

Je levai les sourcils.

— Elle va être en retard, mec.

Il grimaça, mais il la laissa partir, puis il l'embrassa à nouveau sur la joue.

— Bonne chance. Je t'aime.

— Je sais.

Elle se tourna et elle me fit un signe de la main comme si elle venait de se souvenir de moi, puis elle disparut.

Adam prit une minute pour la regarder partir, comme s'il n'allait pas la revoir pendant des mois ou une année au lieu du soir même. Cela m'irrita. Et pourtant, sous cette couche d'irritation se trouvait de l'envie que je ne voulais pas admettre.

Je détournai le regard, ennuyé par cette pensée. *L'amour. Qui a besoin de cette merde?* Je me retournai vers Adam.

— Tu veux que je sorte? Que je te laisse te remettre pendant un moment?

— Va te faire voir, dit-il avec un sourire amusé en se tournant pour me rejoindre près de la fenêtre.

— Tout ira bien. Ses médecins ont dit qu'elle pouvait aller à la fac, n'est-ce pas?

Il haussa les épaules, un peu gêné, mais je vis qu'il s'inquiétait néanmoins.

— Elle va bien.

— Elle ne te laisse toujours pas conduire ta moto?

Il indiqua le costume qu'il portait sans veston.

— Comme si j'allais monter à moto dans cet accoutrement.

— Il faut que tu sois joli pour tes photos aujourd'hui.

Il leva les yeux au ciel.

— En parlant d'être 'joli'... nous avons regardé ta conférence TED plusieurs fois. C'était vraiment bien. Bravo.

Je souris.

— Merci. Ça a été bien accueilli. J'ai quelques interviews à faire pour des journaux qui voulaient en savoir plus.

— Nous avons besoin de toute la bonne presse possible. J'ai aussi une très bonne nouvelle. Je fais venir quelqu'un qui d'après moi sera un élément clé de la formation de notre conseil d'administration.

Adam se tourna vers moi avec un petit sourire d'autosatisfaction.

Oh oh. Je connaissais ce sourire. Il était sur le point de me surprendre avec quelque chose. Il regarda sa montre.

— Il devrait arriver d'une minute à l'autre. Il passe nous voir afin que je puisse lui faire faire le tour.

— Et cette personne est quelqu'un que je connais ?

— Tu ne l'as jamais rencontré, mais il me soutient depuis longtemps. Je lui dois beaucoup.

— Et ses qualifications ? aboyai-je en essayant de cacher mon irritation sans vraiment y parvenir. J'aurais vraiment aimé que tu m'en parles avant.

— Je t'en parle maintenant. Et il ne sait pas du tout ce que je vais lui demander de faire. Je me suis dit que j'allais d'abord vous présenter. Je sais qu'il sera un bon...

L'interphone sur le bureau d'Adam sonna et on entendit la voix de sa stagiaire :

— Adam ? Il y a une personne qui souhaite te voir... M. David Weiss ?

Au lieu de répondre à l'interphone, Adam se dirigea vers la porte en me faisant signe de le suivre. Quand j'entendis le nom de cet homme, mes entrailles se nouèrent. *Ce n'était pas bon. Pas bon du tout*.

Je traînai un mètre ou deux derrière Adam, me sentant comme un chien qui devait aller se faire laver. Adam s'arrêta devant un homme à la cinquantaine, de taille moyenne, la silhouette élancée, les cheveux poivre et sel, une peau olive. Il ne ressemblait pas du tout à April – ou plutôt, elle ne lui ressemblait pas du tout.

Adam lui serra la main avec enthousiasme.

— Hé, David. C'est si bon de te revoir. Je suis ravi que tu aies pu venir.

— Eh bien, merci de m'avoir invité – *enfin*.

Il avait un accent de la côte est. Je devinai Boston.

— Je dois faire attention en laissant entrer la concurrence ici, tu sais. Tu as signé la clause de confidentialité, n'est-ce pas ? ricana Adam.

David Weiss rit.

— Tu as toujours été un petit comique.

Adam se tourna vers moi.

— Laisse-moi te présenter mon bras droit. Voici Jordan, notre directeur financier. C'est lui qui gère toute l'histoire de l'OPI.

— Ah, tu es celui qui met ma petite fille à l'épreuve.

Ma main resta presque paralysée dans la sienne et je sentis ma sueur monter. C'était très gênant.

— Ravi de vous rencontrer, M. Weiss. J'ai profité de votre fille – enfin, de l'avoir pour assistante, je veux dire. Elle est très douée.

Putain. Merde. Ce n'était pas le bon moment des lapsus révélateurs.

Il retira la main en haussant les épaules d'un air nonchalant.

— Eh bien, elle ne sera pas assistante pour le restant de sa vie, alors ce n'est pas très important qu'elle soit douée pour cela ou pas.

Je ris.

— C'est vrai. Elle est promise à un avenir brillant, c'est sûr.

David nous dévisagea tous les deux.

— Vous avez tous les deux l'air très chic pour des geeks.

Je lui fus reconnaissant pour ce changement de sujet.

— Ces types de Facebook portent des tee-shirts au travail. Et je ne crois pas avoir déjà vu Adam porter une cravate au cours des deux années pendant lesquelles il a travaillé pour moi.

— Nous avons une séance photo cet après-midi, dit Adam. Pour la presse avec cette histoire d'entrée en bourse.

Les yeux de David brillèrent intelligemment.

— Cela n'aurait pas un rapport avec la raison pour laquelle je suis ici, par hasard ?

Adam me regarda pendant une minute avant de se tourner vers David.

— C'est possible.

Il regarda sa montre avant de poursuivre.

— Je sais que tu as des choses à faire aujourd'hui, mais aurais-tu le temps pour un tour de l'entreprise ?

— Bien sûr. Cela me plaît bien. J'aimerais également emmener déjeuner ma fille, si c'est possible. Je ne lui ai pas dit que je venais et j'aimerais lui faire la surprise.

Pendant que les hommes parlaient, j'essayai de me faire à sa présence ici. Je soupçonnais Adam de vouloir lui donner le poste de président provisoire pour organiser un nouveau conseil d'administration, ce qui était nécessaire une fois que l'entreprise serait cotée en bourse. Je me maudis de ne m'en rendre compte que maintenant, au moment exact où je prenais l'information dans les dents. Adam avait eu ses propres raisons pour faire passer April dans mon bureau : des raisons qu'il n'avait pas voulu me donner.

Je savais à présent que tout ceci faisait partie de son plan pour faire venir David et nous aider avec l'OPI. Je sentis bouillonner le ressentiment et je jetai un regard furieux à mon meilleur ami. J'étais fâché qu'il m'ait caché l'information jusqu'à maintenant. C'était tellement typique de sa part.

Et pourtant, si j'avais été au courant depuis le début, cela aurait-il changé quoi que ce soit ? Je savais déjà qu'April était hors limite avant de lui faire subir les derniers outrages – une demi-douzaine de fois.

Même si j'avais hésité à planifier la poursuite d'une relation avec April après son stage, c'était à présent impossible. En tant que directeur de l'entreprise, une infinité de désastres potentiels pouvait avoir lieu si je sortais – et qu'ensuite je rompais – avec la fille du directeur du conseil d'administration. Mes entrailles se nouèrent.

Mon cerveau dit à mes entrailles de se la fermer. C'était bon pour les affaires de faire venir ce type. Il avait de l'expérience dans l'industrie et c'était un directeur exécutif dans une entreprise concurrente. Cela ouvrait la possibilité pour Adam – et peut-être même moi – de faire partie de son conseil d'administration, car il était courant d'échanger ce genre de faveur dans le milieu. En outre, Adam avait confiance en l'homme qui l'avait apparemment aidé au début de sa carrière. Comment pouvais-je lutter ?

Intégrer David Weiss dans notre conseil d'administration était malin. Je ne pouvais pas le nier.

Mais…

Non, il n'y avait pas de mais. Cette chose entre April et moi devait être terminée. *Pour de bon*.

Adam et David cherchaient à voir par où commencer le tour quand un mouvement m'attira l'œil. April se tenait debout à son bureau à côté de Susan et elle regardait Adam et son père avec de grands yeux. Nos regards se croisèrent. J'avalai ma salive en secouant la tête. La couleur disparut de son visage déjà pâle. Elle avait vraiment la couleur de la neige. Je lui fis signe de nous rejoindre, mais elle secoua sèchement la tête.

David avait dû voir mon geste, car il se tourna pour voir à qui je faisais des signes.

— La voilà ! dit-il en marchant vers elle.

Elle fit le tour de son bureau en jetant un regard gêné aux gens présents dans l'atrium.

— Papa. Que fais-tu ici ?

— Moi aussi je suis ravi de te voir, dit-il en l'embrassant sur la joue, ce qu'elle toléra à peine, à en juger par l'éclat de ses yeux bleus. Comment était le Canada ?

— Bien. J'ai été très occupée.

Oui, occupée par moi entre ses délicieuses jambes douces. Je ravalai encore ma salive et je desserrai ma cravate qui m'étranglait soudain.

Adam les regarda tous les deux en fronçant les sourcils. Lorsqu'il se tourna vers moi, je lui jetai un regard appuyé en espérant pouvoir continuer ce bazar et en être débarrassé le plus vite possible.

— Nous pourrions commencer par le développement, dis-je quand les retrouvailles père-fille gênantes ne semblèrent pas devenir plus naturelles. April, tu peux venir aussi, je suis sûre que cela ferait plaisir à ton père.

David sourit.

— Effectivement, merci.

Cependant, les yeux durs et bleus comme la glace d'April disaient une tout autre chose.

Adam et moi passâmes devant tandis que David resta délibérément en arrière pour marcher à côté de sa fille.

— Rebekah se demandait pourquoi tu n'avais pas répondu à son dernier mail.

— Je te l'ai dit. J'ai été très occupée par le travail.

J'accélérai le pas, ayant l'impression d'écouter aux portes. Adam fit de même, mais ils restèrent simplement derrière nous.

— Elle veut savoir si tu viendras pour Yom Kipour.

— Je, euh, je vous tiendrai au courant. Je vais avoir beaucoup de travail.

Adam tourna la tête et dit par-dessus son épaule :

— Tu peux prendre cette journée, April. Ce n'est pas un problème.

C'était la politique du groupe. Elle pouvait bien sûr prendre la journée si elle en faisait la demande. Mais j'avais l'impression qu'elle ne voulait pas le demander. Je jetai un coup d'œil en arrière et je vis April fixer le dos d'Adam en serrant les mâchoires.

— D'accord, merci.

— Je peux lui dire que tu viens, alors ?

— On verra. Alors, pourquoi es-tu ici ?

— Adam m'a invité. Je crois qu'il prépare un plan. Il a toujours des plans secrets. Comme la fois où il m'a abandonné pour commencer sa propre entreprise…

— Hé, dit Adam en souriant. Je me souviens très bien que tu m'avais donné ta bénédiction.

Je supposai que David avait également dû investir beaucoup d'argent, ou qu'il était sur le point de le faire. D'après les rumeurs, son entreprise, Sony Online, allait être essaimée et vendue, alors même qu'ils travaillaient sur leur nouveau grand projet qui nous donnerait du fil à retordre s'il décollait un jour. C'était triste, car son entreprise avait été parmi les plus innovantes de l'industrie, au premier plan des jeux de rôle en ligne massivement multijoueurs au moins deux décennies auparavant.

Mais le temps et le progrès ne s'arrêtaient pour personne. Je soupçonnais David d'avoir su reconnaître un avenir brillant, et il avait sans doute suivi les progrès d'Adam de très près. Il ne pouvait y avoir aucune autre raison pour laquelle un homme laisse partir quelqu'un d'aussi brillant et talentueux qu'Adam en approuvant son projet d'entreprise rivale.

Bien sûr, je ne pouvais pas lui parler des rumeurs – et il ne s'agissait vraiment que de rumeurs. Mais je me renseignais tous les jours sur l'état de l'industrie. Cette communauté n'était pas très grande et nous échangions souvent nos employés. En gros, tout le monde se mêlait des affaires de tout le monde.

Et comme pour illustrer ce point, David fit une discrète allusion au sujet tabou lorsque nous nous trouvâmes dans une pièce privée près de la section du développement.

— Alors, euh, pardonnez-moi de poser la question, mais… qu'est-ce que c'est que cette histoire de vidéo porno impliquant l'entreprise ?

Le visage d'Adam ne trahit rien, mais il pâlit légèrement. Je déglutis et j'évitai soigneusement le regard de sa fille. Elle s'était figée à côté de lui.

Je pris la parole.

— Juste un couple d'employés faisant les imbéciles, rien de plus…

À la seconde où les mots sortirent de ma bouche, je voulus les attraper et les avaler. Putain. Putain de merde. Putain.

— En réalité, nous ne connaissons l'implication que d'un seul employé, corrigea doucement Adam en parvenant miraculeusement à ne pas me jeter un de ses regards noirs.

— Et j'espère que cette personne a été renvoyée ?

Adam et moi nous échangeâmes un regard nerveux.

— Leur identité n'a pas encore été découverte, dit Adam.

April s'agita à côté de son père, mais elle garda les yeux baissés et ne dit rien.

David sembla sceptique.

— Vous contrôlez la situation, tout de même, non ? J'ai déjà fait l'expérience de ce processus et les banquiers sont très nerveux. Leur propre ombre les ferait fuir.

— Les banquiers sont de notre côté. Nous avons contrôlé les dégâts et la situation a plus ou moins été oubliée, dis-je.

David sembla accepter cela et le tour fut conclu sans que nous en parlions plus, heureusement. April sembla vouloir éviter l'invitation de son père pour le déjeuner, mais, n'ayant pas vraiment le choix, elle attrapa son sac et elle le suivit, le dos voûté.

Dès qu'elle fut hors de ma vue, je retournai à mon bureau, je sortis mon téléphone et je lui envoyai un texto.

Pouvons-nous parler ce soir après le travail ?

Une heure plus tard, tandis que j'attendais que les photographes installent la toile de fond pour la photo de couverture, mon téléphone sonna.

Oui.

J'entendis d'étranges bavardages au sujet du titre de l'article étant '*Les Célibataires millionnaires les plus convoités dans le domaine des jeux vidéo*'. Mais Adam les corrigea en disant qu'il ne voulait pas ça, en particulier parce qu'il n'était plus célibataire.

J'imaginais bien le visage de Mia en voyant un tel article. J'espérais qu'il n'allait pas me livrer en pâture pour être tranquille.

Mais c'était le moindre de mes soucis.

Je rejoignis April près de sa voiture dans le parking à dix-sept heures trente. Elle semblait fatiguée et pâle, mais pas malheureuse, et quelque chose s'illumina en moi quand je la revis. Je m'arrêtai devant elle.

— Alors, euh, nous devons parler. Tu veux aller manger quelque chose ?

Elle leva les yeux au ciel, mais elle sourit.

— Cela ressemble beaucoup à un rendez-vous galant, M. Fawkes.

— Non, non, non, si tu continues à m'appeler M. Fawkes, alors c'est un dîner d'affaires, Miss Weiss. Et je pense qu'après ce matin, nous avons beaucoup d'*affaires* à régler.

Elle hocha la tête.

— Ça t'ennuie si on dépose ma voiture à la maison avant d'aller manger ? Ensuite, je veux bien m'asseoir à l'arrière de ta voiture. C'est approprié pour les affaires et je connais ma place.

Je soupirai.

— Arrête, Weiss. Je te suis jusque chez toi.

Elle vivait à moins de six kilomètres du complexe dans un immeuble chic à Irvine. Quand elle eut garé sa voiture, elle sortit et je descendis ma vitre lorsqu'elle indiqua qu'elle voulait dire quelque chose.

— Je dois courir à mon appart' une minute. Tu veux venir ? C'est strictement professionnel, bien sûr, ajouta-t-elle en ricanant.

— Comme tu veux. Mais tu as intérêt à faire vite. J'ai faim parce que j'ai sauté le déjeuner. Ma stagiaire m'a laissé tomber pour aller manger avec son père.

— Gare toi là, dans le parking pour les visiteurs.

Elle désigna l'endroit avec son majeur. Je ris avant de suivre ses indications.

Elle m'attendit sur le trottoir, les bras croisés sur sa poitrine et la tête baissée, perdue dans ses pensées. Dans sa tête, encore une fois.

— Que se passe-t-il ?

Elle haussa les épaules en évitant mon regard.

— Je réfléchissais.

— Oui, j'ai beaucoup fait ça aujourd'hui moi aussi.

Elle me jeta un regard inquiet.

— Je suppose que cette discussion que nous devons avoir a un rapport avec la venue de mon père ?

— Gardons cela pour le dîner.

Elle leva les yeux au ciel.

— C'est toujours bien d'avoir une nouvelle excuse pour l'indigestion.

Elle se retourna pour grimper les marches jusqu'au premier étage. Je la suivis.

— Je vais juste me changer très vite et enlever ce collant. Je promets de ne pas mettre plus de cinq minutes.

Je m'appuyai contre le mur à côté de la porte tandis qu'elle trifouillait avec la clé dans la serrure. Avec toutes les distractions de la journée, je n'avais même pas eu le temps de la regarder de près. Elle était aussi belle que d'habitude : ces cheveux bruns brillants, ces yeux bleus, ce petit nez retroussé élégant, ce cou blanc gracieux.

J'ai profité de votre fille. Je grimaçai en me souvenant de ma gaffe avec son père et je modifiai cette affirmation dans ma tête. *J'ai profité de votre fille sur le sol du salon, sur la table de la salle à manger, contre une voiture et plusieurs fois dans un lit d'hôtel.*

Elle ouvrit la porte, et je la suivis de près quand elle entra. Je la heurtai quand elle s'arrêta subitement en retenant son souffle.

Chapitre Vingt-trois
April

JE RESTAI FIGÉE SUR PLACE DE SURPRISE, PUIS JE FUS PROPULSÉE en avant par la force de la collision avec un homme d'un mètre quatre-vingt et quatre-vingt-dix kilos. Des mains solides me stabilisèrent tandis qu'une voix douce murmura des excuses que j'entendis à peine. Assis sur le canapé de mon salon se trouvaient ma mère et son nouveau mari – le trou du cul qui était autrefois mon ex.

C'était quoi, la journée de l'invasion des parents odieux ? Non, ce n'était pas juste pour mon père. Sa négligence n'était pas malveillante. Ma mère, en revanche ? Un pur démon sorti tout droit des enfers. Mon visage s'enflamma immédiatement et je me raidis.

— Que se passe-t-il ? entendis-je Jordan demander doucement derrière moi.

— Hé, April !

Ma mère sauta du canapé, les bras en l'air, son corps ferme prenant la pose comme une danseuse. Même à quarante-cinq ans, ma mère était toujours une belle femme. Et elle le savait. Elle s'en servait toujours à son avantage. Je ravalai la bile qui montait dans ma gorge et je jetai mon sac et mes clés sur le comptoir.

— Que fais-tu ici ? dis-je sans préambule, vaguement consciente d'avoir déjà salué mon père ce matin avec exactement les mêmes mots.

Maman s'approcha de moi, mais elle regardait l'homme qui se tenait derrière moi. C'était typique. Elle fit un grand sourire à Jordan puis elle continua à me parler de sa fausse voix chantonnante.

— Je voulais voir ma fille. Cela ne suffit pas ?

Elle jeta ses longs cheveux blonds par-dessus son épaule d'un air séducteur. La bile menaça de remonter.

— Pardon, marmonnai-je avant de me tourner pour traverser la cuisine jusqu'au couloir. Sid était dans notre chambre et elle se rongeait l'ongle du pouce en fixant son téléphone des yeux.

— Tu n'aurais pas pu me prévenir qu'ils étaient là ? demandai-je en serrant les dents.

Elle sursauta et elle me regarda.

— Je viens de t'envoyer un texto il y a dix minutes. Et encore une fois maintenant. Ils ont débarqué et je ne savais pas quoi faire !

J'inspirai longuement. Le premier texto avait dû arriver quand je conduisais et je n'avais pas entendu le dernier.

— Je suppose que tu ne veux pas aller lui dire d'aller se faire enculer pour moi ?

Elle leva les sourcils et je fis un geste pour l'interrompre avant qu'elle me rappelle qu'elle n'utilisait pas ce genre de grossièretés.

J'entendis des voix derrière moi. Jordan parlait avec ma mère. Beurk. Je tournai les talons et je retournai dans le salon. Maman draguait Jordan. Alors là, pas moyen.

— April et toi vous travaillez ensemble ?

Pour ce que cela vaut, Jordan était plus intéressé par l'enfoiré assis sur le canapé que par les paupières battantes de ma mère.

— Maman, laisse-le tranquille.

Elle se tourna vers moi, le sourire quittant son visage.

— Tu parles comme si je l'attaquais.

Je me mordis la lèvre. Eh bien, c'était son mode d'attaque typique. Je comptai mentalement jusqu'à cinq, puis j'inspirai profondément pour me calmer. Cela ne fonctionnait pas.

— J'apprends juste un peu à connaître Jordan, continua-t-elle quand je ne dis rien. Je ne savais pas que tu fréquentais quelqu'un. Et puisque tu m'évites, je ne sais rien de ce qu'il se passe dans ta vie.

Je regardai Jordan à temps pour le voir froncer les sourcils.

— Tu avais pour habitude de disparaître pendant plusieurs mois, lui rappelai-je. Et si je me souviens bien, avant ton dernier mariage, je ne pense pas avoir eu des nouvelles de toi pendant six mois. Pourquoi es-tu soudain si intéressée par ma vie ?

Ma mère regarda le canapé et échangea un long regard avec Gunnar. Puis elle redressa les épaules et elle marcha vers moi.

— Je suis désolée que tu te sentes encore blessée. Je ne peux pas choisir de qui je tombe amoureuse.

Fabuleuses non-excuses. Typique. Je clignai des yeux pour chasser la sensation de picotement. Son insensibilité par rapport à toute cette situation gênante me perturbait chaque fois. Et vraiment, c'était de ma faute. J'espérais toujours qu'elle devienne une meilleure personne.

Mais c'était la même qui, quand j'avais quatorze ans, n'était pas venue me chercher à l'anniversaire d'une amie. Elle m'avait laissée seule pendant des heures dans un restaurant quand tout le monde était déjà parti. Son troisième mari réalisateur à

Hollywood l'avait forcée à changer son emploi du temps et elle n'avait jamais pris la peine de me prévenir. Ma pauvre belle-mère avait fini par conduire des heures pour venir me chercher. Rebekah était arrivée après minuit et j'étais restée assise seule dans le noir pendant des heures.

Cette fois là aussi, j'avais eu droit à un haussement d'épaules et des non-excuses.

— Si tu passes seulement pour dire bonjour – ce dont je doutais – je dois partir. J'ai des choses importantes à faire tout de suite.

Ma mère fronça les sourcils, puis elle essuya quelque chose sur mon visage avant que je chasse sa main.

— Tu dors assez ? Tu sembles fatiguée et ton maquillage est parti. Et ce mascara... je t'ai appris à faire mieux que ça.

Elle ajouta un autre rire mignon à la fin de cette déclaration et elle jeta un nouveau regard pour évaluer la réaction de Jordan.

— Je n'ai pas besoin d'un tuto de maquillage, merci beaucoup.

— Bien sûr que non, ma chérie.

Elle sourit et des alarmes résonnèrent dans ma tête. Elle voulait quelque chose. Elle ne m'appelait jamais ma chérie ni aucun autre terme affectueux.

— En fait, euh, je voulais te demander quelque chose.

Je le savais .

Elle fit un pas vers moi et elle remit sa main sur mon visage. Je sentis l'odeur de l'alcool dans sa respiration.

— Bon sang, April, ce mascara gluant m'irrite beaucoup.

Cette fois, elle me toucha l'œil avec son pouce.

Je reculai.

— Aïe, merde ! Mère, sors tes doigts de mon visage et dis-moi ce que tu veux, putain.

Elle fit cette chose stupide et exagérée où elle resta bouche bée d'horreur, mais ensuite elle utilisa sa fausse voix mignonne – pour Jordan, certainement.

— Depuis quand me parles-tu de cette façon ?

Je me frottai l'œil douloureux. Avec l'autre, je remarquai que Jordan commençait à s'énerver. Je me retournai vers ma mère.

— Tu as bu ?

Du coin de l'œil, je vis Gunnar se lever du canapé. Il était grand et mince et j'avais un jour pensé qu'il était plutôt beau. Mais maintenant, debout dans la même pièce que Jordan, il ressemblait à un prépubère.

Je levai la main pour ne pas voir son visage.

— Ne te mêle pas de ça, Gunnar, dis-je avant même qu'il parle.

— Excuse-toi auprès de ta mère, dit-il en m'ignorant.

— Va te faire voir, dis-je en me tournant vers lui.

Ma mère se jeta subitement sur moi.

Presque comme si cela avait déjà été répété, Jordan plongea vers moi et Gunnar attrapa ma mère.

— Jen, arrête, lui dit-il.

J'attrapai ses poignets pour empêcher son attaque atypique. Ses traits étaient tordus de colère et son corps tremblait. Elle semblait être au bout du bout. Et, apparemment, sous influence. *Que se passait-il ?*

Ma mère n'était pas alcoolique – d'après ce que je savais. Elle se débattit dans les bras de Gunnar et alors qu'il essayait de la maintenir en place, son coude frappa ma bouche.

La douleur explosa dans ma lèvre. Je reculai en me tenant la bouche qui se remplit du goût de cuivre chaud. Gunnar avait éclaté ma lèvre.

— Merde, marmonna Jordan en m'attirant dans la cuisine.

— April ! Merde ! Je suis désolée, hurla ma mère depuis le salon.

Gunnar essayait de la calmer tandis qu'elle se mit à sangloter – très bruyamment.

Jordan me conduisit à l'évier où je crachai du sang et de la salive. Je sentais déjà ma lèvre se mettre à gonfler et c'était douloureux comme... eh bien, comme si je venais de prendre un coup de coude dans la lèvre. Jordan me tendit une serviette en papier.

— Tiens ça sur ta lèvre et appuie, puis dis-moi où se trouvent les sacs plastiques.

J'indiquai le tiroir et je le regardai prendre un sac avant d'ouvrir le congélateur et de sortir des glaçons. Il revint à côté de moi avec le sac de glaçons et un verre d'eau. Il enleva la serviette de ma bouche.

— Tiens, montre-moi.

Il pencha la tête pour examiner les dégâts, son beau visage ne se trouvant qu'à quelques centimètres du mien. J'avais envie qu'il m'embrasse et je me moquais de la douleur. J'eus le terrible désir d'être dans les bras d'un homme, d'être réconforté par lui.

Il grimaça.

— Ce misérable petit trou du cul a fait éclater ta lèvre, grogna-t-il en serrant les dents. Tiens, rince ta bouche avec cette eau, puis pose la glace dessus. Ta lèvre est gonflée.

Je fis ce qu'il demandait.

— Merci, murmurai-je derrière le sac de glace.

Il tendit la main et fit passer mes cheveux derrière mon oreille, ses doigts chatouillant mon lobe. Je frissonnai involontairement et ses yeux s'assombrirent quand il le remarqua. Il déglutit visiblement, puis il caressa ma joue avec son pouce et je ressentis un pincement au cœur quand mon affection féroce pour lui ressurgit. Je voulais qu'il me prenne dans ses bras et qu'il m'attire contre lui.

— Vient-elle souvent te voir ivre ? demanda-t-il.

— Jamais. Je crois qu'elle est stressée. Il se passe quelque chose.

Il fronça les sourcils, ouvrant la bouche pour se remettre à parler lorsque Gunnar entra dans la cuisine.

— Hé, April. Puis-je, euh, te parler en tête-à-tête ?

Jordan se raidit. J'eus l'impression que même si j'avais voulu qu'il parte, il aurait refusé de me laisser seul avec Gunnar. Heureusement.

— Tout ce que tu as à me dire, tu peux le dire devant lui.

Gunnar regarda Jordan avec nervosité.

— C'est une affaire de famille.

— C'est drôle. Tu n'es pas de ma famille. Que veux-tu ?

— Nous, euh… nous avons besoin d'emprunter de l'argent.

Je levai les sourcils. QUOI ? C'était bien la dernière chose que je m'attendais à entendre de sa part. De celle de ma mère, oui, mais pas lui. Gunnar était le seul héritier d'une fortune. Son père était à la tête de sa propre société et sa mère était issue d'une famille aisée. Il avait accès à des sommes conséquentes d'un trust établi en son nom. Il n'avait pas besoin de mon argent. En outre…

— Qu'est-il arrivé au travail que ton père t'a promis après ton diplôme ?

Il se balança d'une jambe sur l'autre en fixant le sol.

— Cela ne s'est pas passé comme prévu.

J'ajustai le sac de glace contre ma lèvre. Du coin de l'œil, je vis que Jordan m'observait attentivement.

— Et tu ne peux pas demander d'argent à tes parents parce que…?

Il fit la moue.

— Même raison. Ils sont contrariés par le mariage.

Je faillis rire. Le père de Gunnar m'adorait et il m'avait plus ou moins catalogué comme sa future belle-fille la première fois que je l'avais vu. Il ne devait pas être aussi enthousiaste au sujet de ma mère, car j'avais la très nette impression qu'ils avaient coupé les vivres à Gunnar quand il l'avait épousée.

Cependant, j'avais tant envie de me débarrasser de Gunnar et de ma mère que j'étais prête à donner de l'argent pour cela.

Je soupirai.

— De combien avez-vous besoin ?

— Cinq mille.

Je fis un pas en arrière, choquée.

— Quoi ? Vous vous êtes fait tabasser par des dealers ou quoi ?

Il leva les yeux au ciel.

— C'est juste le loyer et la nourriture pour un mois.

Bon sang. Pas étonnant qu'elle se fût alcoolisée. Elle avait sans doute besoin d'alcool pour avoir le courage de venir me voir et de demander une telle somme. Elle n'avait jamais été aussi bas. Pour elle, le schéma habituel était de passer au type riche suivant dès que la pension alimentaire du divorce précédent expirait. Et j'étais certaine que si Gunnar avait été un joli garçon sans le sou au lieu d'un riche héritier, elle l'aurait juste baisé au lieu de courir l'épouser à Vegas.

Elle n'avait manifestement pas prévu que la source de la richesse de Gunnar se tarisse. Et il était clair qu'ils paniquaient à présent.

— Je n'ai pas ce genre de sommes à disposition.

Il grimaça.

— Alors, appelle ton père.

Je restai bouche bée.

— Je ne peux pas faire ça. Toi, son mari, tu t'attends à ce que j'appelle son ex-mari et que je lui demande de l'argent pour elle ? Aie un peu de fierté et ne sois pas idiot.

Il serra les poings et il fit un pas en avant.

— Ne me traite pas d'idiot, menaça-t-il.

Jordan s'inséra entre nous et Gunnar lui jeta un regard méfiant.

— Allez, April, aie un peu de cran et appelle-le.

Jordan serra les poings.

Gunnar lui jeta un regard noir.

— Du calme. Tu n'es que le type qu'elle baise cette semaine. Moi je la connais depuis des années.

Jordan fit un pas vers Gunnar.

— Ça ne signifie pas que tu peux l'insulter.

Gunnar me jeta un regard dur.

— Fais-moi confiance, elle n'en vaut pas la peine.

Le poing de Jordan monta. Oh, merde. Je n'avais pas imaginé que Jordan était du genre combatif. Et même s'ils faisaient presque la même taille, Jordan devait peser au moins vingt kilos de plus que Gunnar. Je m'étais accrochée à ses gros biceps quand j'avais été dans ses bras et j'avais l'impression qu'ils pouvaient causer de sérieux dégâts.

— Jordan, non. Ça n'en vaut pas la peine… dis-je d'une voix tremblante.

Gunnar sourit d'un air triomphant.

— Tu vois ? Même elle est d'accord.

Gunnar n'eut le temps de se rendre compte de rien. Jordan frappa, son poing touchant la mâchoire de Gunnar. La petite couille molle fut projetée en arrière, hébétée, et son nez coula comme une fontaine rouge.

— Ça, c'est pour lui avoir éclaté la lèvre et ne pas avoir eu la décence de t'excuser, espèce d'enculé.

Gunnar couvrit son nez avec la main et se redressa.

— Calme-toi, bordel ! C'était un accident.

— Ça, ce n'est pas un accident.

Jordan redonna un coup. Comme il était gaucher, Gunnar n'avait pas été préparé pour le crochet du gauche qui le frappa sous l'œil.

Gunnar tomba contre le coin du plan de travail – ce qui devait faire mal – et il glissa à terre.

— Je vais appeler les flics !

— Vraiment ? Et que se passera-t-il quand je leur montrerai son visage en leur disant que c'est toi qui le lui as fait ? J'irai peut-être en prison, mais tu iras avec moi.

Gunnar renifla, le sang se déversant de son nez. Ma mère arriva en courant et elle cria en le voyant. J'attrapai le rouleau d'essuie-tout et je l'envoyai à Gunnar. Le rouleau rebondit sur le sol avant qu'il l'attrape, qu'il arrache une poignée de feuilles et qu'il les colle contre son visage.

Jordan secoua la main et je vis que ses articulations étaient égratignées. Il mit la main dans sa poche, sortit son portefeuille et en ôta un tas de billets de cent dollars qu'il jeta sur le sol devant Gunnar. Il plut des billets comme une cascade orange et verte.

— Prenez ça. Vous partez sans bruit et vous ne l'ennuyez plus jamais. Compris ?

Ma mère resta bouche bée, tout comme moi.

— Pour qui te prends-tu ? C'est ma fille. Personne ne peut me dire que je ne peux pas voir ma propre fille !

Le regard de Jordan devint glacial et il se tourna vers moi en me prenant par le bras.

— *Elle* le peut.

Je le laissai me pousser vers la chambre où Sid était recroquevillée sur son lit en serrant un oreiller comme si c'était un ours en peluche. Elle sursauta quand on entra, puis elle écarquilla les yeux en voyant Jordan.

Il hocha la tête en direction de Sid avant de se tourner vers moi.

— Attrape tes affaires, April. Je vais te conduire chez moi.

Je pris un pantalon, un chemisier, mon maquillage et une brosse à dents et je fourrai tout dans un sac de sport vide.

— Sid, je suis vraiment désolée, dis-je.

— Salut... je m'appelle Jordan. Est-ce que tu te sentiras en sécurité si nous partons maintenant ?

Elle hocha la tête.

— Mon frère est en chemin. Je l'ai déjà appelé pour venir me chercher.

Elle se tourna vers moi et elle ajouta :

— Vas-y, Api. Sors d'ici. Je suis vraiment désolée pour ce qui est arrivé.

Jordan me reprit par le bras et désigna la porte.

— Allons-y.

— Merci, chuchotai-je.

Il passa un bras autour de mes épaules et il m'attira contre lui.

— Pas besoin de me remercier.

Quand on sortit dans le salon, Gunnar avait le visage enfoui dans les feuilles d'essuie-tout. Ma mère était blottie dans le canapé à côté de lui. Elle lui caressait les cheveux en pleurant.

Elle leva la tête quand je traversai la pièce pour attraper mon sac.

— Où vas-tu ? demanda-t-elle faiblement.

— Cela ne te regarde pas. S'il vous plaît, partez avant que je revienne à la maison.

— April, commença-t-elle d'une voix exprimant à la fois les excuses et le reproche.

Je secouai la tête pour l'avertir.

— Pas maintenant. Je m'en vais.

Jordan me poussa par la porte avant qu'elle ait le temps de dire autre chose.

Quinze minutes plus tard, nous étions chez lui et il commanda le repas dans un restaurant italien local qui faisait des livraisons. Je n'avais pas très envie de manger, mais je ne voulais pas lui faire manquer sa pizza. Il l'avait méritée. Jordan avait fait ce que j'aurais aimé faire un an avant : casser la figure de Gunnar, ce pauvre type.

En attendant que la nourriture arrive, on se changea, histoire de quitter nos vêtements de travail. Je préparai deux nouveaux sacs de glace : un pour ma lèvre gonflée et un pour sa main, qui était à présent couverte de bleus en plus des égratignures. Il était assis sur le canapé, lisant ses mails sur son téléphone, quand je m'installai à côté de lui et que je lui tendis son sac de glace. Il me remercia et le posa sur sa main.

Tout au long du repas, Jordan resta silencieux, perdu dans ses pensées. Nous atteignîmes rapidement ce moment gênant où je ne savais pas s'il voulait que je reste ou s'il valait mieux que je lui demande de me conduire chez moi.

Dans le silence embarrassant, il sortit un deuxième ordinateur portable et il me dit de me connecter à mon personnage, la Bête. Pendant ce temps, il se connecta à un personnage sur le même serveur, une elfe svelte et sexy aux cheveux bruns nommée Blanche Neige. Je ne dis rien, mais je le regardai par en dessous, sentant mes joues rougir en comprenant qu'il avait créé ce personnage en pensant à moi. Ou peut-être, comme moi, avait-il juste voulu la voir mourir encore et encore ? Mes lèvres ébauchèrent un sourire.

On passa une heure à jouer ensemble à Dragon Epoch. Il me donna des indications et on massacra des hordes de gobelins, on travailla sur des quêtes et on rit jusqu'à ce que je me mette à bailler. À ce moment-là, il ferma mon ordinateur et il fit la même chose avec le sien. Je me dis qu'il valait mieux que je lui laisse une porte de sortie.

— Sid m'a envoyé un texto tout à l'heure. La voie est libre à la maison.

Il y eut une longue pause.

— Tu veux rentrer chez toi ?

J'eus des difficultés à respirer. Je me tournai vers lui en regardant son visage et je secouai la tête.

Il posa sa main sur mon menton et il inclina ma tête vers le haut, puis il posa sa bouche sur la mienne. Ce fut un baiser doux et tendre et il était clair qu'il faisait attention à ma lèvre éclatée. Cela suffit cependant à accélérer mon cœur, chaque nerf de mon corps s'animant. J'appuyai ma tête sur le bord du canapé et je le regardai dans les yeux – qui semblaient gris-vert dans cette lumière. Je posai ma main sur sa mâchoire qui était à présent couverte d'une barbe d'un jour très sensuelle.

— Merci… personne ne m'a jamais défendue de cette façon.

Ma main caressa sa mâchoire et il ferma les yeux comme pour savourer le moment.

— Ce n'était rien de plus que ce que tu mérites, April. J'aimerais simplement que tu t'en rendes compte.

Mes yeux se mirent à piquer et je clignai des paupières, me surprenant moi-même par ce brusque accès d'émotions qui me bloquaient la gorge.

— J'avais peut-être simplement besoin que quelqu'un me le montre.

Il secoua doucement la tête.

— Cela doit venir de l'intérieur. Tu dois savoir au plus profond de toi que tu mérites d'être défendue. Mais j'ai peur que Blanche Neige soit empoisonnée depuis très longtemps.

Je retins ma respiration… et pas seulement parce qu'il avait enfin démêlé ses contes de fées.

Je savais de quoi il parlait. Tout au long de mon enfance, j'avais appris que l'amour de ma mère – si l'on pouvait l'appeler ainsi – était conditionnel, et que ses sentiments et ses besoins étaient plus importants que les miens ou que ceux des autres. C'était pour cela que je ne me défendais jamais et que je n'exprimais pas mes sentiments, que je ne lui faisais jamais savoir à quel point elle me blessait. Jordan n'avait eu qu'un aperçu de ce que cela avait été pour moi, mais cela lui avait apparemment suffi à voir que notre relation dysfonctionnelle était à l'origine de tous mes problèmes.

— Comment peux-tu me connaître si bien alors que nous nous connaissons depuis si peu de temps ?

Il haussa les épaules et il soupira, sa respiration chaude couvrant mon visage.

— Disons juste que je te comprends parce que… j'ai vécu la même chose.

— Ton père ?

Il regarda le plafond pendant un long moment avant de hocher la tête.

— Oui. Je ne l'intéressais que quand je faisais exactement comme lui.

Pourtant, j'avais des options qu'il n'avait pas. Sa famille étant intacte, il devait toujours essayer de réparer les choses avec son père. Mais pour moi… je n'avais pas ce fardeau. Les similitudes de nos situations de famille étaient alarmantes, bien que les personnalités impliquées soient si différentes.

— Ne trouves-tu pas étrange que nous ayons tous les deux des membres de notre famille qui n'hésitent pas à nous tendre des embuscades ? Ta mère et ton grand-père… ma mère. Même mon père avec ce déjeuner aujourd'hui.

Il inclina la tête.

— Oui, c'est bizarre. Mais toi aussi, tu m'as tendu une embuscade…

Je soupirai.

— Avec Cynthia tu veux dire… je suis désolée. Je ne pensais pas que cela se passerait si mal. C'est juste que vous m'aviez donné l'impression de vouloir vous parler. Et vous m'avez tous les deux dit séparément que l'autre personne ne voudrait jamais entendre ce que vous aviez à dire. Alors j'ai juste pensé…

Je secouai la tête.

— Peu importe. Je n'aurais pas dû m'en mêler.

Il me regarda avec sérieux, en fronçant les sourcils. Puis il cligna des yeux et détourna le regard comme s'il était soudain mal à l'aise, mais pendant une fraction de seconde je vis quelque chose qui ressemblait à de la… gratitude.

Il s'éclaircit la gorge.

— Au moins, ton père a l'air plutôt cool.

Je soupirai et j'appuyai ma tête contre son bras qu'il avait posé sur le rebord du canapé.

— Mon père est un type bien. Seulement, il sait à peine qui je suis en tant que personne.

— Eh bien, je pense que tant que tu as un parent décent… tu devrais peut-être envisager de couper les ponts avec le poison dans ta vie.

Je levai les yeux vers lui et il soutint mon regard avec force et détermination. Je secouai la tête.

— Je n'ai jamais eu le courage de le faire. De la blesser de cette façon.

— Mais ce n'est pas grave qu'elle te piétine ?

Je me mordis l'intérieur de la joue, mais je ne répondis pas, mon regard évitant le sien.

— April, tu vaux mieux que ça, mieux que la façon dont je les ai vus te traiter ce soir. Ils t'ont traitée comme de une quantité négligeable. Tu as le pouvoir de terminer tout ça.

Je déglutis.

— C'est vrai.

Nous restâmes silencieux un long moment et son bras descendit pour m'appuyer contre lui. C'était si bon d'être dans ses bras. Je me sentais en sécurité… spéciale. J'avais l'impression de valoir exactement autant que ce qu'il me disait. Comme si j'étais trop bien pour eux. Pour elle.

Je me redressai et j'attrapai mon téléphone sur la table basse.

— Que fais-tu ?

— Je supprime le poison dans ma vie.

Il ne parla pas pendant que j'envoyai un texto à ma mère, lui disant de ne plus me contacter. Que je ne répondrais ni à elle ni à Gunnar par téléphone ou par mail et que si elle refaisait surface en personne, je ferais appliquer une mesure d'éloignement contre tous les deux sur la base de son harcèlement et de l'agression de Gunnar.

Je pris ensuite une photo en gros plan de mon visage avec ma lèvre contusionnée et gonflée bien en évidence. Je bloquai ensuite son numéro de téléphone et celui de Gunnar. Je fis de même avec Facebook et ma messagerie.

— Voilà. C'est fait.

J'avalai ma salive, me sentant comme une fille courageuse et adulte. Mon cœur battait à un million de kilomètres-heure, mais c'était très excitant et je me sentais forte pour la première fois depuis longtemps. Sans doute depuis toujours.

Je me tournai vers Jordan et je le vis me regarder avec une intensité à laquelle je commençais à m'habituer. Je m'installai à nouveau contre lui en posant la tête sur son épaule. Lentement, ma main glissa le long de son torse jusqu'à ce que son corps dur soit dans mes bras. Je penchai la tête en arrière.

— Fais attention, sinon je pourrais penser que tu te soucies de moi. Et cela va à l'encontre de tes règles, n'est-ce pas ?

Il ne se raidit pas comme je m'y étais attendue et il ne s'écarta pas. Il ne me contredit pas non plus, pas même avec une remarque sarcastique. À la place, il passa la main dans mes cheveux puis il se tourna pour les sentir.

— Je suis incapable de me soucier de qui que ce soit, April. Je te l'ai déjà dit.

Je n'étais pas d'accord. Pas une seule seconde. Ce qu'il avait fait aujourd'hui, depuis la minute où j'étais arrivée au travail et que j'avais vu mon père jusqu'à maintenant, tout indiquait qu'il se souciait de moi. Jordan pouvait choisir de se faire des illusions, mais il ne pouvait pas me mener en bateau.

— Que s'est-il passé quand tu lui as parlé ?

Sa main s'immobilisa dans mes cheveux et je levai la tête. Il fixait le mur opposé, perdu dans ses pensées.

— Je lui ai dit que je lui avais pardonné, dit-il doucement sans prétendre qu'il ne savait pas de qui je parlais. Et je lui ai dit que j'étais désolé.

— Est-ce que tu t'es senti mieux ?

Il ferma les yeux.

— Pas vraiment.

Je me tournai vers lui, appuyant mon visage contre son épaule. Cette odeur : la sauge, le savon, et une touche de sel et d'ail de la pizza. Mais il y avait une autre odeur en dessous. L'odeur de sa peau m'avait rappelé le plaisir intense que nous avions partagé. Sans même m'en rendre compte, mes lèvres se posèrent sur son cou. Je ne pus pas m'en empêcher. Je n'aurais sans doute pas dû. Mais comment pouvais-je résister ?

Je sentis sa pomme d'Adam monter et descendre sous mes lèvres quand il avala sa salive. Il se raidit dans mes bras, mais j'insistai en jetant une jambe par-dessus ses genoux et en montant à cheval sur lui tout en déposant des baisers le long de son cou et de sa mâchoire dure.

— April...

Sa voix n'était plus qu'un chuchotement rauque.

Mes mains descendirent sur les boutons de sa chemise. Ma bouche suivit le chemin de son cou à sa clavicule, à son torse. Ses mains furent sur mes épaules, les serrant fermement, et ma langue glissa le long de son téton. Il siffla et il me releva en m'éloignant de lui.

— On ne peut pas, dit-il.

Mais je sentis son érection contre moi. Je fronçai les sourcils.

— S'il te plaît, n'arrête pas ça, Jordan.

Je me penchai en avant, appuyant mon front contre le sien. Il ferma les yeux.

— Nous l'avons déjà arrêté. Il faut que cela reste arrêté.

Mes mains caressèrent ses joues rugueuses.

— Pour l'instant… mais il ne me reste plus que six semaines. Ensuite, tu ne seras plus mon patron.

Mon cœur battait dans ma gorge et je mourus plusieurs fois en attendant sa réponse. Il inspira puis il soupira, et un poids me tomba sur l'estomac en anticipant son rejet. Il posa les mains sur mes hanches et il me fit reculer sur ses genoux.

— April…

Je fermai les yeux. Et voilà…

— Tu sais pourquoi ton père était sur le campus aujourd'hui, n'est-ce pas ?

Je fronçai les sourcils et je le regardai.

— Il investit dans l'entreprise. Il l'a déjà fait. Et puisqu'Adam a travaillé pour lui et que la société va être cotée en bourse…

Il serra la mâchoire.

— C'est plus que ça. Adam l'a fait venir pour aider à former notre nouveau conseil d'administration. Cela signifie… cela signifie qu'il finira sans doute par devenir le président du conseil d'administration après l'OPI.

Ma gorge se serra et j'eus la nausée. Une pression s'accumula derrière mes yeux. Cela signifiait qu'il n'y avait aucun espoir pour nous, pas même au bout de six semaines. Si mon père était président du conseil d'administration à Draco, et que le directeur financier de l'entreprise sortait avec sa fille...

Attendez, ce n'était pas comme si c'était interdit par la loi. Sauf si Jordan comptait sur le fait que cela ne dure pas...

— Ce n'est pas impossible, dis-je en testant mon hypothèse pour voir si elle était valable.

— Cela pourrait causer beaucoup de problèmes entre ton père et moi.

— C'est possible, si les choses ne se terminent pas bien, mais pourquoi supposes-tu que cela va arriver ?

Il pinça les lèvres.

— Parce que cela arrive toujours.

Je clignai des yeux. Je savais que son passé l'avait perturbé, mais cela voulait-il dire qu'il n'avait aucun espoir ?

Je jouai distraitement avec le col de sa chemise et j'évitai de le regarder dans les yeux.

— Il faut... Il faut une première fois pour tout. Tu ne veux pas tenter le coup ?

Il serra la mâchoire et fronça les sourcils.

— Ce n'est pas vraiment juste de ta part de me le demander.

Ma respiration était devenue douloureuse. J'avais mal aux yeux à cause de l'émotion qui montait soudain. Je n'allais pas le laisser me voir pleurer. Non, c'était hors de question.

Je me glissai en silence de ses genoux et je m'installai à côté de lui sur le canapé.

Il passa une main dans ses cheveux.

— Je suis désolé...

Je ne parlai que lorsque j'estimai que ma voix était assez ferme.

— Moi aussi.

Je ressentis un pincement au fond de moi, une grande perte. J'avais permis à mon cœur stupide de s'impliquer alors que je savais parfaitement que ceci ne nous mènerait à rien.

— April... viens là, dit-il en m'attirant dans ses bras et en me collant contre lui.

Je ne résistai pas, le laissant croire qu'il me réconfortait alors que ce n'était pas le cas. Les larmes arrivaient, je ne savais pas combien de temps j'allais pouvoir les retenir.

Tout en moi était douloureux. J'avais la gorge serrée. Les entrailles nouées. Ma peau était brûlante et rouge, mon pouls irrégulier.

Soit j'avais attrapé le virus Ebola, soit j'étais tombée amoureuse de Jordan Fawkes.

Chapitre Vingt-quatre
Jordan

LES SEMAINES SUIVANTES FURENT DE LONGUES JOURNÉES lardues au bureau pour nous préparer à la tournée de présentation de l'OPI. J'étais présent de douze à quinze heures par jour, arrivant à sept heures du matin et partant vers neuf ou dix heures chaque soir. J'avais déjà pratiqué ce genre d'horaires, mais là c'était différent. J'avais l'impression que c'était creux et inutile, et plus je travaillais dur, plus je me rendais compte que mon cœur n'y était pas autant qu'avant.

April était présente la plupart du temps, elle aussi, ce qui rendait les choses encore plus difficiles. Elle arrivait à son heure habituelle – j'avais remarqué au Canada qu'elle n'était pas du matin –, mais elle restait toujours tard et c'était une des dernières personnes à quitter le bâtiment chaque jour.

Son cher papa était parfois présent aussi, et c'était intéressant de les regarder ensemble. Je m'interrogeais sur l'attitude réservée qu'elle avait avec lui. Je me demandais si elle le comptait dans la liste des hommes dans sa vie qui l'avaient blessée, qui l'avaient laissée tomber. Je ne pus m'empêcher de me demander si j'étais sur cette liste, moi aussi.

Son comportement envers moi était au mieux décrit comme froidement poli. Plus de plaisanteries, plus de majeurs placés de façon à me faire comprendre d'aller me faire voir. Même quand j'essayai de l'énerver, elle me fit le même sourire pincé et courtois.

Et je détestais cela.

Un soir, un soir particulièrement tard, la semaine avant que nous commencions la tournée, Mia arriva avec une pile de plats à emporter d'un resto mexicain. Elle voulait que nous nous installions tous dans la salle de repos et que nous ayons un vrai repas – tous ensemble. Ce 'tous' comprenaient Adam, Mia, David, sa fille, moi et quelques autres directeurs avec leurs assistants ainsi que Kat, l'amie de Mia qui travaillait aux tests des jeux.

Elles envisageaient toutes les deux de descendre à l'entrepôt et de sortir les prototypes de l'équipement pour jouer avec. Mia se tourna vers April, qui était assise à côté de moi, et dit :

— Tu veux venir ? Nous te montrerons comment ça marche. Tu pourrais t'en servir pour ton projet.

April hésita, la bouche pleine, ses yeux s'illuminant.

— Ce serait...

— Je suis certain que tu as du travail à faire, non ? intervint son père.

Comme s'il voulait que je le confirme, ses yeux bleu sombre – qui ressemblaient beaucoup à ceux d'April – se tournèrent vers moi. Je m'en fichai. Elle était mon employée et c'était moi qui jugeais du travail qu'elle devait faire.

— Elle a travaillé dur. Elle peut faire une pause. Vas-y, si tu en as envie, Weiss, lui dis-je.

Mais le regard d'April était posé sur son père et son visage s'assombrit. Elle cligna des yeux, puis elle se tourna vers Mia.

— Peut-être si vous êtes encore là dans une heure. Je dois finir quelques trucs pour Jordan.

Mia hocha la tête en se levant de table.

— Rejoins-nous quand tu veux, April. Nous serons là-bas jusqu'à ce que j'arrive à arracher celui-ci à son bureau, dit-elle en désignant Adam. J'espère que ce sera avant minuit.

— Juste une heure de plus, dit-il en attrapant sa main et en y déposant un baiser.

— Je le croirai quand je le verrai.

Elle lui tira la langue.

— Tu veux bien me motiver en rendant les choses plus intéressantes ? demanda-t-il en levant les sourcils.

— Je suis *toujours* plus intéressante.

Avec un sourire espiègle, elle se tourna pour partir.

David la regarda partir avec Kat en souriant.

— Tu en as trouvé une bien, dit-il à Adam en hochant la tête en direction de Mia. Elle me plaît.

Adam sourit, mais il ne dit rien, portant à la bouche la dernière fourchette de son riz espagnol.

— Alors, quand sera le grand jour ?

— Nous n'avons pas encore fixé de date. Elle vient de commencer la fac de médecine.

Je regardai April qui observait son père et Adam avec une étrange intensité. Je me demandai ce qui lui passait par la tête à ce moment-là. Quelle était la dynamique de leur relation parent-enfant ? Ils n'étaient pas particulièrement proches, mais elle semblait désespérément vouloir son approbation. Elle était sur le point de se lever pour aller jouer avec les filles avant que le commentaire de son père l'arrête. Je me demandai quel genre de passé ils avaient.

Encore une femme ayant des problèmes avec son père, comme Cyndi. Je semblais les attirer.

Bien sûr, j'avais mes propres fichus problèmes avec mon père. C'était sans doute le cas de nous tous.

— Une femme intelligente, qui sait ce qu'elle veut. Brillante. Belle, aussi. Tu as le pack complet. Tu dois vite officialiser cela avant qu'elle se rende compte qu'elle se fait avoir, plaisanta David.

Adam rejeta la tête en arrière en riant.

— Tu étais toujours doué pour me faire redescendre sur terre quand je commençais à avoir la grosse tête.

— J'étais le meilleur patron que tu as jamais eu, admets-le.

Adam se leva et il s'essuya la bouche avec une serviette avant de la jeter sur la table.

— Tu as été le seul patron que j'ai jamais eu.

David et Adam retournèrent dans son bureau, toujours en riant, tandis qu'April les regarda, rassemblant distraitement les assiettes en papier et les débris de la table avant de les jeter. Je l'aidai à réunir les restes et à les ranger au frigo.

— Ça va ?

— Oui, dit-elle en haussant les épaules.

Elle était particulièrement attirante aujourd'hui avec une jupe noire courte – à peine assez longue pour pouvoir être une tenue de travail – qui s'arrêtait à plus d'une dizaine de centimètres au-dessus de son genou. Elle avait également un chemisier blanc qui serrait ses seins généreux et des babies noires en cuir verni avec suffisamment de talons pour mettre en valeur la courbe de ses mollets magnifiques.

J'essayais de ne pas la regarder de trop près dernièrement. C'était une pure torture de contempler ce que je ne pouvais pas avoir. J'aurais pu appeler une de mes maîtresses pour m'amuser une nuit, mais dans quel but ?

J'obéissais donc par défaut une nouvelle fois à la Nouvelle Loi de Frère Jordan, même si j'avais fait exploser cet enculé avec des positions et des lieux différents entre les cuisses extrêmement douces et souples d'April.

Ce souvenir brûlant m'affligea d'une demi-érection quand nous retournâmes à mon bureau. Je n'étais pas aidé par le fait qu'elle marchait devant moi, ne m'offrant d'autre choix que d'étudier le balancement de sa jupe plissée contre l'arrière de ses jambes. C'était si affreusement injuste que je ne puisse plus la voir.

— Tu sembles… contrariée, dis-je surtout pour me distraire de mes pensées errantes. Elle jeta un coup d'œil dans la direction du bureau d'Adam où la porte était ouverte et où son père et Adam étaient penchés au-dessus d'un écran d'ordinateur en grande conversation au sujet du plan de développement.

— Non. Tu confonds juste ma frustration sexuelle avec autre chose, rétorqua-t-elle en sautillant dans mon bureau.

Je faillis avaler ma propre langue.

J'hésitai avant de la suivre à l'intérieur, laissant la porte grande ouverte. Juste pour ne pas prendre de risques. Je retournai immédiatement à mon travail qui était la projection image par image de l'ultime version de la vidéo pour la tournée et j'ajoutai mes derniers commentaires pour les modifications nécessaires.

April relisait mes diapos pour la présentation des banquiers, mais elle semblait distraite, s'agitant sur son siège et attirant sans cesse mon attention. J'arrivais à peine à me concentrer sur ce que je faisais, trop focalisé sur ma foutue érection et sur l'apparence de ses seins dans ce chemisier.

— J'ai chaud ici, pas toi ? finit-elle par dire d'une voix grave.

— Hein ?

Je levai les yeux à temps pour la voir défaire deux boutons de son chemisier. Je pouvais à présent voir la dentelle du haut de son soutif. *Putain de merde* .

— Peut-être que si je ferme la porte pour que l'air chaud de l'atrium n'arrive pas jusqu'ici... Je pourrais aussi baisser le thermostat.

Elle se leva, fermant la porte, puis appuya sur le verrou. *Bordel de merde* .

Ensuite, elle se pavana – il n'y avait vraiment pas d'autre façon de décrire sa démarche qui faisait danser sa jupe plissée contre ses jambes sexy – jusqu'au thermostat et elle le tripota un moment. J'avalai ma salive et je me concentrai sur l'écran de mon ordinateur en essayant désespérément de penser à des statistiques financières ou à la formule de la capitalisation boursière... bon sang, même aux statistiques du baseball.

Elle marcha en se déhanchant jusqu'à sa chaise – heureusement –, mais au lieu de s'asseoir, elle posa un pied sur le siège, m'offrant une vue torride de toute la longueur de sa jambe. *Bon sang* .

Puis elle passa la main sous sa jupe et elle tira sur ses bas. Bordés de dentelle blanche, on aurait dit un délicieux glaçage délicat qui entourait ses cuisses sexy. Elle avait un grain de beauté à l'intérieur de sa cuisse gauche. Je l'avais goûté plusieurs fois à Vancouver. J'avais envie de le goûter à nouveau. Sans me regarder, elle changea de jambe et elle fit la même chose avec l'autre.

Je souffrais maintenant officiellement au niveau du renflement sous ma ceinture, mon sexe en érection poussant contre mon pantalon. Je me cachai le visage dans les mains, incapable de la regarder davantage.

— Qu'est-ce qui ne va pas ? dit-elle d'une voix faussement innocente. Tu as mal à la tête ?

Non, ce n'était pas du tout l'endroit où j'avais mal. Sauf si elle parlait de la tête sous la ceinture. Je ne dis rien, appuyant ma main contre mes yeux, la vue de ses jambes aux belles courbes à jamais gravée dans mon esprit. Pourquoi me torturait-elle de cette façon ? Ou peut-être était-ce un plan de vengeance bien préparé depuis le début.

Joli timing. Son père était dans la pièce d'à côté, il n'y avait qu'une cloison entre nous. Si elle voulait me condamner, elle n'aurait pas pu choisir un meilleur moment.

Quand je relevai la tête, je faillis sursauter, car elle était assise sur le bord de mon bureau juste à côté de moi et elle me regarda avec un sourire entendu.

— Je connais un excellent remède pour les maux de tête et… cet autre problème que tu sembles avoir, dit-elle avec un regard appuyé sur mon entrejambe.

Je poussai un soupir d'exaspération.

— Ça t'amuse ? Tu profites de la situation ?

Elle sourit en balançant une jambe d'avant en arrière.

— J'en ai l'intention. Et, je pense que, toi aussi.

J'inspirai profondément et je soufflai. Que mon érection aille se faire foutre.

— Non. Je ne le ferai pas.

Elle leva un sourcil et elle fit la moue.

— Non ? Tu n'as pas l'air très certain de toi.

— Enfin, April, ton père…

— Nous ne parlons pas de lui. Il est très occupé là-bas comme tous les autres. Et cette porte est fermée.

Elle se pencha et elle fit glisser sa main de mon genou jusqu'à l'intérieur de ma cuisse en me jetant un regard incertain et interrogateur.

Quand elle atteignit ma queue – qui était au-delà de la simple douleur à présent –, je capturai son poignet délicat et je la tirai vers moi. Avec un petit cri, elle tomba du bureau contre mon torse. Elle leva les yeux, sa bouche étant prête à être embrassée.

— Miss Weiss, vous vous comportez de façon inappropriée.

— Tu adores quand je me comporte de façon inappropriée.

— Carrément, ouais.

Puis elle m'embrassa.

— Mmm. Je pensais que la barbe naissante allait me manquer. Mais c'est ta bouche brûlante qui me manque le plus.

— Tu ne te bats pas de façon juste.

— Personne n'a dit que la vie était juste.

Elle m'embrassa encore, sa langue douce entrant dans ma bouche. Une main glissa le long de mon ventre pour entourer mon érection à travers mon pantalon. Je soufflai contre sa bouche et je passai mes doigts dans ses cheveux brillants. Je l'ôtai de mes genoux de façon à ce qu'elle se trouve à genoux devant moi. *Carrément, ouais, en effet*.

April soutint mon regard pendant longtemps, la surprise s'évaporant comme de l'eau de mer mousseuse sur une plage de sable bien tassé. Je vis une lueur de compréhension dans ses yeux couleur d'océan et elle déglutit en léchant ses lèvres roses pulpeuses. Je tendis la main et je traçai le contour de sa lèvre inférieure avec mon pouce.

— Je veux que ces belles lèvres entourent ma queue, dis-je en serrant les dents.

Son regard s'assombrit de désir et elle hocha la tête, attrapant la fermeture de mon pantalon. Quand elle eut défait ma ceinture et déboutonné mon pantalon, je m'adossai confortablement pour la regarder plonger dans mon boxer et en sortir mon érection raide et douloureuse. Elle déglutit encore une fois, puis elle fit passer son pouce le long de ma verge et sur le gland. Mes veines s'enflammèrent et je sentis mon cœur battre dans ma gorge.

Mon corps pulsait de désir. Elle me regarda comme pour se rassurer que cela me plaisait. Comme si elle avait besoin de se rassurer pour *ça* . L'idée me fit presque rire.

— Tu es si beau, murmura-t-elle. Tout est beau chez toi.

Ses paroles eurent un effet nouveau et plus puissant sur moi, me caressant à des endroits que ses doigts ne pouvaient pas atteindre. Il fallait que je la prenne – *maintenant* . Je me penchai en avant et je passai la main derrière sa tête, l'attirant plus près, appuyant mon sexe contre ses lèvres. Sa belle bouche s'ouvrit pour me faire entrer et j'eus l'impression que ma poitrine allait exploser quand sa chaleur m'enveloppa.

Je caressai son sein à travers son haut et elle poussa un petit gémissement étouffé. Mes doigts glissèrent sous son chemisier, dans son soutien-gorge en dentelle, où je frottai et fis rouler son téton jusqu'à ce qu'il devienne un petit point dur. Mon érection s'éleva dans sa bouche.

Je frissonnai en fermant les yeux et je me concentrai sur ses mouvements délicats tandis qu'elle glissait plus bas, me prenant encore plus dans sa bouche. Cela faisait des semaines que je passais sans sexe, et travailler si près d'elle me rendait tendu et douloureusement privé de ce que je voulais. J'étais si excité que je craignais que le plaisir passe avant même qu'il ne commence.

Ce moment me refit penser à la première fois que je l'avais vue, en fin d'année dernière au cours de l'orientation des stagiaires, quand ils faisaient un tour de l'entreprise. Le groupe avait passé quelques minutes dans mon bureau et je me souvenais distinctement qu'elle avait posé une question, car mon regard s'était posé sur son beau visage. À ce moment-là, ses lèvres délicieuses m'avaient fait imaginer qu'elle était à genoux devant moi, me faisant plaisir comme là. Elle avait fait son sourire aux dents blanches et régulières qui avaient dû coûter une fortune chez l'orthodontiste. J'avais ressenti quelque chose, alors, un pincement de désir. Les stagiaires étaient hors limite, bien sûr. Mais cela ne m'empêchait pas de fantasmer et de m'imaginer en elle chaque fois que je la voyais.

La voilà qui me suçait, ses yeux ne quittant jamais les miens pendant que sa bouche descendait pour me prendre tout entier avant de remonter, la succion augmentant jusqu'à ce que je sois sur le point de commencer à gémir.

Putain de bordel de merde. Où avait-elle appris ça ? Je ne savais pas si je devais être reconnaissant envers lui ou si je devais le pourchasser pour avoir été là avant moi. Un plaisir pur et glacé s'étala depuis mon entrejambe, dans mon ventre et mes cuisses. Je haletais, ma respiration étant hors de contrôle. J'allais jouir si elle continuait à ce rythme.

Ma main surgit pour maintenir sa tête en place. Mais sa langue – sa langue diabolique – glissa tout le long de ma verge par en dessous et puis elle remonta, me comblant de ses attentions brûlantes et humides.

Tout l'air s'échappa de mes poumons. Avec sa tête toujours immobilisée, j'avançai mes hanches et je m'enfonçai dans sa bouche. Elle inspira brusquement par le nez, surprise, jusqu'à ce que sa respiration soit coupée – par ma faute. Je me figeai et je la regardai, l'examinant attentivement pour voir si ce n'était pas trop pour elle. Mais son regard soutenait toujours le mien, puis ses paupières tombèrent et sa main passa dans mon pantalon, caressant mes bourses. Je me retirai lentement, puis je revins. J'étais à quelques secondes de jouir. J'enlevai ma main pour lui permettre de s'écarter si elle le souhaitait.

J'espérais vraiment qu'elle ne le veuille pas.

— Je vais jouir, grognai-je.

Une seconde plus tard, sa bouche glissa une nouvelle fois sur moi, me prenant plus profondément qu'avant. Je laissai ma tête tomber en arrière et je regardai le plafond en fermant les yeux, ce pincement familier naissant à la base de ma colonne vertébrale.

— April... putain !

Sa bouche se verrouilla sur moi, suçant plus fort qu'avant, et je jouis par vagues brûlantes, à bout de souffle. Je ne pouvais pas respirer, pas penser. Et tout ce que je ressentais, c'était le plaisir bouillant de sa bouche sur moi qui me suçait. Me suçait toujours.

Elle me tint là jusqu'à ce que les spasmes diminuent et puis elle se retira lentement. J'ouvris mes paupières lourdes, me sentant complètement lessivé. *Putain de merde* .

— C'était... incroyable.

Sans un mot, elle se leva et elle se rendit à la salle de bains. J'entendis le tiroir s'ouvrir et l'eau couler. Mais je ne pouvais toujours pas bouger, alors je restai là avec mon pénis à l'air libre, bêtement. Mon corps était détendu, comme si je n'avais plus de squelette.

Elle revint dans le bureau et elle me tendit un gant de toilette. Je la remerciai, puis je me levai enfin pour me rendre à mon tour dans la salle de bains. Quand je revins, elle était assise sur sa chaise, chemisier boutonné et installée bien sagement devant son ordinateur, travaillant comme s'il ne s'était rien passé.

Je marchai vers la porte et je la déverrouillai, mais je la laissai fermée. Quand je me tournai, elle me regarda, un petit sourire traînant sur ses lèvres.

— C'était quoi ça ? demandai-je.

— Je te l'ai dit… la frustration sexuelle, dit-elle avec un léger sourire.

— Et cela t'a aidé ?

Un sourire entendu.

— Cela t'a aidé, toi, n'est-ce pas ?

Je soupirai et je me passai la main sur le visage, puis je retournai à mon bureau et je me laissai tomber sur ma chaise, prêt à continuer la conversation. Avant que je puisse trouver quoi dire, quelqu'un frappa à la porte et elle s'ouvrit. Son cher papounet passa la tête dans le bureau.

S'il avait essayé d'ouvrir cette porte cinq minutes avant, elle aurait été verrouillée et toute la situation aurait été extrêmement suspecte. S'il avait pu ouvrir la porte, il aurait trouvé sa fille agenouillée devant moi avec mon sexe dans sa bouche. Je pâlis et April parut surprise.

— April, je m'en vais. Je voulais juste te dire au revoir. Je te verrai chez nous ce week-end ? Sarah et Daniel sont surexcités.

Elle inspira profondément et elle soutint le regard de son père pendant un long moment avant de hocher la tête.

— Euh, d'accord.

Quelques minutes après son départ, il y eut un silence entre nous. J'essayai de me concentrer sur mon travail tandis qu'elle semblait absorbée par ses propres affaires. Soudain, elle éclata de rire.

Je ne pus pas m'en empêcher : je me mis à rire, moi aussi.

Lorsque Adam passa la porte pour dire qu'il fermait et qu'il faisait sortir tout le monde, nous étions toujours pliés de rire et il nous regarda comme si nous étions fous.

— Ne fais pas attention à nous. On est simplement ivres d'épuisement, dit-elle.

Adam fronça les sourcils.

— D'aaaccord... raison de plus de rentrer chez vous et d'aller vous coucher.

Je lui fis un faux salut et il me fit sa version du sien, avec le majeur.

— Ta cousine va être ravie que tu rentres chez toi à une heure décente, dis-je.

April me jeta un regard étrange. Elle n'était pas au courant de la relation familiale d'Adam et Mia. Je ne pris pas la peine de lui expliquer.

— Crève, répondit-il.

Après avoir fermé, je sortis avec le groupe tout en fredonnant l'air de 'Dueling Banjos' du film *Délivrance* . L'évocation de la scène mémorable où le gamin de parents consanguins joue du banjo amusa Mia au moins. Le patron, pas tellement.

***

Il nous restait quatre jours avant le début de la tournée d'OPI. Elle allait consister en deux semaines d'un tourbillon de visites dans les principales villes du pays, afin de présenter notre projet aux gros banquiers et entreprises d'investissement pour avoir leur soutien. En seulement quinze jours, nous allions mener Draco Multimedia Entertainment (ou DME, le symbole de la bourse de New York) en bourse, et nous avions besoin de leur soutien quand le moment serait venu.

Cela ne signifiait toutefois pas que je ne touchais plus April. La pipe dans mon bureau avait rouvert la boîte de pandore sexuelle qui ne pouvait plus être refermée.

Le lendemain, juste avant le déjeuner, April m'apporta des dossiers que je devais vérifier. Elle se tenait un peu trop près et elle sentait un peu trop bon. Je regardai le bazar sur mon bureau et je soupirai en pensant à tout le travail qu'il me restait à faire. Elle attendait que je dise quelque chose, et je maugréai, expliquant que cela m'irritait que Charles vienne à son bureau toutes les cinq minutes.

— Ah. Tu ne serais pas… *jaloux* , hein ?

Je levai un sourcil.

— Non. C'est juste que je n'aime pas qu'il te déconcentre de ton travail.

— J'arrive à faire mon travail. Mais si tu veux, je lui expliquerais que tu m'as dit de lui dire de rester éloigné.

— Je ne t'ai pas dit de lui dire ça.

Elle s'appuya contre mon bureau, les bras croisés.

— Vous avez l'air un peu frustré, M. Fawkes. Puis-je vous aider ?

Je serrai la mâchoire et je lui jetai un regard noir. Elle mit la main dans sa poche, en sortit quelque chose et se pencha en avant pour la poser dans la poche de ma chemise.

— Ma pause déjeuner commence à une heure, et il se pourrait que je traîne aux toilettes pour femmes de l'entrepôt que personne n'utilise jamais...

Elle se redressa ensuite, pivota et sortit, mes yeux fixés sur son cul comme avec de la super glue. Quand elle s'assit à son bureau, elle se tapota la poitrine pour montrer que je devais regarder dans ma poche. C'est ce que je fis... et je le regrettai.

L'emballage en alu représentait tout ce que je ne devais pas faire, mais que je ferais sans doute.

Je passai mon heure du déjeuner à envisager la possibilité d'une douche glacée dans ma salle de bains privée. À treize heures, mon téléphone reçut un nouveau texto. Je savais qui l'avait envoyé. Je regardai en direction de son bureau malgré tout et je vis qu'elle était partie.

Viens me trouver.

Cela suffit. Je bandai comme un malade... encore une fois. Bon sang. J'avais du travail. Beaucoup de travail. Mais je la désirais si fort que c'en était douloureux.

Je la trouvai près de la porte des toilettes en question. On entra sans un mot, et je passai la demi-heure qui suivit à l'appuyer contre le mur et à lui faire ce que je voulais.

Les jours suivants furent ainsi, jusqu'à ce que je quitte la ville. Nous nous trouvions un endroit intime pour baiser, parfois deux fois par jour, quelques fois dans mon bureau quand nous le pouvions. Il y avait rarement des discussions, mais la possibilité de se faire prendre suffisait à nous exciter tous les deux, comme lors de notre petite aventure dans le parc provincial au Canada.

La nuit précédant mon départ pour la tournée, je quittai le travail plus tôt. J'allais prendre un vol vers la côte est et revenir progressivement vers l'ouest, rejoignant parfois Adam dans les villes où il y avait une plus grande concentration de banquiers. J'allais prendre part à toutes les présentations, il devait être présent pour les plus grandes et les plus importantes.

April m'apporta le dîner et elle fut mon dessert. Nous ne parlions toujours pas de ce que signifiait tout ce sexe – ou ce que cela allait signifier une fois que l'entreprise entrait en bourse et que David soit élu directeur du conseil d'administration.

Peu importe que l'on parle de ce qui allait arriver ou pas, je commençais à me rendre compte que les deux semaines sans elle allaient être longues.

Et ce fut le cas. Mais pas exactement comme je m'y étais attendu.

Il devint vite évident qu'elle suivait mon itinéraire, commençant chaque jour par un texto. Ces messages devinrent très vite le point culminant de ma journée.

Elle : Boston prend soin de toi ?

Moi : Pas aussi bien que toi.

Elle : Je suis certaine qu'il te reste quelques vieux sextos d'anciennes, hum, 'amies', pour passer le temps.

Moi : Et pourquoi pas quelques nouveaux de ta part ?

Elle : Salut, c'est comment Chicago ?

Moi : C'est nul. J'aime mon propre lit.

Elle : Moi aussi, j'aime ton lit. De préférence avec toi dedans.

Moi : Weiss, VCEI (l'acronyme que nous avions adopté pour 'Votre comportement est inapproprié'.)

Elle : Dallas ! Wou hou ! Prêt pour de la danse country ?
Moi : Je suis né prêt – et chaud comme la braise.
Elle : Tu es né inapproprié.

Elle : San Francisco... tu te réchauffes.
Moi : Je suis déjà chaud bouillant.
Elle : Fawkes, VCEI
Moi : Bien sûr. Et tu adores ça.

Au cours de la tournée, je fus dragué quelques fois par certaines des assureuses magnifiques, mais à ma grande surprise, je n'étais pas intéressé. Elles ne me tentaient pas du tout. Je pensais beaucoup à April à la place, me demandant ce qu'elle faisait. Néanmoins, je luttai contre l'envie quotidienne de l'appeler au téléphone.

On finit par émerger triomphants. Vendredi après-midi, juste après la fermeture de la bourse de New York, Adam et moi atterrîmes à l'aéroport John Wayne depuis Seattle. Je reçus un appel de notre banquier qui nous dit que l'entreprise avait été évaluée à 8,3 milliards USD. Notre stock allait être mis en vente pour trente-cinq beaux dollars l'action le lundi matin suivant, et nous allions nous trouver dans le bâtiment de la bourse pour faire sonner la cloche d'ouverture. C'était de la folie. Et c'était également la réalisation d'un rêve longtemps attendu.

Adam et moi on se tapa dans les mains à côté du tapis roulant à bagages quand je lui transmis la nouvelle. Il sortit immédiatement son téléphone et il appela Mia pour le lui dire. Je me rendis compte que la première personne que je voulais prévenir, c'était April…

Je sortis mon téléphone et je commençai à taper un texto.

Capitalisation boursière 8,3 mil. 35 $/action. N'en parle pas encore autour de toi.

Elle répondit moins d'une minute plus tard.

Elle : OMG ! Suis ravie pour toi. J'efface ton texto maintenant.
Moi : Notre chauffeur est en route ?
Elle : Il devrait déjà être là.

— À qui écris-tu ? demanda Adam quand il eut raccroché avec Mia.

— Je voulais m'assurer que la voiture était là. Je n'aime pas attendre, mentis-je à moitié.

— Il y a la fête de l'entreprise demain après-midi. Nous n'en parlerons pas jusque-là, puis nous l'annoncerons quand nous serons tous ensemble.

— Bien sûr. Tu vas le dire à David Weiss avant ?

— Évidemment. C'est lui le prochain que j'appelle.

— Comment Mia a-t-elle pris la nouvelle que son cousin/fiancé est à présent un milliardaire ?

— Elle n'a pas été très surprise. Contente pour moi, tout ça.

— Bien sûr qu'elle est contente pour toi. Elle en aura la moitié lors du divorce.

Je ricanai, mais je ne pris pas la peine de dire que je plaisantais, il le savait déjà. Il secoua la tête avec un sourire en marchant vers la sortie.

— Je ne sais même pas pourquoi je te dis quoi que ce soit.

— Je connais tous les détails légaux. Par exemple, c'est légal d'épouser son cousin germain en Californie.

— Bon à savoir.

Adam s'approcha de notre chauffeur habituel, qui attendait déjà avec le coffre ouvert. Il jeta son sac à l'arrière et je fis le tour pour faire de même.

— Allez, t'es pas drôle quand tu ne me dis pas d'aller me faire foutre.

Il se contenta de me faire un sourire entendu. *Rabat-joie* .

Sur le chemin du retour, je sortis mon téléphone et je me surpris à envoyer un autre texto à April.

Viens dormir chez moi cette nuit.

Elle ne répondit pas pendant longtemps. En fait, le texto suivant que je reçus de sa part fut envoyé plus de deux heures plus tard.

Désolée, j'étais en route pour La Jolla. Vais voir mon père ce soir pour l'annif de ma petite sœur. On ira ensemble à la fête. Je te verrai à ce moment-là.

Je n'arrivais pas à croire la déception que je ressentis. Je voulais la voir. Bien sûr, j'avais envie de me frotter partout sur son corps délicieux, mais je voulais aussi lui parler, peut-être la taquiner un peu, sentir ses cheveux. Je m'étais attendu à ce qu'elle soit à ma disposition. Et après deux semaines sans sexe, je voulais qu'elle le soit, bon sang.

***

Pour me débarrasser de ma frustration sexuelle, je me levai à l'aube pour prendre les premières vagues du matin. Les conditions étaient parfaites et j'eus quelques vagues merveilleuses. Il n'y avait presque personne. Comme nous étions en octobre, l'eau devenait assez froide, alors je portai ma combinaison de plongée. Mais après une heure environ, je commençai à m'ennuyer et je rentrai. Puis je vérifiai mon téléphone plusieurs fois pour voir si elle avait envoyé un texto. Rien.

Et vraiment, pourquoi cela me préoccupait-il ?

Cet après-midi-là, il y eut une fête d'entreprise en bord de piscine pour célébrer la nouvelle étape dans notre quête de domination du marché du jeu vidéo. Nous avions loué une partie d'un country club effroyablement cher à South County pour des cocktails et des amuse-bouches autour de la piscine.

Les directeurs et les membres du conseil d'administration hésitants se rejoignirent pour un déjeuner privé. David Weiss était assis entre Adam et moi à la grande table ronde, et je ne pus m'empêcher d'examiner les environs à la recherche de sa fille. Je savais qu'elle était venue avec lui, mais je n'étais pas censé le savoir et je ne voulais pas poser la question et me faire remarquer.

Il fut très intéressé par les détails de notre tournée et on lui raconta tout. Enfin, à mon grand soulagement, Adam lui demanda des nouvelles de sa fille.

— Oh, elle est ici. Elle court partout avec quelques-uns de vos assistants pour finaliser les détails de la fête de l'entreprise.

Ma mission devint alors de l'apercevoir sans avoir l'air de chercher à la voir. C'était stupide, vraiment. Il me suffisait de lui envoyer un texto. Mais elle ne m'avait pas contacté.

Et puis, c'était quoi toutes ces conneries, d'abord ? Cela faisait presque dix ans que je n'étais plus au lycée. Si ça continuait, j'allais me demander si elle voulait bien m'embrasser sous les gradins au bal de l'école. Putain. Je me démerdais très mal pour ne pas m'impliquer tout en étant impliqué dans cette situation. Quelle était-elle, d'ailleurs ? Des collègues avec quelques avantages ? De très, très bons avantages.

Après le déjeuner, on se rendit dans les vestiaires pour se changer. Même si c'était l'automne, il faisait encore assez chaud pour la piscine. Cela n'arrive qu'en Californie du Sud, pensai-je en secouant la tête.

Quinze minutes après le début de la fête, je l'aperçus de l'autre côté de la piscine, en train de parler avec un groupe d'autres stagiaires. L'une d'entre elles était cette petite peste, Cari, qui avait essayé de la faire chanter quelques semaines avant. Elles semblaient être en bons termes à présent.

April portait un maillot de bain une pièce modeste, noir et bordé de bleu électrique. Le maillot montait assez haut dans son dos, sans doute pour cacher le tatouage incriminant, que tout le monde ici saurait reconnaître en un instant.

Quand elle regarda enfin dans ma direction, j'attirai son regard. Elle me fit un sourire timide. Quelque chose s'illumina en moi et je souris.

Je jetai un regard appuyé en direction du bâtiment pour indiquer que je voulais la rejoindre là-bas. Elle fronça les sourcils et détourna les yeux. Que se passait-il ? J'étais désormais pratiquement certain qu'elle m'évitait exprès, et cela ne me plaisait pas. J'envisageai de lui envoyer un texto, mais elle l'ignorerait sans doute également.

Je contournai la piscine et je me dirigeai tout droit vers elle et son petit groupe. Elle leva la tête en écarquillant les yeux.

— Weiss, puis-je te parler une minute, s'il te plaît ? J'ai quelques questions.

— Bien sûr, marmonna-t-elle en regardant ses pieds.

Je m'écartai pendant qu'elle faisait ses excuses au groupe, puis elle me suivit dans les escaliers vers le bâtiment, ralentissant de plus en plus à mesure que nous approchions. Je lui ouvris la porte, mais elle hésita.

— Que voulais-tu me demander ?

Je regardai la porte.

— Entre.

Elle inspira, puis elle souffla. Une fois à l'intérieur, je trouvai un vestiaire vide et je l'attirai à l'intérieur. Juste au moment où elle allait parler, je me tournai, tenant son visage entre mes mains, et je l'embrassai comme j'avais voulu le faire chaque soir de mon voyage. Elle réagit comme si je lui insufflais une nouvelle vie, son corps montant contre le mien, ses doigts serrant le tee-shirt que je portais avec mon short de bain. Sa bouche s'ouvrit encore plus, comme si elle était affamée, et pour être honnête, sa réaction augmenta mon désir.

Quelques minutes plus tard, quand je reculai, elle était rouge et à bout de souffle. Quand je me penchai pour continuer, elle s'écarta.

— Avais-tu une question ou bien m'as-tu attirée ici pour m'embrasser ?

— Serait-ce un problème si c'était le cas ?

Elle inspira profondément et son regard se durcit. Apparemment, c'était un problème.

— Il ne me reste que deux semaines à travailler pour toi. Je veux quelque chose de réel entre nous, pas ces cachotteries.

Je souris.

— Je croyais que tu aimais les cachotteries.

Je ponctuai mon affirmation par un autre baiser brûlant, ma langue entrant dans sa bouche délicieuse. Puis je passai la main autour d'elle et je la posai sur son cul pour la serrer contre moi.

Elle posa les mains sur mon torse.

— Jordan, dit-elle contre mes lèvres.

— Mmm... Tu m'as manqué.

Elle inclina la tête vers l'arrière et elle me regarda, perplexe.

— Vraiment ?

Je fronçai les sourcils.

— Pourquoi es-tu surprise ?

Elle secoua la tête.

— Parce que tu m'embrouilles. Je ne sais pas ce qu'il y a entre nous. S'agit-il de sexe ou de plus que cela ?

Je serrai la mâchoire et je détournai le regard.

— Cela ne peut pas être plus. Tu sais pourquoi. Je te l'ai déjà dit.

— Tu ne veux pas prendre le risque avec moi – pour nous.

— Alors je suis censé dire à ton père que nous ne sortons pas vraiment ensemble, que nous ne faisons que coucher ? Parce que je ne m'implique pas dans les relations – pas des relations réelles, sérieuses. Alors je lui dirai simplement que je baise sa fille. Comment va-t-il le prendre, à ton avis ?

Elle déglutit.

— Jordan...

— Quoi ? Est-ce que cela peut-être plus ? Non, non, ce n'est pas possible.

Sa lèvre trembla.

— Eh bien, c'est plus que du sexe pour moi, parce que... parce que je suis amoureuse de toi.

Au début je ne fus pas certain de l'avoir bien entendue. Puis, à mesure que je me rendais compte de la portée de ses mots, ma première réaction fut le déni, encore et toujours. Notre relation n'était pas ce qu'elle pensait. Ce n'était pas possible. Je ne pouvais plus respirer. Ma poitrine se serra et il n'y avait pas assez d'air dans ce petit vestiaire. Elle observa attentivement ma réaction.

La dernière fois qu'une femme m'avait dit ces mots, je lui avais demandé de m'épouser et puis elle avait baisé un autre type. Je ne pouvais pas revivre cela. Pas tout de suite, peut-être jamais.

Je fermai les yeux en me passant la main sur le visage.

Chapitre Vingt-cinq
April

J E VIS JORDAN PÂLIR EN RÉACTION À MA DÉCLARATION amoureuse. Il semblait sur le point de s'évanouir. Pas la réponse que je m'étais imaginée après avoir dit à un type que je l'aimais. Et pourtant je ne disais pas facilement ces mots. En fait, je ne les avais jamais dits à un autre homme – pas même Gunnar. Mais je n'avais encore jamais ressenti ceci pour un autre homme. Je pouvais lui admettre tout cela maintenant, mais je savais qu'il ne voulait pas l'entendre. Son visage se ferma, comme une maison que l'on préparait avant un cyclone.

— Je n'attends rien d'autre de toi qu'une chance de faire fonctionner cette relation, dis-je dans le silence, en détestant le tremblement de ma voix.

Il regarda ailleurs.

— Qu'est-ce que cela signifie, exactement ?

Eh bien, c'était un début. Il voulait au moins m'écouter.

— Que... que nous sortions ensemble comme des personnes normales quand je quitterai Draco.

— Je ne sais pas comment sortir comme une personne normale. La dernière fois que j'ai fait ça, je me suis fait arracher les couilles. Je n'ai pas envie de réessayer.

— Pas maintenant ou...

Il haussa les épaules.

— Peut-être jamais.

Je clignai des yeux.

— Alors, tout ceci, ce n'était que pour l'excitation de l'interdit ? Quand je sortirai d'ici, ce sera définitivement terminé entre nous ?

Cette possibilité ne semblait pas non plus l'enchanter. J'eus la nausée, l'estomac noué. J'avais tout déballé. J'avais sorti mon cœur de ma poitrine et je l'avais placé dans ses mains. Qu'il le torde et l'écrabouille ou bien qu'il le tienne et le chérisse, ce n'était plus de mon ressort.

— Jordan…

Je me décalai vers lui, je posai les paumes de mes mains sur ses joues et j'étalai les doigts en guidant doucement sa tête de façon à ce qu'il me regarde. Je scrutai le fond sombre de ses yeux qui avaient aujourd'hui la couleur de la vase et de l'eau de mer.

— Laisse-moi te dire quelque chose. Il y a une grande différence entre la personne que tu vois dans le miroir et celle que je vois quand je te regarde. Celle que tu vois a été trahie par une amante de jeunesse, rejetée par un père qui était fâché contre toi parce que tu ne pouvais pas vivre selon *son* rêve. Mais l'homme que je vois ? Il est fort et sensible. Protecteur, brillant, attentionné. Tu m'as défendue : avec la vidéo, quand Gunnar a fait ses conneries, quand Cari m'a menacée. Tu n'étais pas obligé de le faire, mais tu l'as fait. Et je te serais à jamais reconnaissante. Mais ce n'est pas pour cela que je t'aime. Je t'aime à cause de la personne que tu es quand je te regarde. Pas pour ce que je veux que tu sois.

Quelque chose changea dans ses yeux. Ils étaient durs. Et je ne pouvais toujours pas déchiffrer son visage, mais ses mains glissèrent autour de ma taille et me serrèrent contre lui.

Il ne dit rien, il se contenta de me tenir ainsi. Je pouvais sentir les battements effrénés de son cœur sous le mien. Je pouvais me perdre dans cette sensation, la sécurité de ses bras autour de moi, malgré l'incertitude de ses sentiments. Je n'avais pas besoin d'une étiquette de sa part s'il avait trop peur d'admettre la vérité. Mais il ne pouvait pas le nier. Il se souciait de moi, comme il l'avait montré plusieurs fois par ses actes.

Il enfouit son visage dans mes cheveux en marmonnant :

— Que me fais-tu ?

Je l'embrassai là où je pus l'atteindre, en bas de son cou, juste au-dessus du col de son tee-shirt. Il serra les bras plus fort et son désir s'éleva contre mon ventre. Sa bouche atterrit immédiatement dans mon cou, dévorant mon oreille, ma mâchoire, mes lèvres.

Il me poussa contre le mur du minuscule vestiaire et je me laissai faire, nos bouches liées. Ma main glissa sous son tee-shirt, sur ses abdos durs et musclés. Sa main se faufila entre mes cuisses, les caressant fermement, puis ses doigts passèrent sous l'entrejambe de mon maillot de bain. Je gémis... et cela sembla vraiment servir de déclencheur.

D'un mouvement brusque, il ôta un côté de mon maillot de l'épaule, exposant mon sein. Il posa sa bouche sur mon téton en faisant glisser ses doigts sous l'autre côté du maillot pour faire rouler ce téton entre son pouce et son index. Mon désir déferla et j'arquai le dos en poussant un cri. Il me fit taire en reposant sa bouche sur la mienne et il tira sur son propre maillot.

Puis, il sortit un préservatif de la poche de son short de bain, ouvrit habilement le sachet et l'enfila. Il n'y eut pas de paroles salaces cette fois : ma confession avait dû le laisser muet. Il décala encore une fois l'entrejambe de mon maillot et il se poussa contre moi.

Nos bouches se retrouvèrent quand il me souleva contre le mur, se positionnant de façon à glisser facilement en moi. Je m'accrochai à ses épaules et à son cou solides pendant qu'il bougeait contre moi, presque frénétique, se poussant sans relâche jusqu'à l'orgasme. Je vis que cela allait être rapide. Il me regardait avec des yeux vitreux de désir. Ses doigts glissèrent entre nous et il frotta mon clitoris. Je jouis – violemment – en grognant dans sa bouche. Quelques secondes plus tard, il jouit lui aussi. Il poussa encore quelques fois ses hanches contre moi tandis que nous redescendions de notre nuage. Cela avait été rapide, intense, et comme toujours, excitant.

Il me garda en place pendant longtemps, serrée entre son corps dur et le mur lambrissé légèrement plus dur derrière moi. Je voulais qu'il reste en moi pour toujours. Je serrai les jambes autour de ses hanches minces, mais il se détendit lentement et il s'écarta.

On prit un moment pour se nettoyer et pour remettre les vêtements en place. Jordan jeta le préservatif en se félicitant d'avoir pensé à en mettre un dans sa poche 'juste au cas où'.

Il inspira profondément.

— J'ai toujours été doué pour anticiper.

Je souris, je me détendis contre le mur et je le regardai en inclinant la tête. Satisfaite, mais aussi profondément triste.

— Pour notre dernière fois, c'était plutôt incroyable.

Il écarquilla les yeux.

— Oui. Quoi ?

Je fronçai les sourcils.

— Je pense que la raison pour laquelle nous devons arrêter est évidente.

— Elle n'est pas évidente pour moi.

— Elle le devrait. La raison la plus importante, c'est à cause de ce que je viens de te dire. Je dois protéger mon cœur. Les cachotteries et le sexe... c'est amusant, mais je ne peux plus le faire.

Il prit un air renfrogné et il soupira en secouant la tête.

— Tu ne me rends pas les choses très faciles.

— Tu ne me les facilites pas non plus.

Il ferma les yeux, puis il les rouvrit.

— Donne-moi le temps de réfléchir... de trouver une solution.

Pourquoi avais-je l'impression qu'il me faisait marcher ? Cette sensation tomba au fond de ma gorge, froide et dure. Une sonnerie d'alarme retentit dans ma tête.

— Tu le veux ? demandai-je néanmoins.

Il hocha la tête et avec un sourire, il se pencha pour m'embrasser.

— Je le veux.

Malgré mes prémonitions plus sombres, une vague de bonheur menaça de me noyer et j'éprouvai des difficultés à reprendre mon souffle. Je posai mes mains sur ses joues.

— Moi aussi.

Il s'écarta en prenant ma main et en la serrant.

— Nous devrions y retourner, au cas où quelqu'un me cherche. Avec ma chance, ce sera Adam avec une nouvelle chose qui l'irrite.

Je l'embrassai.

— Alors, vas-y en premier, et j'attendrai quelques minutes avant de sortir.

Il enleva les cheveux de mon visage et il m'embrassa encore. Puis il se tourna et il disparut.

J'attendis quelques minutes, utilisant ce temps-là pour calmer mon cœur, mais il ne voulut pas m'écouter. Je sentais les effets de l'adrénaline et ce n'était pas à cause de l'incroyable sexe de vestiaire. Il voulait essayer ! Il voulait voir si cela pouvait fonctionner entre nous.

Je ravalai ma salive en essayant de ne pas ressentir le fol espoir que cette vision du futur avait incrusté dans mon cerveau, même si ce n'était que dans quelques semaines. Je me demandai à quoi pouvait ressembler un rendez-vous normal avec Jordan… était-ce similaire à ces quelques jours idylliques à Vancouver ?

Cinq minutes plus tard, je sortis du vestiaire et j'aperçus la piscine à travers les immenses fenêtres. Les directeurs et mon père étaient rassemblés en groupe et les gens applaudissaient et se faisaient des tapes dans le dos. Je supposai qu'ils venaient d'annoncer le capital boursier et le prix des actions à l'ouverture à tout le monde. Pendant que je regardais, Jordan et quelques autres grands types, y compris le beau cousin d'Adam, William, attrapèrent Adam et le portèrent jusqu'au bord de la piscine, malgré ses protestations. Je ris jusqu'à ce qu'un mouvement attire mon attention.

Cari vint se tenir à côté de moi et elle regarda elle aussi les amis d'Adam le jeter dans la piscine.

— Il y a tout un tas de nouveaux millionnaires là-bas, dis-je à Cari en hochant la tête et en espérant que notre trêve semi-silencieuse continue. Cela faisait des semaines que je l'évitais et je ne lui avais pas parlé seule depuis notre confrontation dans le couloir quand elle avait menacé de m'exposer. Elle était restée froidement polie depuis.

Elle rit.

— Dommage que j'ai toujours le béguin pour le plus gros poisson de cette mare. Il va sortir de la piscine avec un tee-shirt mouillé. Je devrais être là-bas pour regarder. Dommage que Mia n'ait pas été jetée dans l'eau. Elle porte cette robe d'été ridicule, sans doute parce qu'elle a trop honte d'être vue dans un maillot de bain.

Je résistai à l'envie de secouer la tête. J'avais pitié de Cari. Je me tournai pour ouvrir la marche vers la piscine lorsqu'elle attrapa mon bras et m'arrêta. Ses yeux étaient comme fiévreux.

— Je sais ce que tu faisais dans ce vestiaire.

Je jetai un coup d'œil à la direction d'où je venais avec un air plutôt coupable. Mais je n'allais pas la laisser le voir.

— Jordan avait besoin d'une information au sujet de…

— Ne me mens pas, April. Tu baises avec lui. Je me demandais comment tu avais fait pour qu'il ne parle pas de ton rôle dans la vidéo. Maintenant je sais, pétasse. Tu cherchais la promotion canapé, hein ? Je me demande si ton père est au courant.

J'arrachai mon bras à son emprise.

— Tu as perdu la tête, marmonnai-je d'une voix étranglée, puis je me tournai pour partir.

Je dus écouter son poison tout le long du chemin jusqu'à la piscine, en espérant que la sécurité de la foule la fasse taire.

— Tu ne voulais pas m'aider à me débarrasser de Mia parce que tu avais des choses plus importantes à faire. Eh bien, j'ai une nouvelle pour toi : Jordan se sert de toi. Il se sert des femmes, et tout le monde le sait.

Je m'arrêtai et je me tournai vers elle.

— Lâche-moi avec tes théories tarées. Tu n'aurais rien pu faire pour séparer Adam et Mia, OK ? Ils sont amoureux et ils sont fiancés. Je me fiche de ton obsession perverse pour lui. C'est terminé et tu as perdu.

— Tu as beaucoup plus à perdre que moi, April.

Je m'éloignai d'elle, le cœur battant. Elle continua :

— Si tu m'aides, je ne dirai rien. Nous allons défaire le haut de sa robe d'été afin de montrer à tout le monde à quel point elle est répugnante. Tu es en bons termes avec elle. Tu peux t'approcher facilement et même faire croire qu'il s'agit d'un accident.

Je me tournai vers elle. Nous étions en haut des escaliers et personne ne pouvait nous entendre au-dessus du vacarme des applaudissements et des moqueries à l'encontre de notre PDG maintenant trempé. Il sortit de la piscine quand Mia lui tendit une serviette en riant.

— Je ne vais rien faire de tel et toi non plus.

Cari eut un regard assassin quand elle m'agrippa la main et qu'elle me traîna presque en bas des escaliers. Je perdis l'équilibre en luttant et je trébuchai avant de tomber à genoux derrière elle. Je m'échappai de son emprise juste au moment où nous atteignîmes le bas de l'escalier. Le groupe de directeurs ne se trouvait qu'à quelques mètres et je vis ce qui allait arriver, alors je me tournai pour remonter les marches. Elle tendit le bras et attrapa l'arrière de mon maillot et je le sentis se déchirer le long de la couture à l'arrière. J'étais à mi-chemin de l'escalier avant de me rendre compte que j'étais exposée et qu'elle criait déjà :

— Adam, tout le monde, regardez ! J'ai découvert qui était dans la vidéo porno ! Regardez ce tatouage sur son dos.

Il y eut un silence derrière moi et tout le monde murmura ou poussa un petit cri. Je n'étais pas encore à l'abri, mais mon cul était à l'air libre, à la vue de tout le monde. Je me tournai pour me cacher, mais j'étais morte de honte de leur faire face.

Tout le monde s'était figé. Tout le monde me fixait. Ce moment terrible faillit me glacer le cœur.

J'étais comme Hester Prynne, coincée sur l'échafaud, debout face à la foule moqueuse avec son bébé innocent dans les bras et ce A écarlate pour 'adultère'. Le sang quitta mon visage et je vis des points blancs comme si j'allais m'évanouir humiliation.

Apparemment, je n'eus pas cette chance.

Je fis lentement un pas en arrière pour monter les marches, les mains sur la balustrade. Mes yeux cherchèrent Jordan dans la foule. Adam dégoulinait toujours et il me regarda en fronçant les sourcils. Certains des plus jeunes employés riaient, Charles compris. Je ne pus pas trouver Jordan, mais mes yeux atterrirent sur mon père. Un sanglot s'échappa de mes lèvres quand je vis le regard sur son visage : l'humiliation totale.

Oh mon Dieu. Oh mon Dieu ! Les choses auraient-elles pu être pires ? J'étais humiliée devant l'entreprise pour laquelle j'avais travaillé pendant presque un an, et en plus mon père était là parmi eux, parmi les employés avec lesquels il allait travailler pendant des années. Ma vue se troubla et je trébuchai sur une démarche, atterrissant durement sur mon genou cette fois. Je me repoussai sur mes pieds.

Quelqu'un posa une serviette sur mon dos. Cette personne était plus grande que moi. Tous mes espoirs se focalisèrent sur une seule pensée : *Jordan* ? Je me tournai. Non, pas si grand. C'était une femme. Les cheveux courts et sombres. Mia.

Elle passa un bras autour de mes épaules et elle se tourna pour me guider en haut des marches. Avant d'atteindre le sommet, j'avais déjà fondu en larmes. Cependant, malgré les larmes qui m'aveuglaient, je parvins à voir une bataille en bas de l'escalier.

— Espèce de pétasse ! hurla Katya en se jetant sur Cari avec un méchant crochet du droit. Le groupe d'hommes se scinda pour séparer les deux femmes. Un grand homme se pencha pour éloigner Katya de Cari, la sauvant ainsi de l'attaque de Kat. Je clignai des yeux pour voir qui c'était : Jordan. Il lui cria de se calmer.

Ce fut l'humiliation finale. Jordan n'était pas venu me sauver. Il ne m'avait pas défendu. À la place, il avait sauvé Cari des griffes de Katya.

Je ne pus pas dévisager autre chose que lui, mais il ne me regarda pas une seule fois. Tout le monde observait à présent la bagarre des deux femmes. Kat essayait toujours de se débattre, lançant des insultes à Cari qui se recroquevillait derrière quelques autres types en espérant garder son visage intact.

Il se sert des femmes, et tout le monde le sait.

Mia me secoua les épaules.

— Allez, allons te couvrir.

On entra dans le club-house et de façon assez ironique, Mia nous conduisit précisément au vestiaire que Jordan et moi nous avions utilisé une demi-heure plus tôt. J'en étais sortie pleine d'espoir et de bonheur et maintenant j'y retournais, en disgrâce et humiliée.

Je m'affalai sur le banc en pleurant toujours à chaudes larmes.

— Je suis d-désolée.

Elle attrapa des mouchoirs en papier qu'elle me tendit, puis elle regarda dans la pièce.

— Où se trouvent tes vêtements ? Tu les as mis dans un casier ?

Je lui tendis la clé que j'avais accrochée à l'intérieur de mon maillot. Dans le casier se trouvaient mon sac et les vêtements que j'avais portés par-dessus mon maillot de bain en arrivant. Mia attrapa la clé et elle me dit qu'elle revenait tout de suite avec mes affaires. Cependant, avant qu'elle puisse partir, on entendit papa et Adam de l'autre côté de la porte. Je gémis.

Mia sortit en refermant la porte.

— Elle n'est pas habillée. Je vais chercher ses affaires.

J'entendis ses pas quand elle s'éloigna, puis les paroles enflammées de l'autre côté de la porte. Mon père était furieux. Je ne l'avais jamais entendu ainsi. Adam semblait essayer de le convaincre de ne pas sauter d'un immeuble.

— Je ne peux pas commencer à te dire à quel point ceci est humiliant, dit papa. Elle devrait être renvoyée sur-le-champ. Je ne veux pas qu'il y ait d'exception spéciale parce qu'il s'agit de ma fille.

— Je vais attendre qu'elle puisse nous parler et expliquer ce qu'il s'est passé.

— April rentre à la maison avec moi. Maintenant. Mais je m'attends à ce que tu la renvoies. Il n'y a aucune excuse pour son comportement.

— David, je comprends ta réaction, mais c'est une adulte et mon employée, alors je vais lui parler. Ceci...

— Excusez-moi, marmonna Mia en leur demandant de se pousser pour qu'elle puisse revenir dans le vestiaire.

Quand elle entra, son visage était plein de compassion. Elle me tendit mon sac avec mes affaires. Puis elle se pencha et elle chuchota :

— Je vais essayer de détourner l'attention d'Adam afin que tu puisses filer. Je ne sais pas trop pour ton père, en revanche.

Je secouai la tête en enfilant mon short et mon débardeur sur mon maillot de bain désormais ruiné.

— Je suis venue ici avec lui. C'est mon chauffeur.

Mia se mordit la lèvre et regarda sur le côté, comme si elle réfléchissait.

— Je ne peux pas l'éviter. Mais merci pour tout.

Elle me fit un petit sourire et j'attrapai mon sac avant d'ouvrir la porte. Les deux hommes s'arrêtèrent de parler et je fis un pas en avant, soulagée de voir qu'il n'y avait personne d'autre, seulement eux deux. J'avalai ma salive, évitant le regard de mon père en me tournant vers Adam. Il était toujours trempé après avoir été jeté dans la piscine, ses cheveux, son tee-shirt et son short de bain dégoulinaient.

— Je suis désolée, commençai-je. Cela fait des semaines que je veux te le dire, mais… j'avais trop peur. Je suis vraiment désolée pour tous les problèmes que j'ai causés pour toi et l'entreprise.

Adam plissa le front d'inquiétude. Juste au-dessus de son épaule, je vis la porte en verre s'ouvrir. Jordan se tenait là, figé sur place. On se regarda dans les yeux pendant un moment infini, mais il était trop loin pour que je puisse déchiffrer son visage. Mes joues brûlèrent d'humiliation et j'arrachai mon regard au sien. Il s'approcha quand Adam continua.

— April, qui était sur la vidéo avec toi ? Pourquoi a-t-elle été mise en ligne ?

Je me raidis.

— Je ne peux pas te le dire.

— Tu ne peux pas ou tu ne veux pas ? dit mon père en levant la main pour attraper mon bras.

— C'est un autre employé, April. Ça, je le sais.

Je regardai Adam dans les yeux et ses traits étaient mortellement sérieux.

— Le badge était celui d'un employé, pas d'un stagiaire.

J'avais oublié, au moins pendant environ dix secondes, qu'Adam était un génie et qu'il se souvenait sans doute de tout ce qu'il avait vu ou lu. Il se souvenait de la couleur du badge dans la vidéo et il avait immédiatement conclu que ce n'était pas le mien.

Jordan se tenait à présent derrière Adam. Je jetai un coup d'œil à son visage, voyant ses traits étonnamment indifférents, avant de reporter mon attention sur Adam. J'inspirai profondément.

— Je ne vais pas te le dire. Je suis désolée, mais je ne le peux pas. En ce qui concerne la raison pour laquelle cela a été mis en ligne... c'était de ma faute et c'était un accident. Je le regrette depuis...

Ma voix s'éteignit et je sentis une nouvelle fois les larmes troubler ma vue. Jordan allait peut-être être offensé par cela, mais je m'en moquais. Lui m'avait déjà suffisamment blessée.

Il y eut un long silence tendu.

— April... commença Adam d'une voix sévère, mais Jordan tendit une main.

— Adam, ce n'est pas le bon moment. Nous devrions nous en occuper plus tard.

Adam secoua la tête et il ignora Jordan.

— April, je ne peux pas t'aider si tu ne veux pas coopérer. Si tu veux quitter Draco en bons termes, c'est encore possible.

Adam me proposait un ultimatum. Si je dénonçais mon complice, je pouvais encore avoir ma recommandation. Je regardai une nouvelle fois Jordan, mais ses yeux semblèrent rebondir en évitant mon regard. Il regardait tout sauf mon visage.

— Je suis désolée, M. Drake, M. Fawkes. Merci de m'avoir donné l'opportunité de travailler avec vous à Draco, mais je ne peux pas...

— Monte dans la voiture, dit mon père en serrant les dents et avec une voix pleine de dégoût.

Je me sentis comme un ballon dégonflé. Je me dégageai doucement de son emprise et il plaça les clés de la voiture dans ma main. Je fis ce qu'il me dit. Derrière moi, je l'entendis poursuivre sa conversation avec Adam, leurs voix s'estompant quand je sortis du bâtiment. J'entendis également un bruit de pas. Des pas rapides qui semblaient se rapprocher de moi. Je jetai un coup d'œil par-dessus mon épaule pour confirmer qui arrivait.

Jordan avançait rapidement derrière moi, mais je ne m'arrêtai pas. Il fallait que je continue à marcher. Je trouvai la voiture, je la déverrouillai et j'avais la poignée de la porte dans la main quand il se mit à courir dans le parking.

— April ! Appela-t-il.

Et, j'hésitai bêtement. Il vint me rejoindre tout en gardant ses distances, ce dont je lui fus reconnaissante. J'entrouvris la portière et je le regardai.

— Il vaut mieux que tu ne sois pas ici quand mon père aura fini de parler avec Adam. Cela ferait exploser tous les efforts que tu as faits pour te couvrir.

Il serra les dents.

— Je ne suis pas là pour me couvrir, je veux voir si tu vas bien.

Je lui ris au visage. Quelle chose ridicule à dire ! Je riais peut-être, mais en même temps les larmes coulaient sur mes joues. Je voulais retirer tout ce que je lui avais dit un jour. Je voulais particulièrement retirer cette phrase qu'il ne méritait pas. Cependant, je ne le pouvais pas, car cela aurait été un mensonge. Mais à ce moment précis, j'étais si fâchée et si déçue par lui. Et, quels que soient mes efforts, je ne pouvais pas changer ce que désirait mon cœur.

— April…

Il posa la main sur mon bras et je m'écartai en ouvrant davantage la portière qui forma ainsi une barrière entre nous.

— Non, Jordan. Ne fais pas ça. Je garderai ton précieux secret jusqu'à la tombe. Pas besoin de t'inquiéter. Nous ne faisions que coucher ensemble. C'est fini maintenant.

Son visage s'assombrit.

— Ce n'est vraiment pas juste…

— Pas juste ? *Vraiment* ? Tu vas me dire que ce n'est pas juste ? Tu m'as laissée toute seule sur l'échafaud avec ma lettre écarlate afin que tout le monde puisse se moquer de moi. Tu es Dimmesdale, tapi dans l'ombre, se complaisant dans sa honte. Ce n'est pas mon problème, c'est le tien. Mais ne me dis jamais au grand jamais que je vaux la peine d'être défendue. Tu viens de prouver que ces mots étaient vides. Car tu ne m'as pas défendu.

Son visage pâlit, puis il se mit à rougir de colère.

— Je n'ai pas demandé à ce que cette petite aventure soit filmée puis mise en ligne. Ça, c'est de ta faute, April.

Je hochai la tête.

— Tu as raison. C'est entièrement de ma faute. Mais deux fois – deux fois –, j'ai eu l'intention d'aller le dire à Adam, de tout lui raconter et d'améliorer la situation. Qui m'a arrêté les deux fois ? Nous n'étions pas obligés d'en arriver là. Et maintenant, parce que cela n'a pas été réglé plutôt, tout est dix fois pire.

J'inspirai longuement et ce fut douloureux. Il était sur le point de parler, mais je lui coupai la parole.

— Et cette fois, tout le monde me regardait, sans doute en prenant des photos avec le téléphone. Je suis certaine que mon cul sera encore une fois partout sur Internet. Et pas de façon anonyme. Mais bon, tu t'es vengé de ce que j'ai fait, n'est-ce pas ? Tu as eu ton karma.

Il resta bouche bée.

— April…

— Ne dis rien. Tourne les talons et pars.

Je n'aurais pas pu dire autre chose, de toute façon, car mon souffle fut coupé par des sanglots violents. Il fit encore une fois un geste vers moi, mais je reculai en levant la main.

À travers mes larmes, je vis mon père sortir du bâtiment et marcher vers la voiture comme un homme en mission de vendetta. Je hochai la tête dans sa direction et je me glissai sur mon siège, m'enfonçant dans le cuir moelleux. Je claquai la portière derrière moi. Il faisait chaud à l'intérieur, mais je ne voulais pas baisser la vitre. J'aurais aimé pouvoir me rouler en boule et mourir.

Jordan hésita encore quelques instants près de la portière avant de s'éloigner. Il croisa mon père en retournant dans le bâtiment. Papa hésita quelques secondes, hochant la tête vers Jordan d'un air sévère, ses yeux continuellement fixés sur moi.

Puis Jordan continua à marcher vers le bâtiment sans regarder en arrière et je baissai le regard en croisant les bras sur ma poitrine pour me protéger. J'essayai d'ignorer la douleur lancinante que je ressentais à chaque battement de mon cœur.

Papa ouvrit la porte, se glissa sur le siège conducteur, puis il claqua la portière derrière lui. Je lui tendis froidement ses clés et je me penchai loin de lui en regardant par la vitre. Il démarra la voiture et il se dirigea sans un mot vers l'autoroute 5 qui nous ramenait à sa maison et à ma voiture.

Avant d'arriver sur l'autoroute, il s'engagea dans le parking d'un centre commercial et il coupa le contact. Je ne levai pas les yeux de mon téléphone. J'avais regardé les réseaux sociaux et des tweets commençaient déjà à apparaître avec les hashtags #ComicConSexGeeks et #culexposé. Mon nom et mon pseudo étaient partout, avec des photos de mon derrière dans le maillot de bain déchiré.

Il n'y avait pas de texto personnel sur mon téléphone. Je souhaitais déjà qu'il y en ait un qui apparaisse. Un qui aurait trois petits mots, les mots qu'il ne m'avait pas dits. *Je suis désolé…*

Papa attendit un instant en inspirant profondément. De toute mon enfance, les seules fois où je l'avais entendu crier, c'était contre les gens qui travaillaient pour lui. Il n'avait encore jamais crié sur moi, même quand j'aurais préféré qu'il le fasse au lieu d'être indifférent.

Mais il ne pouvait pas m'ignorer cette fois. J'étais la fille qui l'avait publiquement humilié devant toutes les personnes impliquées dans ce nouveau projet commercial enthousiasmant.

— Pose ton téléphone une minute, dit-il à voix basse.

Je retins ma respiration et je fis ce qu'il demandait.

— Je vais être direct. Je suis trop fâché pour conduire sur l'autoroute.

— Tu veux que je conduise, alors ?

— Je veux que tu me dises ce qui t'est passé par la tête. Pourquoi faire une chose pareille et risquer de gâcher ton avenir ?

Je me redressai, les épaules en arrière, puisant au fond de moi la force qu'il me fallait pour dire les mots qui me brûlaient la langue. Je le regardai droit dans les yeux en parlant.

— J'ai fait un très mauvais choix. Si tu peux dire que cela ne t'est jamais arrivé, alors tu as le droit de me juger. Mais tu ne le peux pas, car je suis la preuve vivante de l'un des pires choix de ta vie.

Il me jeta un regard noir.

— Alors tu vas dire que c'est de la faute de ta mère et moi ? J'ai déjà entendu cet air-là… mais tu n'es plus une adolescente. Tu as vingt-deux ans. Tu dois grandir un peu.

— Tu as raison. Je le dois. Mais… n'est-ce pas cela, l'éducation ? Faire des erreurs et en tirer des leçons ? N'est-ce pas de cette façon que tu as appris ?

Il passa une main sur ses yeux et je remarquai qu'il était un peu pâle. Il y eut un long silence tendu. Son téléphone sonna et il le sortit pour lire le texto qui venait sans doute de Rebekah. Il y répondit puis il posa son téléphone.

— Tu sais ce qui me fait le plus mal ? Au-delà de la honte, c'est le fait que tu te sabotes toi-même ainsi que ton futur. Tu risques de jeter ta vie à la poubelle. Tu es une femme intelligente et belle. Tu ne devrais vraiment pas rejeter la faute de tes mauvais choix sur tes parents.

— Je dois prendre la responsabilité de mes propres choix…

Puis ma voix s'éteignit et j'eus les larmes aux yeux. J'inspirai profondément, puis je soufflai. J'avais une boule dans la gorge.

— C'est facile de jeter les choses à la poubelle quand on ne pense pas qu'elles ont de la valeur de toute façon.

Son visage s'assombrit. Je clignai des yeux en essayant d'empêcher mes larmes de déborder.

— Pourquoi penses-tu cela ?

Je le regardai.

— À toi de me le dire.

Son regard devint plus intense et il se frotta la mâchoire. Je savais qu'il ne savait pas quoi me dire.

— Ce n'est pas grave. Ta famille parfaite t'attend à la maison. Tu n'as plus besoin de t'inquiéter pour moi.

Il souffla comme si je venais de lui donner un coup de poing dans le ventre. Je détournai la tête et une larme solitaire coula le long de ma joue.

— Que dois-je faire pour te montrer que je t'aime, April ? Je t'aime tout autant que Sarah et Daniel. Je ne comprends pas pourquoi tu penses cela. Je paye…

— Ce n'est pas ton compte en banque que je veux. C'est toi. Depuis que je suis petite, tu n'as jamais été là pour moi. Tu t'es toujours débarrassé de moi chez quelqu'un d'autre. Oma, la nounou ou maman, et enfin, Rebekah. Mais jamais ce dont j'avais besoin. Jamais toi.

Il sembla stupéfait.

— Je ne pensais pas pouvoir te donner ce dont tu avais besoin. Je pensais qu'une femme…

— Tu pensais que je ne te voudrais pas parce que ma mère ne voulait pas de toi.

Je serrai les poings de frustration.

Il grimaça.

— Ta mère et moi, nous étions un désastre. Je n'ai jamais voulu que tout cela t'affecte.

Les larmes coulaient maintenant librement sur mes joues. Comment pouvait-il être aussi intelligent et pourtant comprendre si peu les gens qui l'aimaient le plus ?

— C'est pourtant ce qui est arrivé, papa. Parce qu'aucun de vous ne voulait de moi.

Il secoua la tête, le visage marqué par l'inquiétude.

— Comment peux-tu penser cela ? Je n'ai jamais dit…

Ma lèvre trembla et cela m'était désormais égal qu'il me voie fondre en larmes. J'avais trouvé le courage de me défendre contre ma mère. Il était temps que je fasse de même avec mon père. Seulement, c'était plus effrayant, car je redoutais beaucoup plus de perdre la relation que j'avais eue avec mon père que ce que j'avais pu avoir avec ma mère.

— J'ai essayé de t'appeler… commençai-je faiblement.

— Quand ?

— J'étais au Comic-Con de San Diego. Elle m'avait appelé de Vegas pour me dire qu'elle venait d'épouser Gunnar.

Son visage se ferma. J'avais fini par devoir l'informer au sujet de Gunnar et ma mère par mail quelques semaines après. Il n'avait pas dit grand-chose. Mon père ne parlait pas souvent de ma mère, craignant sans doute de me dire quelque chose de négatif sur elle.

— J'ai eu ton assistante et tu ne m'as jamais rappelée.

— Je suis désolé. Je te l'ai dit dans le mail. Je ne me suis pas rendu compte de l'urgence de ton message. Je ne suis pas parfait, April.

— Tu n'es pas là, un point c'est tout.

Je secouai la tête avant de poursuivre :

— J'avais besoin de parler à quelqu'un qui comprendrait. N'importe qui. Parce que tu n'as plus besoin de supporter ses conneries, papa. Moi, si.

Il leva une main impuissante.

— Je ne peux rien faire pour changer cela.

— Si, tu le peux. Tu peux être là pour moi.

Je soupirai, me sentant abattu. Je ne voulais plus en parler. Je voulais simplement qu'il rallume le contact et qu'il conduise. C'était trop douloureux et comme toujours, j'avais peur que si je lui disais ce que je ressentais vraiment, je perde le peu d'amour qu'il avait pour moi.

— Tu ne m'as encore jamais raconté tout cela.

Je m'essuyai les joues du dos de la main.

— J'avais peur.

Il fronça les sourcils.

— Je ne t'ai pas éduquée à penser de cette façon…

— Tu ne m'as pas éduquée, dis-je d'une voix grave.

Mon père grimaça, mais il ne dit rien et je continuai.

— Elle non plus, et j'ai enfin réussi à lui tenir tête. Il est temps que je fasse la même chose avec toi.

— C'est donc cela? Un cliché? La fille facile qui a des problèmes avec son papa…

Je levai la main.

— Arrête-toi là. Je ne suis pas facile et je n'ai pas honte de moi. J'ai pris une mauvaise décision, mais elle n'a rien à voir avec mon choix de coucher. Si j'étais ton fils, tu me féliciterais pour ça.

Il inspira profondément et il ferma les yeux en les frottant à travers ses paupières avec le pouce et l'index.

— Je suis désolé, dit-il d'une voix pleine d'émotion – plus que ce que j'avais pu entendre chez lui jusque-là. Je ne le pensais pas.

— Moi aussi, je suis désolée… je suis désolée que tu aies honte de moi. Mais moi je n'ai pas honte de moi, et c'est le plus important. Pas ce que tu penses. Pas ce que pense Rebekah. Et surtout pas ce que pense ma mère.

Il ouvrit les yeux et il laissa tomber sa main, puis il me regarda d'un air dur comme je l'avais vu faire en affaires, quand il allait viser droit au cœur.

— Je n'ai pas honte de toi. Cependant, cette situation m'a humilié. Je ne vais pas te mentir.

Je baissai les yeux et je fis glisser mes mains sur le revêtement du siège que je tripotai nerveusement. Je m'étais défendue, enfin. Mais ce n'était pas aussi libérateur qu'avec ma mère.

— Si je pouvais changer cela, je le ferais. Mais j'ai traversé une période assez difficile de ma vie et je n'avais personne vers qui me tourner.

Il secoua la tête.

— Je suis désolé de ne pas avoir été joignable. En ce qui concerne ta mère...

— Elle est venue chez moi le mois dernier. Elle est apparue sans prévenir, assise dans mon salon avec son petit copain, me demandant de l'argent, complètement saoûle.

J'essuyai mes joues mouillées du dos de ma main tremblante.

Il hocha la tête en avalant sa salive, apparemment trop agité pour parler. Nous restâmes assis en silence jusqu'à ce qu'il s'éclaircisse la gorge.

— Est-elle venue t'embêter depuis ?

Je pinçai les lèvres et je secouai la tête, certaine qu'il n'allait pas aimer la nouvelle dont j'allais l'informer.

— Je l'ai exclue de ma vie, papa. Il le fallait. Je lui ai dit que j'allais bloquer ses textos et ses messages. C'est une longue histoire, mais si elle revient, je prendrai une injonction contre elle.

Il inspira profondément.

— Cela ne me fait pas plaisir, April. Mais ce n'est pas de ta faute que les choses en sont arrivées là. Tu as eu raison de le faire. J'espère juste... j'espère qu'un jour tu pourras lui pardonner. À elle... et à moi.

Je ne pus rien dire en réponse. Je baissai mon visage et les larmes se mirent à couler plus vite. Je n'aurais pas su quoi dire même si j'avais pu parler. Tout en moi était si douloureux. Chaque respiration me poignardait un peu plus profondément.

Cela avait été plus facile de tenir tête à ma mère. Jordan avait cru en moi, il m'avait dit que j'avais le courage de faire ce qui était nécessaire. De l'exclure de ma vie. Il savait quoi dire quand ce n'était pas lui qui était en ligne de mire. L'énormité de sa perte était comme un trou dans ma poitrine. J'avais du mal à respirer.

Papa resta assis longtemps à regarder par la vitre.

Je m'éclaircis la gorge pour parler.

— Je... je suis désolée que tu souffres. Je suis désolée que tu sois humilié. Mais tes sentiments ne sont pas plus importants que les miens. Et j'ai appris cette leçon. Que je dois me défendre.

Il ne réagit pas pendant une minute, puis il me regarda avec des yeux inquiets.

— Vas-tu m'exclure de ta vie, moi aussi ? Comme tu l'as fait avec ta mère ?

— Non.

Son visage se détendit de soulagement et cette réaction eut un effet sur moi : elle me montra qu'il se souciait de moi. Il cligna rapidement des paupières puis il détourna la tête et je vis qu'il essayait de ne pas fondre en larmes. Voir mon père normalement stoïque montrer la moindre trace d'émotion me blessa, et profondément. Mais sous toute cette douleur se trouvait une lueur d'espoir, une étincelle de bonheur. Mon père m'aimait assez pour craquer à l'idée que je ne veuille plus jamais lui parler. Et jusqu'à ce moment-là, je ne l'avais jamais su. Néanmoins, il reprit rapidement le contrôle de ses émotions et il s'éclaircit la gorge plusieurs fois en reniflant avant de se retourner vers le volant.

— Nous devrions… euh… Rebekah va se demander où nous sommes.

Il démarra la voiture et je m'appuyai contre la vitre en fermant les yeux. J'essayai de ne pas penser à cette journée, de fermer mon esprit contre la douleur et l'humiliation. J'essayai de ne pas imaginer tous ces visages qui me regardaient avec surprise et dégoût tandis que je me tenais en haut des marches, entièrement exposée. C'était comme une combinaison de mes pires cauchemars. J'avais des difficultés à respirer et une larme glissait de temps en temps sur ma joue, s'échappant de mes paupières fermées.

Au bout d'une demi-heure de trajet, tandis que je somnolais, émotionnellement épuisée, je sentis la main de mon père se poser sur la mienne. Mes doigts serrèrent les siens et s'accrochèrent comme s'il s'agissait d'une question de vie ou de mort. Il me serra plus fort. Ce fut un geste très petit, mais à ce moment-là, on communiqua plus que ce que nous avions fait pendant des années.

On arriva chez mon père après le dîner, et Rebekah préparait les enfants pour les mettre quand je rassemblai mes affaires du week-end et que je me préparai à partir. Elle avait vu mon visage – ma peau rougie et mes yeux gonflés –, mais elle n'avait pas posé de questions. Pendant que je faisais mon sac, elle entra dans la chambre d'amis avec des boîtes en plastique.

— Je t'ai préparé à manger. Il y en a assez pour plusieurs jours. Je sais que tu aimes ma frittata aux légumes.

Je reniflai et je pris son offrande que je posai à côté de mon sac.

— Merci.

— Tu vas bien ?

Je hochai la tête, mais je ne dis rien. Les traits de Rebekah devinrent sérieux quand elle m'examina. C'était une belle femme d'environ trente-cinq ans, avec des cheveux courts et sombres et des yeux bruns, et elle faisait environ ma taille. Si nous devions un jour sortir en public avec à la fois ma mère et ma belle-mère – ce que j'espérais ne voir jamais arriver –, les gens auraient plus de chances de penser que Rebekah était ma mère biologique. Ce qui était assez approprié. Rebekah avait davantage agi comme une mère pour moi que Jennifer.

— Reviens vite, s'il te plaît ? Nous aimons te voir.

Je hochai encore une fois la tête, mes yeux brûlant de nouvelles larmes. Rebekah fit un pas en avant et elle posa ses bras autour de moi, un peu maladroitement, car elle n'était pas du genre à faire des câlins.

— Nous tenons à toi, April. Je ne sais pas ce qu'il se passe entre ton père et toi et je vais respecter ta vie privée, mais… souviens-toi juste que tu as une famille ici, d'accord ? Nous t'aimons.

J'appuyai ma main contre le dos de Rebekah et je lui rendis son câlin. Je lui étais reconnaissante pour son attention et son inquiétude, et particulièrement pour sa volonté de respecter ma vie privée.

— Merci. Merci pour tout. Je sais que je ne le dis pas assez. Mais merci.

Papa m'accompagna dehors et il posa mon sac dans la voiture. Quand je me penchai pour m'asseoir sur le siège conducteur, il m'arrêta en posant une main sur mon bras.

— April… je veux simplement que tu saches que je t'aime et que je tiens à toi. Je suis désolé de te l'avoir si mal montré jusque-là.

— Tu as fait ce que tu pouvais, dis-je en m'éclaircissant la gorge. Tout comme j'ai fait du mieux que j'ai pu. Mais ce n'était pas assez.

— Alors nous devons faire mieux.

Je hochai la tête.

— Oui..

Lentement, comme s'il avait peur que je m'écarte, il se pencha et m'embrassa sur la joue.

— Je serai à nouveau à Orange County la semaine prochaine. Je voudrais que nous passions un moment ensemble, si tu en as le temps.

— Il semblerait que je vais avoir beaucoup de temps libre, chuchotai-je en me souvenant de ce qu'il avait dit à Adam, quand il avait insisté pour qu'il me renvoie de l'entreprise.

Cela ne faisait rien. Après cette humiliation, je n'allais pas y retourner volontairement, de toute façon.

Je montai dans la voiture et je fis le trajet de deux heures jusqu'à la maison, tout en pensant à ce nouveau changement de ma relation avec mon père – et même avec Rebekah. Et même si la journée avait été complètement humiliante, je ne pouvais m'empêcher de songer au changement radical qui avait eu lieu en moi. Je m'étais défendue face à Adam et mon père. Et Jordan. Et même si j'avais royalement merdé, j'étais aussi fière de moi. Je me sentais forte.

Mais je me sentais vide également. J'avais jeté un coup d'œil à mon téléphone avant de démarrer la voiture : pas de texto ni d'appel de Jordan. À quoi m'étais-je attendu ? Je me forçai à ne pas penser à lui pendant tout le trajet.

Le plus souvent, j'échouai.

J'arrivai à notre appartement juste avant l'heure du coucher de Sid. Elle était vêtue de son pyjama en pilou et elle jouait à Dragon Epoch sur son ordinateur. Un aperçu des graphismes du jeu sur son écran suffit à me donner la nausée. Je passai dans notre chambre, je jetai mes sacs par terre et je me laissai tomber sur mon lit. Je fus tentée de me tourner sur le côté et de m'endormir ainsi.

Sid se retourna et me regarda.

— Tu as une mine terrible.

Je levai les yeux au ciel.

— Merci. La journée a été merdique, et je pèse mes mots.

Elle fronça les sourcils.

— Je, euh, j'ai entendu. Ou plutôt, j'ai vu. J'attendais d'avoir des nouvelles de toi. Je t'aurais envoyé un texto, mais… je n'étais pas certaine de l'état dans lequel tu étais.

Je fermai les paupières, couvrant mes yeux douloureux. Bien sûr qu'elle l'avait appris – comme la moitié de l'univers. Je n'avais même pas vérifié depuis cet après-midi pour voir comment l'histoire avait grossi et s'était transformée sur Internet. J'étais un appât ensanglanté dans les eaux sombres infestées de requins des réseaux sociaux.

— Alors, euh, j'ai assemblé les pièces du puzzle à partir de tweets et de nouvelles. Est-ce que cela signifie que tu n'iras pas en école de commerce ?

Je me mordis la lèvre inférieure, couvrant mon visage avec mes mains. Je n'avais pas de réponse.

Elle bougea sur sa chaise qui grinça bruyamment.

— Je ne sais pas si c'est le bon moment de t'en parler, mais… j'ai compris comment la vidéo a été mise en ligne.

Je me tournai vers elle.

— Comment ?

— Eh bien, j'ai essayé tout ce temps de parcourir Internet à la recherche de la plus ancienne source de la vidéo. Mais c'était de la folie de m'y prendre de cette façon, car quand quelque chose de ce genre fait le buzz aussi vite, c'est presque impossible. C'était partout sur Tumblr et Reddit et 4Chan et Facebook et…

Je levai la main pour interrompre sa litanie qui me donnait le tournis.

— Très bien. Très bien, j'ai compris.

— Bref, je ne m'étais pas rendu compte que je pouvais aller à la source de l'arme du crime !

— Hein ?

— Ton téléphone, Api. Je me suis connectée à la sauvegarde de ton téléphone dans le cloud, puisque tu m'as donné le mot de passe. Cela m'a permis de voir tout ce que tu as fait avec ce téléphone depuis le moment où tu as filmé jusqu'au jour suivant quand tu as envoyé la vidéo par mail à cette adresse.

Elle attrapa un post-it sur son bureau et elle me le tendit. Une mystérieuse adresse mail d'un serveur gratuit était inscrite dessus.

— Je n'ai jamais envoyé cette vidéo par mail. Je m'en souviendrais. Et je ne sais même pas comment j'aurais pu le faire par accident.

— Parce que tu ne l'as pas fait. Réfléchis... est-ce que quelqu'un d'autre a pu avoir accès à ton téléphone ce week-end-là ? Tu as dit que non, mais...

J'inclinai la tête en réfléchissant.

— Eh bien, j'ai montré quelques photos que j'avais prises du jury Iron Man. J'ai pu avoir une vue centrale de Robert Downey Jr. et j'ai pris quelques photos de lui. Les filles voulaient les voir.

— D'accord... alors tu as tenu ton téléphone pendant qu'elles regardaient les photos ?

Je fouillai dans ma mémoire. Nous nous trouvions à l'arrière d'un petit bus qui nous ramenait à la maison depuis le Comic Con. Les filles s'étaient exclamées en voyant à quel point RDJ était sexy.

— Ben, tu sais, j'ai fait passer mon téléphone...

Elle fronça les sourcils.

— Et cette vidéo se trouvait dans le même groupe de photos ?

— Je suppose... j'ai pris des tonnes de photos ce week-end-là.

Je plissai le front en essayant de me souvenir.

— Bon sang, j'avais une telle gueule de bois que je ne sais même pas si j'aurais pu me souvenir de mon nom. Mais mon téléphone est verrouillé avec mon empreinte digitale. Personne n'y avait accès.

Sid leva les sourcils.

— Tu as beaucoup trop confiance en tes 'amies', April. Parce que quelqu'un a trouvé cette vidéo et se l'est envoyée par mail depuis ton téléphone.

Je fermai les yeux en me figeant de panique.

— Oh merde. Je m'en souviens maintenant... Cari voulait revoir les photos. Elle m'a pris le téléphone des mains. Mais elle ne l'a eu que pendant une minute ou deux.

Sid indiqua le morceau de papier qu'elle m'avait tendu.

— Il s'agit d'une adresse anonyme, mais elle est rattachée à un compte Twitter et Tumblr. J'ai fait quelques recherches sur Google, croisé des informations. Ce n'était pas facile parce qu'elle a couvert ses traces autant que possible, mais… les comptes sont liés aux réseaux sociaux de Cari McPherson. Pendant les deux minutes où elle a eu ton téléphone dans les mains, elle s'est envoyé la vidéo par mail. Quand elle est rentrée chez elle, elle l'a téléchargée sur son ordinateur, puis mise en ligne. Quand la vidéo a été partagée, elle a effacé la copie originale. Mais à ce moment-là, elle avait déjà fait le buzz.

Le choc me coupa le souffle et mes entrailles étaient gelées.

— Putain de connasse.

— Ouais… ça. Je ne vais même pas reprendre ton vilain langage.

Je ne pus pas dormir cette nuit-là. J'étais épuisée, mentalement, physiquement et émotionnellement, pourtant je ne pus pas dormir. Et ce n'était pas à cause des révélations tumultueuses entre mon père et moi. Ce n'était même pas à cause de ma rage pure et aveuglante envers Cari.

C'était à cause de *lui* .

La façon dont Jordan avait si durement balayé ce qui était arrivé entre nous. *Je n'ai pas demandé à ce que cette petite aventure soit filmée puis mise en ligne. Ça, c'est de ta faute.*

Effectivement. C'était vrai. Mais je m'étais attendu à quelque chose de sa part. Quelque chose de plus. Et peut-être que cela n'avait pas été juste, non plus.

Ce n'était pas parce que je l'aimais que ces sentiments étaient réciproques, peu importe à quel point j'en avais envie. Je lui avais dit ce que je ressentais. En retour, il m'avait poussée contre un mur et il avait eu ce qu'il voulait. Et je l'avais laissé faire.

Ce n'était que du sexe . Il me l'avait dit et répété. Pourquoi mon stupide cœur n'avait-il pas écouté ? Stupide, stupide April. Tu as merdé. Encore une fois. Et tu ne peux même pas blâmer l'alcool pour celle-là.

Mais quelque part, au fond de moi, je savais que ceci passerait également. Les cœurs brisés se réparaient. Bien sûr, c'était très douloureux maintenant et j'allais avoir besoin de temps et de distance. Un voyage en Israël ne semblait pas si terrible finalement. Je finis par m'endormir environ une heure ou deux avant l'aube avec l'image de moi me tenant devant le mur des Lamentations, expiant mes péchés. Rebekah avait peut-être raison. Peut-être avais-je besoin de découvrir un peu mieux cette partie de moi. Peut-être obtiendrai-je un cœur réparé en retour.

Je pouvais alors tourner le dos à tout ceci et oublier.

Chapitre Vingt-six
Jordan

IL ÉTAIT UN PEU PLUS DE MIDI CE DIMANCHE À NEW YORK. Les directeurs et leurs conjoints – ceux d'entre nous qui en avaient, du moins – avaient affrété un vol privé de Los Angeles tôt ce matin, et nous nous trouvions à présent dans un restaurant exclusif qui donnait sur Central Park. Les directeurs de l'entreprise discutèrent avec les membres du conseil d'administration et les banquiers. Tout le monde fêtait l'inscription imminente de Draco Multimedia Entertainment à la cote officielle. Lundi matin, nous allions tous nous rassembler sur une plate-forme spéciale à la bourse de New York pendant que le PDG de l'entreprise la plus récemment entrée en bourse faisait sonner la cloche à l'ouverture.

C'était un rêve qui se réalisait, un rêve que j'avais depuis le jour où nous étions allés boire un café avec Adam et qu'il m'avait dit qu'il voulait commencer sa propre entreprise. Il avait demandé mon aide, et c'était exactement ce que je lui avais donné. J'avais travaillé sans relâche pendant les quatre dernières années afin que ce jour puisse arriver. Tout ce que j'avais fait, chaque contact créé et chaque rapport méticuleux noté étaient orientés vers les audits qu'exigeaient un conseil d'administration, avec le seul objectif de faire entrer la société en bourse et donc de devenir ridiculement riche.

Et me voilà, moins d'un mois avant mon vingt-sixième anniversaire, sur le point de quadrupler ma fortune, la faisant atteindre neuf chiffres. Je pouvais facilement devenir milliardaire avant mes trente ans. J'aurais dû être surexcité.

En vérité, je me sentais comme une merde.

Je n'avais pas du tout dormi la nuit précédente. Oh, j'avais essayé : j'étais resté allongé au lit pendant des heures à regarder le plafond, mais je n'avais pu m'empêcher de penser à *elle*.

Tout particulièrement à son regard quand elle s'était écartée de moi près de la voiture, avant qu'elle parte avec son père. La *trahison*. Je connaissais ce regard. J'avais eu le même quand j'avais été trahi. Je savais ce que cela faisait ressentir. Je m'étais juré de ne jamais laisser personne me le refaire subir. Je m'étais également juré de ne jamais laisser personne s'approcher assez de moi pour le faire subir.

Pourtant, j'avais laissé venir April. Je l'avais attirée et je ne l'avais pas laissée partir. Même quand j'avais su qu'elle commençait à trop tenir à moi. Cela aurait pu se terminer au Canada. C'était ce que j'avais fait, officiellement.

Mais j'avais été incapable de la laisser partir. Alors je l'avais attirée à nouveau et je m'étais convaincu que ce n'était que du sexe pour tous les deux. Même dans mon subconscient, j'étais un sale rat.

Un sale rat amoureux d'elle.

Contrairement à mon comportement habituellement sociable, je me recroquevillai dans un coin, assis près d'une fenêtre et je bus mon troisième verre de champagne en espérant que l'ivresse calme mes tourments. Pour l'abstinence à l'alcool, c'était raté. Cela avait été pas mal, mais il n'y avait pas moyen que je passe cette journée entièrement sobre.

Quelqu'un atterrit sur le siège à côté de moi avec un gros soupir. J'entendis que c'était une femme et j'espérai que ce n'était pas encore une autre assureuse essayant de me faire passer discrètement la clé de sa chambre d'hôtel. Je ne regardai pas cette personne jusqu'à ce qu'elle se mette à parler.

— Je paierais pour savoir à quoi tu penses, dit Mia.

— Mes pensées valent au moins trente-cinq dollars l'action.

Elle rit.

— Est-ce que ça va ?

Et avant que je puisse répondre, elle ajouta :

— Aurais-tu par hasard des nouvelles d'April ?

Du plomb sembla remplir ma gorge et une douleur perçante se fit sentir dans ma poitrine. J'avalai le champagne qui restait dans ma flûte, puis je posai le verre et je me redressai pour la regarder.

La fiancée d'Adam était une très belle femme avec des yeux noisette qui brillaient d'intelligence. Elle était vive comme l'éclair et je savais que je devais être aussi prudente avec elle que je l'étais normalement avec son âme sœur. Il avait un don pour découvrir très vite les choses.

— Je n'ai pas de nouvelles d'April. Je ne pense pas qu'elle veuille un quelconque rappel du temps qu'elle a passé à Draco.

En particulier de *ma part*, pensai-je avec une douleur sourde dans la poitrine.

Elle pinça les lèvres.

— Peux-tu me passer son numéro ? J'aimerais m'assurer qu'elle va bien. Elle n'a pas mérité ce mauvais traitement et il faudra que j'en parle avec Adam un moment, quand toute cette histoire d'entrée en bourse se sera calmée. Ce n'est pas juste qu'une femme se fasse traiter de tous les noms quand elle a une vie sexuelle – en particulier quand il se trouve que le sexe lui plaît – alors qu'un homme se fait féliciter et encourager pour la même chose.

Ah d'accord. Mon regard glissa vers la verdure de l'autre côté de la fenêtre. La fiancée d'Adam était aussi une féministe enragée. D'accord, peut-être pas à ce point. D'après ce que je savais, elle n'avait pas fait brûler son soutien-gorge, mais ce genre de problèmes faisaient remonter la Susan B. Anthony en elle.

— D'accord, je… je vais voir ce que je peux faire.

Mia continua à me fixer. J'attrapai sa flûte de champagne qu'elle n'avait pas touchée et je commençai à boire. La quatrième fois était peut-être la bonne ? Elle fronça les sourcils en me regardant.

— Tu t'inquiètes pour elle.

Je serrai la mâchoire.

— As-tu déjà lu *La Lettre écarlate* ? demandai-je.

Elle leva les sourcils, surprise par le changement brutal de conversation.

— Pas récemment. Mais tout le monde doit lire ce fichu livre au lycée.

— Alors tu l'as lu ? Tu n'as pas juste triché en utilisant les résumés ? J'ai été éduqué à la maison alors je ne l'ai jamais lu.

— Oui, je l'ai vraiment lu. Je ne trichais jamais pour les livres que je devais lire. C'est mon petit côté intello, même si je ne suis pas une grande fan des classiques. Pourquoi ?

— Qui est Dimmesdale ?

Elle fronça à présent les sourcils. Je voyais qu'elle se demandait ce qui me passait par la tête, mais elle décida de jouer le jeu.

— Si je m'en souviens bien, c'est le type qui a mis Hester enceinte. C'était le révérend de la ville. Mais il n'a rien dit et Hester était la seule à savoir qui était le père du bébé. Alors Hester a dû subir seule toute la honte en portant la lettre. Et les mêmes villageois qui crachaient sur elle portaient le révérend aux nues, pensant qu'il était un modèle de pureté, un saint. Il est l'incarnation de l'hypocrisie.

Tu es Dimmesdale, avait dit April. Elle avait raison. J'avais mal au cœur. La poitrine serrée. Et je me sentais au plus bas, accablé par le poids de ma culpabilité.

Je bus quelques verres de plus – juste assez pour être agréablement ivre – avant de rassembler le courage de dire à Adam qu'il fallait que je lui parle en privé. Il accepta de venir me voir dans ma chambre une fois qu'il pouvait quitter toutes les félicitations et les gens qui faisaient de la lèche.

De retour dans ma chambre, je m'étais revigoré avec un petit whisky single malt avant qu'il arrive. Lorsqu'il frappa à la porte, je le laissai entrer, puis je retournai tout droit au bar.

— Tu veux un peu de Johnnie Walker Black Label? demandai-je d'une voix traînante.

Il me jeta un regard noir. Il ne touchait pas aux alcools forts et je le savais très bien.

— Que se passe-t-il, Jordan ? Tu as une sale tête.

— Merci. Je me sens merdique.

— Tu vas être malade ? Pourquoi ne me l'as-tu pas dit ? Tu seras levé pour le son de la cloche et l'ouverture de la bourse, n'est-ce pas ? Ils vont nous interviewer.

— Je ne suis pas physiquement malade, non.

Adam poussa un soupir, visiblement soulagé.

— Ravi de l'entendre.

Il jeta la veste de son costume et trouva un fauteuil dans lequel il s'assit, tirant immédiatement sur sa cravate pour la retirer avant de l'enrouler. J'avais déjà enlevé mon veston, ma cravate, mes boutons de manchette et mes chaussures.

Il s'installa confortablement, une cheville sur le genou, et il attendit.

Je pris une gorgée de whisky et je me préparai à me lancer.

— D'accord, alors… je dois te parler d'April Weiss.

Rien sur son visage ne trahit ses pensées.

— OK. Vas-y.

— Tu ne peux pas la renvoyer pour avoir été sur la vidéo alors qu'un autre employé a participé et s'en sort sans le moindre problème.

Adam me regarda comme si je venais de Mars. Puis il cligna des paupières.

— Eh bien, tu étais là. Elle n'a pas voulu dire qui c'était. Et tu as entendu son père…

— Lui, on s'en fout. S'il tenait à elle, il n'aurait pas dit ces choses-là. Ce n'est pas juste. En plus, c'est sexiste.

Merci Mia, de m'avoir suggéré l'idée. J'eus vaguement une image de moi me tenant à côté d'elle dans une espèce de cérémonie rituelle où sont brûlés des soutiens-gorges.

— Alors, après cette scène qu'elle a causée à la fête hier, je suis censé la reprendre ?

— Elle n'a pas causé de scène. C'est quelqu'un d'autre. Ce n'est pas de sa faute.

Adam fronça les sourcils.

— Deux questions. Premièrement, combien de verres as-tu bus ? Deuxièmement, pourquoi est-ce si important pour toi ?

Je m'appuyai contre le bar, les bras raides.

— Deux réponses. Premièrement : pas assez. Deuxièmement : parce que…

J'inspirai profondément, je bloquai ma respiration, puis je soufflai. Il me fallait plus d'alcool pour ça.

— Parce que… ? encouragea Adam.

— Parce que si tu la renvoies, tu vas devoir me renvoyer, moi aussi.

Adam se releva et il marcha jusqu'à la fenêtre pour regarder dehors en se frottant la mâchoire.

— Vas-tu m'expliquer, ou dois-je deviner ? Car je n'aime vraiment pas les hypothèses qui me passent par la tête.

— Ce que tu penses est sans doute moins grave que la réalité.

Il se tourna vers moi, dans l'expectative. Je m'éclaircis la gorge.

— J'avais un costume fait sur mesure pour le Comic-Con de cette année. J'y suis allé déguisé en Falco le chasseur de primes et personne ne l'a su.

Adam ferma les yeux et son visage rougit un peu quand il secoua la tête et me regarda.

— Et je n'apprends cela que maintenant parce que… ?

— Eh bien, c'est évident, non ? Parce que je suis un lâche. Parce que je suis resté paralysé le jour où ça a fait le buzz en ligne et que je n'avais aucune idée de la façon de le gérer. Alors je n'ai rien dit en espérant que cela se calme. Et plus le temps passait, plus cela me semblait difficile de te l'avouer.

— Alors, non seulement tu as baisé une stagiaire, mais tu l'as filmé et mis en ligne ? Tu es fou ?

Je serrai les dents.

— Le problème n'est pas ça de savoir qui l'a filmé et mis en ligne. Le problème, c'est que si tu la renvoies, tu dois me renvoyer aussi.

Adam me jeta un regard noir et il se mit à faire les cent pas, serrant et desserrant les poings.

— Cette relation, depuis combien de temps dure-t-elle ?

— C'était juste un coup d'un soir… jusqu'à…

Il s'arrêta et il me jeta son regard qui tue.

— Jusqu'à Vancouver. À ce moment-là, tout a repris et nous avons plus ou moins continué jusqu'à hier.

— Et dans les locaux de l'entreprise ? Tu l'as baisée dans ton bureau ?

Je déglutis.

— Oui.

Il secoua la tête, marmonna quelque chose dans sa barbe, puis il se remit à faire les cent pas.

— Tu as baisé une stagiaire dans ton bureau, bordel. Tu te prends pour qui, putain ? Bill Clinton ?

— Ce n'est pas…

— Si, c'est tout à fait ça, m'interrompit-il en levant la voix. Tu es le directeur financier de l'entreprise, bon sang. Un fondateur. Un directeur. Tu as profité d'elle. Tu savais que ce n'était pas correct même avant la formation sur le harcèlement sexuel, Jordan.

Ma gorge se serra. Je n'avais rien à dire. Il avait tout à fait raison. D'une main tremblante, je levai le verre de whisky jusqu'à mes lèvres et je l'avalai cul sec.

Il poussa un soupir en secouant la tête.

— Et pour couronner le tout, David sera sans doute le président du conseil d'administration. Putain, Jordan, quand tu fais une connerie, tu ne la fais pas à moitié.

Il se passa une main dans les cheveux, sa lèvre se courbant de dégoût.

— Tu m'as menti tout ce temps. Depuis le début. Et tu t'es enfoncé avec d'autres mensonges. Ce n'est pas seulement perturbant, c'est une énorme déception.

Tu es une déception. J'avais si souvent entendu ces paroles sortir de la bouche de mon père que je m'étais durci contre elles. Mais que des mots similaires viennent de mon meilleur ami… entendre Adam les prononcer, c'était comme un coup de massue dans le ventre. Je poussai un long soupir et je posai le verre.

Oui, j'étais une déception. Pour mon père. Pour mon meilleur ami. Pour *elle*.

— C'est pour cela que tu dois me renvoyer, dis-je d'une voix qui tremblait trop pour mon propre confort.

Il secoua la tête.

— Je ne vais pas te renvoyer.

— Tu le dois. Tu l'as renvoyée, elle. Tu dois me virer aussi. Si cela s'ébruitait…

— Cela ne va pas s'ébruiter.

— Ça ne viendra pas d'elle, non. Elle voulait aller te voir et te mettre au courant, te préparer au cas où ceci sorte. Et je le lui ai déconseillé. Ce n'est pas juste de la faire payer pour ce que nous avons fait tous les deux.

Adam se frotta la veine qui battait sur sa tempe, levant les yeux au ciel irritation.

— Bien, tu as réussi à me coincer les couilles dans un étau. Maintenant, c'est le moment où tu commences à serrer ?

— Je suis désolé, Adam. J'ai merdé. Crois-moi, si j'avais connu toutes les conséquences… je, je voulais qu'elle s'en aille dès le début, tu te souviens ? Je t'ai demandé de la mettre…

— Mais tu ne m'as pas dit *pourquoi*.

J'inspirai puis je poussai un soupir.

— Non.

— Bordel de merde, dit-il en se frottant encore le front. On gérera tout ça en rentrant en Californie. Je ne vais pas faire ça maintenant. Nous devons nous occuper de l'entreprise. Après-demain, nous prendrons l'avion et nous aplanirons les problèmes à la maison.

Je serrai les poings. Il me donnait une porte de sortie. Il me l'avait donnée plusieurs fois, sans relâche. C'était plus que je ne le méritais.

— Adam, tu dois…

— Je ne *dois* rien. Tu comprends ? hurla-t-il. C'est *mon* entreprise et je suis son PDG et je ne te virerai pas !

— Alors je démissionne.

Il se figea. On se regarda pendant de longues minutes. D'après le regard sur son visage, je vis qu'il voulait tendre les mains et m'étrangler. Je tenais en effet ses couilles dans un étau et je n'allais pas lâcher. Je ne le pouvais pas… Je n'en avais pas l'intention.

Il secoua la tête.

— Cinq ans. Pendant cinq ans nous avons travaillé comme des cons. Des centaines, des milliers d'heures de notre temps, d'énergie, de réflexion. Tu jettes tout ça à la poubelle pour quoi ? Un nouveau principe ?

Je ne pus pas répondre. Tout ce à quoi je pouvais penser, c'était April, son visage pâle, magnifique, couvert de larmes, ce regard de douleur dans ses yeux bleu sombre. Ces lèvres qui prononçaient ma condamnation, qui me traitaient d'hypocrite, même si je n'avais pas compris ce qu'elle disait. Même si la remontrance d'Adam avait été douloureuse, c'était tellement pire d'avoir déçu April. Parce qu'elle avait cru en moi.

Jusqu'à ce que je la laisse tomber.

— Putain, je ne te reconnais plus.

Adam attrapa son veston et sa cravate, tourna les talons et sortit en trombe de la pièce.

Lorsque la porte se referma, je relâchai la respiration que j'avais bloquée. J'avais la tête qui tournait et ce que je venais de faire me rendait malade. Cependant, si je prenais la peine d'examiner mon sentiment d'assez près, j'étais également soulagé.

Quelques heures plus tard, je traversai l'aéroport John F Kennedy, mon sac sur l'épaule, en route vers ma porte d'embarquement. Il me restait deux heures avant le vol de nuit que j'avais réussi à réserver à la dernière minute. J'entrai dans une librairie et je me dirigeai tout droit vers la rubrique des classiques.

Il me fallut chercher, car j'oubliais tout le temps le nom de l'auteur, mais un vendeur m'aida à le repérer. Je trouvai un siège vide dans la salle d'attente de première classe, je mis mon téléphone en charge et j'ouvris *La Lettre écarlate*. A priori, j'allais avoir le temps de le terminer avant que l'avion atterrisse.

J'aurais pu rester. J'aurais pu être présent sur la plate-forme de la bourse pour répondre aux questions de la presse aux côtés d'Adam, mais cette victoire était superficielle sans elle.

J'allais les regarder sonner la cloche sur Internet, à la place.

Chapitre Vingt-sept
Adam

QUAND J'EUS FINI DE GRIMPER LES QUELQUES ÉTAGES depuis la chambre de Jordan jusqu'à la nôtre, je n'étais pas moins énervé, bien au contraire. Mes pensées tournaient en boucle, je me demandais quoi faire avec toutes les informations qu'il m'avait données. C'était un merdier aux proportions épiques.

Je sortis ma carte et je la passai dans le lecteur. Quand j'entrai dans la chambre, Emilia leva les yeux de son manuel, le surligneur dans la main, prêt à marquer d'autres passages. Elle écarquilla les yeux en me voyant.

— Quoi ? demandai-je en m'arrêtant dans l'entrée.

Elle leva les sourcils.

— Comment ça, quoi ? Tu as les cheveux dressés sur la tête comme quand tu as passé tes mains dans les cheveux plusieurs centaines de fois, et en général tu ne le fais que quand tu es contrarié.

J'aplatis mes cheveux, gêné. Puis j'inspirai et je relâchai lentement ma respiration en jetant ma veste sur le canapé. Elle ferma son feutre et le posa.

— Tout va bien ? Tu as eu une mauvaise nouvelle au sujet de l'ouverture demain ?

Je me laissai tomber contre le dossier du canapé en me frottant la mâchoire et je secouai vivement la tête. Je me demandai à quel point tout ceci était confidentiel, à quel point je pouvais la mettre au courant. Je fermai les yeux. Comme d'habitude, je voulais lui raconter, mais il existait des limites professionnelles que je ne pouvais pas franchir, non ?

— Oh merde, as-tu encore une de ces migraines ?

Elle se leva et elle s'approcha de moi. Je passai un bras autour de sa taille et je la tirai contre moi en secouant encore une fois la tête.

— Jordan vient de démissionner.

Elle recula pour regarder mon visage, essayant sans doute de déterminer si je plaisantais.

— *Quoi* ? Pourquoi ?

— Je ne sais pas trop ce que j'ai le droit de te dire.

— Des histoires d'entreprise ?

J'humectai mes lèvres.

— Ce sont des histoires d'entreprise, mais aussi des affaires personnelles pour lui. Je...

Je m'interrompis et je fixai le sol en fronçant les sourcils.

Elle passa ses bras autour de ma taille.

— Qu'est-ce que cela signifie pour demain ? Viendra-t-il à l'ouverture ? Je ne peux pas croire qu'il s'absente. Il était obsédé par l'OPI.

— Je ne le sais même pas. J'étais si surpris que je n'aie pas posé la question.

Emilia plissa le front et elle s'assit sur le canapé derrière nous, tapotant le coussin à côté d'elle. Je me levai et je m'affalai près d'elle.

— J'ai remarqué qu'il était bizarre aujourd'hui à la réception, alors je suis allée lui parler. Je pense que c'était en rapport avec tout ce qui est arrivé hier à la fête de l'entreprise. Après tout, April est sa stagiaire, et je pense qu'il est vraiment bouleversé par ce qui lui est arrivé.

— Euh, oui, tu es en plein dans le mille. Comment sais-tu cela ?

Elle détourna le regard en se concentrant sur un souvenir.

— Je lui ai posé des questions au sujet d'April, car je m'inquiétais, et il est devenu tout bizarre et a commencé à me poser des questions au sujet de *La Lettre écarlate*.

— Tu parles du film avec Demi Moore ?

Elle rit.

— Le roman dont est adapté le film, gros bêta.

— J'ai peut-être… regardé le film pour ne pas avoir à lire le livre.

— Toi et environ quatre-vingt-dix pour cent des lycéens.

Elle marqua une pause, adoptant un air pensif.

— Pourtant, je ne comprends pas pourquoi il se focalisait là-dessus ni pourquoi il y a pensé quand je lui ai demandé des nouvelles d'April.

Je commençai soudain à comprendre. J'eus l'impression qu'elle n'allait pas mettre longtemps à comprendre, elle non plus. Malgré tout, je ne dis rien.

— Est-ce en rapport avec la découverte que c'était April sur la vidéo ? Mais ils ne savent pas qui est le type… elle s'arrêta et elle écarquilla les yeux.

Et voilà… ce n'était pas surprenant étant donné à quel point elle était brillante.

— *Oh my god*. Le type, c'était Jordan n'est-ce pas ?

Elle me surprenait chaque fois. Tout le temps.

— Je ne sais pas comment tu as compris. Je ne suis pas certain de vouloir le savoir.

Elle me jeta un regard rusé.

— J'ai des super pouvoirs, mais je les cède volontiers si je peux être une mouche sur le mur au moment où il t'a dit ça.

Je grimaçai.

— Seulement si tu veux voir la vapeur sortir de mes oreilles.

— Ah. J'ai déjà eu cet effet sur toi, je ne pense pas vouloir revoir ça. Vous vous êtes disputés ?

Je tendis la main et je lui caressai la joue. Elle sourit et elle s'appuya contre moi en tournant son visage pour embrasser ma paume. Je me calmai lentement après l'altercation avec Jordan.

— Oui. J'étais plutôt fâché contre lui.

— Tu es toujours fâché contre lui.

— Je me sens trahi.

Elle hocha la tête.

— Il était sans doute terrifié à l'idée de te l'annoncer.

— Alors il aurait dû avoir des couilles et me le dire quand même, grognai-je en serrant les dents, sentant encore une fois remonter la colère.

— Pourquoi te l'a-t-il dit maintenant ?

Je haussai les épaules.

— Il a dit que ce n'était pas juste que je renvoie April et pas lui.

Son visage s'assombrit et elle se redressa en me regardant.

— Il a raison.

J'inspirai profondément puis je soufflai en laissant tomber ma main.

— C'est le directeur financier de mon entreprise. Elle n'est qu'une stagiaire…

Elle resta bouche bée. *Oh oh* .

— *Adam* .

— Quoi ? Tu n'aimes même pas les stagiaires.

— Pas tes stagiaires groupies, non. Mais April ne fait pas partie de ces abruties. Et dire qu'elle n'est qu'une stagiaire, c'est sexiste, d'autant plus que Jordan était dans la position de pouvoir.

— Ce n'est pas ce que j'ai voulu dire. Mais son père a insisté afin que je la renvoie sur-le-champ.

Emilia fronça les sourcils et elle pointa le doigt vers mon torse.

— Alors c'est toi qui aurais dû avoir les couilles de refuser. Qui est responsable de l'entreprise, toi ou lui ?

Je ne répondis pas à sa question rhétorique et elle poursuivit.

— À vrai dire, je suis assez impressionnée par Jordan… qu'il ait pris des risques pour elle. Il était si malheureux aujourd'hui…

Sa voix s'éteignit et elle regarda sur le côté, comme si elle avait oublié qu'elle me faisait la morale.

— Qu'est-ce qui ne va pas ?

Elle secoua la tête, puis elle me regarda.

— Je vais m'avancer un peu et dire que… non…

— Quoi ?

— Tu connais Jordan depuis longtemps, n'est-ce pas ?

— Depuis la fac, à dix-huit ans.

— En presque dix ans, a-t-il déjà pris des risques pour une femme ?

— Pas depuis sa petite amie surfeuse à UCLA, non. La séparation a été terrible et c'est après qu'il est devenu coureur de jupons. Maintenant, c'est apparemment un pervers qui baise ses stagiaires, dis-je, incapable de cacher l'amertume dans ma voix.

— Parce que toi et moi nous n'avons jamais couché ensemble alors que je travaillais encore pour toi, hein ?

Je serrai la mâchoire. Elle avait toujours réponse à tout.

— Nous avions déjà une relation avant et nous ne faisions pas que coucher ensemble.

— Mais s'il ne faisait que coucher avec April, pourquoi se serait-il sacrifié pour elle auprès de toi ? Il sacrifie sa carrière. C'est plus qu'une histoire de morale pour lui. Il tient à elle.

— Peut-être est-elle très douée pour les pipes.

Emilia fit la grimace et je levai une main.

— Ne tire pas. Je plaisantais. Mais tu as raison. Normalement, il n'agit pas de cette façon.

— Je n'aurais jamais cru qu'il en était capable, parce que nous parlons de Jordan, mais peut-être bien qu'il est amoureux d'elle.

— Mais il trouve le concept de l'amour complètement répugnant.

— Comme toi, autrefois.

— Eh bien, comme toi aussi.

On se regarda pendant une minute jusqu'à ce qu'elle fasse semblant de me mettre un coup de poing dans le bras.

— D'accord, nous aussi nous étions idiots. Mais tu ne peux pas le laisser quitter l'entreprise de cette façon.

Je jetai les bras en l'air, exaspéré.

— Apparemment, je n'ai pas le choix. Emilia, il a insisté, pour que je le renvoie, et j'ai catégoriquement refusé. Alors il a démissionné.

— Mais il a démissionné parce que tu ne voulais pas reprendre April.

— Son père…

Elle leva les sourcils.

— C'est *toi* le patron.

— En général, tu ne le dis que quand nous sommes au lit. Je me sens tout émoustillé !

Elle sourit.

— Je ne te le dis jamais au lit. Peut-être dans tes fantasmes. Mais sérieusement… je pense que ce qui te contrarie vraiment, c'est que tu sais déjà ce que tu dois faire pour régler la situation.

Je soupirai.

— Le timing n'aurait pas pu être pire et je suis vraiment toujours furieux contre lui. Il n'est pas venu me l'annoncer plus tôt. Et non seulement il a gardé le secret tout ce temps, mais en plus il a cherché à étouffer l'affaire.

— Alors tu vas détruire une amitié de dix ans et une relation professionnelle importante parce que tu es vexé ?

Je soupirai en jetant ma tête en arrière.

— S'il te plaît, arrête d'avoir raison.

Elle se leva et elle posa la tête sur mon épaule en l'inclinant pour m'embrasser dans le cou. Je fermai les yeux.

Sa bouche trouva mon oreille.

— Tu es le patron, murmura-t-elle en me dévorant le lobe, ce qui me titilla au plus profond de moi.

— Tu as raison. Répète-le.

— Tu es. Le. Patron… dit-elle d'une voix traînante en riant.

— Mmm. C'est ce que j'aime entendre, dis-je en la faisant basculer sur le canapé à côté de moi.

J'appuyai mon corps contre le sien en l'embrassant. Je ne voulais pas penser à autre chose.

Je ne voulais pas envisager de me rendre à la bourse sans Jordan demain. Imaginer ne plus l'avoir en tant que bras droit. Et je ne voulais surtout pas me concentrer sur la sensation pesante au creux de mon estomac qui indiquait ce que je devais vraiment faire.

Emilia m'aida à oublier, au moins pendant un petit moment.

Chapitre Vingt-huit
April

L A SONNETTE DE LA PORTE D'ENTRÉE SONNA À JE NE SAIS quelle heure de la nuit noire. Naturellement, Sid était déjà debout, s'affairant doucement dans l'appartement pendant que je gémissais en me tournant vers le mur et en espérant oublier que j'étais toujours en vie.

Cette douleur persistante dans ma poitrine, ce sentiment de perte et de rejet, tout était encore là comme un trou béant qui pouvait bien prendre des années à guérir. Mes yeux étaient encore douloureux d'avoir pleuré toute la journée précédente. J'avais constamment vérifié mes textos. Rien ne venait de lui. Rien.

J'avais aussi regardé les réseaux sociaux, contre l'avis de Sid. Des tonnes de personnes m'avaient identifiée et taggée dans leurs messages et leurs tweets peu flatteurs. *Comme c'était attentionné de leur part*.

Sur le profil de Jordan s'affichait une photo qu'il avait prise à Times Square, la veille. Il parlait de son enthousiasme pour l'OPI à venir. Mais c'était tout. Je ne savais pas ce qu'il faisait d'autre et je ne pouvais pas vraiment demander des nouvelles à Susan, puisque j'étais à présent *persona non grata* à Draco.

Elle devait être de retour à son bureau aujourd'hui. C'était lundi matin, la routine à l'entreprise. Je ne pouvais pas entrer discrètement et vider mon bureau. Il était possible que Mia ait pitié de moi et qu'elle le fasse en rentrant de New York. Dès que je retrouvais un peu de dignité, je voulais lui envoyer un mail pour le lui demander.

Les idées continuaient à tourner dans ma tête, même si j'aurais aimé que mon esprit se la ferme. Je souhaitais me rendormir, car je n'avais pas pu fermer les yeux avant une heure du matin. J'étais assez épuisée pour dormir jusqu'à midi, si seulement je pouvais me rendormir. Je posai l'oreiller sur ma tête avec un grognement. Sid parlait avec quelqu'un à la porte d'entrée, mais ils étaient assez silencieux pour que je puisse étouffer le bruit avec l'oreiller.

Quelques minutes plus tard, alors que j'essayais d'éteindre mes pensées pour pouvoir me laisser aller à l'oubli bienheureux du sommeil, Sid revint dans la chambre et elle s'assit sur le bord de mon lit.

— Va-t'en, marmonnai-je sous mon oreiller.

Elle tira sur l'oreiller et je le serrai plus fort sur mon visage.

— Sid ! Tu veux vraiment que je le déchire en deux ? Laisse-moi dormir, s'il te plaît.

— Mais je veux te parle, r fut la réponse.

Ce n'était pas la voix de Sid. Une voix d'homme. Pas mon père.

Je me figeai, mon cœur battant follement dans ma gorge. J'étais certaine de souffrir d'hallucinations auditives. Était-il possible d'halluciner une voix ?

Le poids sur le lit se décala comme s'il se tournait vers moi. Il tira encore une fois sur l'oreiller et cette fois je le laissai glisser de mon visage. Il le posa près de ma jambe et il se tourna pour me regarder avec sérieux. Ses yeux noisette scrutèrent mes traits. Il observait mes yeux gonflés cerclés de noir, la peau irritée autour de mon nez parce que je m'étais trop souvent mouchée. Je m'étais vue dans le miroir le soir précédent. Je connaissais l'étendue des dégâts. Et c'était sans doute encore pire ce matin avec les cernes d'un sommeil agité.

Je le regardai, écarquillant les yeux avant de regarder le réveil sur la commode. Il était cinq heures et demie du matin et Jordan était vêtu d'habits froissés, comme s'il avait dormi tout habillé. Je m'assis face à lui.

— Que fais-tu ici ? La bourse ouvre à six heures.

— Je suis venu ici pour voir l'ouverture avec toi. Peux-tu la regarder en direct sur ta télé ?

Ma mâchoire en tomba.

— Pourquoi n'es-tu pas à New York ?

— Parce que je n'avais pas envie d'y être. Je voulais être ici. Avec toi.

Je me frottai le front en baissant la tête.

— Je ne comprends pas. Tu es censé te trouver sur la plate-forme avec les autres directeurs afin que vous puissiez tous faire sonner la cloche d'ouverture.

— Eh bien… je n'y suis pas.

— Je me repoussai du lit et je me levai, croisant les bras sur ma poitrine. Je portais une chemise de nuit courte au tissu fin, parce qu'il avait fait chaud pendant la nuit. Le regard de Jordan glissa sur moi comme une caresse chaleureuse. Son regard suffit à me donner la chair de poule. Ce qui m'enragea. J'étais censée être fâchée contre lui. J'étais censée le détester.

Il était six heures moins vingt.

— Je reviens dans une seconde.

Dans la salle de bains, je me brossai les dents, j'aspergeai mon visage d'eau froide et je trouvai une robe de chambre légère à glisser sur mes épaules. Décidant rapidement que je n'avais pas le temps pour une session de maquillage d'urgence, je redressai la tête et je retournai dans la chambre. Il avait pris mon ordinateur sur le bureau et il l'avait posé sur le lit, sans l'ouvrir. Je clignai des yeux.

— Peut-on regarder le streaming en direct ? Il est presque neuf heures là-bas. La cloche va sonner dans dix minutes.

Je haussai les épaules et je m'installai à côté de lui sur le lit – pas trop près, puisque je ne savais toujours pas vraiment ce qu'il se passait. Jordan vint s'asseoir à côté de moi pour mieux voir l'écran. J'entrai mon mot de passe et je fermai rapidement les sites des réseaux sociaux que j'avais utilisés pour chercher mon nom sali dans le monde entier, avec des photos de mon cul et de mon tatouage. Jordan ne réagit pas en les voyant et j'ouvris une nouvelle fenêtre de navigateur dans laquelle je fis une recherche Google pour trouver la rediffusion en direct de la bourse de New York. Quand j'eus terminé tout cela, nous étions à cinq minutes de l'ouverture de l'étage et du son de la cloche.

La plate-forme qui surplombait l'étage des échanges boursiers était un balcon blanc à pignons. Sur le devant était accrochée une bannière avec le logo et le nom de Draco. Mes anciens employeurs et leurs conjoints se pressaient sur la plate-forme autour du PDG.

Adam parlait avec le PDG de la bourse, qui lui donnait sans doute les dernières instructions. Mia se tenait à ses côtés avec un grand sourire. La directrice générale, Cheryl Waltman, que tout le monde appelait 'Walt' et son mari ainsi que tous les autres se tenaient derrière et autour d'eux.

Il y avait un espace vide assez voyant de l'autre côté d'Adam, où Jordan aurait dû se tenir.

Adam semblait tendu. Mais je n'aurais su dire si c'était à cause de toute la pagaille autour de l'offre publique initiale ou à cause de l'absence de Jordan. Le nouveau futur milliardaire d'Amérique s'avança sur le podium et à neuf heures exactement, il appuya sur le bouton qui déclencha une cacophonie de sonneries tandis que tout le monde autour de lui sourit et applaudit. Il prit alors le marteau et il le tendit à Mia qui, avec un sourire surpris, donna le coup de marteau traditionnel. Puis ils s'embrassèrent.

Je me tournai pour regarder Jordan. Son visage était un masque indéchiffrable, ses paupières à moitié fermées. C'était son rêve de se trouver sur cette plate-forme quand l'entreprise devait être cotée en bourse. Cela faisait des années qu'il travaillait dur dans ce but. Mais il était parti. Il était ici, assis sur mon lit, à regarder la scène sur un ordinateur portable avec un écran de douze pouces.

J'avais une boule dans la gorge, mais je ne voulus pas interrompre ce moment. Juste après la fin de la retransmission en direct, on se rendit sur la page des échanges boursiers pour suivre le prix des actions qui commençaient à trente cinq dollars et on les vit augmenter de manière constante. Jordan resta silencieux, le regard rivé sur l'écran.

Je finis par m'appuyer contre le mur en soupirant.

— Vas-tu me dire pourquoi tu n'es pas là-bas avec tes autres collègues ?

Il me jeta un coup d'œil avant de regarder ailleurs.

— Je ne travaille plus à Draco.

Tout l'air quitta brusquement mes poumons et ma mâchoire tomba. Je clignai des paupières, réfléchissant à toute vitesse, la

bouche incapable de trouver des mots – n'importe quels mots –
à lui dire. Jordan parla pour moi.

— J'ai dit à Adam qu'il devait me renvoyer, et quand il a refusé,
j'ai démissionné.

— Pourquoi ?

— Parce que… parce que je ne voulais pas être un hypocrite.

Mes lèvres bougèrent en silence, ma gorge était sèche.

— C'est… c'est tellement stupide.

Il leva brusquement les sourcils.

— Pardon ?

— Il n'y a aucune raison de partager cette humiliation… cela
ne va pas améliorer les choses pour moi. En fait, ce sera pire.

Il fronça les sourcils, mais il ne dit rien. Je serrai le poing.

— Tu dois lui dire que tu veux récupérer ton travail.

— Je ne vais pas faire ça.

Je rougis et je tapai du poing sur le lit entre nous.

— Jordan ! Comment peux-tu être aussi stupide ? Mon stage
était terminé dans deux semaines de toute façon. Ça n'en valait
vraiment pas la peine !

Il me jeta un regard noir en fronçant les sourcils.

— Je déteste vraiment quand tu dis ça. Parce que ce n'est pas
vrai.

Exaspérée, je posai l'ordinateur sur le côté et je me levai. Il me
fallut une minute. Cette nausée et cette colère et… et… ce
bouillon d'émotions qui frémissaient dans ma poitrine
m'empêchait de respirer. J'étais presque sortie de la pièce quand
il m'attrapa par le bras et qu'il ferma la porte. Il me fit tourner
pour lui faire face.

— Pourquoi est-ce si dur pour toi de le voir ? demanda-t-il
d'une voix très émotive.

Mon bouillon frémissant déborda. Les larmes coulèrent de mes yeux et mon cœur se serra. Je ne pouvais pas parler alors je secouai la tête.

— April, dit-il doucement en posant ses mains sur mes joues pour maintenir ma tête.

Je fermai les yeux. Qui aurait pu croire qu'il me restait encore des larmes à verser ?

— Va-t'en, chuchotai-je. J'ai déjà décidé que je devais te haïr.

— Vraiment ? dit-il à voix basse, lui aussi.

Son pouce me caressa la joue et il s'approcha à tel point que je sentis sa respiration chaude glisser sur ma peau. Ma gorge se serra et ces fichues larmes continuaient à couler.

— C'est ma seule défense en ce moment. Tu dois partir.

Ses mains tombèrent de mon visage, mais il ne bougea pas. Je frissonnai un peu, souffrant déjà de le perdre. Je ne voulais pas ouvrir les yeux. Je ne voulais pas voir son beau visage me regarder. C'était trop douloureux. Mais je ne voulais pas non plus qu'il s'en aille.

— Laisse-moi te dire quelque chose, et puis je partirais si tu le veux vraiment.

Je ne dis rien, mais je hochai la tête pour exprimer ma permission silencieuse.

— Ça m'énerve vraiment quand tu dis que tu n'en vaux pas la peine. Tu le dis et tu le répètes et je pense franchement que tu le crois.

— C'est juste une expression…

— Non. C'est une idéologie. Tu y crois fermement. Tu penses que ça ne vaut pas la peine que j'intervienne pour te défendre contre ton connard d'ex petit-ami ou ton père ou qui que ce soit. D'après toi, ça ne vaut pas la peine que je prenne des risques pour toi. Mais tu sais quoi? Ce n'est pas *suffisant* . Abandonner ce travail, ce n'était rien par rapport à ce que tu signifies pour moi.

Ces mots. Ces mots eurent un effet physique sur moi. Ils me transpercèrent comme des aiguilles et la joie brûla, incandescente, dans ma poitrine.

— On ne faisait que s'amuser... dis-je faiblement, espérant presque qu'il le confirme.

Il fallait que je reste fâchée contre lui. J'avais besoin de ces murs pour protéger mon cœur fragile et abîmé.

— Je te veux depuis la première fois que je t'ai vue. Eh oui, je te voulais à ma façon, selon mes termes. Je voulais ton corps. Je pensais que tu étais magnifique. Je savais qui tu étais au Comic-Con et je pensais qu'être saoul était une très bonne excuse pour tirer mon coup et passer à autre chose.

Il poussa un soupir et il se gratta la nuque.

— Mais cela ne s'est pas passé de cette façon. Je n'ai pas pu sortir ton goût de ma tête et cela a eu pour seul effet de te désirer encore plus.

Il ne savait pas que ces mots faisaient l'opposé de ce qu'il voulait. Car il ne faisait que confirmer ce que je soupçonnais depuis le début.

— Oui. On s'est amusé, mais...

— Je n'ai pas terminé.

Je levai les sourcils et je croisai les bras sur ma poitrine, m'appuyant contre la porte pour le laisser continuer.

— Le sexe était bon. *Vraiment* bon. Je pensais... je pensais que ce n'était que ça. Juste du sexe délicieux, bouillant.

J'ouvris la bouche pour l'interrompre, mais il leva la main pour m'arrêter.

— Mais c'est alors que je me suis rendu compte que d'autres sentiments étaient impliqués et que je mettais la charrue avant les bœufs. Je pensais que parce que le sexe était si incroyable, cela me faisait croire en des sentiments plus profonds… jusqu'au moment où je me suis mis à réfléchir à des choses hier dans cet avion, et à New York. Je ne pouvais pas m'empêcher de penser à tout ce qu'il s'était passé et à quel point je me sentais mal à cause de cela. Et puis j'ai compris que la raison pour laquelle le sexe était si bon, c'était parce que je tenais déjà à toi. Plus que je pensais le pouvoir. Plus que je le voulais.

— Tu ne le voulais pas ?

Il détourna le regard, puis il revint vers moi.

— Non.

— Que… qu'est-ce qui t'a fait changer d'avis ?

— Je n'ai jamais changé d'avis, April. C'est toi qui as changé mon cœur.

Je baissai les yeux un instant et mon propre cœur sauta quelques battements. D'abord un, puis deux. Puis il trébucha quand je compris le sens de ses mots.

— J'aurais aimé… j'aurais aimé que tu me dises quelque chose à la fête de samedi. Mais tu ne l'as pas fait. Tu m'as abandonnée devant tout le monde.

Il ferma les yeux en serrant la mâchoire.

— J'ai vraiment honte. Et si je pouvais changer ça, je le ferais. Tout est arrivé si vite. Je n'ai aucune excuse pour mon comportement. J'ai été lâche. Je suis vraiment désolé, April. J'aurais dû être là-haut avec toi.

Il ouvrit les yeux pour me regarder. Puis il inspira profondément.

— Les deux dernières semaines quand j'étais en tournée, tu m'as manqué. Beaucoup. Je pensais tout le temps à toi, en me demandant ce que tu faisais. Je prenais mon téléphone pour t'envoyer un texto au moins une centaine de fois par jour. Il fallait que je me retienne. Chaque chose amusante qui se produisait, chaque blague douteuse que j'entendais, je voulais te l'envoyer. Je voulais que tu me dises que je me comportais de façon inappropriée. J'adore être inapproprié avec toi.

J'inspirai profondément. Il sourit et il tendit le bras pour attraper une mèche de mes cheveux qu'il entortilla autour de son index.

— Je t'aime, April Weiss. Ma propre princesse de contes de fées.

Des larmes se mirent à me piquer les yeux et je couvris ma bouche et mon nez avec mes mains. Jordan me regarda attentivement, mais il ne fit toujours aucun mouvement pour me toucher. Je bondis en avant et je jetai mes bras autour de lui en l'attirant contre moi.

Ses bras se faufilèrent autour de ma taille, me serrant fort. C'était si bon. Tellement bon. Il enfouit son visage dans mes cheveux, embrassant ma nuque, et je l'embrassai partout où je pouvais l'atteindre… son cou, sa mâchoire, sa joue.

— Qui aurait pu penser qu'une bête pouvait dire d'aussi jolies choses ?

Il tourna la tête et prit ma bouche avec la sienne. Mon cœur bondit dans ma poitrine, comme s'il était devenu trop grand ou que mon torse était devenu trop petit pour le contenir. C'était presque douloureux. Il contenait trop d'amour et il était prêt à craquer.

— Je te l'ai dit, je suis le grand méchant loup. Et plus tard, je vais te dévorer.

Je souris et je mordillai son cou avec mes dents.

— Oui, s'il te plaît.

Il me serra longtemps dans ses bras, les mains sur mon dos, son visage dans mes cheveux, sa tête contre la mienne. J'aurais pu rester debout de cette façon toute la journée, c'était si bon.

— Allez, viens, habille-toi et attrape des affaires. Je veux que tu passes du temps chez moi. Je suis épuisé et tu n'as pas l'air beaucoup plus fraîche.

Je soufflai, faussement indignée et il sourit en me tapotant le nez.

— On peut aller faire une sieste et se réveiller à treize heures pour voir ce que valaient les actions à la fermeture.

— Et après ça ?

Il sourit.

— Je t'apprendrai à surfer.

J'enfilai vite un jean et je fourrai suffisamment de vêtements et d'affaires de toilette dans mon sac pour durer plusieurs jours. Puis j'attrapai mon ordinateur portable et mon sac et je prévins Sid de ce que nous allions faire. Elle eut un sourire immense en regardant Jordan et moi sortir ensemble, main dans la main.

On s'endormit sur un divan de sa terrasse couverte. La brise fraîche de la mer soufflait à travers les parois en tissu et le bruit des vagues frappait le sable sans relâche. Il était chaud et dur et – contrairement à la première nuit où nous avions dormi ensemble à Vancouver – un dormeur paisible.

Il était si calme. Je me servis de lui comme d'un oreiller, ma tête montant et redescendant en même temps que sa respiration tranquille. Son bras lourd était posé sur mon dos, me gardant près de lui. Je mis un certain temps à m'endormir, car je passai un long moment à le regarder. Finalement, je me lovai dans le creux entre son bras et son corps, j'appuyai ma tête contre son épaule et je m'endormis.

Le bruit de son téléphone nous réveilla. Il nous fallut à tous les deux une minute pour nous étirer et cligner des paupières. La lumière vive du soleil de début d'après-midi passait à travers le rideau et nous aveuglait.

Comme s'il se souvint subitement de quelque chose, il s'assit, éteignit son réveil et ouvrit l'application boursière sur son téléphone.

— DME, allez… DME… où es-tu ? Ah ! Bordel de merde !

Je m'assis à côté de lui en me frottant les yeux pour en chasser le sommeil et j'essayai de regarder par-dessus son épaule.

— C'était un bon *bordel de merde* ou un mauvais *bordel de merde* ?

Il passa un bras autour de mes épaules pour m'attirer contre lui et il m'embrassa dans les cheveux.

— C'était un bon *bordel de merde* . Un très, très bon *bordel de merde* . Le prix de l'action à la fermeture est d'un peu plus de quarante et un dollars.

— Bordel de merde !

— Exactement !

— C'est incroyable.

— Oui. Il est temps pour moi d'acheter une île tropicale et de prendre ma retraite.

Je ris en regardant son visage. Il semblait content, mais il y avait autre chose. Sa grande victoire lui avait coûté très cher.

Je m'éclaircis la gorge et il leva les yeux de son téléphone.

— Alors, euh, qu'est-ce que cela signifie ? Tu es au chômage. Est-ce que cela veut dire que je dois quitter les études pour aller travailler et te soutenir financièrement ? plaisantai-je.

Mes paroles étaient légères, mais il y avait toujours ce problème : il avait sacrifié toute sa carrière pour moi.

Il caressa ma joue avec son pouce.

— Ne t'inquiète pas pour le travail. En fonction de l'évolution du marché, dès que mes actions me seront attribuées, il se pourrait bien que je n'aie plus besoin de travailler pendant longtemps, voire jamais.

Je pinçai les lèvres.

— Mais ce n'est pas qu'une histoire d'argent. Tu ne vas pas errer sans but sur les plages à seulement vingt-six ans. On plaisante, mais… tu as fait un énorme sacrifice.

— Tu penses toujours que c'était stupide ?

Je secouai la tête.

— Je pense que tu crois que j'en vaux la peine.

Ses yeux brillèrent avec un éclat étrange… de l'admiration, peut-être ?

— Tu en vaux la peine.

Ce sentiment indescriptible me remplit la gorge et je pus à peine à déglutir. Je levai la main et je la passai sur sa délicieuse barbe naissante.

— Alors nous trouverons un moyen… nous trouverons un nouveau rêve et nous y travaillerons ensemble.

Il sourit.

— Je vais peut-être retourner à la fac et nous pourrions devenir camarades de classe.

Il se pencha et on s'embrassa. Ce fut un long baiser tendre. Nous avions rarement partagé ce genre de baiser pendant les semaines où nous essayions frénétiquement de trouver le temps de coucher ensemble. Mais ceci était différent, car nous savions à présent… qu'il y avait un avenir pour nous, et nous n'avions pas besoin de remplir les quelques minutes que nous pouvions voler sur notre journée de travail de la passion, du désir et de l'envie qui débordaient.

— Je ne sais pas… la royauté n'a pas vraiment besoin d'aller à la fac, dis-je en levant le menton d'un air faussement hautain. Et je pense qu'en tant que princesse, je dois faire mon premier décret royal.

Un sourire apparut lentement sur ses lèvres.

— Et quel est-il, Votre Altesse ?

— Tu dois toujours avoir une barbe naissante. Juste la bonne longueur de poils. Pas une vraie barbe et pas une peau lisse.

Il rit.

— Eh bien, ce sera compliqué. Garder la bonne longueur de poils, c'est tout un art, tu sais.

Je ris.

— Les jours où tu seras mal rasé, tu pourras m'embrasser autant que tu veux, où tu veux.

Ses yeux devinrent sombres.

— C'est un bel encouragement. Tu parles comme une vraie théoricienne de l'économie. Je te ferai tenir ta promesse dès que j'aurai mangé. Je meurs de faim.

— Moi aussi.

On mangea. On passa le reste de la journée ensemble, à marcher le long de la plage, à parler, à rire, à regarder des interviews enregistrées à la bourse de New York. Il y avait une énergie folle là-bas, et on absorba tout cela des heures après l'événement et à cinq mille kilomètres de là.

Plus tard cette nuit-là, après avoir regardé un film sur sa télé à grand écran et avoir mangé de la pizza et bu un peu de vin, on sortit sur la plage et on fit l'amour sur le sable tassé sous une grande couverture. C'était osé et risqué et amusant, comme les autres fois que nous avions couché ensemble.

Mais contrairement à ces autres fois, nous ne ressentions pas cette urgence de faire autant que nous le pouvions tant que nous le pouvions. Cette fois, il y avait la promesse d'un futur et cela faisait une énorme différence.

Chapitre Vingt-neuf
Jordan

DANS MON RÊVE, QUELQU'UN FRAPPAIT À LA PORTE. Cela avait commencé doucement, et au bout de quelques minutes ce furent de grands coups. Au même moment, mon téléphone reçut un texto.

April s'assit en premier, étonnamment, et elle me secoua l'épaule.

— Il y a un crétin qui tambourine à ta porte.

— Mouais.

— C'est sans doute la personne qui t'envoyait un texto.

Je m'assis. C'était quoi, ce bordel ?

— Peut-être que Sexy Sondra veut récupérer ses menottes. Elle en a assez d'attendre, dit-elle en s'étirant.

Le drap tomba de la partie supérieure de son corps et mes yeux se fixèrent sur ses magnifiques seins nus. Rien au rez-de-chaussée ne pouvait être assez intéressant pour quitter la superbe femme nue dans mon lit et la promesse de sexe matinal...

La sonnette retentit alors – à des intervalles de cinq secondes, pas moins – et j'en eus assez. Je me glissai hors du lit et je cherchai mon jean sur le sol, ne prenant pas la peine de porter des sous-vêtements ou un tee-shirt. L'intrus allait devoir s'en contenter.

April se laissa retomber sur le lit.

— Tu m'as épuisée la nuit dernière avec tout ce sexe. Je vais continuer à dormir.

— Reprends des forces. J'ai l'intention de t'épuiser encore quand je remonterai.

— Mmm, murmura-t-elle quand je quittai la pièce.

Je courus dans les escaliers en criant que j'arrivais. Les coups cessèrent.

Quand j'ouvris brutalement la porte, prêt à arracher la tête à quiconque se trouvait là, je m'arrêtai net.

— Tu as une mine affreuse, dis-je.

Adam ne s'était pas rasé et il semblait avoir pris un vol de nuit après lequel il n'avait pas changé de vêtements. Un peu comme moi vingt-quatre heures avant, en fait.

— Toi, par contre, tu es frais comme la rosée du matin.

Je ris et je fis un pas en arrière pour le laisser entrer. Je me passai une main dans les cheveux, certain d'avoir des épis dans tous les sens.

— J'aurais bien dit que tu as l'air de valoir un million de dollars, mais ce sont des cacahuètes pour toi à présent. Ce serait plutôt quarante et un, trente-deux l'action.

Il sourit.

— Je suis encore sous le choc, dit-il.

— Félicitations, mon vieux. Tu es le premier milliardaire officiel parmi mes amis…

Si nous étions encore amis.

Adam entra dans le salon et il regarda la plage à travers la porte vitrée. Il croisa les bras sur sa poitrine.

— Assieds-toi. Tu veux quelque chose ? Je peux lancer du café…

— Ça va, dit-il en se tournant pour me regarder. Je suis beaucoup resté assis dernièrement. Je préfère rester debout.

Cela signifiait qu'il n'allait pas rester longtemps.

— Où est Mia ?

— Elle a dû rentrer tout droit à la fac ce matin. C'était déjà assez compliqué de rater un jour.

— Alors, euh. Je voulais juste te dire encore une fois que je suis désolé…

Il leva la main.

— Non. Tu n'as pas besoin de le dire. Moi aussi, je suis désolé. Je n'ai pas du tout bien réagi.

Je levai les sourcils en essayant de cacher ma surprise. Obtenir des excuses de la part d'Adam, c'était aussi rare qu'un geek accro aux jeux vidéo dans une équipe de foot américain. Je haussai les épaules.

— J'ai largué une bombe sans te prévenir. C'est compréhensible.

— Et je suis toujours fâché à ce sujet. Surtout parce que c'était nul d'être dans la salle des marchés sans toi. Il était prévu que ce soit notre couronnement. Notre première étape importante.

Je détournai les yeux, me balançant d'un pied sur l'autre.

— C'était nul de ne pas y être. Mais j'ai tout regardé sur Internet.

— Je ne veux pas faire le reste sans toi, Jordan. L'entreprise a trop besoin de toi. J'ai trop besoin de toi.

— Mais tu comprends pourquoi j'ai dû partir, n'est-ce pas ?

— Non. Je ne comprends toujours pas, dit-il en fronçant les sourcils. Peux-tu juste… me l'expliquer encore une fois ?

— Au sujet de l'injustice de ne punir qu'elle ?

— Mais aurais-tu fait cela pour quelqu'un d'autre ? Pourquoi elle ?

J'enfonçai mes mains dans mes poches.

— Parce qu'elle...

Il croisa les bras sur sa poitrine.

— Vas-y...

— Parce que je...

— Oui ?

— C'est différent avec elle, Adam. Je... merde, je l'aime, quoi.

Adam se mordit les lèvres pendant environ deux secondes avant d'éclater de rire.

— Merde ! dit-il. Emilia va être furieuse de ne pas l'avoir entendu directement de ta bouche.

Je grimaçai.

— Désolé de décevoir.

— Alors ouais, on avait déjà compris ça. Mais c'était amusant de te le faire admettre. Mince, j'aurais dû l'enregistrer sur mon téléphone.

— Je t'emmerde.

Il sortit son téléphone et il appuya sur le bouton d'enregistrement.

— Tu peux le redire afin que je puisse lui envoyer ?

— Uniquement sous la torture, vieux.

— Ça peut être arrangé.

Il rangea son téléphone dans sa poche et il redevint sérieux.

— Alors, en partant d'ici, je vais contacter April et lui proposer de finir son stage. Ensuite, il faudra que tu apprennes comment marcher entre les balles quand tu auras dit à David que tu as défloré sa fille tout en étant filmé.

J'avalai bruyamment ma salive.

— Ensuite, tu vas devoir bouger ton cul de paresseux et t'habiller pour aller au bureau avant que je doive te renvoyer.

— En ce qui concerne David…

Adam évitant mon regard un instant, manifestement mal à l'aise.

— Pour être honnête, je ne sais pas du tout comment David va prendre la chose. Ce sera ton problème… et le sien. J'ai demandé à l'équipe de Walt d'identifier les gens de l'entreprise qui ont tweeté et posté ces photos d'elle. On leur a demandé d'aller chercher du travail ailleurs. Il y en avait cinq, dont trois stagiaires. Cari, celle qui a déchiré le maillot de bain d'April, avait déjà été renvoyée sans recommandation.

Il marqua une pause en s'agitant. Il regarda à nouveau ailleurs.

— Je pense que ce serait une bonne chose d'informer les directeurs de ce qu'il s'est passé. Cela ne va pas être facile pour toi…

J'inspirai profondément, puis je soufflai.

— Je prendrai mes responsabilités. Ce n'est que justice.

Il sourit.

— Et, bien sûr, il faudra que je documente toute cette humiliation afin que je puisse la savourer pendant des années…

— C'est hors de question, dis-je avec un grand sourire. Certainement pas.

Il resta silencieux un instant, cherchant quoi dire, puis il me regarda à nouveau dans les yeux.

— Alors, sans rancune ?

— Ouais, sauf que tu as besoin de n'aller nulle part si tu veux parler avec April.

Il leva un sourcil et jeta un coup d'œil en direction de l'escalier.

— Tu veux bien la faire descendre afin que je puisse lui parler, alors ? Et pour l'amour de Dieu, enfile un tee-shirt.

Il me fallut un peu de temps pour expliquer rapidement à April ce qu'il s'était passé et puis pour la convaincre qu'elle était assez présentable pour descendre. Elle lava le sommeil de son visage, s'habilla et tira ses cheveux en arrière, mais elle marmonna quand même qu'elle avait mauvaise mine. C'était impossible, d'après moi.

Quand elle descendit enfin, Adam et moi buvions des tasses de café fraîchement préparé dans la cuisine. April était pâle – plus que d'habitude – et un peu penaude, mais elle félicita doucement Adam pour la réussite de l'OPI. Il la remercia et il expliqua qu'il voulait lui offrir une chance de finir son stage à Draco.

Elle inspira profondément et elle souffla en touillant son café, semblant perdue dans ses pensées. Puis elle leva la tête.

— Merci pour ton offre. Et merci d'avoir repris Jordan. Il ne devrait pas perdre son travail pour quelque chose qui est de ma faute.

Adam écarquilla les yeux et je fronçai les sourcils, sur le point d'ouvrir la bouche pour émettre des objections. Elle m'arrêta en levant la main.

— J'ai filmé avec mon téléphone sans qu'il le sache. Il n'aurait jamais fait quelque chose d'aussi stupide.

— J'ai fait des choses stupides avant. C'est le cas de nous tous. Adam compris.

Adam leva les yeux au ciel en me regardant, puis il tourna son attention vers April.

— Comment cela a-t-il pu atterrir sur Internet ? demanda-t-il.

April se redressa et me regarda.

— Eh bien, même Jordan ne le sait pas parce que je viens de le découvrir. J'avais toujours cru que c'était un accident. Juste pour que tu le saches, je suis sans doute la personne la moins douée pour les nouvelles technologies que tu aies jamais embauchée. Mais ma colocataire a trouvé ce qu'il s'est passé en utilisant mon téléphone et elle s'est rendu compte qu'une des autres stagiaires – Cari – a trouvé la vidéo sur mon téléphone quand je lui ai montré des photos, et elle s'est envoyé une copie à elle-même qu'elle a mise en ligne.

Elle se tourna vers moi quand cette nouvelle me fit jurer.

— Avec tout ce qu'il s'est passé hier, j'ai oublié de te le dire. Sid l'a découvert avant-hier.

Maintenant, j'étais vraiment furieux. Adam se frotta la tempe en réfléchissant.

— Waouh, c'était une vraie fouteuse de merde. J'aurais aimé le savoir il y a six mois.

April soupira.

— J'aurais aimé avoir le courage de te le dire plutôt… mais il faut que je te prévienne qu'elle a le béguin pour toi et que ça frise l'obsession.

Adam rougit, mais il ne sembla pas surpris. Puis April humidifia ses lèvres et redressa ses épaules.

— Quand elle s'est mise à comploter pour essayer de se débarrasser de Mia, j'ai enfin compris qu'elle avait perdu la boule. Elle essayait de mettre la pression – à moi et à quelques autres – afin que nous fassions son sale boulot à sa place.

Adam et moi nous nous redressâmes pour la regarder, alarmés. *Oh non*. J'étais sur le point de parler quand Adam m'interrompit.

— Elle avait l'intention de faire quelque chose à Mia ?

April regarda son café en rougissant.

— À la fête, Cari voulait que je déchire la robe de Mia et que je la tire vers le bas. Elle m'avait dit qu'elle révélerait mon secret si je ne le faisais pas. Quand j'ai refusé, elle a attrapé mon maillot de bain et elle me l'a fait à la place.

J'échangeai un regard avec Adam. Waouh… c'était de la folie. Je savais que la fille était un peu perturbée quand je l'avais surprise en train de menacer April, et maintenant je regrettais de ne pas l'avoir renvoyée sur-le-champ. Mais j'avais été trop occupé à essayer de me couvrir…

J'observai April qui regardait Adam d'un air effrayé. Adam serra la mâchoire.

— Eh bien, merci de me l'avoir fait savoir. Je vais m'en occuper et tu n'as plus besoin de t'inquiéter pour elle.

Elle laissa tomber ses épaules de soulagement. Je savais que cet aveu lui avait beaucoup coûté. Mais j'étais content qu'elle n'ait pas eu besoin que je lui rappelle de se défendre.

Elle cligna des paupières en regardant par la fenêtre, le menton levé.

— Je dois être honnête. Je ne suis pas assez courageuse pour retourner chez Draco après ce qui est arrivé samedi. Mais je te suis reconnaissante de ce que tu as fait pour moi : d'avoir renvoyé les gens qui ont posté les images et tout ça.

Je fronçai les sourcils, déçu, mais pouvais-je lui en vouloir ? Je m'éclaircis la gorge pour attirer son attention.

— Je vais m'en mêler et dire que je pense que tu as le cran d'y retourner. Je le sais.

Elle secoua la tête.

— C'est facile à dire pour toi. Ils ne savent pas tous que c'est toi dans la vidéo.

Je hochai la tête.

— Tu as raison. C'est pourquoi je vais le leur dire.

Elle redressa le dos, me regardant encore une fois dans les yeux.

— Jordan…

Je levai la main.

— Nous pourrons en parler plus tard. Je ne vais pas te forcer à y retourner si tu ne le veux pas, mais… ton soutien moral ne me fera pas de mal pour mon retour.

Adam nous regardait l'un après l'autre, puis il poussa sa tasse de café sur le côté.

— Je vais y aller. Moi en tout cas, je dois aller me montrer au travail avant de rentrer à la maison pour dormir.

Je raccompagnai Adam et avant qu'il parte, je posai la main sur son épaule.

— Merci, vieux.

Il secoua la tête.

— C'est ce que font les amis.

Et il disparut.

Quand nous retournâmes à l'intérieur, April me fit un câlin en me serrant par la taille, me tenant près d'elle pendant longtemps, sa tête posée sur mon épaule. Je passai la main dans ses cheveux soyeux.

— Nous trouverons un moyen…

— Je vais le faire. Je vais y aller avec toi. J'avais presque terminé mon projet de toute façon.

Je posai un baiser sur le haut de sa tête, une sorte de fierté s'étalant dans ma poitrine.

— Tu en es sûre ?

Elle inclina la tête pour me regarder.

— Oui. Maintenant, embrasse-moi avant que je change d'avis.

C'est ce que je fis. Ce fut long, lent et profond, nos lèvres et nos bras enlacés. Je me souvenais de ce sexe matinal dont j'avais été privé… mais il restait encore des choses à régler.

— Tu sais… je vais vraiment avoir besoin de toi quand je parlerai à ton père.

Elle fit la moue à cette pensée.

— Il se pourrait que je te laisse te débrouiller pour ça.

Je ris.

— Tant qu'il n'est pas un passionné d'armes à feu ou un assassin de métier. Ce n'est pas le cas, n'est-ce pas ?

Elle rit.

— Mon père ne veut même pas tuer les araignées. Je pense que tu t'en sortiras. Il pourrait néanmoins demander à ma grand-mère de jeter une malédiction sur toi.

— Je tente peut-être le diable en le disant, mais je suis résistant aux malédictions. Certaines jeunes femmes de ma connaissance ont, un jour ou l'autre, maudit ma personne et dit que certains organes vitaux allaient rétrécir et tomber. Elles peuvent en attester.

Elle écarquilla les yeux.

— Ils n'ont pas intérêt à rétrécir et à tomber, sinon je vais devoir te larguer. La seule raison pour laquelle j'ai l'intention de te garder, c'est pour le sexe.

— Et la barbe naissante. N'oublie pas la barbe naissante.

Elle fit un sourire.

— Effectivement.

Je l'embrassai alors, utilisant le décret royal pour l'embrasser quand et surtout où je voulais. Les abrasions des poils de ma barbe la picotèrent pendant des jours.

Chapitre Trente
April

DIRE QUE MON PÈRE NE PRIT PAS BIEN LA NOUVELLE, c'était un euphémisme aux proportions épiques. Jordan et moi avions décidé de le lui dire avant d'informer les employés de Draco, alors nous nous arrangeâmes pour le rencontrer à déjeuner dans un lieu neutre : une pièce privée dans un restaurant près de là.

Papa avait les coudes sur la table et il se pinçait l'arête du nez, les yeux fermés. Jordan et moi échangeâmes un long regard et ma gorge se serra de peur. J'eus le même instinct de fuite que d'habitude. J'avais envie de courir jusqu'à la porte et de laisser Jordan gérer seul les conséquences.

— Alors, laisse-moi résumer : tu t'es filmée couchant avec lui, mais tu ne savais pas que c'était lui.

Je me mordis la lèvre.

— Oui…

Il laissa tomber sa main et ouvrit les yeux. Il plongea son regard dans le mien et alors que je voulais vraiment baisser la tête, je parvins à soutenir son regard.

— Cette histoire devient de plus en plus bizarre. J'ai l'impression d'être dans un univers alternatif, et que tu…

Il secoua la tête.

— À quoi pensais-tu, April ?

Je gigotai sur ma chaise.

— Nous en avons déjà parlé : je t'ai dit dans quel état j'étais quand j'ai fait ces choix. La seule différence maintenant, c'est que tu sais qui était l'autre personne sur la vidéo.

La joue de papa gonfla à l'endroit où il serra sa mâchoire. Il n'avait jeté aucun regard en direction de Jordan depuis que nous lui avions annoncé la nouvelle.

— C'est un détail assez important que tu as omis de me dire. Mais – et il jeta un bref coup d'œil vers Jordan – lui aussi aurait pu me mettre au courant.

Jordan se redressa sur sa chaise.

— April et moi nous avons tous les deux fait des erreurs, David. Je ne vais pas le nier...

— Tu peux m'appeler M. Weiss, aboya-t-il. Et vraiment, cela sert-il à quelque chose de le nier maintenant ?

Jordan hésita en secouant la tête, manifestement sidéré.

Le regard de papa se reposa sur moi.

— April, je ne veux pas que tu le prennes mal, mais ton choix de petits amis dans le passé n'a pas été fabuleux. À commencer par cet idiot qui t'a amené faire ce tatouage jusqu'à ce dernier crétin qui a fini par épouser ta mère.

Ouille. Ça faisait mal.

— Et ne pense pas que je n'ai pas entendu les ragots au sujet de celui-ci.

Il se retourna vers Jordan.

— Les fêtes, l'alcool, les femmes... Chaque geek boutonneux de l'entreprise te vénère comme une sorte de dieu coureur de jupons. Je sais que tu es un charmeur né... alors on dirait que tu as fait marcher ma fille pendant un moment. Je ne suis pas ravi que tu t'intéresses à elle et c'est peu dire.

Jordan inspira profondément. Il avait rougi un peu pendant la tirade de mon père.

— M. Weiss, ce n'est pas ça. Je sais que nous sommes dans une situation compliquée étant donné notre relation de travail. Mais je n'ai que les meilleures intentions en ce qui concerne April. Je ne suis pas assez stupide pour vous mentir à ce sujet. Je sais que les conséquences seraient lourdes si cela se passe mal. Mais… je l'aime.

Papa s'arrêta un instant en jetant un regard noir à Jordan, apparemment complètement indifférent à son discours.

— Je vais supposer que tu n'as pas d'enfants – à ta connaissance, du moins.

Jordan grimaça légèrement.

— Mais tu as une sœur, n'est-ce pas ? demanda-t-il en avançant le menton vers Jordan. Que penserais-tu d'un Don Juan qui l'entraînerait avec lui ? Hein ? Ta petite sœur, couchant avec quelqu'un qui a eu des relations avec… je ne sais pas moi, des douzaines de femmes ? Des centaines ? Tu crois que cela devrait me faire plaisir ? Cela te ferait-il plaisir ?

La jambe de Jordan n'arrêtait pas de remuer et il serra les mains sur la table.

— Non. Cela ne me ferait pas du tout plaisir. Mais je ne pourrais pas y faire grand-chose. Ma sœur est une adulte. La décision lui appartient. Cependant, je ferais exactement ce que vous faites maintenant et je l'avertirais de ne pas s'approcher de quelqu'un comme moi. Mais au bout du compte… cela ne dépendrait pas de moi.

Pour la première fois depuis que mon père s'était adressé à lui, Jordan me regarda. Je lui fis un petit sourire d'encouragement.

— Je tiens à April. Je veux construire un avenir avec elle. Nous nous aimons. Mon passé est mon passé. Je ne peux pas le changer. Tout le monde a fait des choses qu'il regrette. Cela ne signifie pas que je dois m'arrêter de vivre à l'âge de presque vingt-six ans parce que je me suis soudain réveillé et que je me suis rendu compte que le style de vie que j'avais ne me correspond plus.

— Je ne crois pas qu'une personne puisse vraiment changer...

— Ça suffit, papa.

Je m'avançai sur ma chaise et je couvris sa main avec la mienne sur la table.

— C'est ma décision. Je suis une adulte et je l'aime. Je le veux. Et je te veux toi, et Rebekah, et Sarah et Daniel. Je veux faire partie de ta famille. Mais tu dois accepter que je veuille Jordan, aussi.

Les yeux de mon père se posèrent sur Jordan, durs et acérés comme des lames qui fendaient l'air.

— Tu as raison. Je n'ai pas mon mot à dire. Mais ne pense pas que je ne vais pas te surveiller comme un aigle. Si tu lui fais du mal...

— Je comprends. Moi aussi, je l'aime. Mais je veux que vous sachiez que je préfère me crever un œil plutôt que de blesser votre fille.

— Papa, s'il te plaît. S'il te plaît, laisse-nous essayer.

— Alors je suppose qu'il va te donner ta recommandation pour l'école de commerce ?

Je regardai une nouvelle fois Jordan.

— J'hésite un peu au sujet de l'école de commerce. Tu te souviens que je t'ai dit à quel point j'aime étudier la théorie ?

Il fronça les sourcils.

— Tu vas étudier l'économie théorique ? Et que vas-tu bien pouvoir faire avec ça ?

— Je ne sais pas… peut-être travailler en tant que consultante, pour un jeu, par exemple. Ou développer de nouveaux modèles, ou enseigner.

Le téléphone de papa sonna et il y jeta un coup d'œil.

— Nous pourrons en parler plus tard. Je ne m'oppose pas à cette idée, tant que tu es certaine que c'est ce que tu veux faire.

Il se leva et il nous regarda à nouveau tous les deux. Ma nervosité revint de plus belle. Je n'avais pas besoin de l'approbation de mon père, mais je la voulais vraiment, vraiment beaucoup.

Il se frotta le menton et il soupira.

— Je vais être honnête et te dire que je ne la sens pas bien, cette histoire, en particulier quand on considère comment elle a commencé. Mais tu es une femme. Tu es ma magnifique fille et je suis fier de toi, et j'espère vraiment avoir tort à son sujet.

Je supposai que je n'allais pas obtenir mieux que ça. Je me levai et je passai un bras autour de son cou en lui faisant un câlin, puis en l'embrassant sur la joue.

— Merci, papa.

Il me tapota le dos, les yeux écarquillés de surprise.

— Je t'aime, April. S'il te plaît… fais attention, d'accord ? C'est tout ce que je demande.

Je reculai et je le regardai en hochant la tête.

— Je ferai attention. S'il me fait du mal, tu peux le virer et le jeter dans la rue.

Il rit, mais j'aperçus Jordan s'agiter nerveusement du coin de l'œil. Pour l'apaiser, je lui jetai un sourire rusé et il fronça les sourcils avant de me sourire. Papa se tourna pour partir quand Jordan fit un pas en avant et lui tendit la main.

Papa balaya sa main.

— Je ne suis pas encore prêt pour cela. Donne-moi un peu de temps. Je suis un vieil homme. Mais…

Je faillis éclater de rire quand il pointa deux doigts vers ses yeux puis les tourna vers Jordan pour signifier 'je t'ai à l'œil'.

— À bientôt, ma chérie.

Puis il se tourna et partit.

Jordan poussa un long soupir et je me rendis soudain compte de sa nervosité. Il l'avait bien cachée.

— Merde, c'était dur, dit-il.

— Tu t'attendais à des vacances ?

Il secoua la tête et il s'approcha de moi en tendant les bras. Je me glissai dedans et il m'attira contre lui en m'embrassant sur la joue.

— Merci de m'avoir défendu, dit-il. J'étais prêt à partir en courant quand il a commencé à jouer au dur.

Je reculai pour lui jeter un regard noir et je vis qu'il souriait et qu'il me taquinait manifestement.

— Eh bien… je suppose que ça en valait la peine.

Un petit sourire s'étala lentement sur mon visage.

Son bras autour de ma taille me serra plus fort.

— Et si je t'en donnais pour ton argent ? Je n'ai pas besoin de retourner au travail avant demain, alors nous avons toute une journée à utiliser, ma princesse de conte de fées coquine…

— Que chantait Blanche Neige, déjà ? 'Un jour mon prince viendra…'

Il eut un sourire en coin.

— Un jour ? Ton prince à l'intention de venir en toi ce soir, plus d'une fois.

J'éclatai de rire et il agita les sourcils.

— Juste pour te prévenir : je ne suis pas là pour perdre. Et je peux être affreusement têtu quand je m'y mets... alors on ne fuit pas, on ne rechigne pas, on ne part pas en courant.

— Ah. Mais le comportement inapproprié, ça passe ?

— Carrément, putain. C'est *exigé*, répondit-il en riant.

Chapitre Trente-et-un
William

JE DÉTESTE ME TROUVER DANS CET ENTREPÔT. TOUS LES bruits résonnent et rebondissent sur le sol, les murs, le plafond haut. Ce n'est pas un *mauvais* endroit, mais tout ici est fort. Les lumières sont plus vives, les bruits plus forts, les odeurs – je n'aime vraiment pas les odeurs – sont huileuses, plastiques. Synthétiques et puissantes.

Ça aide quand je respire lentement par la bouche. Alors je me tiens à l'arrière de la foule et je croise les bras sur ma poitrine. Quand je commence à me sentir agité, je les raidis soudain. La pression aide à me calmer. Tout comme serrer la mâchoire ou serrer les paupières si fort que je peux voir des points de couleur.

Ce sont de petits trucs que je me suis appris pour gérer ce genre d'endroits bruyants et lumineux. C'est soit ça, soit mon bloc-notes pour dessiner, mais je l'ai laissé sur mon bureau, car je n'ai pas été prévenu au sujet de cette réunion.

Ça, c'est autre chose qui me rend nerveux. Je tends encore une fois les muscles de mes bras à l'idée que toute la routine de la journée a été perturbée par l'annonce que veulent faire les directeurs. Je suppose qu'Adam me laisserait rester à mon bureau si je lui disais à quel point cela me déplaît. Je lui ai déjà dit avant et il avait compris – du moins, il avait dit avoir compris. Mais cette fois, j'ai un mot à dire à son meilleur ami irritant. Et il est là aussi, debout à côté d'April Weiss.

Adam vient de terminer l'annonce concernant le prix des actions et les dates de remise des actions réservées aux employés. Il a aussi déclaré que Draco va acquérir une entreprise qui fabriquera le matériel pour ce nouvel équipement de réalité virtuelle. Cela signifie plus de travail pour moi, car je fais partie de l'équipe qui crée les modèles en trois dimensions pour la nouvelle interface.

Je cligne des paupières. Je ne sais pas quoi penser à ce sujet et j'essaie de ne pas le faire, mais je fronce les sourcils quand Adam annonce que Jordan veut dire quelque chose. Je l'ai vu sur le parking ce matin, tenant la main d'April Weiss quand il pensait que personne ne le voyait. Toutes les filles tombent amoureuses de lui.

Et pourtant, tous ses conseils sont de pures conneries.

Il ment peut-être pour éliminer la concurrence. Ses techniques sont-elles secrètes ? Je crois que son expression de visage signifie qu'il est nerveux. Il parle déjà, et je suis perdu dans mes propres pensées, alors j'ai raté ce qu'il a dit. Il se tient à environ seize mètres de moi et il y a beaucoup de gens entre nous… parce que dans les foules, je ne suis jamais au milieu. Toujours sur le bord. C'est plus facile pour respirer.

— Si vous vous souciez du bien-être de cette entreprise, sachez que nous nous attendons à ne parler que d'affaires internes à l'entreprise, dit-il.

Je dois froncer les sourcils et plisser les paupières et vraiment me concentrer pour le suivre. Il est loin et le bruit me gêne : les déplacements des pieds, les gens qui chuchotent, les échos de chaque petit mouvement.

— L'incident à la fête où une de nos stagiaires a été humiliée n'aurait jamais dû avoir lieu. Ce qui est pire, c'est que cela n'aurait jamais dû être partagé avec le monde extérieur par les réseaux sociaux. Mais le plus honteux, c'est qu'elle a dû affronter seule toute cette humiliation. Je veux corriger cela. Au nom de l'entreprise et de moi-même, j'aimerais m'excuser auprès d'April Weiss pour le comportement qu'elle a dû endurer à cette fête. Je pense aussi qu'il est approprié de vous faire savoir que j'étais l'autre personne de la vidéo.

Tout est beaucoup plus silencieux maintenant. Personne ne bouge. Certains écarquillent les yeux, les attitudes changent, les mâchoires tombent. Surprise. Ils sont surpris. Désagréablement.

— Je vous dois aussi, mes chers collègues, des excuses…

Mais je n'écoute plus maintenant. Je me sens tendu, je serre les poings. Je suis en colère. Je n'aime pas Jordan. Je l'aimais bien, mais aujourd'hui je ne l'aime pas.

Et je vais lui dire… dès… dès que ces gens s'en iront et qu'il n'y aura pas une telle foule. Alors je me concentre intérieurement, j'essaie de me servir de mes astuces pour penser à ne pas me trouver dans cette pièce avec ces lumières vives et ce bruit.

Je passe du temps à penser à elle. Comme ses cheveux sont si clairs qu'ils sont presque blancs. Blond pâle. Parfois, elle les enlève de son visage. La façon dont ils forment de petites boucles autour de son cou. J'aime ses poignets. Ils ont délicats. Fins. Élégants. Même ses poignets sont magnifiques. Et ses yeux. Un bleu si doux que si je devais les peindre, il me faudrait mélanger du blanc avec du bleu céruléen. Peut-être deux doses de blanc pour une dose de bleu.

Elle me rappelle un ange de Raphaël.

Treize minutes s'écoulent avant qu'ils commencent à sortir. J'attends, puis je m'avance pour parler avec Jordan. Il marche à côté d'Adam et April, et quand ils sont près de moi, je fais un signe de la main pour attirer son attention.

Ils s'arrêtent tous les trois. Mon cousin dit :

— Hé Liam, tout va bien ?

J'inspire et je me rappelle de ne pas me sentir irrité. Il n'y a que les membres de la famille qui m'appellent Liam. Je le tolère de la part de trois personnes seulement : papa, Adam et ma sœur, Britt. Oh, et il y a ma nouvelle belle-mère, aussi. Parfois, elle se trompe et elle m'appelle Liam parce que les autres le font et elle oublie que je n'aime pas ça.

— Je dois parler avec Jordan.

Je le pointe du doigt.

L'expression faciale de Jordan change. Il fronce les sourcils. Adam lui dit quelque chose, puis il se tourne vers moi.

— D'accord. À plus tard.

Il continue à marcher. April suit Adam après avoir hésité un peu.

— Je suis fâché contre toi, dis-je à Jordan.

Il soupire et il me regarde dans les yeux. J'évite son regard. Je n'aime pas regarder les gens dans les yeux. Je serre les poings en essayant de me calmer.

— Les conseils que tu m'as donnés étaient très mauvais.

Jordan incline la tête sur le côté.

— Je suis désolé. Cela n'a pas fonctionné ?

— Tu m'as dit d'inviter Jenna avec un grand groupe d'amis. Je l'ai invitée à mon association de reconstitutions médiévales avec Alex, Heath, Connor et Katya.

Jordan cligne des yeux plusieurs fois.

— D'accord… je suppose qu'elle n'a pas aimé ça ?

— Elle aime beaucoup. Elle revient tout le temps.

Ses pieds traînent bruyamment sur le sol. Je déteste le bruit de ses pieds sur le sol de l'entrepôt. Il ne porte pas de tennis aujourd'hui. Les tennis font beaucoup moins de bruit.

— N'est-ce pas une bonne chose ? Ne veux-tu pas qu'elle revienne pour pouvoir la voir plus souvent ?

Je serre à nouveau les poings. J'ai envie de lui en envoyer un dans la figure.

— Non, ce n'est pas une bonne chose. Parce que le premier soir elle a rencontré Doug Callihan. C'est un des principaux chevaliers de notre organisation.

Je ferme les poings puis je les détends de manière répétée – c'est encore une autre chose que je fais pour me calmer. J'inspire profondément plusieurs fois, car j'ai encore très envie de frapper Jordan.

— D'accord… et que s'est-il passé quand elle l'a rencontré ?

— Il lui a demandé de sortir avec lui. Et maintenant, ils sont ensemble.

Jordan arrondit la bouche, comme s'il était surpris.

— Oh, mon vieux. Je suis désolé… mais cela ne signifie pas que c'est terminé. Tu peux toujours retourner les choses en ta faveur. Je te…

Je lève une main tremblante.

— Je ne veux pas retourner les choses. Je veux Jenna. Je ne veux pas d'autres conseils parce que je n'aime pas tes conseils. Tu as dit que si je lui demandais de sortir dans un groupe, nous serions plus à l'aise l'un avec l'autre, et puis nous pourrions devenir petits amis. Tu avais tort.

Jordan lève les mains, paumes vers l'extérieur.

— Je suis désolé. Mes conseils ne sont pas garantis. Mais laisse-moi voir si je peux…

Je crie :

— Non !

Je n'aime pas crier, mais je suis tellement en colère que mes choix sont soit de crier, soit de frapper Jordan. Je me tourne et je commence à m'éloigner de lui. Je dois quitter cet entrepôt.

— Ho, William, attends !

Jordan accélère pour marcher à côté de moi.

— Laisse-moi voir si je peux arranger les choses.

— Je vais le faire moi-même. Doug est mon adversaire. Mon rival. Mon ennemi. Je l'ai déjà défié en combat singulier.

Jordan s'arrête de marcher et il me regarde. J'accélère et je sors en courant de l'entrepôt, je ne m'arrête pas, alors que Jordan m'appelle par mon prénom.

Je dois me préparer pour le duel.

Au sujet de l'auteure

Brenna Aubrey est une auteure Best sellers USA TODAY d'histoires d'amour contemporaines qui se concentrent sur la culture geek.

Elle a depuis toujours cherché le réconfort dans de bons livres et les longues histoires compliquées qu'elle tisse dans sa tête. Brenna est une fille de la ville avec le cœur d'une amoureuse de la nature. Elle se retrouve donc dans des espaces verts dès qu'elle le peut. Elle est aussi une maman, professeur, fille geek, francophile, une joueuse de jeux vidéo décomplexée et une lectrice compulsive.

Elle réside actuellement sur la côte ouest avec son mari, deux enfants, deux adorables chiots golden retriever, un oiseau et quelques poissons.